Alina ist an einem Punkt in ihrem Leben angekommen, an dem sie nicht mehr weiterweiß: Ihren Job konnte sie nie leiden, in Frankfurt am Main, der Stadt, in der sie lebt, fühlt sie sich schon lange nicht mehr wohl, und dann geht nach einem heftigen Streit auch noch ihre Beziehung in die Brüche, sodass sie plötzlich ohne Wohnung dasteht. Wohin jetzt? Der einzige Ort, der ihr einfällt, ist Spechthausen, ein kleines Dorf in Brandenburg. Hier lebt ihr Großvater, zu dem sie seit Jahren keinen Kontakt mehr hat. In seinem viel zu großen, renovierungsbedürftigen Haus am Waldrand nimmt er sie auf, ohne viele Fragen zu stellen.

Langsam nähern Alina und er sich wieder an. Sie hilft ihm mit den Hühnern und dem Garten; gemeinsam beobachten sie Biber in freier Wildbahn. Dunkel und fast ein wenig unwirklich sind Alinas Kindheitserinnerungen an die Ferien in Spechthausen. Nun, inmitten der Natur, kehren sie nach und nach zurück. Ehe sie sichs versieht, fühlt sie sich heimisch in dem Ort und den umliegenden Wäldern. Endlich hat sie Zeit, darüber nachzudenken, was ist, was war und was sein soll. Außerdem ist da noch ihr Kindheitsfreund Elias, mit dem sie viel verbindet. Doch bevor sie sich ein neues Leben aufbauen kann, gibt es einiges, wovon Alina sich befreien muss.

Franziska Fischer

**In den Wäldern
der Biber**

© Birte Filmer

Franziska Fischer wurde 1983 in Berlin geboren, hat einige Zeit im Ausland verbracht und ist mittlerweile aus der Stadt herausgezogen. Sie studierte Germanistik und Spanische Philologie an der Universität Potsdam und arbeitet als freiberufliche Autorin und Lektorin.

Franziska Fischer

# In den Wäldern der Biber

Roman

**DUMONT**

Dieses Buch wurde klimaneutral produziert.

Erste Auflage 2022
© 2022 DuMont Buchverlag, Köln
Alle Rechte vorbehalten
Umschlaggestaltung: Lübbeke Naumann Thoben, Köln
Umschlagabbildung: © FALKENSTEINFOTO / Alamy Stock Foto
Satz: Angelika Kudella, Köln
Gesetzt aus der Adobe Garamond Pro
Druck und Verarbeitung: CPI books GmbH, Leck
Gedruckt auf säurefreiem und chlorfrei gebleichtem Papier
Printed in Germany
ISBN 978-3-8321-6592-5

www.dumont-buchverlag.de

*Für Opa*

*Wahrscheinlich hätte ich ohne dich
nie mit dem Schreiben begonnen.*

## Kapitel 1

Die Grenze zwischen Erinnerung und Zukunft ist nur ein Netz aus ungefühlter Zeit, das immer dünner wird.

Wo habe ich diesen Satz gelesen? Und wieso fällt er mir ausgerechnet jetzt wieder ein?

Der Bus schlängelt sich um eine Kurve, durch das Fenster entdecke ich erste Häuser. Wahrscheinlich deshalb. Weil diese Häuser Erinnerung sind und Zukunft und gerade beides gleichzeitig passiert und ich selbst nicht wirklich verstehe, wieso überhaupt. Gestern um diese Zeit befand ich mich noch auf dem Rückweg nach Hause, in einer Großstadt voller Menschen und betonter Geschäftigkeit, und dieses Zuhause war eine mit schweren Möbeln vollgestellte Vierzimmerwohnung, waren ein Mann, mit dem ich dreieinhalb Jahre geteilt habe, und zwei Wellensittiche namens Hugo und Stoffel.

Vorsichtshalber drücke ich den Halteknopf, weit wird die Station nicht mehr entfernt liegen.

Spechthausen. So ein malerischer Name. Genau richtig für ein Dorf inmitten von Wäldern und unglaublich passend zur Leere dieser Landstraße, an der der Bus nun hält.

Ich schultere meinen Rucksack und wuchte meinen Koffer aus dem Gefährt. Kaum dass ich vollkommen orientierungslos auf dem Bürgersteig stehe, schließen sich die Türen hinter mir, und der Bus fährt wieder an. Nur eine ältere Dame mit einem dicken grauweißen Dutt ist mit mir ausgestiegen und entfernt sich nun mit raschen Schritten, trotz des Gehstocks, den sie verwendet. Kurz blicke ich ihr nach, bleibe an der Überlegung hängen, ob ich sie nach dem Weg fragen sollte, doch bis ich einen Entschluss treffen kann, ist sie bereits zu weit entfernt. Sonst befindet sich niemand auf der Straße, vor mir die freiwillige Feuerwehr, hinter mir etwas, das ein Schild als ehemalige Papierfabrik ausweist.

Die Stille stammt aus einer anderen Zeit. Genervt schüttle ich den Kopf über meine wirren Gedanken, lasse den Blick schweifen und versuche, Orientierung zu gewinnen. Ich war so oft hier. Wann das letzte Mal? Mit elf? Oder zwölf? Auf jeden Fall ist es fast zwanzig Jahre her, natürlich erkenne ich kaum etwas wieder. Es ist es ein Wunder, dass ich mich noch an den Namen des Ortes erinnern konnte. Immerhin scheint er klein genug zu sein, dass ich in kurzer Zeit alles ablaufen könnte.

Tief atme ich ein, bevor ich einfach in die Richtung weitergehe, in die der Bus gefahren ist. An der ersten Abzweigung entscheide ich mich für eine Kopfsteinpflasterstraße, weil die gemütlich wirkenden Ziegelbauten etwas in mir anstoßen, das mich mit leisem Klingen weiterträgt, bis ich vor einem der Gebäude stehen bleibe. Vielleicht ist es der Rhododendron vor dem Haus, vielleicht die Holzbank neben der Treppe, von der die grüne Farbe blättert.

Gerade als ich auf die Klingel drücken will, fällt mein Blick auf den Namen. Zeiler. Nicht der Nachname meines Vaters, nicht der Nachname, den ich selbst noch trage.

In dem Moment, in dem ich mich umdrehen und weiterlaufen will, öffnet sich die Haustür. Ein etwa siebenjähriges Mädchen geht einen Schritt vor in den Türrahmen, blonde Zöpfchen mit Schleifen, ein weißes Kleid, sie sieht aus wie aus einem anderen Jahrhundert. Schweigend starrt sie mich an.

»Hallo«, sage ich nach einer Weile.
Wieder Schweigen.
»Ich bin ... Ich wollte zu meinem Großvater.«
Das Mädchen schüttelt den Kopf. Unwillkürlich drängt sich mir die Frage auf, ob es stumm ist oder einfach nur schüchtern. Sie sagt nichts, sieht mich aber weiter aufmerksam an.
»Mia? Was machst du da an der Haustür?« Der Stimme folgt eine Frau, eine ältere Version des Kindes. Größer, etwas rundlicher, ein paar Fältchen um die Augen, die Haare – dunkler, aber ebenfalls blond – umrahmen ihr Gesicht, werden allerdings von einem bunten Tuch aus der Stirn gehalten. Das ausgestellte Kleid unterstreicht den Sechzigerjahre-Look. In diesem Dorf ist wohl die Zeit stehen geblieben. »Oh, hallo.« Ihr Blick zuckt zu meinem Koffer, mit einem fragenden Ausdruck sieht sie wieder zu mir. »Wir haben gar keinen Besuch erwartet.«
»Ja. Nein. Also, ich suche Siegfried Engelhardt. Ich dachte, er wohnt hier, aber das war wohl ein Irrtum.«
»Ach so, okay.« Sie lächelt mit einer einladenden Offenheit, mit der Menschen selten lächeln. Fast nie eigentlich. »Er wohnt hier nicht mehr. Das Haus hat er uns vor ein paar Jahren verkauft.«
»Oh.« Die ganze aufgestaute Erschöpfung der Reise lässt meinen Körper schwer werden.
»Keine Sorge, er wohnt nur ein Stückchen weiter.« Die Frau legt eine Hand auf die Schulter ihrer Tochter. »Wollen Sie kurz reinkommen, während ich versuche, Siegfried zu erreichen? Manchmal nimmt er sein Handy mit, aber meistens vergisst er es.«
»Mit wohin?«
»In den Wald. Um diese Uhrzeit geht er gern spazieren und schaut nach den Bibern.«

»Biber. Okay. Also ja, es wäre nett, wenn Sie ihn anrufen könnten. Danke.« Ich folge der Frau in einen schmalen Flur. Rechts von uns führt eine Treppe ins obere Stockwerk, wo sich die Schlafräume und Großvaters Arbeitszimmer mit den riesigen Bücherregalen befanden. Für einen Moment bleibe ich stehen, versuche, die diffusen Bilder festzuhalten, die aus den Tiefen meines Gedächtnisses an die Oberfläche treiben und sofort wieder verschwinden. Hing dort bei der Treppe ein Bild von Monet? Oder waren es gerahmte Fotos? Stand rechts vom Eingang früher auch eine Kommode? Falls ja, lagen auf ihr wahrscheinlich nicht lauter Kinderbilder und Sommerhüte und aller möglicher Kleinkram, wie jetzt. Meine Großmutter war immer sehr auf Ordnung bedacht.

Geradeaus, am Ende des Flurs, führt eine weitere Tür hinaus in den Garten, die früher im Sommer abends immer offen stand. Die neue Besitzerin dieses Hauses tritt hindurch und wendet sich wieder zu mir um, sodass ich ihr rasch folge.

»Ich bin übrigens Isabel«, stellt sie sich vor. »Wenn Sie mögen, setzen Sie sich doch dort unter den Pavillon. Wir sehen übrigens normalerweise nicht so aus, wir sind nur demnächst zu einer Vintageparty eingeladen und stellen gerade unsere Kostüme zusammen.«

»Danke. Ich heiße Alina. Und die Kostüme sind ziemlich überzeugend.«

»Alina.« Nachdenklich mustert sie mich. »Bist du Siegfrieds Enkelin?«

Mit einem Lächeln nicke ich. Achtzehn Jahre ohne Kontakt, trotzdem hat er von mir erzählt. Allerdings kann ich an Isabels Gesicht nicht ablesen, ob das gute oder schlechte Erzählungen waren.

»Willst du etwas trinken? Einen Kaffee vielleicht?«

»Ja, sehr gern. Nach ungefähr sechs Stunden Zugchaos würdest du mir damit das Leben retten. Ich komme gerade aus Frankfurt.«

»Nimmst du auch Hafermilch? Kuhmilch ist gerade alle.«

»Sogar lieber. Danke.«

Den Koffer lasse ich neben der Terrassentür stehen und laufe das Stückchen zu dem Pavillon. Meine Großeltern hatten nur einen schlichten mit weißen Kunststoffplanen, den sie an besonders heißen Tagen, oder wenn Besuch kam, aufgebaut haben, keinen aus glattem Holz mit zurückgebundenen Stoffvorhängen und gemütlichen Loungemöbeln. Großmutters Blumenbeete, die meiner Erinnerung nach immer sehr gepflegt waren, haben sich zu einer Wildwiese entwickelt, in einem Hochbeet versuchen zwei Paprikapflanzen verzweifelt, ein paar mickrige Früchte am Leben zu halten, und überall liegt Spielzeug herum. Ich fühle mich, als würde ich in zwei Gärten gleichzeitig stehen, einer wie eine verblasste Fotografie in Sepia und der andere nah und lebendig.

Erleichtert lasse ich mich auf einem der Holzsessel nieder. Kurz blicke ich auf mein Handy. Kein verpasster Anruf, keine Nachricht von Fabian. Ich bin selbst überrascht davon, wie wenig mich diese Tatsache berührt. Außer leiser, von dem anstrengenden Tag erschöpfter Wut regt sich kein Gefühl in mir, da sind nur Leere und Orientierungslosigkeit, die auch mit dem Finden dieses Hauses nicht verschwunden sind. »Deinen Kram kannst du ein anderes Mal holen«, das waren Fabians letzte Worte, bevor er die Wohnungstür hinter mir zuknallte und mich in dem weißgrau gestrichenen Treppenhaus allein zurückließ.

Isabel kommt mit zwei Tassen zurück. Ihre Tochter ist wohl im Haus geblieben, ebenso wie das Kostüm. Sie trägt nun eine Jeans und ein gerafftes Top, das ihre Schultern freilässt.

Schweigend trinken wir den perfekt zubereiteten Cappuccino. Ich bin dankbar für diese Stille, dafür, dass Isabel keine neugierigen Fragen stellt, denn ich würde ihr keine Antworten geben wollen.

»Wir haben hier noch viel Arbeit vor uns«, sagt Isabel unvermittelt. »Elias und ich, wir haben tausend Pläne, nur leider schaffen wir es nie, sie umzusetzen. Was vor allem meine Schuld ist, weil mir eigentlich permanent etwas dazwischenkommt. Meistens Zeitmangel, und wenn es der nicht ist, dann Faulheit.« Ihr Lächeln wirkt fast entschuldigend.

»Das wäre bei mir genauso«, erkläre ich rasch, bevor sie auf die Idee kommen kann, ich würde den Zustand des ehemaligen Grundstücks meines Großvaters bewerten wollen. Immerhin weiß ich nur noch vage, wie es früher ausgesehen hat.

»Siegfried habe ich nicht erreicht, ihm aber auf die Mailbox gesprochen. Er wird sie wahrscheinlich nicht abhören.«

Die Tasse stelle ich auf den Tisch zwischen uns. »Das macht nichts«, antworte ich. »Du kannst mir auch einfach zeigen, wo er jetzt wohnt, und ich warte dort auf ihn.«

»Dann wirst du von den Mücken zerfressen. Es stört mich wirklich nicht, wenn du hierbleibst. Ich muss nur langsam das Abendessen vorbereiten. Mia geht früh ins Bett.«

»Ich will nicht ...«

Ihr Lächeln unterbindet weitere Worte. Immerhin kann ich sie überreden, mir ein Schneidebrett und ein Messer herauszubringen, sodass ich kurz darauf neben dieser fremden Frau sitze und Paprika zerlege, während sie Möhren raspelt.

Im Nachhinein betrachtet, war meine überstürzte Flucht aus Frankfurt, ohne mich bei meinem Opa anzukündigen oder mich zumindest nach seinem aktuellen Wohnort zu erkundigen, keine besonders schlaue Idee. Nicht einmal eine mittelschlaue. Es war eben die Art Idee, die man hat, wenn man gerade von seinem Freund aus der gemeinsamen Wohnung geworfen wurde und die Nacht in einem Hotel verbringt, weil man zwar sehr viele Bekannte in der Stadt hat, aber keine Freunde. Die Art Idee, der man einfach folgt, nachdem man am nächsten Morgen seinen Chef anruft und um ein paar Tage spontanen Urlaubs bittet und dafür angeschrien wird, wie man schon wegen Tausender Dinge angeschrien worden ist, und dann am Telefon kündigt, weil das in den Filmen auch immer so gemacht wird. Mir ist nicht ganz klar, ob ich meinen Job jetzt wirklich los bin oder ob es dafür nicht noch eines schriftlichen Dokuments bedarf, etwas, das ich im Zug hatte recherchieren wollen, doch dann war ich zu erschöpft von dem Streit mit Fabian und der schlaflosen Hotelnacht und dem Gedanken an die beiden Wellensittiche, die ich nie wirklich wollte und die ich dann so plötzlich vermisste.

»Wir haben als Kinder mal zusammen gespielt«, unterbricht Isabel meine Gedanken.

»Wir? Du und ich?«

Sie nickt. »Elias, du und ich, wir haben ab und zu etwas zusammen unternommen. Wir haben hier mit meinen Eltern fast jeden Sommer Urlaub gemacht, aber nicht immer zur gleichen Zeit wie du. Ich war als Kind furchtbar schüchtern, noch schlimmer als Mia jetzt, und Elias, der fand Mädchen grundsätzlich doof. Dich wohl ein bisschen weniger.«

»Ist Elias dein Bruder?«

»Genau. Er wohnt hier mit Mia und mir.«

»Wieso wart ihr für den Sommerurlaub ausgerechnet hier? Das ist ja nicht gerade ein Touristenort«, frage ich nach einem Moment des Schweigens. Die Paprikastücke schiebe ich in die große Glasschüssel, die Isabel mit herausgebracht hat, und widme mich anschließend der Gurke. Biogurken aus dem Garten meines Großvaters, wie mir Isabel vorhin erklärt hat.

»Kann sein. Aber wir sind immer gern hier gewesen. Als Kinder waren wir beide totale Leseratten. Uns war es lieber, einfach im Garten herumzuliegen und zu lesen, als ständig was zu unternehmen.« Mit dem Handrücken wischt sie sich ein paar Haare aus dem Gesicht. »Unsere Eltern sind früher immer an denselben Ort gereist. Inzwischen sind sie unternehmungslustiger geworden.«

Ich lächele in Isabels Richtung und versuche, in ihrem Gesicht etwas zu entdecken, das mir bekannt vorkommt. »Haben wir Federball gespielt?«, frage ich, weil es zwischen den dunklen Flecken in meinen Erinnerungen ein Mädchen gibt. Ein Mädchen und einen Jungen, ebenso blond wie Isabels Tochter, und eine Picknickdecke in einem Garten, das Geräusch von Federbällen, die auf Schläger treffen.

»Ja, oben beim Wald. Und Karten. Deine Oma hat uns Rommé beigebracht. Manchmal sind wir mit meinen Eltern an einen See gefahren.«

»Rommé, stimmt. Das war das einzige Spiel, das sie mochte. Sonst hat sie kaum gespielt.« Ich erinnere mich nicht daran, viel Zeit mit ihr verbracht zu haben. Vielleicht hätte ich das tun sollen, als es noch möglich war. Ganz sicher hätte ich das.

»Einmal haben wir zusammen eine Hütte im Wald gebaut. Siegfried hat uns gezeigt, wie es geht.«

»Kannst du das noch?«

»Waldhütten bauen?« Nachdenklich legt sie das Messer beiseite. »Wahrscheinlich schon. Ich sollte Elias überreden, dass wir das mal zusammen mit Mia ausprobieren. Er weiß bestimmt noch genau, wie das geht. Solche Dinge merkt er sich ewig.«

Isabel öffnet eine Packung Feta, hält jedoch inne, bevor sie den Käse zu schneiden beginnt. »Isst du Milchprodukte?«, fragt sie.

»Milchprodukte ja, wenn auch nicht viel, Fleisch gar nicht.«

»Wie ich«, antwortet sie und lächelt wieder dieses offene Lächeln.

Zwanzig Minuten später ist der Salat fertig. Wir essen draußen, das Licht ist noch warm und hell, ein Sommerabend, der sich endlos anfühlt, als könne nie mehr Winter werden. Die wenigen Erinnerungen, die ich an den Ort habe, sind voller Sonnenschein und kurzer Kleidung. Vielleicht ist das hier so, dass der Winter niemals kommt.

## Kapitel 2

»Am besten zeige ich dir jetzt Siegfrieds Haus«, sagt Isabel, nachdem wir die Spülmaschine eingeräumt haben. »In einer halben Stunde muss ich Mia ins Bett bringen.«

»Du kannst mir einfach sagen, wo es ist. Weit kann der Weg ja nicht sein.«

Die Haustür wird geöffnet und fällt wieder ins Schloss, Mias Schritte tapsen die Treppe hinunter. »Eli, ich habe einen Drachen gebastelt. Aus Knete!«, sagt sie, zum ersten Mal höre ich ihre Stimme. Das ganze Abendessen über hat sie mich nur stumm angesehen, während sie ihren Salat weggepickt hat. Immer nur ein einzelnes Gemüsestück landete in ihrem Mund, nie mehr, den Feta hat sie sich bis zum Schluss aufgehoben.

»Wow, großartig. Zeig ihn mir gleich, ja? Ich will nur erst deiner Mama Hallo sagen.« Elias betritt die Küche, die Haare genauso weizenblond wie Mias, blaugraue Augen wie seine Schwester und seine Nichte.

»Oh, wir haben Besuch. Hallo.« Kurz flammt ein Lächeln auf, er nickt mir zu und umarmt dann Isabel.

»Elias, das ist Alina, Siegfrieds Enkelin.«

»Siegfrieds Enkelin«, wiederholt er und mustert mich. »Ich hätte dich nicht erkannt, glaube ich. Siegfried hat gar nicht erzählt, dass du ihn besuchst.«

»Er weiß es auch noch nicht.« Laut ausgesprochen, klingt das Ganze noch dämlicher, als es sich ohnehin schon anfühlt.

Die Befürchtung, er könnte mich einfach davonschicken, wird immer größer, eigentlich hat er keinen Grund, sich über meinen Besuch zu freuen. Nicht nach all den Jahren. Nicht nachdem ich mich so lange kaum gefragt habe, wie es ihm überhaupt geht.

Offenbar sieht Elias das ähnlich. Ohne weitere Worte wendet er sich ab und folgt Mia, die schweigend im Türrahmen gewartet hat, nach oben.

»Ich weiß auch nicht, was ich mir dabei gedacht habe«, murmele ich, mehr zu mir selbst als zu Isabel, die trotzdem eine Hand auf meinen Rücken legt.

»Irgendwas wirst du dir dabei schon gedacht haben.« Eine Frage schwingt in ihrer Bemerkung mit, und für einen Moment bin ich tatsächlich versucht, ihr alles zu erzählen, halte die Worte dann aber zurück.

»Ihr versteht euch gut, oder? Dein Bruder und du?«

»Klar, sonst würden wir kaum zusammenwohnen.« Sie zieht das Haargummi aus ihrem Pferdeschwanz und bindet ihn neu.

Bevor ich noch mehr sagen kann, brüllt Mia in einer Lautstärke von oben, die ich ihr nicht zugetraut hätte. »MAMA!«

Mit einem entschuldigenden Blick verlässt Isabel die Küche. Ich schaue aus dem Fenster in den Garten, den die frühe Abendsonne mit einem warmen Gelborgange übergießt. Gerade als ich in den Flur gehe, um mein Gepäck zu holen, kommt Elias die Treppe herunter.

»Isabel sagt, du weißt gar nicht, wo dein Großvater jetzt wohnt?«

»Nein. Er ... Wir haben nicht so viel Kontakt.«

Elias nickt, als wüsste er das bereits. Am Fuße der Treppe bleibt er stehen. »Ich bringe dich schnell. Mia muss jetzt ins Bett. Siegfried ist aber sicher noch unterwegs.«

Ich frage nicht, wo genau mein Großvater unterwegs ist und was er da macht bei den Bibern, ohne Handy. All das kann ich ihn selbst fragen, sofern er überhaupt mit mir reden will. Was ich mache, wenn er das nicht tut, wenn ich einfach wieder nach Hause fahren muss, dorthin, wo es kein Zuhause mehr gibt, darüber will ich nicht weiter nachdenken.

Der Koffer rattert hinter uns her, als ich Elias die Straße zurück in Richtung Busstation folge. Diesmal biegen wir auf einen anderen Weg ab, er führt einen Hügel hinauf in den Wald hinein. Ein braunes Schild weist Richtung Zoo, wieder spüre ich, wie sich eine Erinnerung in mir bewegt, das Bild eines kleinen Äffchens, das munter außerhalb seines Käfigs herumturnt.

»Soll ich deinen Koffer nehmen?«, fragt Elias.

»Geht schon, der rollt hier ganz gut.«

Für eine Weile schweigen wir, nur das Poltern des Koffers begleitet uns. War dieses Dorf schon immer so klein? In den Ferien war es meine ganze Welt.

»Wie lange wohnt ihr schon hier?«, frage ich schließlich, um die Stille zwischen uns zu füllen.

»Noch nicht so lange. Siegfrieds Haus haben wir vor drei Jahren gekauft.«

»Wo hast du vorher gewohnt?«

»In Berlin.«

Isabel hätte ich vielleicht weiter ausgefragt, doch Elias' Schweigen ist dicht und betont, eine Mauer, hinter der ich nichts zu suchen habe. Deshalb frage ich nicht weiter, sondern ertrage dieses Schweigen, bis er ein, zwei Minuten später vor einem großen Grundstück stehen bleibt.

»Hier ist es schon.« Links von uns beginnen die ersten Ausläufer des Waldes, rechts vom Weg schmiegt sich das Grundstück an die Straße. Auf einer umzäunten Fläche picken ein paar Hühner auf dunkler Erde herum. Von dem zurückgesetzten zweietagigen Wohngebäude blättert bereits der graubraune Putz, eine Renovierung würde dem Haus guttun. Man könnte eine Villa daraus machen mit hübschem Garten – optimale Ruhelage, gute Verkehrsanbindung. Ich sollte Maklerin werden.

»Hier wohnt er jetzt?«, frage ich, nachdem ich den ersten Eindruck verarbeitet habe. »Ich hätte gedacht, er hat das Haus verkauft, um weniger zu tun zu haben, nicht dreimal so viel.«

»Das war nicht der Grund«, antwortet Elias. »Das Gartentor ist meistens offen, geh einfach rein. Der Schlüssel zur Hintertür ist in der kleinen Laterne versteckt, die neben dem Eingang hängt.« Er redet dicht an mir vorbei, als spräche er mit einem der Bäume hinter mir. Etwas leiser fügt er hinzu: »Siegfried hat panische Angst davor, unbemerkt zu sterben und erst drei Wochen später gefunden zu werden. Deshalb wissen ein paar Leute aus dem Ort, wie man ins Haus kommt.«

Etwas sticht in meinem Magen, aber ich sage nichts, nicke nur stumm.

»Du kommst zurecht?« Für einen Moment trifft mich sein Blick, mit einem Mal wirkt er offen und fragend, doch dann verabschiedet sich Elias knapp und läuft die Straße wieder zurück.

Durch das Tor betrete ich den weitläufigen Garten. Hinter dem kleinen Häuschen rechts von mir, wahrscheinlich eine Art solide gebauter Schuppen, erstreckt sich das Grundstück sogar noch weiter, als ich auf den ersten Blick vermutet hätte. Überall stehen Obstbäume – Kirschen, Äpfel, Birnen, Zwetschgen –, es gibt ein paar Hochbeete und neben dem Hintereingang, den ich nach einer halben Umrundung des Gebäudes entdecke, einige Töpfe mit Kräutern. Erst erwäge ich, tatsächlich das Haus zu betreten, gehe dann jedoch zurück zum Vordereingang und lasse mich auf den Stufen nieder. Letztlich ist es das Zuhause eines Fremden, daran ändert auch die Blutsverwandtschaft nichts, und vor allem will ich meinen Großvater nicht erschrecken, indem ich unerwartet in seinem Wohnzimmer sitze. Die ganze Fahrt über habe ich versucht, mir eine Begrüßung zu überlegen, aber noch immer nicht die richtigen Worte gefunden. Wie begrüßt man jemanden, der einem als Kind so wichtig war, der danach aber einfach aus dem eigenen Leben verschwunden ist? Wie begrüßt man jemanden, den man trotz allem fast vergessen hat?

Aus meinem Rucksack hole ich das Handy. Der Empfang ist schlecht, trotzdem zeigt es mir zwei verpasste Anrufe an, beide von meiner Mutter. Natürlich, wir telefonieren jeden zweiten Freitagabend miteinander. Vor ein paar Jahren haben wir das so eingeführt, nachdem sie sich mehrmals darüber beschwert hatte, dass ich mich so selten melde.

Ich starre auf ihren Namen, kämpfe gegen das Gefühl an, das immer stärker in mir brodelt. Sie wird zu Hause angerufen und mit Fabian gesprochen haben. Das Zuhause, das nur noch seins ist. Sie wird wissen, dass wir uns getrennt haben, sie wird tausend Fragen zu dem Thema haben, ganz besonders zu dem Warum, und das ist das Letzte, worüber ich mit ihr reden will.

Eine Textnachricht geht ein, dafür reichen meine mobilen Daten offenbar aus.

*Kind, wo bist du? Wie geht es dir? Melde dich bitte, ich mache mir Sorgen.*

Schweigend lese ich ihre Worte, versuche zu ergründen, ob sie sich wirklich ernsthaft Sorgen macht oder einfach nur mehr erfahren möchte, so wie sie immer mehr zu allem erfahren möchte, als ich bereit bin, ihr zu erzählen. Komisch, wie sich solche Dinge ändern. Früher hätte ich ihr alles erzählt, nur damit sie mir zuhört. Heute nicht mehr. Heute schreibe ich ihr nur ein *Keine Sorge, mir geht's gut* und denke an den französischen Film mit diesem Titel, der erste Film, den Fabian und ich gemeinsam angesehen haben, nachdem wir ein Paar geworden waren. Eigentlich hätte ich schon ahnen müssen, dass wir nicht zusammenpassen, als er nach zehn Minuten einschlief, während ich gebannt jeder Sekunde folgte und hinterher wochenlang die gesamte Filmmusik in Dauerschleife hörte. Nicht mal die mochte Fabian. Vielleicht habe ich es auch geahnt. Vielleicht dachte ich nur, dass man immer eine Weile braucht, bis man zusammengewachsen ist.

Das Quietschen des Tores reißt mich aus meinen Gedanken. Sofort stehe ich auf und blicke dem Mann entgegen, von dem ich nicht weiß, ob ich ihn auf der Straße erkannt hätte, ob er sich sehr verändert hat oder fast gar nicht. Vermutlich ist er früher etwas schneller gelaufen und hatte mehr Haare, auch wenn die, da zumindest bin ich mir sicher, schon damals grau gewesen sind.

Erst jetzt frage ich mich, ob er mich überhaupt erkennt. Das zwölfjährige Mädchen und ich, wir haben nicht mehr viel miteinander gemeinsam.

Ein paar Meter von mir entfernt hält er inne und mustert mich durch seine große Brille mit den runden Gläsern. In seinem Gesicht verändert sich etwas, eine Weichheit in seinen Zügen, die sofort wieder verschwindet. »Wenn du dir nicht selbst ähnlich sehen würdest, hätte ich dich für eine Einbrecherin gehalten«, sagt er. Seine Stimme klingt genauso wie in meiner Erinnerung, leicht rau, als müsste er sich gleich räuspern. Sie kitzelt in meinem Herzen und in meinem Kopf, da, wo gerade die Bilder von unseren gemütlichen Vorleseabenden kreisen, bei denen ich regelmäßig auf dem Sofa eingeschlafen bin, Bilder von einem Garten, vom Wald und davon, wie wir durch ihn hindurchliefen und er mir etwas über Tiere und Pflanzen erzählte. Wie viel Vergangenheit ich einfach wieder vergessen habe, so viel Zeit, die keine Spuren in mir hinterlässt, als hätte ich diese Momente nie gelebt.

»Ich sehe mir gar nicht so ähnlich«, sage ich. Ich war zwar schon als Kind schlaksig, doch ich hatte borstige braune Haare wie Ronja Räubertochter und nicht den erleichternd einfachen Pixie Cut, den ich seit ein paar Wochen trage, und die Micky-Maus-Shirts habe ich schon lange gegen einen eleganteren Kleidungsstil ausgetauscht.

»Ähnlich genug.« Sein Blick fällt auf meinen Rucksack, dann auf den Koffer, der größte, den ich besitze, denn immerhin wusste ich gestern nicht, wann ich das nächste Mal die Wohnung betreten würde, um meine Sachen zu packen. Um all meinen Besitz von Fabians zu trennen, selbst den aus den letzten beiden Jahren des Zusammenlebens, Besitz, der eigentlich untrennbar ist.

»Du bleibst wohl länger?«, fragt mein Großvater, geht an mir vorbei die Treppe hinauf und öffnet die Haustür.

»Ja, na ja. Je nachdem ...«

Er sagt nichts, betritt nur das Haus und lässt die Tür geöffnet, also trage ich mein Gepäck hinein und stelle es vorerst im Eingangsbereich ab. Eine breite Treppe führt in die obere Etage, die Wände sind mit einem verblichenen Rosenmuster tapeziert. Links weist eine Doppeltür in das Wohnzimmer, das ich durch die Glasscheiben hindurch erkennen kann, auf der rechten Seite gehen zwei dunkle Holztüren vom Flur ab. Die Luft ist kühl hier drinnen, deutlich kälter als draußen. Nach kurzem Blick auf das zwar etwas zerkratzte, aber sonst noch recht ordentliche Parkett streife ich die Sandalen ab und folge Siegfried in die Küche, die trotz der haselnussbraunen altmodischen Holzmöbel hell und freundlich wirkt. In einem großen Wandregal sind gefüllte Einweggläser aufgereiht, büschelweise getrocknete Kräuter hängen an den Seiten. Auf dem Tisch liegt ein Laib Brot auf einem Brett, daneben ein Messer, und in der Spüle vor einem der großen Rundbogenfenster stapeln sich ein paar benutzte Teller und eine Tasse. Neben einer weiteren Tür, die wohl hinaus in den Garten führt, steht tatsächlich eine Kochhexe in der Ecke. Alles wirkt ein wenig aus der Zeit gefallen. Der Wasserkocher, den Siegfried jetzt einschaltet, und einige andere Geräte zerstören die verwunschene Atmosphäre allerdings wieder.

»Kann ich dir helfen?«, frage ich.

»Ja. Setz dich und sag mir, was für einen Tee du trinken willst.«

»Kräutertee?«, erwidere ich vorsichtig. Ich will eigentlich keine weiteren Umstände machen, dass ich hier einfach so aufgetaucht bin, ist Umstand genug. Unschlüssig bleibe ich stehen, würde gern wenigstens Tassen herausnehmen, wie ich das in jedem Haushalt tun würde, den ich ein bisschen kenne, doch diesen Haushalt kenne ich nicht. Schließlich lasse ich mich auf einem der vier Stühle nieder.

Mein Großvater bröselt Kräuter aus verschiedenen Gläsern in ein Sieb, bevor er das kochende Wasser aufgießt und die Kanne neben das Brotbrett stellt.

»Ich war vorhin in eurem alten Haus. Ich habe es sofort wiedergefunden.«

Sein Blick streift mich, bevor er aus einem Schrank zwei Teegläser nimmt.

»Es hatte zu viele Erinnerungen.« Er setzt die Gläser ab, stellt Butter, Käse und Teller dazu und zieht sich ebenfalls einen Stuhl heran.

»Elias sagte, du hast das Haus erst vor ein paar Jahren verkauft.«

»Das stimmt. Ich habe lange gebraucht, um mich davon zu trennen.« Sein Blick schweift durch die Küche, bevor er wieder auf die Teekanne fällt. »Ich hatte das Gefühl, ich würde sie dort allein zurücklassen.«

Zu gern wüsste ich, womit er die Leerstellen in seinem Alltag füllt. Ob sie schmerzen, immer noch, ob es ihm trotzdem gut geht, doch auch das ist eine der Fragen, die ich zu den anderen schiebe. Für ein Irgendwann, zu dem es wahrscheinlich nie kommt, weil all das hier eine dumme Idee war, ein spontaner Entschluss aus einem Moment heraus, in dem keine andere Option wirklich Sinn ergeben hat. Ich reagiere nicht gut auf solche Momente. Morgen werde ich wieder abreisen und meine Dinge zu Hause regeln, entweder in meinen Job zurückkehren oder mir einen anderen suchen.

»Meine Mutter hat mir damals nicht erzählt, dass Oma gestorben ist«, sage ich leise. »Erst viel später, als die Beerdigung schon vorbei war. Sonst hätte ich sie überredet herzukommen.«

Siegfried nickt sanft. »Das habe ich mir fast gedacht.« Er gießt Tee in die beiden Gläser und schneidet sich eine Scheibe Brot ab. Wir trinken schweigend, was sich nicht einmal unangenehm anfühlt. Wie ein Nachdenken zum anderen hin, ein lautloses Gespräch, bis einer von uns die richtigen Worte findet.

»Kann ich bei dir bleiben?«, frage ich, meinen Tee habe ich ausgetrunken.

»Ja«, erwidert er schlicht, ohne zu fragen, wie lange ich denn bleiben will. Er lächelt ein warmes Lächeln bis in seine braunen

Augen hinein, ein Lächeln, das so wirkt, als wüsste er Dinge, von denen ich keine Ahnung habe. »Oben gibt es ein paar ungenutzte Zimmer. Nimm dir das, in dem das Bett steht.«

»Wieso hast du dir so ein großes Haus gekauft und kein kleineres?«

Sein Gesichtsausdruck wird wieder ernst. »Es gab nicht viel Auswahl. Ich wollte nicht aus dem Ort weg, nur aus dem Haus. Und das hier war das einzige Grundstück, das zum Verkauf stand. Also habe ich es genommen.«

Er muss in seinem Beruf als Forstbotaniker ganz gut verdient haben. War er überhaupt Forstbotaniker? Meine Großmutter war Krankenschwester, das weiß ich zumindest noch recht sicher.

Nach der zweiten Tasse Tee spüle ich das Geschirr ab, auch wenn Siegfried mehrmals betont, dass er das erledigen kann. Irgendwann gibt er nach und setzt sich wieder. »Du redest weniger als früher«, stellt er schließlich fest.

»Erwachsene reden meistens weniger als Kinder.«

»Ich bin nicht sicher, ob das stimmt.« Er steht auf, verstaut das Brot in einer Blechdose, die er aus einem Schrank nimmt.

»Ist das selbst gebacken?«, frage ich.

»Elias und andere Nachbarn bringen mir ab und zu Essen vorbei. Manchmal backe ich aber auch selbst.«

Ich stelle den letzten Teller in dem Abtropfgestell ab und ziehe den Stöpsel, um das Wasser abfließen zu lassen.

»Wenn du magst, sieh dich ein bisschen um. Ich muss mich noch um den Garten kümmern«, sagt er, bevor er die Tür nach draußen öffnet.

»Okay.« Meine Antwort hört er schon nicht mehr.

Nachdem ich die Spüle ausgewischt habe, schaue ich mir in Ruhe das Haus an. Selbst für eine vierköpfige Familie wäre hier ausreichend Platz. Das Wohnzimmer ist riesig und nicht ansatzweise vollgestellt, obwohl die Bücherwand, der Kamin mit der alten Sofagarnitur davor und die Buffetschränke einen normal großen Wohnraum komplett einnehmen würden. In einer Ecke thront ein Fernseher, davor ein einzelner Sessel, der trotz der Schirmstehlampe und dem mit Büchern beladenen Tisch daneben etwas verloren wirkt. In mir zieht sich etwas zusammen. Rasch wende ich den Blick ab und laufe ans andere Ende des Raumes zu einem hübschen Erker mit vier Fenstern, durch die warm indirektes Abendlicht schimmert. Auch hier stehen ein Sessel, ein grüner, und ein schmales Bücherregal. Es muss derselbe sein wie der, der früher in dem alten Haus im Wohnzimmer stand. Siegfried und sein Sessel und ein Buch oder die Tageszeitung, diese Sachen bildeten eine nahezu untrennbare Einheit.

Anders als in der Fernsehecke umfängt mich hier warme Gemütlichkeit. Augenblicklich verspüre ich den Wunsch, mich an den dunklen Holzschreibtisch zu setzen und ein paar Notizen oder Gedanken aufzuschreiben, einfach einen Moment in dieser konzentrierten Stille zu verweilen. Doch dann gehe ich in den Flur zurück, nehme meinen Koffer und wuchte ihn die Holztreppe nach oben. Ein Bad gibt es in beiden Etagen, aber hier oben ist nur ein Zimmer vollständig eingerichtet. In einem weiteren lagern ein Klavier und ein paar Kisten, zwei stehen komplett leer, und ein fünftes beherbergt immerhin ein Doppelbett und eine Kommode und zwei Glastüren, die auf einen kleinen Balkon weisen. Das wird wohl für mich reichen.

In einer Kammer unten im Erdgeschoss finde ich Putzzeug. Während die Sonne hinter den Bäumen im Horizont versinkt, wische ich den Staub von den Möbeln und reinige den Boden, schüttle das Bettzeug auf und beziehe es neu. Wirklich behaglich wirkt der Raum mit der alten Tapete zwar trotzdem nicht, aber ich bleibe ja nur für eine Nacht und habe auch nicht das Hilton erwartet.

Nachdem ich meine Putzaktion beendet habe, trete ich hinaus auf den Balkon, der sich direkt über dem Hauseingang befindet. Möbel gibt es hier leider nicht, weshalb ich mich auf die angeschlagenen Steinfliesen setze und die milde Abendluft atme. Ich hole mein Handy hervor und schreibe meiner besten Freundin Meike eine Nachricht, dass ich angekommen bin. Dass es nach Sommerwald riecht und es so still ist wie sonst nirgendwo. Gestern Abend haben wir lange telefoniert, nachdem ich müde und verheult ein Hotel gefunden hatte, und hätte sie nicht gesagt, ich solle einfach hierherfahren, vielleicht hätte ich es gar nicht gemacht.

Durch die Streben des Geländers beobachte ich meinen Großvater dabei, wie er mit den Hühnern spricht, bevor er sie in den Stall lockt und das Gatter wieder sicher verschließt.

Als er aufblickt, winke ich ihm zu. Mit einem Lächeln winkt er zurück, und auch das ist wie eines dieser Bilder aus einer längst vergangenen Zeit. Ein alter Mann und seine Hühner, die beginnende Nacht, und alles, was ich über diesen Menschen weiß, hat mit dem Heute nichts mehr zu tun.

# Kapitel 3

Der Morgen arbeitet sich mit dunstigem Licht und dem Gesang Tausender Vögel ins Zimmer vor. Obwohl ich etwas früher ins Bett gegangen bin, als ich es gewohnt bin, bin ich sofort eingeschlafen und kein einziges Mal nachts aufgewacht, wie es sonst häufig der Fall ist. Eine Weile habe ich darauf gewartet, Fabians Nähe zu vermissen, die Berührung seiner Hand unter der Bettdecke, seinen Kuss vor dem Einschlafen, doch nichts davon geschah, und erst diese Erkenntnis, dass er mir einfach nicht fehlt, weckte eine Traurigkeit in mir, die viel älter ist als unsere Beziehung. Als vermisste ich etwas anderes, von dem ich nicht fassen konnte, was.

Nach einem Blick auf mein Handy krieche ich unter der Bettdecke hervor und laufe über den Holzboden zum geöffneten Fenster. Dünne Wolkenschleier verhängen den Himmel, mein Großvater wandert bereits im Garten herum.

Für einen Moment genieße ich noch den Blick ins Grüne, bevor ich eine der Tai-Chi-Grundpositionen einnehme. Mit geschlossenen Augen konzentriere ich mich auf meinen Körper, bis die Gedanken der letzten Tage immer tiefer sinken. Im Kopf gehe ich die Form durch, einmal, zweimal, beim dritten Mal beginnt mein Körper fast von allein. Ich fühle mich komplett im Gleichgewicht, während die einzelnen Sequenzen ineinandergleiten, und obwohl ich diese Übung schon hundertmal gemacht habe, bleibe ich vollkommen auf meinen Körper und die Bewegungsabläufe fokussiert. Nach einer kurzen Pause beginne ich von vorn, setze mich danach auf den Boden und atme gleichmäßig ein und aus.

Normalerweise treffe ich mich samstags mit meiner Tai-Chi-Gruppe im Studio oder im Park, sofern das Wetter es zulässt, doch da das gemeinsame Üben und der anschließende Cappuccino in unserem Stammcafé heute ausfällt, absolviere ich das Programm eben allein. Ich habe in unseren Gruppenchat geschrieben, dass ich heute nicht komme. Niemand hat nachgefragt, wieso nicht. Insgesamt bin ich zu häufig nicht hingegangen, wenn ich am Wochenende arbeiten musste, sodass ich eigentlich keinen von ihnen wirklich kenne.

Mit einem Handtuch, das ich gestern zusammen mit der Bettwäsche aus der Kammer genommen habe, verschwinde ich im Bad. Wenigstens das wurde in den letzten zwanzig Jahren wohl saniert. Mit Ausnahme von Kalkablagerungen, die ziemlich hartnäckig aussehen, und dunkel gewordenen Silikonabdichtungen wirkt es noch annehmbar frisch, die weißen Badmöbel in Holzoptik mit dem eingelassenen Waschbecken scheinen sogar recht neu zu sein. Nur die frei stehende Badewanne hat etwas Antiquiertes. Wider Erwarten kommt aus dem Duschkopf fast sofort warmes Wasser. Ich wasche mir die Haare, trockne mich ab und blicke dabei durch das winzige Fenster auf das Nachbargrundstück, auf dem nur ein kleiner Bungalow steht. Niemand ist zu sehen. In meinem Zimmer schlüpfe ich in ein frisches Shirt und eine Leinenhose, bevor ich nach unten gehe, wo es bereits nach Kaffee duftet und klassische Musik aus einem alten Radio dudelt.

»Guten Morgen«, begrüße ich meinen Großvater, der mich erschrocken ansieht. Erst nach ein paar Sekunden entspannen sich seine Gesichtszüge. »Du hast vergessen, dass ich hier bin, stimmts?« Ich nehme mir selbst einen Kaffeebecher aus dem Schrank und gieße mir etwas von dem schwarzen Filtergebräu ein. Besser als gar kein Kaffee. Der Gedanke, wieder nach Frankfurt zurückkehren zu müssen, nagt wie eine unangenehme Pflicht an mir.

»Nicht vergessen, nein. Ich habe nur nicht daran gedacht.« Sein Lächeln wirkt entschuldigend. »Ich bin es nicht mehr gewohnt, dass sich noch jemand im Haus aufhält.«

Schweigend nippe ich an dem Kaffee, den man nur mit viel gutem Willen als solchen bezeichnen kann. Sollte ich mich dazu entschließen, länger zu bleiben, werde ich wohl irgendwo eine *French Press* auftreiben müssen. »Hast du eigentlich ein Auto, oder fährst du mit dem Bus, wenn du irgendwohin musst?«, frage ich, weil es das Einfachste ist, mit den Alltagsfragen zu beginnen.

»Meistens nimmt mich jemand mit. Ich muss solche Dinge nur vorher absprechen. Manchmal nehme ich auch das Fahrrad, wenn es nicht gerade kaputt ist, oder auch den Bus.«

»Das Fahrrad?« Derart überrascht wollte ich nicht klingen, denn insgesamt wirkt Großvater deutlich rüstiger, als ich gedacht hätte. Immerhin ist er bereits über achtzig Jahre alt, und Fahrradfahren erfordert nun mal einiges an Koordination, Gleichgewicht und schneller Reaktionsfähigkeit. Ich verbiete mir den Gedanken daran, was alles schon hätte passieren können. Unfälle und Folgen, die ich wahrscheinlich nicht einmal mitbekommen hätte.

»Ja. Mein Auto habe ich vor einigen Jahren verkauft, nachdem es einen Motorschaden hatte.« Siegfried setzt sich an den Holztisch, der bereits für das Frühstück gedeckt ist. »Ein neues hätte sich nicht gelohnt. So oft brauche ich es nicht.«

Unentschlossen bleibe ich an die Spüle gelehnt stehen. Nach

all den Jahren fällt es mir schwer, völlig selbstverständlich am Alltag meines Großvaters teilzunehmen.

»Willst du nicht auch frühstücken? Es macht mich nervös, wenn du nur dastehst und mir beim Essen zusiehst.«

Ich geselle mich zu ihm, obwohl ich selten direkt nach dem Aufstehen frühstücke. Im Büro haben wir eine kleine Teeküche, in der ich normalerweise vormittags schnell etwas esse, sobald sich dafür eine Lücke ergibt.

»Willst du mir erzählen, wieso du hier bist?«, fragt Siegfried nach einigen Momenten des Schweigens. Die ruhige, fast monotone Stimme des Moderators aus dem Radio füllt den Raum, als er das nächste Stück ankündigt.

»Ich ... Mein Freund hat sich von mir getrennt, und deshalb bin ich gerade obdachlos.«

Großvater mustert mich. Er könnte mir Vorwürfe machen, weil ich mich nicht angekündigt habe, er könnte darauf hinweisen, wie merkwürdig es ist, in meiner aktuellen Situation ausgerechnet bei ihm aufzukreuzen. Stattdessen wartet er nur ruhig auf meine Erklärung, denn dieser eine Satz, das ist mir klar, ist noch lange keine.

Mit einem Seufzen umklammere ich meine Tasse. »Es ist ein bisschen schwierig. Der Streit zwischen uns ist ausgeartet, also hat er mich aus der Wohnung geschmissen. Ich wusste nicht, wohin. Oder, na ja, vielleicht wollte ich einfach hierher. Ich weiß selbst nicht, wieso eigentlich.«

Siegfried legt seine Hand auf meine, nur eine kurze Berührung. »Bleib, solange du willst«, sagt er.

»Danke.«

Das Etikett auf dem Marmeladenglas ist handbeschriftet, etwas schnörkelig, das *Pflaumenmus* lässt sich kaum entziffern.

Den Abwasch erledige ich, während Siegfried wieder in den

Garten geht, danach folge ich ihm nach draußen und schaue mich genauer um. Die alten Fenster scheinen halbwegs gut zu schließen, aber für den Winter reicht die Einfachverglasung sicher kaum aus. Keine Ahnung, wie mein Großvater das die letzten Jahre überstanden hat. Vermutlich nur mit immensen Heizkosten und sehr vielen Pullovern. Ein kleiner Teil des Hauses ist unterkellert, der Zugang liegt hier draußen. Außer einem Hauswirtschaftsraum mit Ölkessel für die Heizung und einem weiteren, in dem Großvater Werkzeug und ein bisschen Gartenzeug lagert, befindet sich dort unten nichts.

In der Zwischenzeit hat sich der Wolkenschleier aufgelöst. Zurück im Garten bleibe ich für einen Moment in der vollen Morgensonne stehen und atme ihn ein, diesen warmen Geruch nach beginnendem Sommertag, in dem noch ein letzter Rest langsam verdunstender Nachtfeuchte wohnt. So oft bin ich den ganzen Tag im Büro gewesen und habe die Stunden vertelefoniert, selbst am Wochenende habe ich ständig hier und da etwas nach- oder vorgearbeitet, und keiner von uns, weder Fabian noch ich, konnte sich mal aufraffen, einen Ausflug vorzuschlagen, oder wenn, kam irgendetwas dazwischen. Manchmal schliefen wir mitten am Tag miteinander, aber das war auch schon das Maximum an Spontaneität, das wir uns gönnten. Abends schauten wir uns meistens einen Film an, manchmal haben wir Freunde besucht. Bis auf vielleicht zwei Ausnahmen sind wir in diesem Jahr nicht ins Grüne gefahren, nicht an einen See oder in den Wald oder gar in die Berge.

Im vorderen Teil des Gartens picken die Hühner diesmal außerhalb ihres Geheges im Freien herum, zwischen ihnen gockelt der Hahn. Sie alle haben ein blauschwarzes Gefieder, nur eine der Hennen ist weiß. Als einzige befindet sie sich in Siegfrieds Nähe. Dieser ist gerade damit beschäftigt, mit einer Handpumpe Wasser in einen verbeulten Blecheimer zu schöpfen, das er in den Hochbeeten verteilt.

»Das Huhn mag dich.«

»Das Huhn heißt Martha.«

Ich warte, ob zu dem Huhn und dem Namen eine Geschichte gehört, doch als keine folgt, sage ich: »Ich fühle mich nutzlos.«

Siegfried lässt den Pumphebel los. »Lies ein Buch«, schlägt er vor. »Oder rupf etwas Unkraut aus den Beeten. Du kannst auch das Mittagessen kochen.«

»Jetzt schon?«

Mit einem Lächeln zuckt er mit den Schultern, bevor er wieder den Griff umschließt. »Das sind nur ein paar Möglichkeiten.« Das Wasser platscht erneut in den Eimer.

Unmöglich kann ich mich jetzt einfach mit einem Buch in die Sonne legen, auch wenn das vermutlich genau das ist, was ich mir ursprünglich für meinen Aufenthalt hier vorgenommen habe. Nein, nicht vorgenommen. Maximal vorgestellt, falls ich überhaupt an irgendeinem Punkt so weit gedacht habe. Wenn, dann habe ich meinen Großvater in seinem Lesesessel vor mir gesehen. Und dieser Großvater steht jetzt hier und pumpt braunes Grundwasser aus der Erde und verteilt es auf all den Beeten, die so viel Arbeit gemacht haben müssen und immer noch machen.

»Du kannst ansonsten Johannisbeeren pflücken«, ruft er mir über das Pumpgeräusch hinweg zu. »Die ersten Brombeeren dürften auch schon reif sein.«

Mit der Aufgabe kann ich mich anfreunden. Ich hole einen Korb aus der Küche und ernte dicht hängende rote Johannisbeeren von zwei Sträuchern und ein paar wenige süße Brombeeren und stelle mir vor, dass ich das auch früher gemacht habe, in dem anderen Garten, auch wenn ich nicht sicher bin, ob es dort Obststräucher gab. Gestern sind mir zumindest keine aufgefallen.

Die Früchte, fast zwei Kilo, trage ich in die Küche. Sie erinnern mich an lange Ausflüge durch den Wald, stundenlang waren wir unterwegs, um Heidelbeeren zu sammeln. Nur mein Opa und ich und die belegten Brote, die uns Oma Christel mitgegeben hatte.

»Sind die Blaubeeren im Wald schon reif?«, frage ich meinen Großvater, der vor einer struppigen rot getigerten Katze mit nur einem Auge hockt, die bei meinem Anblick sofort Reißaus nimmt.

»Die waren dieses Jahr recht früh dran, wahrscheinlich ist es fast schon zu spät.«

Ich gehe trotzdem in den Wald. Die Stille, der Geruch von Holz und flirrender Sommerluft umfängt mich. Vielleicht hätte ich meinen Großvater fragen sollen, wo hier überhaupt Heidelbeeren wachsen, doch ich glaube, weit mussten wir in diesem Wald voller Kiefern nie laufen. Von der Asphaltstraße biege ich ab in einen Forstweg. Mein Herz pocht aufgeregt, völlig ohne Grund. Ab und zu bleibe ich stehen, betrachte das durch die Baumkronen hindurchblitzende Sonnenlicht, beobachte ein Eichhörnchen und ein paar Vögel, auch wenn die meisten nur Amseln und Spatzen sind. Immer wieder huschen Mäuse durch das Laub. Mit einem Stöckchen drehe ich einen blau glänzenden Mistkäfer um, der hilflos auf dem Rücken liegend wie in Zeitlupe mit den Beinen zappelt. An einer der Kiefern bleibe ich stehen, lege die Hand auf den Stamm, wie ich es früher manchmal gemacht habe.

»Wie isst ein Baum?«, habe ich Großvater gefragt.

»Er nimmt Wasser und andere Stoffe aus dem Boden auf, das

durch das Leitgewebe im Stamm nach oben transportiert wird. Außerdem verwandeln die Blätter bei der Fotosynthese Kohlenstoffdioxid in Zucker um.«

Ich bin mir nicht sicher, ob diese Erinnerung real ist oder ob ich sie mir nur einbilde, weil mein Großvater und der Wald in Bereichen meiner Vergangenheit herumwühlen, die ich schon lange nicht mehr berührt habe. Falls sie es ist, falls wir dieses Gespräch einmal geführt haben, habe ich mir bestimmt vorgestellt, dass das Wasser und die darin gelösten Mineralien durch das Xylem rauschen wie Blut durch unsere Adern, und vielleicht habe ich geglaubt, es tatsächlich zu spüren. Den Herzschlag des Baumes, auch wenn er nicht wirklich einen besitzt. Es muss ewig her sein, seit ich mir das letzte Mal die Zeit genommen habe, durch einen Wald zu spazieren und Heidelbeeren zu ernten. Wahrscheinlich war es sogar mit ihm, mit Siegfried, in genau diesem Waldstück, wo sie sich weit zwischen den Bäumen erstrecken, eine Wiese aus niedrigen grünen Sträuchern, deren winzige Früchte man ein wenig suchen muss. Ich knie mich hin, koste ein paar und ernte die anderen für später. Es fühlt sich ein wenig seltsam an, nicht meinem gewohnten Tagesablauf zu folgen. Ich sitze nicht am Schreibtisch, um Aufträge abzuarbeiten, und bespreche nicht mit Fabian, was wir am Abend kochen wollen. Stattdessen pflücke ich Beeren und will momentan nichts anderes als das, in diesem Wald bleiben, mich in diese Stille fallen lassen, die alle Unruhe in mir besänftigt.

Erst als das Eimerchen, das ich zum Beerensammeln mitgenommen habe, fast voll ist, stehe ich wieder auf und blicke mich um. Die Orientierung habe ich verloren, den Pfad, auf dem ich hergekommen bin, auch. Ich werde trotzdem zurückfinden. Zwischen den Bäumen suche ich nach einem Weg, als mein Blick an einem Zelt aus Ästen hängen bleibt. Genau solch einem, wie wir sie früher gebaut haben, Isabel, Elias und ich, zusammen mit meinem Großvater. Merkwürdig, wie selbstverständlich diese Erinnerung sich anfühlt, obwohl ich sie bis eben nicht mehr hatte.

Ich trete näher. Im Inneren der Hütte liegen ein paar mit Kreide bunt bemalte Steine, sonst nichts. Irgendein Kind hat hier sein Lager aufgeschlagen. Ich muss an meine Patentochter denken, die ich viel zu selten besuche, seit Meike wegen der Familienplanung und des Hauskaufs und des neuen Jobs kaum noch Zeit findet. Vielleicht bin auch ich diejenige, die kaum Zeit findet. Vor einem Jahr, kurz nachdem Meike und Lars umgezogen sind, habe ich sie zuletzt besucht. Zu Jills Taufe.

Ich sollte unbedingt zu ihnen fahren und mit Jill in den Wald gehen, ich sollte ihr zeigen, wie man solche Hütten baut, wie man Feuer macht, welche Früchte man essen kann, weil alle Kinder diese Dinge wissen sollten. Ein dumpfer Schmerz zieht in mir auf, ich blinzle aufsteigende Tränen davon und wende mich von der Hütte ab. Jetzt nicht. Ich kann ein anderes Mal weiter darüber nachdenken. Jill ist noch keine zwei Jahre alt, sie ist sowieso noch viel zu klein für all diese Sachen.

Als ich aus dem Wald zurückkomme, reicht das Obst zusammengenommen für einen Kuchen und ein paar kleine Gläser Marmelade. Ich suche alle Zutaten aus der Vorratskammer und bereite den Mürbeteig vor.

Gute zwei Stunden später, als mein Großvater die Küche betritt, kühlen Kuchen und Marmeladengläser auf dem Tisch ab, und auf dem Herd köcheln die Spaghetti.

Wir essen draußen an einem wackligen und verfärbten Plastiktisch. Das frische Basilikumpesto schmeckt nach Sommer und warmen Nachmittagen. Wann habe ich eigentlich zuletzt etwas selbst gemacht? Fürs Kochen war meist Fabian zuständig, weil er mit seinem Teilzeitjob als kaufmännischer Assistent viel mehr zu Hause ist als ich. Mit dieser Aufteilung sind wir ganz gut zurechtgekommen.

»Früher hat immer Oma gekocht, oder?«, frage ich. »Machst du das jetzt selbst?«

Mein Großvater lächelt auf diese warme, ansteckende Art, die viel mehr sagt als ein dreistündiges Gespräch. »Ja. Ein bisschen konnte ich auch früher schon kochen. Aber nach ihrem Tod habe ich mir noch mehr beigebracht.«

»Ganz allein?«

»Nein, nicht ganz allein. Ich hatte sehr viel Unterstützung, nachdem Christel gestorben ist. Erst haben mir Nachbarn und Bekannte Essen vorbeigebracht, später haben sie zusammen mit mir gekocht, und ich habe die Rezepte mitgeschrieben. Manchmal machen sie das immer noch. Vor allem Elias möchte mir ständig etwas Neues beibringen, aber seine Gerichte sind mir zu … stark gewürzt. Und zu exotisch.«

Ich versuche, mir Elias beim Kochen vorzustellen, doch das Bild entschlüpft mir sofort wieder, als würde er sich persönlich dagegen wehren.

»Erinnerst du dich an Isabel und Elias? Sie haben als Kinder manchmal im Ort Urlaub gemacht.« Er trinkt einen Schluck Apfelsaftschorle.

»Ja, das hat Isabel erzählt. Auch, dass wir miteinander gespielt haben. Ich erinnere mich aber nur vage.«

»Sie waren beide ruhig, im Gegensatz zu dir. Du warst ständig in Bewegung, außer wenn du gelesen hast. Ihr seid trotzdem gut miteinander zurechtgekommen. Leider wart ihr nur ein paarmal gleichzeitig in Spechthausen.«

»Du warst bestimmt auch froh, wenn ich mal beschäftigt war«, sage ich lächelnd.

Er lacht auf, ein Lachen, das genauso ruhig und zufrieden wirkt wie er selbst. Fast ist es, als würde er in Zeitlupe lachen, warten, bis der Klang sich ausbreitet und wieder in Stille versiegt. »Manchmal schon, ja. Aber du bist auch immer gern mit in den Wald gekommen, und dort warst du viel ruhiger als im Haus. Du hast alles aufgesogen, was ich dir erklärt habe, und später jedes Detail deiner Oma erzählt.« Er sagt nicht, dass ich sie damit genervt habe, doch ich bin mir fast sicher, dass es so war.

Diesmal übernimmt er den Abwasch. Ich schneide ein paar Stücke von dem Kuchen ab, lege sie auf einen Teller und laufe damit und mit einem Glas Marmelade hinüber zu Isabel, um mich für das gestrige spontane Abendessen zu bedanken.

Wolken sammeln sich in der Ferne zu dunklen Gebilden, bald wird es anfangen zu regnen. In meiner Hosentasche vibriert das Handy, auch ohne nachzusehen weiß ich, dass es meine Mutter ist. Es ist fast immer meine Mutter, wenn mich jemand anruft.

Isabel öffnet die Tür mit seltsam verschmierten Händen. »Ich war gerade beim Töpfern«, erklärt sie, bevor sie zur Seite tritt und mich hineinlässt.

»Hobby oder Beruf?«

»Hauptsächlich Hobby.«

»Was machst du dann beruflich?«

»Ich arbeite halbtags in einem Kleidungsgeschäft in Eberswalde. Nichts Spannendes.«

In der hübschen weißen Landhausküche stelle ich Kuchen und Marmelade ab. »Habe ich dich gestört? Geht dir jetzt was kaputt?«

»Nein, ich war gerade fertig. Muss nur noch Hände waschen.«

Ich folge Isabel in einen Raum unter der Treppe, wo sie ihre Hände in einen Eimer mit Wasser taucht. »So kann ich die Tonreste besser auffangen, ohne dass sie die Abflüsse verstopfen«, erklärt sie. »Was machst du beruflich?«

Gegen einen Tisch gelehnt, mustere ich die angefangenen und fertigen Stücke, die in einem einfachen dunklen Metallregal ausgestellt sind. Eine Serie aus weinrotem Geschirr mit goldenem, ineinander verschlungenem Muster gefällt mir sofort. Mit der Spüle, der elektrisch betriebenen Töpferscheibe und dem runden Brennofen ist der Raum so vollgestellt, dass man sich zu zweit kaum darin bewegen kann.

»Eigentlich arbeite ich in einer Eventagentur in Frankfurt«, antworte ich Isabel zögerlich.

»Eventagentur? Was heißt das?«

Ich blicke zu ihr, während sie weiter den Ton von ihren Händen schrubbt. »Wir veranstalten verschiedene Events für Firmen. Empfänge, Coaching- und Teambuildingsachen, Mitarbeiterpartys, solchen Kram.«

»Klingt stressig.«

»Ist es auch. Ursprünglich habe ich Ökologie studiert, aber keinen Job in dem Bereich gefunden.«

»Ah, Ökologie. Na, dann hast du ja einiges mit Siegfried gemeinsam«, stellt Isabel fest und trocknet sich die Hände an ihrer blau-weiß gestreiften Schürze ab, bevor sie diese abstreift.

»Stimmt«, erwidere ich nachdenklich.

»Essen wir jetzt ein Stück von deinem Kuchen?«

»Der ist doch für euch, weil ich gestern einfach bei euch eingefallen bin, obwohl wir uns gar nicht kennen.«

»Und deshalb dürfen wir den jetzt nicht essen?« Gespielt entsetzt starrt sie mich an.

»Dir kann ich es ja schlecht verbieten, ich bin aber noch satt vom Mittagessen.«

»Ach, Süßes geht immer.« Lächelnd geht Isabel in die Küche zurück, um Kuchen und Geschirr zu holen, dann setzen wir uns gemeinsam in den Garten. Nachdem sie sich ein Stück aufgetan hat, kann ich nicht widerstehen, ihn auch zu probieren, zudem der Kaffee, den ich ebenfalls dankbar angenommen habe, mit Kuchen noch mal viel besser schmeckt. Eine weitere Tasse von Opas Gebräu verkraftet mein Herz-Kreislauf-System heute nicht mehr.

»Wo sind denn Mia und dein Bruder?«, frage ich.

»Unterwegs. Sie unternehmen jedes zweite Wochenende einen Onkel-Nichte-Ausflug, und ich habe für den Tag meine Ruhe.« Zufrieden lächelt sie in die Sonne, der sich ein paar Wolkenberge nähern. Ein Windstoß lässt die Vorhänge des Pavillons flattern.

»Und dann töpferst du?«

»Manchmal. Sonst räume ich auf oder mache was im Garten. Oder ich schaue heimlich Serien.« Sie nimmt eine Gabel voll von dem Kuchen. »Wow, der ist großartig. Du darfst gern häufiger welchen vorbeibringen. Ich kann leider gar nicht backen. Immer wenn ich es versuche, produziere ich Zementblöcke oder süße Matsche.«

»Liegt wahrscheinlich nur am Ofen.«

»Nein, das ist bei allen Öfen so. Es liegt an mir.« Sie sticht ein weiteres Mal in den Kuchen. »Wie war es gestern mit Siegfried?«

»Gut, denke ich. Dafür, dass ich ihn so überrascht habe, meine ich.« Ich koste ebenfalls von dem Kuchen, der genau die richtige Mischung aus fruchtig-süß und saftig hat und dank der Johannisbeeren eine intensive Farbe. »Es ist ein bisschen …«

»Komisch?«

»Ja, das auch. Einerseits fremd und distanziert, andererseits auch wieder gar nicht. Ein bisschen ist es wie früher, nur dass ich jetzt erwachsen bin und wir uns eben lange nicht gesehen haben. Das macht manche Dinge komisch. Ich versuche noch, das für mich zu sortieren.«

»Du bist ja auch gestern erst angekommen.«

»Ja, ich weiß.« Ich greife nach meinem Kaffeebecher. »Keine Ahnung, warum ich dich mit meinem Zeug vollquatsche.«

»Weil du hier sonst niemanden kennst?« Isabels Lächeln ist offen und nah, kein bisschen spöttisch oder sarkastisch. »Wie lange willst du bleiben?«

»Ich bin noch nicht sicher. Gestern dachte ich, dass ich heute oder morgen wieder abfahre, aber dann hatte mein Besuch gar keinen Sinn.«

Aus der Ferne rollt ein Donnergrummeln heran, der Wind wird immer stärker.

»Hast du denn in Frankfurt etwas Dringendes zu tun? Oder kannst du Urlaub nehmen?«

»Ich habe Urlaub genommen«, antworte ich ausweichend.

»Dann habt ihr doch Zeit. Die braucht ihr bestimmt.«

Stumm nicke ich und esse meinen Kuchen auf. Isabel springt auf, als irgendein Spielzeug durch den Garten geweht wird, und fängt es ein. Eilig räumen wir das Geschirr in die Küche zurück, danach helfe ich ihr dabei, alles, was noch draußen herumliegt, einzusammeln und zu verstauen.

»Ich gehe besser wieder rüber, bevor das Gewitter losgeht«, sage ich anschließend. »Danke für den Kaffee. Schon wieder.«

»Danke für den Kuchen und die Marmelade.« Isabel begleitet mich zur Tür. »Du kannst jederzeit herkommen, wenn etwas ist.«

»Danke.« Für einen Moment bin ich versucht, sie zu umarmen, wende mich dann jedoch ab und laufe auf die Straße. Der Wind wirbelt Blätter und Staub um mich herum, er schiebt mich vorwärts, Richtung Waldrand, wo es bereits nach Regen riecht und nach dieser dunklen Aufregung, kurz bevor das Unwetter richtig losgeht. Ich bin mir sicher, als Kind habe ich das geliebt.

# Kapitel 4

Der Sturm rüttelt an allem, was nur lose an diesem Haus hängt, und den Geräuschen nach zu urteilen ist das eine ganze Menge. Ich versuche, mich zu beruhigen, die Sicherheit des Gemäuers zu spüren, doch vor allem drängen sich Bilder von umstürzenden Bäumen in meinen Kopf, von davonfliegenden Dachschindeln und Blumentöpfen und eingeschlagenen Fenstern, und dann denke ich an die Hühner, die draußen in der Nacht in ihrem kleinen Holzstall verharren müssen.

Ich schlage die Bettdecke zur Seite, angle im Dunkeln nach den Socken auf dem Stuhl neben dem Bett und taste mich durch den Flur. Noch weiß ich nicht, wo genau sich welche Lichtschalter befinden. Der Wald und die Wolken hüllen das Draußen in tiefstes Schwarz, durch die Fenster dringt kaum ein Schimmer. Hier ist die Tür zum Klavierzimmer. Dort das Geländer an der Treppe, die nach unten führt. Knarzende Holzstufen. Unten kühler Boden, über den ich mich vorwärtsschleiche, immer darauf bedacht, nirgendwo anzustoßen. Neben der Haustür ertaste ich endlich einen Schalter, viel zu grell glimmt das Licht auf.

Großvaters Gummistiefel sind mir eine Nummer zu groß, doch ich selbst habe nur ein Paar Sandalen und meine Sneakers hier stehen. Die Gummistiefel scheinen die klügere Wahl zu sein. Nachdem ich von Isabel zurückkam, haben wir alles, was nicht windfest war, ins Haus geräumt. Der Sturm währte zum Glück zunächst nur kurz, zum Abend wurde es wieder ruhig. Doch nun durchzuckt ein Blitz den schwarzen Himmel, gefolgt von einem tiefen Grollen, das wie eine Welle durch den Wald rollt. Hastig ziehe ich die Tür hinter mir zu, bleibe dann aber draußen vor dem Treppenabsatz stehen und atme tief ein. Mein Herz pocht spürbar und pumpt neben einer unbekannten Aufregung etwas anderes durch meine Adern, eine merkwürdig kontrastierende Ruhe, als befände ich mich in genau dem richtigen Moment am richtigen Ort. Noch richtiger wäre es, hätte ich eine Taschenlampe mitgenommen, denn ohne Licht werde ich nicht nur nicht sicherstellen können, dass die Hühner im Trockenen sitzen, ich werde nicht einmal den Stall finden.

Erschrocken zucke ich zusammen, als mich etwas an der Schulter berührt.

»Was machst du hier draußen?«, ruft mein Großvater gegen das Tosen des Windes. Die Lampe über uns glimmt auf und wirft ihr schwaches gelbliches Licht auf die Stufen und in den Garten.

»Ich habe keine Ahnung«, gebe ich ehrlicherweise zu. »Irgendwie hatte ich das Bedürfnis, nach den Hühnern zu schauen.«

Regen klatscht uns ins Gesicht, was ich jetzt erst wirklich registriere. Mein Schlafshirt und die Hose sind bereits durchweicht, Wasser läuft aus meinen Haaren, und auch mein Großvater, der nur meinetwegen hier steht, ist längst nicht mehr trocken.

»Den Hühnern geht es gut, mach dir keine Sorgen. Wir haben ihnen einen sturmsicheren Stall gebaut. Du solltest wieder mit ins Haus kommen.« Als er die Tür öffnet, huscht ein Schatten an uns vorbei in den Eingang, ein dunkles Kätzchen, kleiner als das einäugige scheue Tier, das ich heute Morgen gesehen habe. Es ist schwarz mit einem weißen Lätzchen und weißen Pfoten und stolziert selbstsicher vor uns her ins Wohnzimmer.

Katzen mit ihrem divenhaften Verhalten mag ich nicht so richtig. Wenn ich Meike besuche, muss ich immer meine Taschen auf Stühlen und Kommoden deponieren, damit ihr langfelliges Monster nicht auf die Idee kommt, sie als Ersatztoilette zu missbrauchen, und wagt man zu vergessen, es rechtzeitig hinaus in den Garten zu lassen, zerfetzt es vor lauter Ungeduld die Wohnzimmertapete.

Das schwarze Kätzchen reibt sich schnurrend am Bein meines Großvaters, während dieser schweigend ein Feuer entfacht. Die feuchte Kühle des Unwetters, die durch die Wände gedrungen ist, weicht vor den Flammen zurück.

»Zieh dir besser etwas Trockenes an«, sagt Großvater, und da ich langsam anfange zu frieren, gehe ich die Treppenstufen nach oben.

Als ich – in meiner Jogginghose und einem frischen Shirt und mit halbwegs trocken gerubbelten Haaren – wieder nach unten komme, steht eine Kanne Tee auf einem Stövchen, daneben zwei Tassen. Mein Großvater hat sich in der Zwischenzeit ebenfalls umgezogen. Nun sitzt er im Sessel und starrt ins Feuer, das flackernd Geschichten erzählt, die ich nicht entschlüsseln kann. Ich frage mich, ob er häufig dort sitzt und liest und dabei immer wieder in die Flammen blickt oder ob er den Kamin selten anzündet. Die abgewetzten Armlehnen lassen zumindest vermuten, dass er den Sessel häufiger nutzt, allerdings hat auch das Sofa schon bessere Tage gesehen. Wahrscheinlich ist es noch dasselbe wie das, das sie früher in dem alten Haus hatten. Im Schneidersitz mache ich es mir darauf bequem und ziehe eine Decke heran, nur um das Gefühl der Geborgenheit perfekt zu machen.

Großvater gießt den Tee ein und reicht mir eine dampfende Tasse. Die alte Standuhr schlägt dumpf Mitternacht, etwa zwanzig Minuten zu früh, ich habe eben erst in meinem Zimmer nach der Uhrzeit geschaut.

»Und jetzt erzählst du mir, weshalb du eigentlich hier bist«, sagt Siegfried ruhig. Er mustert mich mit einer Aufmerksamkeit, die fast schon unangenehm ist.

»Mein Leben geht grad irgendwie den Bach hinunter«, entgegne ich ebenso ruhig, obwohl mir meine Worte bereits in dem Moment, in dem ich sie ausspreche, übertrieben dramatisch vorkommen. »Oder nein, das trifft es nicht ganz.«

Er wartet, mit leisem Schlürfen trinkt er von seinem Tee, setzt die Tasse ab und steht auf, um kurz darauf mit einer Dose voller Kekse zurückzukommen. »Mir bringt ständig jemand Süßigkeiten vorbei«, erklärt er, als er die Dose neben mir auf dem Sofa abstellt. Zuckerkram weit nach dem Zähneputzen. Meine Großmutter hätte das verboten, wäre sie noch hier, selbst jetzt, da ich erwachsen bin und durchaus in der Lage, ein zweites Mal Zähne zu putzen.

»Fabian und ich haben nie wirklich zusammengepasst«, sage ich schließlich in das Knistern des Feuers, das noch immer seinen schattenhaften Tanz gegen die Wände wirft. Ein Donnergrollen durchfährt die Stille, doch es klingt bereits schläfrig und weit entfernt. »Am Anfang haben wir das natürlich nicht gemerkt, vielleicht ist es uns da auch noch nicht aufgefallen. Oder wir wollten nicht, dass es uns auffällt. Später habe ich es irgendwie ignoriert, weil es so bequem war, mit ihm zusammen zu sein. Wir haben uns selten gestritten, die meiste Zeit gut verstanden und uns im Alltag super organisiert. Deshalb bin ich auch zu ihm nach Frankfurt gezogen, dabei wollte ich eigentlich gar nicht dahin. Aber nach anderthalb Jahren Fernbeziehung ist uns das wie der logische nächste Schritt vorgekommen.« Ich puste in meine Tasse, obwohl der Tee nicht mehr sonderlich heiß ist, während die Gedanken in meinem Kopf herumkreisen, tausend Gedanken auf einmal. »Im Grunde hatten wir einfach unterschiedliche Vorstellungen davon, wie unsere Zukunft aussehen soll.«

Nur für einen Sekundenbruchteil zerfurchen tiefe Falten Siegfrieds Stirn, bevor er sich wieder in seinen Sessel zurücklehnt.

»Vorgestern haben wir darüber geredet, was wir wollen und was wir nicht wollen, aus einem Anlass, der eigentlich banal war. Aber plötzlich ist das Ganze entgleist. Wir haben uns noch nie so gestritten, nie so angeschrien oder gar beleidigt, diese Seite kannte ich an ihm nicht. An mir auch nicht. Und dann hat er mich rausgeschmissen.« Ich bin mir bewusst, wie viele Löcher meine Geschichte hat.

Mein Großvater stellt keine Fragen, doch sein Blick wirkt prüfend, und ich spüre förmlich sein Grübeln, das noch seinen Weg zu den richtigen Worten finden muss.

»Ja, das ist nur die Kurzfassung«, erkläre ich rasch. »Insgesamt ist es natürlich ein bisschen komplizierter. Ich habe richtig fiese Sachen gesagt und er auch, wahrscheinlich weil wir uns sonst so selten gestritten haben. Die wichtigen Themen haben wir einfach nicht oft genug besprochen.« Ich schenke etwas Tee nach. »Nach unserem Streit waren wir beide völlig fertig, glaube ich. Und Fabian hat gesagt, dass er eine Runde um den Block geht, und wenn er wiederkommt, braucht er seine Ruhe, und ich soll doch zu einer Freundin gehen. Etwas in der Art. Er hat es so gesagt, dass für mich klar war: Ich kann nicht hierbleiben. Als er draußen war, habe ich ein paar Sachen gepackt, mich von den Wellensittichen verabschiedet und bin gegangen.«

»Wieso ist nicht er gegangen?«

»Weil es seine Wohnung ist. Oder eigentlich gehört sie seinen Eltern, und wir wohnen sehr günstig dort zur Miete. Ich wollte sowieso nicht bleiben. Ich wollte weg, weil ich das Gefühl hatte, all unsere bösen Worte hingen noch in der Wohnung, und als ich draußen auf der Straße stand, wollte ich nicht nur weg aus der Wohnung, sondern weg aus der Stadt, weg von den Menschen dort, weg von dem Job, in dem ich nur gelandet bin, weil es der einzige war, den ich gefunden habe.« Es hat nicht geregnet, als ich dort unten auf der Straße stand und all das mit ganzer Klarheit fühlte, doch es roch nach Sommerregen und leichtem Wind, dazu dieses Wegziehen von allem, ein Impuls zur Flucht tief in meinem Inneren, der zu einer richtigen Flucht wurde. »Alles in allem kamen einfach ein paar Dinge ungünstig zusammen. Ich habe mir ein Hotel gesucht, und dort saß ich allein mit sehr vielen Gedanken. Ich wollte nicht in der Stadt bleiben, so viel war mir klar. Wahrscheinlich wäre ich zu meiner besten Freundin gefahren, wenn sie nicht übers Wochenende weg gewesen wäre.«

»Was war mit deiner Mutter?«

Ich zucke mit den Schultern. »Sie hätte nur tausend Fragen gestellt und mich wie ein Kind behandelt und lauter Dinge getan, mit denen sie mir hätte helfen wollen, mir aber nur auf die Nerven gegangen wäre. Und dann habe ich auf einmal an meine Ferien bei euch gedacht. Also bin ich hergefahren, weil ...« Ich zögere, stelle die Tasse ab. »Weil ich eigentlich gar nicht weiß, wieso ich so lange nicht mehr hier gewesen bin.«

Die Flammen haben sich zurückgezogen, doch Siegfried steht nicht auf, um Holzscheite nachzulegen. Er blickt in die Glut, ohne sich zu bewegen.

»Ich weiß, ich hätte mich melden können«, sage ich nach

einer Weile. »Ich kann mich kaum erinnern, aber ich weiß noch, dass ich ziemlich heftig mit meiner Mutter gestritten habe, weil ich nicht mehr hierherfahren durfte. Ich habe auch ein paarmal bei euch angerufen, glaube ich. Aber es ist niemand rangegangen.« Mühsam versuche ich, diese Vergangenheitsfragmente aus meiner Erinnerung zu fischen, doch sie wehren sich, oder ich erreiche sie nicht, weil sie zu tief unter anderen vergraben liegen, deformiert und zerquetscht, kaum noch das, was sie ursprünglich gewesen sind.

»Kurz nach deinem letzten Besuch bei uns hat deine Mutter wieder geheiratet«, sagt mein Großvater mit dieser ruhigen Stimme, in der jedes Wort in Gänze schwingt. »Da warst du elf. Nein, zwölf. Drei Jahre nach ... Deinen Stiefvater kenne ich kaum, aber ich glaube, sie wollten einfach von vorn anfangen, ohne alten Ballast.« Kurz schließt er die Augen, seine Traurigkeit schwappt vor meine Füße wie die stillen Wellen eines müden Meeres. »Wahrscheinlich hat deine Mutter deinen Vater immer noch geliebt, und das hat das neue Glück erschwert. Solche Dinge sind kompliziert, wenn der andere ... wenn der Partner stirbt.« Ein unbewusstes Lächeln huscht über seine Lippen, ein Lächeln, das keines ist. »In eurer Wohnung hingen früher überall Familienfotos. Wir haben häufig telefoniert, und du bist uns jeden Sommer besuchen gekommen, schon seit du drei Jahre alt warst. Manchmal auch in den Herbst- oder Winterferien. Und zumindest einen der Weihnachtsfeiertage haben wir immer zusammen verbracht. Ich denke, deine Mutter hat einen Neuanfang gebraucht, damit die zweite Ehe funktionieren konnte. Deshalb hat sie uns gebeten, eine Pause zu machen. Bis sich alles so weit stabilisiert hat, dass dein Stiefvater diese Vergangenheit akzeptieren kann.« Er spricht Sörens Namen nicht aus, vielleicht hat er ihn vergessen.

»Es war nicht nur eine Pause«, sage ich.

»Nein. Ich hätte mich mehr darum bemühen müssen, dass wir uns wiedersehen. Es war nur so viel, weißt du? Christel ging es immer wieder schlecht, seit dein Vater gestorben war. Das war für uns beide schwer. Es gab Tage, an denen musste ich sie überreden, überhaupt aufzustehen.«

Das Feuer zieht sich weiter in rote Glut zurück. Es wird dunkler im Raum, obwohl die Stehlampe neben dem Sessel gedimmt unser Schweigen erleuchtet. Unter den Augen meines Großvaters liegen tiefe Schatten, die mehr sind als nur Müdigkeit.

»Wir sollten schlafen gehen«, sagt Siegfried, und ich nicke und räume das Geschirr und die Kekse weg, stelle der Katze ein Schüsselchen mit dem rohen Fleisch, das Siegfried für seine felligen Besucher im Tiefkühler und in kleinen Portionen im Kühlschrank aufbewahrt, in die Küche und lösche überall das Licht.

So viele Themen haben wir in die Nacht gekippt, ohne eines wirklich zu besprechen, so viele Fragen lassen wir in dem verglimmenden Feuer zurück. Sie werden hier bis morgen warten, vielleicht auch bis übermorgen, und während ich mich in mein Bett kuschele und dem nun viel ruhigeren Wind lausche, der sich an das alte Gemäuer schmiegt, breiten sich die nächsten Tage vor mir aus, und kein einziger davon zieht mich nach Frankfurt zurück.

# Kapitel 5

Großvater hat Brot gebacken. Ich kenne niemanden, der selbst Brot backt, obwohl es nichts Köstlicheres gibt als diesen warmen, würzigen Geruch, der mich am Morgen hinunter in die Küche lockt. Nicht mal Kaffee hat diese Wirkung, besonders nicht der von Siegfried.

Drei Brotlaibe liegen auf dem Tisch, einer angeschnitten, das Innere ist noch warm. Ich säble mir ein unförmiges Stück heraus, das man nur mit viel gutem Willen als Scheibe bezeichnen kann, bestreiche es mit Butter und der gestern gekochten Marmelade und gieße einen Schluck Kaffee auf viel Milch in eine Tasse. Mit beidem laufe ich nach draußen, wo mich die leichte Frische nach einer Gewitternacht empfängt. Die Sonne steht ungewohnt hoch.

»Morgen, Langschläferin«, ruft Großvater mir zu. Die Begrüßung kitzelt in meinem Bauch und lässt von genau dort ein Lächeln aufsteigen, das meins ist und gleichzeitig nicht. Für einen Moment sehe ich mich selbst, mit wilden langen Haaren, ein ganzes Stück kleiner als jetzt, mit einer Brille statt gelegentlicher Kontaktlinsen und dazu einem unglaublich hässlichen rosa Brillenband. Barfuß stehe ich auf dem Rasen und grinse meinen Großvater an, von meinem halben Brötchen läuft der Honig über meine Finger, und mein Blick ist noch verschwommen vom Schlaf. Als Kind habe ich häufig lange geschlafen.

Ich esse die letzten Reste meiner Brotscheibe und schlendere zu meinem Großvater, der gerade ein Hochbeet mit Salaten kontrolliert.

»Die Blattläuse waren schlimm dieses Jahr«, sagt er. Zumindest jetzt ist keine einzige Laus zu sehen. »Den Salat konnte ich zum Glück retten, und die Marienkäfer und Brennnesseljauche haben ihr Übriges getan.«

Ich würde ihn gern fragen, was genau damals passiert ist. Weshalb aus der Pause zwischen meiner Mutter und ihm ein fast zwanzig Jahre altes Schweigen wurde. Doch ohne den wärmenden Schutz des Feuers blinzln die Fragen nur träge in den kühlen Morgen und ziehen sich eilig wieder zurück, dorthin, wo ich sie kaum erreichen kann, und falls mein Großvater sie dennoch spürt, reagiert er nicht auf sie.

»Was haben wir heute vor?«, frage ich.

»Was machst du sonst an Sonntagen?«, fragt Siegfried zurück und stellt den Korb ab, in dem ein geernteter Salatkopf liegt.

»Ich ...« Tatsächlich muss ich einen Moment lang überlegen. »Meist bereite ich schon die Arbeitswoche ein wenig vor. Und wir haben Einkaufslisten geschrieben, Fabian und ich. Der Vogelkäfig musste sauber gemacht werden, und in der Wohnung gab es auch immer was zu erledigen.« Ich halte inne, weil mir diese Aufzählung selbst so langweilig und banal erscheint. Dabei war unser Leben nicht immer so. Bevor ich zu ihm nach Frankfurt gezogen bin, haben wir sehr viel mehr unternommen, sind ins Kino gegangen oder ins Restaurant, und hinterher sind wir oft stundenlang durch die Gegend spaziert. Irgendwann müssen wir das verloren haben, wahrscheinlich bin sogar ich diejenige, die die Lust auf abendliche Unternehmungen verloren hat. Nach der Arbeit hatte ich nie genug Energie übrig, um noch etwas Interessantes zu machen.

»Christel und ich hatten ein Sonntagsritual. Erinnerst du dich noch daran?«

Nachdenklich ziehe ich die Unterlippe zwischen die Zähne, lasse sie jedoch sofort wieder los, als ich es bemerke. Eine Angewohnheit, die ich längst ablegen wollte. »Ich glaube nicht, nein. Was war das für ein Ritual?«

Er lacht, oder nein, eigentlich ist es kein Lachen, sondern mehr ein hörbares Lächeln in die Luft, gerichtet an einen Punkt irgendwo über uns. »Es war ein sehr altes Ritual aus der Anfangszeit unserer Ehe.« Langsam schlendert er los durch den Garten, zu einer Ecke weit hinten, wo hohes Gras und verschiedene Blumen um einen Komposthaufen herumwildern. »Wir hatten das Haus noch nicht, sondern eine kleine Wohnung in Eberswalde. Dein Vater war auch noch nicht da. Deine Großmutter hatte gerade ihre Ausbildung als Stenotypistin beendet, aber eigentlich wollte sie etwas anderes lernen. Sie wollte immer lieber mit Menschen arbeiten.«

Ich nicke, als Großvaters Blick mich streift.

»Christel hat ziemlich schnell eine Ausbildungsstelle zur Krankenschwester gefunden, und ich bekam eine gute Position in Eberswalde. Manchmal haben wir uns wenig gesehen, deshalb waren uns die Sonntage wichtig. Jeden Sonntagnachmittag sind wir hinunter zum Finowkanal und am Treidelweg spazieren gegangen, um zu reden. Das waren unsere Stunden. Wir haben versucht, nicht zu viel aus dem Leben des anderen zu verpassen.«

»Das klingt schön.«

»Solche Rituale sind wichtig. Wir sind auch mit dir sonntags spazieren gegangen, wenn du bei uns warst. Seit wir das Haus in Spechthausen hatten, waren wir nicht mehr am Finowkanal, sondern im Wald unterwegs. Meist sind wir unten an der Schwärze oder neben den Bahngleisen entlanggegangen. Du mochtest es, wenn Züge vorbeifuhren. Wir mussten dann jedes Mal stehen bleiben und die Waggons zählen.«

Ich lächele. So viele Dinge, die mir entglitten sind, weil ich die Erinnerung an sie nie brauchte. Dabei gehört die Vergangenheit genauso sehr zu einem wie die Gegenwart, vielleicht noch mehr, weil sie bereits fest mit einem verwachsen ist und nicht etwas, das erst langsam in einen hineinrieselt. »Du meinst also, ich brauche ein Sonntagsritual?«, versuche ich die Geschichte zusammenzufassen.

Wieder lacht er dieses Lächeln in den Himmel. »Ich weiß nicht, ob du es brauchst. Ich sage nur, dass es für deine Großmutter und mich ein Anker war, der mich bis heute festhält.«

»Gehst du heute Nachmittag spazieren?«

»Ja, das mache ich fast jeden Nachmittag. Das ist gut für meine Gesundheit. Aber an Sonntagen nehme ich deine Großmutter mit.«

»Du redest dann mit ihr?«

»Etwas in der Art, ja. Natürlich nur in Gedanken.« Er geht weiter auf einen ziemlich unübersichtlich rankenden Brombeerstrauch inmitten des Wildwiesengestrüpps zu.

»Die Hecke könnte man mal wieder zurechtstutzen. Den Rasen wollte ich auch mähen, damit ich hier einen zweiten Kirschbaum pflanzen kann.«

»Und Holunder«, schlage ich vor. »Für Sirup und Holundersaft. Gut fürs Immunsystem.«

»Holunder. Ja, wieso nicht?« Sein Blick überfliegt das Areal.

»Ich schreibe mir so was meistens auf«, sage ich.

Fragend sieht er mich an.

»Pläne, meine ich. Und Ideen. Ich habe Excel-Listen für solche Dinge, weil ich vieles mit der Zeit vergesse. Und wenn alles ein bisschen liegt, ist es einfacher zu entscheiden, was davon man verwirklichen will.«

Er wendet sich ab und beginnt, Richtung Haus zurückzulaufen. »Christel hat sich auch vieles aufgeschrieben. Sie hatte unzählige Notizbücher. Für jedes Jahr eines.«

»Was stand dadrin?«, frage ich, während ich neben meinem Großvater hergehe.

»Das weiß ich nicht genau. Sie hat sich jedes Jahr zu Weihnachten einen Kalender gewünscht und dort ihre Termine eingetragen, aber auch die Dinge, die den Tag über passiert sind. Ich habe sie mir nie angesehen, und sie hat sie mir nie gezeigt.«

Eine der Katzen sitzt vor dem Eingang zur Küche, der ganze Wald muss voll von diesen Streunern sein. Großvater hockt sich vor sie und streichelt sie ein wenig, bevor er die Küche betritt, gefolgt von der Katze, die neben der Tür geduldig auf den ihr ihrer Meinung nach zustehenden Imbiss wartet.

»Wie viele von denen besuchen dich eigentlich?« Ich deute auf das Tier, während Siegfried einen Schluck Milch in ein Schälchen füllt.

»Ungefähr sechs. Die meisten der Katzen gehören zu Leuten aus dem Dorf und schauen vorbei, weil mein Grundstück Teil ihres Reviers ist. Ich füttere die, denen ich etwas geben darf, die anderen nicht. Nur zwei gehören nirgendwohin. Beide habe ich als Babys im Wald gefunden. Es passiert leider zu oft, dass Leute unerwünschten Katzennachwuchs aussetzen, und wenn ich so ein kleines Ding finde, versuche ich, es durchzubringen.«

»Das klappt?«

»Ab und zu, ja.« Er stellt das Schüsselchen draußen auf den Treppenabsatz. »Karlchen hier hat nur knapp überlebt. Aber er hat es geschafft. Leider hat er häufiger Verstopfungen. Die Milch hilft manchmal.«

»Und wenn sie nicht hilft?«

»Bringe ich ihn zum Tierarzt. Meistens fährt mich Ingrid. Eine der Katzen, die hier gelegentlich vorbeikommen, gehört ihr. Sie hat ein großes Herz für Tiere und damals sogar darauf bestanden, die Kosten für Karlchens Kastration zu teilen. Der Kater gehört eigentlich zu uns beiden.« Mit einem Lächeln beugt er sich zu ihm hinunter und streichelt ein paarmal über sein glänzendes Fell. Für einen Streuner sieht das Tier recht gepflegt aus.

Wir betreten die Küche. In der Zwischenzeit ist mein Kaffee fast kalt geworden. Ich trinke ihn trotzdem aus und nehme mir eine zweite Scheibe Brot. »Wie wärs, wenn ich mal durchs Haus gehe und schaue, wo ich mich nützlich machen kann?« Es müsste einiges erledigt werden, das ist offensichtlich. Schon allein der Küche fehlt ein neuer Anstrich, ein Stuhl wartet in einer Ecke auf seine Reparatur, ein Regalbrett wackelt bedenklich, davon abgesehen, dass mal eine wirklich gründliche Reinigung fällig wäre. Ein Projekt ist genau das, was ich brauche, und vielleicht finde ich etwas, womit ich Großvater wirklich helfen kann.

»Hast du denn Ahnung von Handwerkszeug?«

»Fabian und ich haben letztes Jahr überlegt, ein Haus zu kaufen.« Langsam verteile ich die Marmelade auf dem Bauernbrot. »Ich habe mich damals sehr genau eingelesen, weil ich wissen wollte, worauf man alles achten muss, welche Reparaturen etwa wie viel Geld kosten, lauter solche Sachen.«

»Wieso habt ihr keins gekauft?«

»Es ist Frankfurt. Sie waren alle zu teuer, selbst die, an denen einiges hätte gemacht werden müssen. Wir hätten für den Rest unseres Lebens nur noch für die Kreditraten geackert.«

Großvater setzt Wasser für eine Kanne Schwarztee auf. Es

ist bereits nach zehn, Zeit für sein zweites Frühstück. Tee, ein Apfel oder anderes Obst, ein paar Kekse.

Das Brot und die Kühlschranksachen räume ich wieder weg, bevor ich mich mit Großvater und einer Tasse Tee nach draußen setze. Unser Schweigen verbindet sich mit der Sommermelodie des Gartens – Vögel, Insektensummen, etwas Windgeraschel in den Bäumen. Nach einer Weile werde ich unruhig und beschließe, meinen Rundgang durch das Haus zu starten, während Siegfried Kartoffeln für das Mittagessen schält.

Der Einfachheit halber beginne ich ganz oben, ziehe die Luke mit der kleinen Leiter nach unten und inspiziere den Dachboden. Immerhin ist er isoliert, wenn auch nicht gut genug, um alle Hitze fernzuhalten. Das Dach ist nicht besonders stark abgeschrägt. Wenn man das Dachgeschoss ausbauen würde, wäre genug Raum für ein großes Zimmer oder sogar eine kleine Studiowohnung. Auch wenn mehr Platz nicht gerade das ist, was mein Großvater am dringendsten braucht.

Kartons stapeln sich in einer Ecke. Ich öffne eine der oberen Kisten, finde gerahmte Fotos, ein paar Bücher, in einer anderen Kochbücher und Schreibwaren, Federballschläger, Kissen, dann Notizbücher, wahrscheinlich die meiner Großmutter. Manche Sachen riechen schon etwas muffig.

*Kartons auf dem Dachboden auspacken*, schreibe ich auf einen Zettel. Später werde ich eine vernünftige Liste anlegen und alle Punkte sortieren. Bevor ich versehentlich anfange, jetzt schon den Inhalt der Kiste genauer zu inspizieren, schließe ich sie wieder.

*Dachboden ausbauen?*, schreibe ich mir als Nächstes auf. Klare Prioritäten.

Alles wirkt trocken, jedenfalls kann ich keine feuchten Flecken entdecken, aber der Sommer ist auch nicht die beste

Jahreszeit, um solche Schwachstellen zu finden. Ich trete an eine der Dachluken, die zu dreckig ist, um noch besonders viel Licht hereinzulassen. Mit ein bisschen Gerüttel lässt sie sich öffnen. Ein Balkon hier oben wäre auch nett. Meine Fantasie brennt durch in Tagträumen von einem ausgebauten Dachgeschoss mit Terrasse und Gründachbepflanzung. Fabian hat es genervt, dass ich bei jedem Hausrundgang lauter solche Veränderungspläne entworfen habe. Er wollte etwas finden und genau so nutzen, wie es ist, kein Ausbau, keine Umgestaltung, höchstens neue Farbe an der Wand.

Sobald ich mir ein Bild gemacht habe, werde ich meinen Großvater nach den Originalbauplänen fragen und allen Dokumenten zu Renovierungen und Ausbauten, die noch existieren. Nur um sicherzugehen, dass ihm nicht demnächst veraltete Elektrik das Haus in Brand setzt.

Nachdem ich die Luke geschlossen und ein letztes Mal den Dachboden inspiziert habe, klettere ich die wacklige Leiter wieder hinunter. Zumindest geputzt könnte dort oben mal werden, also schreibe ich das auf und beschließe dann, als Nächstes alle Zimmer im obersten Stockwerk durchzugehen. Davon abgesehen, dass in wirklich allen verblasste, teilweise angerissene Tapete hängt und die Fenster schon etwa hundert Jahre alt sein müssen, sind auch sie noch ganz gut in Schuss. Die Heizungsanlage sollte aber mal durchgecheckt und die verschmutzten Heizkörper abmontiert und ausgespült werden.

In dem Zimmer mit Großvaters Klavier bleibe ich stehen. Wieso er es wohl hier oben untergebracht hat, in einem kühlen, leeren Raum, den er wahrscheinlich selten betritt? Unten wäre genug Platz dafür, und zumindest früher hat er viel gespielt, das weiß ich noch. Ich habe ihm immer gern zugehört.

Nur zögernd bewege ich mich auf das Instrument zu, ziehe den Klavierhocker ein Stückchen zurück, lasse mich darauf nieder und klappe den Deckel auf. Das Elfenbein fühlt sich kühl an, trotz des Deckels ist etwas Staub eingedrungen. Nacheinander schlage ich ein paar Töne an. Schon früher war das Klavier etwas zu tief. Ich muss an einen Weihnachtsfeiertag denken, den wir bei meinen Großeltern verbracht und an dem wir zusammen Weihnachtslieder gesungen haben. Großvater hat schnell wieder aufgegeben, uns mit dem Klavier zu begleiten, weil er fand, dass das unmöglich klang. Eigentlich wollte er es weggeben und gegen ein handliches Keyboard austauschen. Warum er das nicht getan hat, weiß ich nicht mehr. Ich mochte es, wenn er spielte, ganz besonders, wenn er dazu auch sang. Vielleicht hat er immer noch diese klare Baritonstimme.

Als ich fünf war, wollte ich auch unbedingt Klavier spielen lernen. Irgendwann ein paar Jahre später habe ich wieder damit aufgehört, andere Dinge wurden wichtiger, und meine Mutter weigerte sich, weiterhin den Klavierunterricht zu bezahlen, wenn doch sowieso nur jedes Mal in meinem Aufgabenheft stand, dass ich mehr üben sollte. Jetzt beherrsche ich natürlich nicht einmal mehr das bisschen, das ich damals konnte.

Ich ziehe eines der eingestaubten Hefte auf die Notenablage und blättere durch die ersten Seiten. Bach ist vielleicht nicht gerade optimal für einen Wiedereinstieg. Unter den übrigen Heften finde ich eines mit Anfängerstücken, weit hinten darin »Für Elise«. Immerhin, quasi jeder, der einmal in seinem Leben Klavierunterricht hatte, kennt das Stück, weshalb die Melodie auch mir noch recht klar im Kopf herumschwebt. Unsicher taste ich mich an den Anfang heran, mache immer wieder Pausen, um Noten abzuzählen, bis ich zumindest die Melodie der rechten Hand grob beherrsche. Jedenfalls die ersten Takte.

Mein Klavierlehrer von damals würde den Kopf schütteln. Zu lange Fingernägel, katastrophales Rhythmusgefühl, und dann übe ich auch noch beide Hände getrennt.

Nach einer Weile klopfen leise Kopfschmerzen gegen meine Stirn. Sosehr ich mich auch anstrenge, das Stück klingt nicht wie Musik, eher wie ein mehroktavig tropfender Wasserhahn. Schließlich klappe ich das Heft wieder zu.

»Noch ein bisschen Übung, und du kannst bei den Philharmonikern mitmachen«, sagt jemand hinter mir.

Erschrocken fahre ich herum.

Elias lehnt im Türrahmen, ganz selbstverständlich, als würde er ebenfalls hier wohnen.

»Was machst du hier?«, frage ich ungewollt ruppig.

»Einkäufe vorbeibringen. Ich habe deinem Großvater ein paar Sachen aus der Stadt mitgebracht.«

»Heute? Es ist Sonntag.«

»Ja, gestern war das Wetter irgendwie nicht einladend genug, um Kisten mit Lebensmitteln durch Siegfrieds Garten zu schleppen.« Er mustert mich, doch dann glimmt die Andeutung eines Lächelns in seinem Gesicht auf. »Ich habe auch schon ewig nicht mehr Klavier gespielt.«

»Du spielst Klavier?« Ich stehe von dem Hocker auf und drehe mich wieder um, damit ich die Noten wegräumen kann.

Leise Schritte stehlen sich durch den Raum. »Früher, ja. Aber nicht besonders gut. Als mir klar wurde, dass man bei Mädchen besser mit Schlagzeug und Gitarre punkten kann, habe ich gewechselt.«

Neben dem Klavier bleibt er stehen und streicht über das braune Holz, von dem an einigen Stelle der Lack splittert.

»Zu was? Gitarre oder Schlagzeug?«

»Querflöte.«

Ich erwidere sein Lächeln. »Die Mädchen müssen dir in Scharen hinterhergerannt sein. Kannst du noch spielen?«

»Ungefähr genauso gut wie du Klavier. Aber seit Mia ein Keyboard hat, übe ich darauf ab und zu ein bisschen. Wenn sie es mir erlaubt.«

»Also ist es doch noch nicht ewig her. Zeig doch mal, was du kannst.«

»Was? Hier?«

»Du hast mich spielen hören und durftest dich darüber lustig machen, jetzt bin ich dran.«

Sein Blick hängt eine Spur zu lange an meinem, bis er sich tatsächlich auf den Hocker setzt und anfängt.

»Der Flohwalzer? Wirklich?«, frage ich, als er fertig ist.

»Mehr hat mir Mia noch nicht wieder beigebracht. Ich werde ihr deine Kritik ausrichten.«

»Du kannst nicht deiner Nichte die Schuld an deinen mangelnden musikalischen Fähigkeiten geben.«

Vorsichtig schließt Elias den Deckel. »Dafür hat man Nichten. Wusstest du das nicht?«

»Nein. Ich habe ja keine Geschwister.«

»Ich leihe dir jederzeit meine Schwester aus, wenn du willst.«

Diesmal lächelt er so offen und ehrlich wie sie.

Nebeneinander verlassen wir das Zimmer.

»Apropos, sie hat gefragt, ob du heute wieder auf einen Kaffee vorbeikommst, und falls ja, ob du wieder Kuchen mitbringst. Wir haben ihn leider schon aufgegessen.«

»Klar, gern.«

Erst als wir im Erdgeschoss angekommen sind, fällt mir ein, dass ich eigentlich mit einer völlig anderen Aufgabe beschäftigt war als dem Klavier, doch da mein Großvater inzwischen längst den Kräuterquark angerührt und die Kartoffeln aufgesetzt hat, werde ich sie wohl später beenden müssen.

Elias schlägt Siegfrieds Einladung freundlich aus. »Ich muss noch was im Garten erledigen, bevor ich mit Mia auf den Spielplatz gehe. Guten Appetit.« Damit verlässt er die Küche.

Während Großvater draußen im Garten den Tisch deckt, packe ich die Einkäufe aus. Zwei Liter Hafermilch, Kokosjoghurt, Tomate-Rucola-Aufstrich. Einfach so haben sie auch für mich eingekauft, lauter Dinge, die ich mag. Fast fühlt es sich an wie Nachhausekommen, die Sachen in die Speisekammer und den Kühlschrank zu räumen. Als hätte ich damit einen Platz in diesem Haus gefunden.

## Kapitel 6

Wenn ich nicht wüsste, wo genau sich Isabels Haus befindet, die Musik würde mir den Weg weisen. Hiphopartiger Sound fließt durch die Haustür auf die Straße, im Schloss baumelt ein Schlüsselbund mit einer kleinen Schildkröte aus Filz als Anhänger. Nach mehrmaligem vergeblichem Klopfen und Klingeln betrete ich zögerlich den Flur.

Die Musik kommt von oben. Kurz werfe ich einen Blick ins Wohnzimmer und in die Küche, weder dort noch im Garten finde ich jemanden. Wenn ich Isabels Nummer hätte, würde ich sie anrufen oder ihr eine Nachricht schreiben, denn ich möchte lieber nicht einfach so ins Obergeschoss marschieren. Schon das Eindringen in die untere Etage kommt mir ziemlich übergriffig vor.

Gerade als ich unschlüssig zurück in den Flur gehe, läuft Isabel die Treppe hinunter.

»Huch«, ruft sie erschrocken, als sie mich bemerkt, doch dann lächelt sie, zieht das Handy aus der Hosentasche und stoppt die Musik. »Sorry, ich bin gerade am Aufräumen. Musik ist das Einzige, was mich dabei für ungefähr eine halbe Stunde bei Laune hält, sonst gebe ich gleich wieder auf.« Ihr Blick bleibt an dem Teller hängen, den ich sinnvollerweise in der Küche hätte abstellen können, statt ihn immer noch mit mir herumzutragen. »Du hast tatsächlich Kuchen mitgebracht.«

»Klar, du hast doch darum gebeten.«

»Das heißt ja nicht, dass du wirklich welchen mitbringst.« Mit einem Lächeln nimmt sie mir den Teller ab und bringt ihn in die Küche. »Das ist genau das, was ich jetzt brauche.« Sie schaltet die Kaffeemaschine ein und sucht für uns beide die größten Kuchenstücke aus.

»Ist deine halbe Stunde motiviertes Aufräumen schon um?«, frage ich.

»Ja. Eben ist mir eingefallen, dass ich noch Rasen mähen müsste.«

»Heute ist Sonntag.«

»Stimmt genau. So ein Pech.« Sie reicht mir eine Kaffeetasse und grinst schelmisch.

Wir setzen uns an den kleinen Tisch, durch das geöffnete Fenster dringt der Sommergeruch von draußen. Es ist erstaunlich ruhig, als lebte eigentlich niemand in diesem Ort, nicht richtig, nicht so, dass man es spürt.

»Wie lange hast du Urlaub?«, fragt Isabel, während wir den Kuchen essen.

Der Mürbeteig zerkrümelt auf dem Teller, als ich das nächste Stückchen auf die Gabel stechen will. »Genau genommen habe ich gar keinen Urlaub, sondern mehr oder weniger gekündigt, und noch genauer genommen habe ich in Frankfurt auch keine Wohnung mehr, weil in der alten mein Ex-Freund wohnt.«

Isabel sieht mich an. »Das klingt kompliziert.«

»Ein bisschen.«

»Ist das mit deinem Ex noch frisch?«, fragt sie vorsichtig.

»Ja.«

»Das tut mir leid.«

»Muss es nicht.« Ich schiebe die Gabel in den Mund. »Unsere Beziehung war sowieso schon vorbei, wir haben es nur nicht gemerkt.«

»Merkt man das jemals rechtzeitig?« Sie lehnt sich zurück, den Kaffeebecher in den Händen.

»Ich weiß es nicht. Davor hatte ich nur eine Beziehung, und die ging gerade mal ein halbes Jahr. Ich habe eher spät damit angefangen.«

»Wahrscheinlich hast du nichts verpasst. Nach dem Verlieben geht sowieso immer alles schief.« Sie nippt an ihrem Kaffee, stellt die Tasse dann ab. »Du musst dir jetzt also eine neue Wohnung, einen neuen Freund und einen neuen Job suchen?«

»Nur Wohnung und Job. Ich denke, ich komme für eine Weile ohne Freund zurecht.«

»Den Freund findest du als Erstes, wollen wir wetten? So ist das doch immer. Und wann hast du denn das letzte Mal Urlaub gemacht, wenn das hier eigentlich keiner ist?«

»Fabian und ich waren zu Ostern bei seinen Eltern auf Mallorca.«

»Leben sie dort?«

»Ja, sie haben ein Haus. Wie sich das für deutsche Rentner gehört.« Ich ziehe die Kaffeetasse näher zu mir und rühre ein bisschen im Milchschaum herum. »Eigentlich sind sie noch gar nicht wirklich Rentner, also noch nicht alt genug dafür, meine ich. Aber Fabians Vater hat sich sehr lange mit Aktien und Fonds und so etwas beschäftigt und dann das, was sie sich mühsam angespart haben, gut angelegt.«

»Und jetzt sind sie Millionäre?«

»Nein. Aber sie haben genug, dass sie früher in Rente gehen konnten und um von den Mieteinnahmen ihrer Eigentumswohnungen zu leben.«

»Ich wäre auch bereit für ein Rentnerleben auf Mallorca.« Sie lehnt sich weit in ihren Stuhl zurück und zieht mit den Füßen den auf der anderen Seite des Tisches zu sich heran. »Stell dir vor, den ganzen Tag Sonne und Meer und hübsche Spanier.«

»Und Kakerlaken.«

»Okay, die sind eklig. Aber die kriegen wir im Zweifelsfall auch irgendwie erledigt.«

»Ich bin nicht sicher, ob ich noch weiß, wie Urlaub funktioniert. Wir sind immer nur zu Fabians Eltern gefahren, und dort war es ... Es ist halt ihr Haus. Ihr Tagesablauf. Ihre Regeln. Und seine Mutter hat sehr viele Regeln.« Mit dem Löffel hebe ich Milchschaum aus der Tasse und lecke ihn ab.

»Verstehe ich. Klingt nicht nach richtigem Urlaub.«

»Hier fühlt es sich komischerweise viel mehr nach Urlaub an.«

»Wie meinst du das?«

Warm breitet sich der Kaffee in meinem Magen aus. »Na ja, das Leben hier ist einfach anders, als es sonst bei mir ist. Eigentlich gibt es viel zu tun, trotzdem ist alles ruhiger. Vielleicht weil wenig wirklich dringend ist, jedenfalls nicht die Art dringend, dass man permanent Terminen hinterherrennen und Organisationsfehler ausgleichen muss und für alles Ärger bekommt, was schiefläuft. Und an Siegfrieds Alltag habe ich mich auch schon gewöhnt. Zum Beispiel daran, dass es mittags warmes Essen gibt und nicht abends. Nach dem Essen wird es so still, während Siegfried Mittagsschlaf macht, dass ich mich heute auch einfach hingelegt habe. Ich glaube, das habe ich früher schon getan, wenn ich hier war, einfach weil das für Christel und Siegfried normal war. Das habe ich ungefragt übernommen und meist sogar länger geschlafen als die beiden.«

»Ich finde, du hast dir die Auszeit verdient. Mit Liebeskummer und stressigem Job und allem.«

Ich stehe auf, um die Teller im Geschirrspüler zu verstauen.

»Was genau räumst du denn gerade auf? Kann ich dir dabei helfen?«, frage ich, nachdem ich damit fertig bin.

Noch immer sitzt Isabel auf ihrem Stuhl, offenbar nicht besonders daran interessiert, ihre Position so bald zu verändern. »Hmmh … Ich habe gerade überlegt, was ich dir jetzt als gemeinsame Aktivität vorschlagen kann, weil ich keine Lust habe, wieder nach oben zu gehen und Mias altes Zeug durchzugucken. Ich bin aber nur bis zu der Idee gekommen, dass wir uns einfach in den Garten setzen und Weißweinschorle oder Aperol Spritz trinken könnten.«

»Wir können ja Aperol trinken und dabei altes Zeug durchgucken.«

»Ha! Ich wusste von dem Moment an, als ich dich das erste Mal gesehen habe, dass wir Seelenverwandte sind.« Fröhlich erhebt sie sich und sucht Weingläser aus einem der Schränke.

»Das erste Mal vorgestern oder vor hundert Jahren, als wir zusammen Waldhütten gebaut und Federball gespielt haben?«

»Ganz bestimmt beide Male.«

Mit den gefüllten Gläsern gehen wir nach oben.

»Ich mag das übrigens«, sagt Isabel, als wir die letzten Treppenstufen zurücklegen.

»Was?«

»Das hier. Dass du einfach herkommst und das Geschirr in den Geschirrspüler räumst. Und obwohl wir uns erst seit zwei Tagen kennen, erzählst du mir einfach Sachen.«

»Seit zwei Tagen und ungefähr zwanzig Jahren.«

»Genau.«

An den in hellem Grau verputzten Flurwänden hängen Kinderzeichnungen und Skizzen mit Formen und Mustern.

»Links: Elias' Zimmer, rechts: Bad, hier rechts: Mias Zimmer, hier links: meins.«

Früher hing Tapete im Flur und ein gerahmtes Bild von einem Obstkorb oder etwas in der Art, das ich, als ich einmal zu stürmisch durch das Haus getobt bin, aus Versehen heruntergerissen habe. Ich hatte tagelang ein schlechtes Gewissen, obwohl mir Großvater versicherte, dass es nicht so schlimm wäre. Wenn ich mich richtig erinnere, habe ich Großmutter trotzdem ein Bild mit Obst darauf gemalt, meine Art der Entschuldigung. Sie hat es tatsächlich in die Küche gehängt.

»Und geradeaus ist die Toilette, richtig?«

»Genau.«

Isabels Zimmer war früher das Gästezimmer und ganz früher das Kinderzimmer meines Vaters. Hier habe ich geschlafen, wenn ich zu Besuch war, auf einem Regal standen damals noch alte Kuscheltiere und Bücher von ihm, die bei seinem Auszug zurückgeblieben waren, und in einer Kommode lagen ein paar Kinderspiele, darunter auch Großmutters Rommé-Kartenset. Ob Siegfried die Sachen weggeschmissen hat? Oder lagern sie auf dem Dachboden in einer der Kisten, die ich noch nicht komplett gesichtet habe?

»Jetzt siehts ein bisschen anders aus, als du es kennst, hm?«

»Ein winziges bisschen, ja. Du magst deine Wände bunter als meine Großeltern.«

»Definitiv.«

Isabel schaltet wieder die Musik ein, diesmal deutlich leiser als vorhin. Unter geöffneten Kartons und Kisten auf dem Doppelbett kann man gerade so noch die rot-weiße Mohnblumenbettwäsche erkennen. Weitere Kartons lagern auf dem blauen Teppich.

»Wir passen ja zusammen kaum hier rein«, stelle ich fest.

»Ja, ist halt nur ein kleines Zimmer.« Sie stapelt ein paar Kisten übereinander und schaufelt mir damit den Weg zu einem

Stuhl frei, der neben einer sehr hübschen alten Kommode aus rötlichem Holz mit gold schimmernden Messinggriffen steht. Auf vereinzelten Regalbrettern reihen sich Topfpflanzen, statt Bildern sind ungerahmte Fotos auf den mintgrünen Wänden verteilt.

»Wenn ich denn wirklich einmal aufgeräumt habe, ist es aber sehr gemütlich. Gemütlicher als Elias' Zimmer, wenn du mich fragst, auch wenn er das anders sieht. Er stellt sich die Möbel ins Zimmer, die gerade da sind, ohne Gedanken an Dekokrams zu verschwenden.«

Ich nippe an meinem Glas, bevor ich es etwas unschlüssig auf der Kommode abstelle. Isabel hat ihres schon längst dort platziert, ohne vorher von irgendwoher Untersetzer zu holen.

»Du kennst das Haus ja, riesig ist es nicht, und die meisten Räume sind eher klein. Wenn wir Besuch bekommen, wird es eng, aber etwas Größeres konnten wir uns nicht leisten. Das hier ging auch nur, weil dein Großvater fast gar nichts dafür verlangt hat.«

»So ist er«, sage ich lahm. Ich weiß es nicht wirklich, kann mir aber vorstellen, dass es stimmt.

»Ja. Wir sind ihm sehr dankbar dafür. Die WG in Berlin, in der ich vorher mit Mia gewohnt habe, war einfach nur chaotisch und ziemlich anstrengend. Wir brauchten was anderes.«

»Habt ihr dort auch schon zusammen mit Elias gewohnt?«

Isabel schiebt einen Haufen Sommerkleidchen zur Seite und setzt sich aufs Bett. »Nein, das nicht. Elias war in einer WG mit zwei Kumpels, und ich habe mir bald nach Mias Geburt eine Wohngemeinschaft mit anderen alleinerziehenden Müttern gesucht. Ich fand, das klang cool.«

»Aber?«

»Aber in Wahrheit ist es extrem nervig, wenn man mit mehreren kleinen Kindern zusammenwohnt und sich mit seinen Mitbewohnerinnen hauptsächlich über Möhrenbrei, Ökowindeln und Kindergartenerzieherinnen unterhält und keine die Zeit findet, den Müll runterzubringen. Dazu kam, dass die Kinder im Grunde machen durften, was sie wollten. Mir war das zu frei. Es war einfach nie ordentlich oder ruhig, aber wenn ich mal eines der anderen Kinder zurechtgewiesen habe, wurde ich gleich angefahren. Ich habe das nicht lange ausgehalten. Und irgendwie dachte ich auch, dass es mir ja nichts bringt, in der Stadt zu wohnen, wenn ich nichts mehr vom Nacht- und Kulturleben habe. Mia war zwar manchmal bei meinen Eltern, aber sie sind beide nicht so ... Ich weiß nicht, wie ich das beschreiben soll. Sie sind beide nicht so engagierte Großeltern. Elias ist dafür der beste Onkel der Welt, aber er konnte Mia auch nicht ständig mit in seine WG nehmen. Die war absolut nicht kleinkindsicher. Von Siegfrieds Haus haben wir über Umwege von meinen Eltern erfahren, die noch ein paar Leute hier aus dem Dorf kennen. Und dann haben wir es einfach gekauft. Also, nicht einfach. Wir haben vorher stundenlang darüber geredet, ob das eine gute Idee ist. Und ich war auch nicht sicher, ob Elias das wirklich wollte oder ob er nur gedacht hat, mir auf diese Weise helfen zu können, weil er eben so ist. Er hat behauptet, dass er sich einen eigenen Garten wünscht und Gemüse anbauen will. Ich bin immer noch nicht sicher, ob das für ihn wirklich der ausschlaggebende Punkt war. Ich meine, guck dir den Garten an. Viel Zeit für Gemüse haben wir nicht gerade. Jedenfalls haben meine Eltern uns dann was dazugegeben, und trotz allem mussten wir natürlich beide einen Kredit aufnehmen, aber er war nicht so hoch, dass wir dafür unsere Seelen hergeben mussten.«

»Ziemlich mutig, aus Berlin hier ins Nichts zu ziehen.«

»Findest du?«

Mein Blick bleibt an einem der Fotos hängen. Elias, wie er eine glücklich lachende Baby-Mia in die Luft wirft.

»Finde ich.«

Ruckartig stößt sich Isabel vom Bett ab. »Jedenfalls wohne ich viel lieber mit Elias zusammen als mit anderen Müttern und ihren chaotischen Kindern. So, und jetzt sortieren wir weiter.« Sie trinkt das halbe Glas in einem Zug leer.

»Was hast du mit den Sachen vor?« Ich stehe ebenfalls auf und trete neben sie. Sommerklamotten, Winterklamotten, Babysachen – Epochen eines Kinderlebens.

»Ein bisschen was wollte ich einer Freundin geben, die vor einem halben Jahr ein Baby bekommen hat, ein paar andere Sachen einer Freundin von Mia. Die ist ein halbes Jahr jünger und deutlich kleiner als sie. Der Rest wird verkauft oder gespendet.« Ihr Blick streift über das Chaos. »Dafür muss ich das alles aber erst mal sortieren. Irgendwie habe ich es nie geschafft, die Sachen richtig durchzusehen und weiterzugeben, sondern ewig gehortet. Wir haben aber einfach nicht genug Platz für das ganze Zeug. Und wahrscheinlich lohnt es sich nicht zu warten, bis Elias sich vielleicht doch mal wieder verlieben und eine eigene Familie gründen will.« Sie wirft mir ein zaghaftes Lächeln zu. »Ich weiß echt nicht, was ich ohne ihn machen würde.«

»Was ist denn mit Mias Vater?«, frage ich vorsichtig.

»Uff. Kurzfassung: heißer Typ, aber zu doof für Kondome und dann auch noch absolut verantwortungslos. So ungefähr.« Sie trinkt ihr Glas aus und stellt es wieder ab. »Die Langfassung erzähle ich dir vielleicht mal bei einem richtigen Cocktail, aber eigentlich ist sie auch nicht so spannend. Nur sehr klischeehaft. Ich war eben jung und naiv.«

»Okay.« Mit Isabel zu reden, ist wie das Füllen einer großen Lücke. Es ist so leicht, ungefähr dort anzuknüpfen, wo wir in unserer Kindheit aufgehört haben, und einfach weiterzumachen. Nur erwachsener. Ohne Waldhütten, dafür mit Aperol Spritz und dem Aussortieren von Kinderkleidung.

Eher wahllos sammle ich ein paar Hosen zusammen. »Welche Größe hat denn Mias Freundin?«

»Verstehe. Du willst wirklich ernsthaft aufräumen.« Sie sucht vereinzelte Sachen aus dem Haufen. »Alles bis etwa Größe 86 sortieren wir hierher, alles um 110 und größer hier, den Rest würde ich fotografieren und bei eBay einstellen.«

Ich sortiere, Isabel fotografiert und packt die Kleiderkartons, zwischendurch holen wir uns neuen Aperol. Eine gute Stunde später haben wir nicht nur die Klamotten sortiert, sondern auch einen Großteil von Mias alten Spielsachen durchgesehen.

»Hast du auch das Gefühl, dass man, wenn man Dinge zu zweit erledigt, nicht nur doppelt, sondern eher dreimal so schnell fertig wird?«, fragt sie, als sie den letzten Karton verschließt.

»Ich denke, das liegt am Alkohol.«

Wir prosten uns mit dem letzten Schluck zu.

»Was machst du jetzt mit den Spielsachen? Die hast du nicht bei eBay eingestellt, oder?«

»Nein. In Eberswalde gibt es einen Tauschladen, da bringe ich sie hin.« Isabel sammelt die letzten beiden Tierfiguren ein und wirft sie in den Spielekarton. »Danke. Ohne dich würde ich jetzt vor dem Fernseher sitzen und mich schlecht fühlen, weil ich nichts geschafft habe, aber trotzdem keine Lust haben, etwas zu schaffen.«

»Die Magie des gemeinsamen Aufräumens.«

»Allerdings.«

»Ich kenne das gar nicht so. Fabian und ich haben immer alles aufgeteilt und solche Dinge selten zusammen gemacht.«

»Wieso nicht?«

Isabel lässt sich in ihren Stuhl fallen, ich setze mich auf das nun leer geräumte Bett. Über dem Kopfende ist eine Lichterkette aus blauen Papierblumen drapiert.

»Keine Ahnung. Das war eben so bei uns. Wenn wir aussortiert haben, hat jeder seine eigenen Sachen sortiert. Wir hatten immer unsere eigenen Schubladen und Regalfächer, das hat sich nicht groß durchmischt. Eigentlich merkwürdig, oder?«

Ich sehe sie an, versuche, dieses dumpfe Gefühl zu fassen, das in mir aufbrodelt. Gestern noch dachte ich, es wäre unmöglich, unsere Leben zu trennen. Dabei ist es so einfach. Weil sie nie zusammengewachsen sind.

»Vielleicht. Ich weiß es nicht. Ich habe nie mit einem Mann zusammengewohnt, mit dem ich in einer Beziehung war. Elias und ich haben unseren persönlichen Kram in unseren Zimmern und alles andere wie Bücher und so im Wohnzimmer.«

»Und für Mias Sachen bist du verantwortlich?«

Sie nickt. »Genau. Er macht schon so viel für uns. So wie heute. Ich hatte einfach keine Lust auf das Playdate auf dem Spielplatz, das ich letzte Woche für Mia ausgemacht habe. Den ganzen Tag auf der Bank herumhängen und mit Eltern, die ich höchstens halbwegs sympathisch finde, Small Talk betreiben, das ist nicht meins. Und dann hat er einfach angeboten, das zu übernehmen, obwohl er auf diese Elterngespräche noch weniger Lust hat als ich.« Sie beugt sich ein Stück vor, zupft an ihrer roten Pfauenauge-Haremshose herum, die locker um ihre Beine fällt. »Er ist immer für uns da. Wirklich immer. Dabei hat er seine eigenen Baustellen. Ich will ihn nicht auch noch damit behelligen, dass Mias Klamotten sortiert werden müssten oder ihr Kleiderschrank gestrichen werden könnte. Ich habe eh immer ein schlechtes Gewissen, dass ich so viel herumtrödele, während er nicht nur einen Job mit jeder Menge Verantwortung hat, sondern auch noch Vollzeitonkel spielt. Ohne ihn wäre ich schon längst verzweifelt.« Sie steht auf, wirkt plötzlich unruhig, fast ein bisschen traurig.

»Entschuldige, dass ich dich so ausquetsche.«

»Tust du nicht.« Sie wirft mir ein Lächeln zu, bevor sie ans Fenster tritt.

»Mir ist das nie aufgefallen«, sage ich leise, »aber mir hat das gefehlt. Dinge zusammen zu machen, meine ich. Nicht nur schöne Dinge, auch die lästigen, die, auf die man keine Lust hat.«

»Hast du in Frankfurt nicht viele Freundinnen?«

Ich lächele kurz, spüre aber, wie sehr es mir misslingt. »Nicht wirklich. Bekannte, ja. Freunde von Fabian. Arbeitskollegen. Meine beste Freundin Meike wohnt in der Nähe von Stralsund, und seit sie ein Haus und ein Kind hat, ist es schwer, sich für solche Dinge wie das Ausmisten der Wohnung zu verabreden. Jedenfalls, wenn es meine Wohnung sein soll.«

Isabel dreht sich zu mir um und lehnt sich ans Fensterbrett. »Du hast wohl keine Kinder?«

»Nein«, erwidere ich schlicht.

»Sie verändern alles, das stimmt. Der Alltag wird anders, aber auch einiges drumherum. Es ist schade, wie viele Freundschaften es nicht überleben, wenn eine Kinder bekommt und die andere nicht.« Sie stellt die Musik aus, die plötzliche Stille hämmert in meinen Ohren.

»Wie sind wir jetzt auf dieses Thema gekommen?«

Mit einem Lächeln deutet Isabel auf die gestapelten Kisten. »Deshalb. Dinge wegzugeben ist ein bisschen wie Abschied nehmen, und beim Abschiednehmen denkt man eben über vieles nach.«

»Erinnerungen?«, frage ich nach ein paar Sekunden des Schweigens.

»Ja, auch.«

»Was noch?« Sie setzt sich neben mich, ziemlich nah.

»Ich weiß nicht. Die Zeit an sich. Mir sind beim Zusammenpacken so viele Dinge eingefallen. Zum Beispiel, wann Mia welches Kleidungsstück bekommen und wann sie es getragen hat. Und jetzt kommt es mir so vor, als wäre das alles ewig her, und ich bin wieder total erstaunt, wie groß Mia schon geworden ist. In ein paar Tagen kommt sie in die Schule.« Mit einer fahrigen Bewegung streicht sich Isabel ein paar Haare zur Seite. Sie trägt sie heute offen, Wellen bis über die Schulterblätter und ein Pony, der ein bisschen zu lang ist. »Dabei weiß ich noch genau, wie es vorher war. Als ich noch kein Kind hatte.«

»Wie war es denn ohne Kind?«

Sie lacht, nur kurz. »Anders eben. So vieles war leichter und freier. Ich konnte spontan sein und mir alles Mögliche vornehmen, weil ich ja nur für mich selbst verantwortlich war. Und dann wurde ich schwanger, und ich wusste nicht, wie ich das schaffen sollte, ein Kind großzuziehen. Das war so verdammt beängstigend. Unvorstellbar, dass es Leute gibt, die einfach so davon überzeugt sind, das alles hinzukriegen. Man muss einem Menschen, den man überhaupt nicht kennt, so viele Jahre Sicherheit und Zukunft bieten. Es kam mir so irre vor, dass andere sich das aussuchen. Verstehst du, was ich meine?«

»Ja«, sage ich, es ist kaum hörbar, doch Isabel blickt sowieso nur auf den blaugrauen Teppich, wahrscheinlich hat sie fast vergessen, dass sie eigentlich mit mir redet und nicht mit sich selbst.

»Ich habe mich trotzdem für sie entschieden. Also, nein, es war keine richtige Entscheidung, weil eigentlich gar nichts anderes infrage kam. Irgendwie ... Ich weiß nicht. Das klingt jetzt wahrscheinlich total esoterisch oder so, aber ich hatte einfach das Gefühl, dass schon alles richtig ist. Das glaube ich immer noch, selbst dann, wenn Mia anstrengend und schlecht gelaunt ist und ich ungeduldig und genervt bin und Elias nicht hier ist, um uns voreinander zu retten. Selbst wenn ich viel zu schnell sauer werde und Mia dann eben auch, bleibt dieses Gefühl. Und irgendwie habe ich ja auch jede Menge gelernt, was ich ohne Mia niemals hätte lernen können. So ganz durchschaut man das eigene Leben sowieso nie. Aber trotz diesem wahnsinnigen Durcheinander ist jedes Element zu etwas gut. Oder? Glaubst du das nicht auch?« Nun sieht sie doch auf und mich an, sie wirkt gleichzeitig unglaublich jung und unglaublich alt, wie mehrere Isabels aus unterschiedlichen Zeiten, die sich überlagern und aus diesem Moment heraus alle Ebenen ihres Lebens betrachten.

»Ja«, antworte ich, weil ich nicht das Gegenteil behaupten will, obwohl ich eigentlich oft was ganz anderes denke. Dass nichts im Leben zueinanderpasst, dass es nur Chaos ist ohne Sinn und ohne Grund und dass man auch das einfach akzeptieren und zufrieden werden kann.

»Sorry für den Monolog. Ich weiß nicht, wo der auf einmal herkam.«

»Du musstest deine Gedanken wohl loswerden.«

»Ja, entweder das, oder ich hatte schon zu viel Nachmittagsalkohol.«

Wir stoßen an, auf den Nachmittagsalkohol und auf Seelenmonologe, und weil unsere Gläser bereits leer sind, stehen wir auf, um uns nachzuschenken.

»Danke«, sage ich, als wir den Raum verlassen, weil ich das Gefühl habe, ein Danke wäre angebracht, aber Isabel schüttelt lachend den Kopf.

»Wofür? Du hast doch mir geholfen. Ich würde mich ja mit einem Kuchen revanchieren, aber den willst du garantiert nicht.«

»Du musst dich nicht revanchieren.«

Gemeinsam gehen wir die Treppe hinunter, gerade als sich die Haustür öffnet und Elias und Mia ins Haus treten.

»Wir waren Eis …«, verkündet Mia, kaum dass sie ihre Mutter entdeckt hat, verstummt aber in dem Moment, in dem sie registriert, dass diese nicht allein ist.

»Ich geh dann mal«, sage ich zu Isabel, die mich umarmt und mir ihrerseits ein »Danke« zuflüstert. Ich lächele kurz in Elias' Richtung, der mir leicht zunickt, und verlasse das Haus. Sobald die Tür hinter mir ins Schloss gefallen ist, erklingt wieder Mias Stimme mit einem Bericht über Eisläden und Spielplätze, ich bin zu schnell außer Hörweite, um wirklich etwas zu verstehen.

Diesmal gehe ich langsam, mit einem merkwürdigen Gefühl in der Brust, das wie Freude und Traurigkeit zugleich ist.

# Kapitel 7

Großvater ist in den Wald gegangen und hat mir einen Zettel auf dem Küchentisch zurückgelassen und seine Abwesenheit, die mir träge dabei zusieht, wie ich mich setze und die saubere Handschrift zu entziffern versuche. Die Buchstaben sind schmal und schnörkelig, ich brauche etwas, bis ich sie auseinandergenommen habe. Siegfried ist also bei den Bibern im Wald. Ich sollte ihn dringend fragen, was genau er dort eigentlich macht.

Aus dem Kühlschrank nehme ich ein Stückchen kalter Kartoffel und gehe damit ins Wohnzimmer, das mich mit einer Kühle, die nicht zu den achtundzwanzig Grad draußen passt, empfängt. Siegfried lässt die Fenster tagsüber geschlossen und zieht die Vorhänge zu, um die Hitze draußen zu halten. Ich mochte dieses sommerliche Abdunkeln noch nie. Jahr für Jahr fiebere ich monatelang dem Frühlingsbeginn und den längeren Tagen entgegen, ich sperre sie nicht aus, sobald sie endlich da sind.

Auf dem Couchtisch liegt der Ordner, in dem alle Unterlagen zum Haus gesammelt sind. Beim Mittagessen habe ich Siegfried danach gefragt, damit ich weiß, worauf ich besonders achten muss, wenn ich das Haus komplett durchchecke.

Ich klappe den Ordner auf und blättere durch die ersten Seiten. Alles ist gut sortiert: Grundrisse, Versicherungen, Kaufvertrag, tatsächlich auch ein paar Rechnungen zu Sanierungs-

und Reparaturarbeiten. Viele sind es nicht, doch immerhin die Elektrik wurde Ende der Neunzigerjahre komplett überholt. Ein paar mehr Steckdosen könnte das Haus zwar trotzdem vertragen, aber eine Rundumerneuerung ist zum Glück nicht notwendig.

Aus meinem Zimmer hole ich den Laptop und google nach Fenstern und Fenstereinbaufirmen aus der Gegend, denn dass die aktuelle Verglasung nicht ausreicht, ist offensichtlich. Die Vorstellung von Siegfried allein im Winter in diesem unbeheizbaren Haus jagt mir regelrecht Angst ein. Gerade als ich aufstehen und die Fenster ausmessen will, um dann an ein paar Unternehmen eine erste Anfrage zu schicken, klingelt mein Telefon. Meine Mutter, mal wieder. Leider werde ich ihr nicht für immer aus dem Weg gehen können.

»Hallo«, sage ich, während ich aufstehe und Richtung Haustür schlendere.

»Hallo? Das ist alles, was du zu sagen hast?«

»Was soll ich denn sonst sagen? Guten Tag, Mama, wie geht es dir?« Ich öffne die Tür, lasse Sonne und Sommertag herein.

»Zum Beispiel.« Sie seufzt sehr laut. »Ich will mich nicht mit dir streiten«, fährt sie in einem deutlich versöhnlicheren Ton fort.

»Gut. Ich will mich auch nicht streiten.« Die Stufen fühlen sich warm an unter meinem Po, die Sonne scheint mir ins Gesicht, sodass ich gegen sie blinzeln muss, um in den Garten blicken zu können. Hinter dem Gatter tippeln die Hühner herum. Sie dürfen nur manchmal außerhalb ihres Geheges frei herumlaufen und nur, wenn Großvater im Garten beschäftigt ist.

»Ich habe mir Sorgen gemacht. Als ich am Freitag bei euch angerufen habe, ist Fabian rangegangen. Er hat mir gesagt, was passiert ist.«

Eine grau getigerte Katze streift am Hühnergatter entlang auf das Haus zu.

»Hat er das?«, frage ich vorsichtig.

Am Zaun bleibt die Katze stehen und beobachtet die Hühner, die sich von ihrer Anwesenheit gänzlich unbeeindruckt zeigen. Nur Ferdinand, der Hahn, beäugt sie misstrauisch.

»Ja, natürlich. Musste er doch, du warst ja nicht da. Er klang traurig. Du hättest dich nicht von ihm trennen sollen.«

Ich atme tief ein und wieder aus. »Wir haben uns gestritten, weil wir ein paar grundsätzliche Differenzen haben. Alles in allem ist es schon okay so.« Martha läuft bis an den Zaun, als würde sie sich mit der Katze unterhalten wollen. Soweit ich das bisher beobachten konnte, ist sie das Huhn, das sich das meiste traut, obwohl sie mit dem gut sichtbaren weißen Gefieder die leichteste Beute ist.

»Bist du dir da sicher, Kind? Es gibt immer Differenzen, und ihr habt euch doch gut verstanden.«

»Das ist unsere Entscheidung, oder nicht?«, antworte ich bemüht ruhig. »Es gibt einfach Dinge, die zwischen uns stehen und eine gemeinsame Zukunft unmöglich machen.«

Die Katze starrt Martha an. Martha starrt die Katze an.

Drei, vier Sekunden lang schweigt meine Mutter, bevor sie fragt: »Wo bist du jetzt? Bei einer Freundin?«

Seit meine Mutter ihre Stundenanzahl reduziert hat, hat sie eindeutig zu viel Zeit, über mich nachzudenken. Wahrscheinlich will sie vermeiden, zu viel über sich selbst nachzudenken. Das kann ich sogar verstehen. Gedankenschleifen führen nie zu etwas Sinnvollem. »Ich bin bei Opa«, sage ich schließlich.

»Wirklich? Ich habe doch gestern erst mit meinen Eltern telefoniert. Sie haben gar nichts gesagt.«

Weder die Katze noch Martha rühren sich. Gäbe es keinen Zaun, wer weiß, was als Nächstes geschehen würde.

»Nicht bei deinen Eltern. Bei Siegfried.«

»Bei …« Nun ist sie diejenige, die deutlich hörbar Luft einsaugt. »Wieso? Wie bist du dorthin gekommen? Woher weißt du, wo er wohnt?«

Martha gewinnt. Scheinbar vollkommen mit sich selbst beschäftigt, schleckt sich die Katze ein paarmal die Pfote, bevor sie weiter in meine Richtung stolziert. Katzen sind gut darin, sich als Gewinner zu fühlen, selbst dann, wenn sie verloren haben. Vielleicht sollte ich mir ein Beispiel an ihnen nehmen.

»Spechthausen ist ein Dorf, Mama. Das war nicht so schwer. Und hergekommen bin ich mit der Postkutsche, wie denn sonst?«

Offenbar findet sie meine Bemerkung kein bisschen witzig, wenn ich das kurze Schnauben richtig interpretiere.

Vor der Treppe bleibt der kleine graue Tiger hocken und starrt mich an. Gegen das Huhn hat er verloren, gegen mich will er anscheinend gewinnen.

»Jedenfalls bin ich jetzt hier, das war sowieso lange überfällig. Wieso haben wir Opa nie wieder besucht? Wieso war ich in den Ferien nie wieder hier?«

»Das ist kompliziert«, erwidert meine Mutter, und ich sage: »Natürlich ist es kompliziert, aber das ist doch keine Antwort«, und dann schweigen wir wieder, wahrscheinlich sind wir beide wütend, vielleicht auch traurig. Manchmal gehört beides unauflöslich zusammen, die Wut und die Traurigkeit, sie ketten sich aneinander und lassen sich nicht mehr los. Sie schweigt, fast schon glaube ich, sie würde einfach auflegen, doch dann räuspert sie sich. »Nach der Hochzeit … ach, nein.

Schon früher. Du erinnerst dich sicher an vieles nicht mehr. Du warst noch so klein, als dein Vater gestorben ist.«

»Ich war acht.«

»Das ist doch klein.« In der Stille zwischen ihren Worten höre ich sie atmen. Ein Atemrhythmus, ein Pulsschlag, so viel Zeit. »Ich hatte Mühe, das zu verarbeiten. Du und ich, wir sind ganz gut zurechtgekommen, auch wenn es für uns beide hart war. Und Christel und Siegfried, aber auch meine Eltern haben uns unterstützt, wo sie konnten. Es hat mir geholfen, dass du manchmal nicht zu Hause warst. Dann musste ich keine Rücksicht auf dich nehmen. Ich konnte traurig sein. Und Sören war von Anfang an sehr nett zu mir. Er hat mich aufgebaut und mir geholfen, wenn ich nicht in der Lage war zu arbeiten. Und er hat sehr geduldig auf mich gewartet. Zwei Jahre lang. Kannst du dir das vorstellen? Es gibt nicht viele Männer, die zwei Jahre lang auf eine Frau warten.«

Wahrscheinlich hätte sie gern eine Bestätigung von mir. Dass alles richtig war so, dass es keinen besseren Mann für sie gegeben hätte, für uns beide, weil Kinder ja nicht ohne Väter aufwachsen sollten. Zumindest ist es das, was sie damals zu mir gesagt hat. Als könnte man tote Väter einfach ersetzen. »Wir waren eigentlich bei meinen Großeltern«, sage ich, als ihre Pause immer länger wird.

Die Katze streckt sich in der Sonne aus.

»Ja, das will ich dir ja gerade erklären. Damals war es einfach hart, auch für mich. Sörens und meine ersten Verabredungen waren nicht so toll. Manchmal wäre ich am liebsten gar nicht hingegangen, nur wer will schon für den Rest seines Lebens allein sein? Sören hat wirklich viele Vorzüge, und er wollte, dass wir uns eine Familie aufbauen. Du, er und ich.« Ihre Stimme wird um eine Nuance tiefer. Ich verstehe, was sie nicht ausspricht. Diese Sache mit den Geschwistern, die nie kamen, mit meinem Vater nicht, mit Sören nicht. »Siegfried und Christel haben so weit weg gewohnt. Wir wollten die Ferien dafür nutzen, Zeit als Familie zu verbringen.«

»Das ist alles? Deshalb war ich nie wieder hier?«

»Na ja, sie waren einmal bei uns zu Besuch. Nicht in dem neuen Haus, glaube ich, sondern bevor wir umgezogen sind. Es gab einen furchtbaren Streit, und sie sind direkt wieder abgereist.«

Daran erinnere ich mich nicht, weder an ihren Besuch noch an den Streit.

Die Katze blickt mich mit halb geschlossenen Augen an, ihr Fell glänzt in der Sonne.

»Das ist doch kein Grund«, sage ich schwach, obwohl es stimmt, das ist kein Grund, um ein Kind von seinen Großeltern fernzuhalten.

»Damals war es einer. Wir hätten es sonst nicht geschafft, eine richtige Familie zu werden.«

»Ja«, sage ich, dabei haben wir es sowieso nicht geschafft, jedenfalls nicht zu dritt, doch ich will jetzt nicht darüber reden, wie es für mich war, das Familienleben, die Urlaube, die immer Erwachsenenurlaube waren und nie Kinderurlaube, die Ausflüge, die Regeln, das Schweigen, das viele Schweigen, das immer größer wurde in meinem Bauch, weil manche Worte unaussprechlich werden, wenn man sie zu lange aufhebt.

»Ich wollte eigentlich mit Siegfried und Christel in Kontakt bleiben. Wirklich. Es war nur so schwer. Und dann waren auf einmal so viele Jahre vorbei, dass es sowieso zu spät war.«

»Es ist nie zu spät.« Die Katze beginnt zu schnurren, als würden meine leisen Worte sanft über ihr Fell streicheln.

»Ich weiß, Alina. Ich weiß. Aber es war viel zu schwer, den Anfang zu machen. Verstehst du das?«

»Ja«, sage ich, die einfachste Antwort von allen. »Was war das für ein Streit, den ihr damals hattet?«

»Welcher Streit?«

»Der Streit, von dem du gerade gesprochen hast.«

Die Pause ist nur kurz, einen Wimpernschlag lang. »Ich kann mich nicht gut erinnern.«

Natürlich kann sie das nicht. Stattdessen lenkt sie ab, redet über andere Themen, eine Weile höre ich schweigend zu, bis es nicht mehr geht. »Ich muss jetzt auflegen«, sage ich, obwohl ich nichts Wichtiges zu erledigen habe, zum ersten Mal seit Jahren nicht.

»Warte«, ruft meine Mutter, doch ich drücke sie weg, lege tatsächlich auf, stelle das Smartphone auf lautlos und wische mir ein paar Tränen ab, die sich heimlich meine Wangen hinabstehlen wollten.

»Es ist ein bisschen schwierig«, erkläre ich der Katze, die sich inzwischen auf ihrem Sonnenplatz zusammengerollt hat und zumindest den Anstand besitzt, mich kurz anzublinzeln, bevor sie die Augen wieder schließt.

Die frühe Abendsonne winkt mir zwischen den Bäumen hindurch zu. Achtzehn Jahre sind nichts aus ihrer Perspektive, ein Kitzeln an einer ihrer Strahlen. Ja, Sonne, du hast ja recht. Herumsitzen und grübeln bringt mich auch nicht weiter.

Entschlossen stemme ich mich hoch und laufe zu dem kleinen Häuschen neben dem Zaun, das Großvater als Schuppen und Rumpelkammer benutzt. Dabei ist es für einen Schuppen recht groß und solide. Man könnte sich hier eine richtige Werkstatt einrichten, wenn man eine bräuchte. Ich muss eine Weile suchen, bis ich den Ersatzschlüssel für die Eingangstür in einem der ungenutzten Blumentöpfe finde, die sich neben der Tür stapeln.

Das Chaos im Inneren des Häuschens ist unbezwingbar. Kaum vorstellbar, dass der Raum in diesem Jahrhundert schon mal betreten wurde. Neben einem Fahrrad – vermutlich Siegfrieds –, das noch halbwegs gepflegt aussieht, steht ein altes Damenrad, das ich hinaus in den Garten schiebe. Der Rahmen ist staubig und voller Matschspritzer, die Reifen sind platt, und vermutlich müssen mindestens die Schläuche ausgetauscht werden, eventuell auch die Mäntel. Am besten wäre es, das komplette Fahrrad durchchecken zu lassen, bevor ich es benutze. Nicht dass mir plötzlich ein Pedal abbricht oder der Rahmen auseinanderfällt.

Gerade als ich damit fertig bin, das Fahrrad zu inspizieren, unterbricht eine Stimme meine Konzentration. »Du musst Alina sein.«

Am Zaun, nur zwei, drei Meter von mir entfernt, steht eine ältere Dame, vermutlich um die siebzig Jahre alt. Sie lächelt vorsichtig und rückt einen Hut zurecht, der auf ihren kupferroten Haaren sitzt.

»Ja, genau. Ich bin Alina.«

»Ein liebes Mädchen warst du. Als du ein Kind warst, bist du manchmal zu mir gekommen, um die Katzen zu streicheln. Du wolltest selbst welche haben, aber ich glaube, deine Eltern wollten das nicht.«

Auch diese Erinnerung ist dunkel und verschwommen, rührt sich aber, nun, da ich von ihr weiß. Es ist, als würde ich die vergessenen Bilder in meinem Kopf wecken, eines nach dem anderen, und mit ihrem Aufwachen nehmen sie immer mehr Farbe und Form an. Gestalten der Vergangenheit, die ihren Weg in die Gegenwart suchen.

»Ingrid Stein. Ich wohne in dem Haus dort drüben, hinter den Bäumen.«

Erst jetzt bemerke ich das Gefäß, das sie in den Händen hält, eine Art Auflaufform oder Tupperware aus Glas. »Wollten Sie zu Siegfried?« Ich kann sie nicht einfach duzen, obwohl sie das umgekehrt ganz selbstverständlich getan hat. Vielleicht weil sie noch das kleine Mädchen in mir sieht, das ihre Katzen gefüttert hat, das bei ihr fernsehen durfte und manchmal ein paar Gummibärchen naschen.

»Ja. Ich bringe ihm immer etwas vorbei, wenn ich Lasagne gemacht habe. Die isst er sehr gern. Es ist genug für euch beide.«

»Danke sehr.« Unschlüssig trete ich an den Zaun. »Wollen Sie hereinkommen und auf Siegfried warten? Ich weiß aber nicht, wann er wieder da ist.«

»Nein, nein. Ich will dich nicht stören.« Sie lächelt, doch es ist ein scheues Lächeln, das langsam vor mir zurückweicht.

»Es würde mich wirklich nicht stören. Ich wollte sowieso gerade Tee kochen.«

Diesmal zögert sie, bevor sie leicht den Kopf schüttelt. »Richte Siegfried doch bitte liebe Grüße aus.« Damit reicht sie mir die Auflaufform über den Zaun, die ich ihr schließlich abnehme. »Mein Name ist Ingrid. So hast du mich früher auch immer genannt.«

»Ingrid. Okay. Ich erinnere mich an den Garten. Und an deine schwarze Katze.«

»Ach ja, Luna. Ihr hattet eine ganz besondere Verbindung, ihr beiden. Aber es war auch eine besondere Katze. Leider hatte ich nie wieder eine wie sie.«

Gern wüsste ich, was sie damit meint, doch sie verabschiedet sich bereits und läuft den Weg zurück, bedächtig, aber nicht langsam.

Ingrid Stein. Luna. Die schwarze Katze mit dem weißen Lätzchen, die manchmal vor der Haustür meiner Großeltern darauf wartete, dass ich herauskam, um sie zu streicheln. Damals liebte ich Katzen.

Ich stelle die Lasagne in den Kühlschrank und wende mich dann wieder den Dingen zu, die ich eigentlich hatte erledigen wollen. Mit Öl aus dem Schuppen bearbeite ich alle quietschenden Scharniere im Haus, und während ich die Türen ablaufe, erinnere ich mich daran, dass ich Fenster ausmessen wollte, was ich direkt angehe. Anschließend sortiere ich den Inhalt der Speisekammer, lege eine Inventarliste an, stelle die Dinge, die als Nächstes gegessen werden müssten, nach vorn und schreibe auf einen Zettel, was nachgekauft werden könnte. Fabian fand meinen Sortierwahn immer albern, aber er wohnte in der Wohnung seiner Eltern, ich in der meiner zukünftigen Schwiegereltern, und es war nicht Fabian, dem Dorothea diesen prüfenden, leicht herablassenden Blick zuwarf, wenn sie bei ihren Besuchen durch die Wohnung lief und tausend Dinge entdeckte, an denen sie herumkritteln konnte.

Inzwischen ist es schon nach sieben. Bald müsste Großvater zurückkommen, auch wenn er seine Mahlzeiten nicht mehr so penibel einhält wie früher. Wahrscheinlich weil er seine Waldspaziergänge nicht nach dem Abendessen ausrichten möchte.

Ich habe noch nie einen frei lebenden Biber gesehen. Auch keinen eingesperrten, wenn ich so darüber nachdenke.

Mit einer Tasse Tee und meinem Laptop setze ich mich auf einen der Küchenstühle und beginne damit, ein offizielles Kündigungsschreiben aufzusetzen, scrolle dann aber lieber durch meine Reparaturliste für das Haus. Der Gedanke an meinen Job, selbst wenn es darum geht, ihn loszuwerden, hilft mir nicht direkt dabei, mich besser zu fühlen. Hinter *Speisekammer aufräumen* setze ich ein Häkchen, *Fahrrad reparieren* schreibe ich dazu, ebenfalls *Fensterfirma kontaktieren*. Für später. Gerade habe ich keine Lust darauf, förmliche E-Mails zu schreiben. Mein Blick fällt auf den Eintrag ganz oben, auf *Kartons auf dem Dachboden auspacken*. Damit könnte ich weitermachen, solange Siegfried noch unterwegs ist.

Aus der Kammer im Flur nehme ich zwei kleinere leere Kartons, in die ich ein paar Dinge räumen könnte, falls notwendig, und begebe mich damit auf den Dachboden. Ich beginne mit den Schreibwaren, probiere Stifte durch und sortiere eingetrocknete und leere aus. Immer wieder wandert mein Blick zu den Notizbüchern, und als ich mit den Stiften fertig bin, nehme ich das oberste heraus.

Gleich auf der ersten Seite steht eine Jahreszahl. 2005, das Jahr, in dem sie gestorben ist, wenn ich mich richtig erinnere. Ich sollte Großvater fragen, wo sie beerdigt wurde, und ihr Grab besuchen. Das macht man so, oder? Friedhöfe waren mir schon immer unheimlich und fremd. Selbst am Grab meines Vaters war ich seit Jahren nicht mehr.

Der Kalender in A5-Größe ist großzügig gestaltet. Eine Woche verteilt sich auf sechs Seiten, je zwei Tage pro Seite, dazu Platz für Notizen, Aufgabenlisten, Gedanken. Termine hat meine Großmutter mit einem schwarzen Kugelschreiber notiert, Ergänzungen zum Tag in Blau, die restlichen Eintragungen variieren. Falls das Farbschema dafür einem System folgt, kann ich es nicht entdecken. Ihre Handschrift ist klarer als die meines Großvaters, viel gerader, ohne Ausschmückungen, fast sieht sie aus wie gedruckt.

Ich blättere durch die ersten Seiten. Ärzte, Friseur, Kosmetik, Telefonate, das sind die Haupttermine, die meine Großmutter aufgelistet hat. Manche Sachen sind wieder durchgestrichen, vermutlich Termine, die ausgefallen sind. Oder die sie nicht einhalten konnte, weil es einer dieser Tage war, die Großvater erwähnt hat, Tage, an denen sie kaum aufstehen wollte. Ihre Ergänzungen sind schlicht, stichpunktartig.

*Fliedersträuße im Haus verteilt*, steht dort zum Beispiel.
*Zu müde, um den Garten zu machen*, an einem Tag.
*S. ein Buch geschenkt*, an anderer Stelle.
Und dann: *Den ganzen Tag Übelkeit. Beschwerden beim Treppensteigen. Früher Schlaf.*
*Mehrmals erbrochen. Kaum das Bett verlassen. S. kocht Hühnersuppe. Kein Appetit.*

Wenn ich mich richtig erinnere, ist sie an einem Herzinfarkt gestorben. Nach diesen Eintragungen folgen nur noch vereinzelte Termine, die sie vermutlich festgehalten hat, bevor sie krank wurde. Gänsehaut überzieht meinen Körper, während ich durch die letzten Seiten blättere, Leben, das sie sich vorgenommen, aber nicht mehr gelebt hat. Mehrere Tage im Sommer, die mit *Heringsdorf, Usedom* überschrieben sind, und auch wenn das albern ist, bilde ich mir ein, ihre Aufregung zu spüren, die sie empfunden hat, als sie die Reisepläne notierte. Vorfreude auf das Meer, auf den Sand, auf Spaziergänge an der Promenade, auf Eisbecher und Kuchen, falls sie Eisbecher überhaupt mochte. Wer mag keine Eisbecher?

Wieso sind wir nie zusammen ans Meer gefahren? Mein Großvater, meine Großmutter und ich. Wieso sind wir nie zusammen barfuß durch den Sand gelaufen?

Mit den Fingern streiche ich über die fast leeren Seiten, als könne ich damit all die Jahre überbrücken. Es fällt mir so schwer, mir ins Gedächtnis zu rufen, wie sie aussah. Großvater hat im Haus keine Fotos aufgestellt, wahrscheinlich weil ihm die

Erinnerung reicht. Kurze Haare, das weiß ich noch, die schon damals wie die meines Großvaters vorwiegend grau waren. Helle blaugraue, etwas wässrige Augen und einen ernsten Zug um den Mund, der sich auflöste, wenn mein Großvater sie umarmte oder ihr einen Kuss gab. Das haben sie häufig gemacht. Sich einfach umarmt, ohne Grund.

Ich schließe den Karton mit den Notizbüchern wieder und öffne ein paar andere, bis ich finde, was ich suche. Eine Kiste mit dem alten Spielzeug meines Vaters, den Sachen, die im Haus meiner Großeltern geblieben sind. Ganz oben liegt eine weiße Kuscheltierente oder eine ehemals weiße Ente, die schon zu meinen Zeiten eher weißgrau war. Jede Nacht, die ich bei meinen Großeltern verbrachte, lag Erpel in meinem Bett, wie schon bei meinem Vater, als er ein Kind gewesen war. Nach seinem Tod habe ich viel mit Erpel geredet, vielleicht weil ich bestimmte Dinge sonst niemanden hätte fragen können. Meine Mutter nicht, die sowieso nicht antwortete. Meine Großmutter nicht, die dunkel und leise wurde, wenn ich meinen Vater erwähnte. Meinen Großvater nicht, der dann traurig lächelte und keine richtigen Antworten fand. Ein bisschen bleibe ich noch in der warmen Stille des Dachbodens sitzen, selbst als ich Geräusche von unten höre, atme den Staub der vielen Jahre ein, bevor ich das Stofftier zurücklege und wieder hinunterklettere.

Nachdem ich die beiden Kartons mit den sortierten Schreibmaterialien im Wohnzimmer abgestellt habe, gehe ich in die Küche, wo Großvater bereits den Tisch deckt. Der Tee, den ich vor meiner Dachbodenexkursion in eine Isokanne umgefüllt habe, ist noch heiß. Ich gieße uns zwei Tassen ein und lasse mich auf einem Stuhl nieder.

»Wie war es im Wald?«, frage ich.

Siegfried lächelt. »Es gibt keinen schöneren Ort auf der Welt«, antwortet er und setzt sich ebenfalls. »Willst du morgen mitkommen?«

Überrascht halte ich in der Bewegung inne. »Morgen?«, frage ich, obwohl der Tag keine Rolle spielt. Nur das Mitgehen.

»Ja, morgen. Oder hast du einen Termin? Fährst du nach Frankfurt zurück?«

Rasch schüttle ich den Kopf. »Nein, ich würde gern noch bleiben. Wenn das für dich in Ordnung ist.« Abwartend blicke ich ihn an. Das ist erst der Anfang, über so vieles haben wir noch nicht gesprochen.

»Natürlich kannst du bleiben, solange du willst.« Er öffnet eine Dose mit Hering in Tomatensauce, den er dick auf seinem Brot verteilt. Großvater mischt nicht gern. Gestern hat er nur Käsebrote gegessen, vorgestern nur Schinken, doch egal, womit er das Brot belegt, er zerschneidet es ordentlich und spießt die Häppchen auf eine Gabel, genau wie früher schon.

»Ich komme gern mit«, beantworte ich Großvaters ursprüngliche Frage.

Schweigend essen wir. Eine Katze lugt durch die geöffnete Tür zum Garten herein, rennt jedoch davon, als sie mich entdeckt. Die meisten Katzen hier mögen mich wohl nicht besonders, im Gegensatz zu Meikes Monster, das sich zwar normalerweise von Besuch fernhält, sich aber bei jeder Gelegenheit auf meinem Schoß platziert, sobald ich mal dort bin.

»Ich habe Omas Notizbücher gefunden. Die, von denen du heute Morgen erzählt hast.«

»Wirklich? Wo sind sie?«

»Oben auf dem Dachboden. Da stehen noch ein paar Umzugskartons.«

Langsam nickt Siegfried. »Ja, das ist möglich. Dort oben war ich seit dem Umzug nicht mehr. Der Aufstieg mit der Leiter ist mir zu beschwerlich.«

Das ganze riesige Haus wird ihm bald schon zu beschwerlich sein, denke ich, spreche den Gedanken jedoch nicht aus. Wir sind noch lange nicht bei der Zukunft angekommen.

»Ich habe mich gefragt ... Stört es dich, wenn ich sie lese?«

»Sie lesen? Wieso?« Die Gabel, mit der er im Begriff war, das letzte Brothäppchen aufzuspießen, lässt er wieder sinken.

»Ich weiß nicht genau. In meiner Erinnerung haben Oma und ich nie viel zusammen gemacht. Ich glaube, wir sind nicht so gut miteinander zurechtgekommen wie du und ich. Und jetzt ist sie nicht mehr da, und ich kann das, was ich mit ihr verpasst habe, nicht nachholen. Ich konnte sie nie richtig kennenlernen.« Unsicher blicke ich meinen Großvater an.

Seine Stirn ist leicht gerunzelt, er schiebt seine Brille zurecht, obwohl sie gar nicht schief saß. »Ich bin nicht sicher, ob sie das wollen würde«, sagt er schließlich, bedächtig und irgendwie abwartend, als wäre eigentlich Christel selbst diejenige, die meine Frage beantworten müsste.

»Du hast recht. Es war eine merkwürdige Idee.« Dass ich zumindest einige Einträge bereits gelesen habe, lasse ich lieber unerwähnt. Ich ziehe meine Teetasse zu mir heran und trinke ein paar Schlucke, um das trockene Kratzen in meinem Hals zu vertreiben, das sich plötzlich darin eingenistet hat. »Ein paar habe ich schon gelesen«, gestehe ich dann doch. »Es tut mir leid.«

Diesmal fragt er nicht, wieso ich das getan habe, er fragt auch nicht, was für Einträge das waren. Still blickt er auf seinen fast leeren Teller.

Er hat nie mit mir geschimpft, als ich ein Kind war. Nicht ein einziges Mal.

»Dann lies sie alle«, sagt er plötzlich.

»Wirklich? Wieso?«

Er legt sein Besteck auf dem leeren Teller ab. »Offenbar ist es wichtig für dich, und Christel kann ich nicht fragen. Ich denke, in diesem Fall sind die Wünsche der Lebenden wichtiger als die der Toten.«

»Danke.« Für einen Moment lege ich meine Hand auf seine, unsicher, weshalb ich überhaupt so erleichtert bin.

Er antwortet mit einem Lächeln, ein Lächeln, das anders wirkt als sonst, eine reduzierte Variante.

Ich sollte die Bücher nicht lesen, wenn nicht einmal Großvater sie kennt. Das weiß ich, dennoch ahne ich, dass ich es trotzdem tun werde.

»Wo ist eigentlich ihr Grab? Gibt es hier einen Friedhof?«

»Ja, aber sie liegt in Eberswalde. Dort sind auch zwei ihrer Brüder begraben. Als ich noch ein Auto hatte, habe ich mich selbst um die Grabpflege gekümmert. Inzwischen macht das die Friedhofsverwaltung. Ich schaue ab und zu vorbei, wenn ich in der Nähe bin.«

»Können wir mal hingehen? Irgendwann?«

Er lächelt sanft. »Natürlich.«

Die restliche Zeit schweigen wir. Die Küche räume ich auf, während Siegfried den Fernseher einschaltet und Nachrichten schaut, aber ich bin mir sicher, dass wir beide an meine Großmutter denken. An sie und all die Leerstellen, die verstorbene Menschen in unseren Leben hinterlassen haben. Großvater muss so viele davon haben. Leerstellen, die nie mehr gefüllt werden können.

# Kapitel 8

Der Wald riecht nach Sommerwärme und Grün und trockener Erde. Unter dem lichtdurchsetzten Dach der Baumkronen weit über uns biegen Großvater und ich von dem betonierten Weg ab. Die Ruhe hier sickert tief in mich hinein, bis dorthin, wo ich schon lange nichts mehr gespürt habe. Sie erinnert mich an meine ersten Studienjahre und Exkursionen in Marburg und Umgebung.

»Es ist nicht nur Sörens und Ilonas Schuld«, sagt Großvater plötzlich in die entspannte Stille hinein, die uns seit dem Verlassen des Grundstücks begleitet hat.

»Was ist nicht ihre Schuld?«

»Das lange Schweigen. Wir alle hätten uns mehr bemühen sollen. Aber es gab so viel, das zwischen uns stand und das wir schon vor dem Tod deines Vaters unausgesprochen gelassen hatten. Christel und Ilona hatten regelmäßig ihre Differenzen miteinander, was für deinen Vater oft sehr schwierig war. Das wurde nicht besser, als er nicht mehr da war.«

Manchmal träume ich von dieser Nacht, in der sich alles verändert hat. Ich wachte auf, weil etwas anders war als sonst. Eine kalte Leere im Haus. Ich stand auf und suchte meine Eltern, fand meine Mutter weinend in der Küche. Ich glaube, zwei Polizisten standen im Flur und sahen mich mit unbehaglichem Mitleid an, aber ich bin nicht sicher, ob sie tatsächlich da waren oder ob mein Gehirn sie unter dem Einfluss zahlreicher Filme später hinzugefügt hat. Danach ist alles dunkel und verschwommen. Irgendwann kamen meine Großeltern, nicht Siegfried und Christel, sondern die Eltern meiner Mutter. Sie kümmerten sich um mich, während tausend Dinge erledigt wurden, von denen ich nichts mitbekam. Nur dass mein Vater niemals wieder nach Hause zurückkehren würde, das verstand ich sehr genau.

Siegfried steigt über einen umgekippten Baum, der den Weg blockiert. Wüsste ich nicht, wie alt mein Großvater tatsächlich ist, würde ich ihn auf Ende sechzig schätzen, so behände bewegt er sich. »Man sieht dem Wald an, dass er seit Jahren nicht genügend Wasser bekommen hat. Er findet kaum noch Zeit zur Erholung, auch wenn es dieses Jahr ein bisschen mehr geregnet hat. Das reicht einfach nicht.«

Man muss genau hinsehen, um zu erkennen, dass das Blattwerk in den Kronen ein bisschen zu licht ist, wahrscheinlich leiden die Bäume unter Schädlingsbefall.

Meine Gedanken wandern zu Siegfrieds ursprünglichem Thema zurück. »Was für Differenzen waren das zwischen meiner Mutter und Oma?«

Er schaut konzentriert auf den Weg. »Mehrere. Ich glaube mittlerweile, Christel hat sich im Grunde eine andere Frau für deinen Vater gewünscht.« Kurz stockt er. Achtet darauf, auf keine zarten Triebe zu treten, die sich auf diesem nur halb erkennbaren Waldweg ans Licht drängen. »Wir haben uns immer gut verstanden, deine Großmutter und ich. Und wir haben gelernt, unsere Unterschiede zu akzeptieren. Ich weiß nicht, ob es bei deinen Eltern genauso war. Christel hatte den Eindruck, dass Ilona deinem Vater nicht immer gutgetan hat, weil sie so bestimmend ist und er so ruhig war. Er hat sich nie gegen sie durchgesetzt.«

Es fühlt sich merkwürdig an, solche Dinge über meine Eltern zu hören. In meinen Erinnerungen gibt es keine einzige an einen Streit zwischen ihnen, obwohl sie sich bestimmt gestritten haben, nur eben nicht in meiner Anwesenheit. Andererseits, mein Vater gehörte zu den Menschen, die Unstimmigkeiten versuchen wegzulächeln.

»Sie redet fast nie von ihm«, sage ich über die verwaschenen Erinnerungen hinweg. Er ist ein Geist in meinem Leben, kaum mehr als ein schattenhafter Umriss, den ich manchmal aus den Augenwinkeln wahrnehme, doch es gibt Momente, in denen ich ihn spüre. Wenn ich traurig bin oder mich einsam fühle, ist dieser Umriss eine Bewegung in meinem Inneren, ein Umschichten von Gefühlen, und manchmal gelingt es ihm, die guten, schönen nach vorn zu holen. »Irgendwann habe ich aufgehört zu fragen, weil die Fragen nirgendwohin geführt haben.«

Ein Rascheln ein ganzes Stück vor uns lässt mich aufblicken. Es ist ein Hase, der aufgescheucht davonhoppelt.

»Ich war früher immer neidisch auf meine Freunde. Die meisten wohnten mit beiden Elternteilen zusammen, so, wie man sich das eben vorstellt. Große, glückliche Familien. Ich habe manchmal gedacht, meine wäre die glücklichste von allen gewesen, wäre sie nicht zerbrochen.« Stattdessen gab es diese Leerstellen, die mit etwas gefüllt wurden, das nie wirklich dorthin gehörte.

»Vielleicht stimmt das sogar. Von außen weiß man nie, was zwischen zwei Menschen vorgeht.« Nur kurz streift mich sein Blick, bevor er sich wieder auf den Weg konzentriert. »Wir hätten uns mehr darum bemühen sollen, dass der Kontakt nicht abbricht. Aber in ihrer Sturheit waren sich Christel und deine Mutter sehr ähnlich.« Ein Lächeln legt sich in die Falten in Großvaters Gesicht, als wären sie genau dafür gemacht.

»Nach den ersten Briefen habe auch ich viel zu schnell aufgegeben.«

»Welche Briefe?«

Er läuft etwas langsamer. »Die, die ich dir geschrieben habe. Weißt du das nicht mehr? In den ersten Ferien, die du nicht mehr zu uns gekommen bist, haben wir damit angefangen.«

»Welche Briefe?«, wiederhole ich. Daran müsste ich mich doch erinnern.

Wir schlendern nur noch durch die lebendige Ruhe des Waldes, das Rauschen der Baumkronen ist unser Soundtrack. Ein Kuckuck schickt seinen unverkennbaren Ruf hinaus, begleitet von dem Hämmern eines Spechtes. Ich wüsste gern so viel über die Welt um uns herum wie mein Großvater, der so sicher und unbeirrt durch den Wald läuft wie durch sein Zuhause. Nicht wie. Der Wald ist sein Zuhause.

»Ich habe keine Briefe bekommen.«

»Es ist lange her, Alina. Mach dir darüber keine Gedanken. Vielleicht hast du es vergessen.«

»Das hätte ich sicher nicht vergessen. Was waren das für Briefe? Was habt ihr mir geschrieben?«

»Nichts Besonderes.« Er bleibt stehen und betrachtet einen Buchensprössling, als könnte der junge Baum ihm die Antworten auf meine Fragen liefern. »Ich habe dir erzählt, wie deine Großmutter und ich die Tage verbringen, und dich gefragt, wie es dir geht und was die Schule macht.«

»Sie hat sie mir nie gegeben. Stimmts?«

Er zuckt nur mit den Schultern. Langsam gehen wir weiter. Es muss meiner Mutter ungeheuer wichtig gewesen sein, unsere Vergangenheit von uns zu trennen. Ich müsste traurig und wütend auf sie sein, und vielleicht bin ich das auch, vielleicht fällt mir deshalb das Atmen mit einem Mal schwerer. Aber ich bin nicht nur wütend auf sie, weil es ihr gelungen ist, dass ich mit jedem Jahr weniger an meine Großeltern gedacht habe, bis sie nur noch blasse Gestalten am Rande meiner Erinnerung waren, die ich jetzt mühsam wieder zurückholen muss. Ich bin auch wütend auf mich selbst.

»Mach dir darüber keine Gedanken. Es ist lange her.« Dasselbe hat er eben erst gesagt, aber ich weiß nicht, ob solche Dinge unwichtiger werden, nur weil sie lange zurückliegen. Seit ich hier bin, verschmelzen die Jahre miteinander. Das, was war, und das, was ist.

»Ich hätte dich anrufen können. Wir hätten vorbeikommen sollen. Entschuldige, dass ich mich nicht mehr bemüht habe.«

»Schon gut.« Kurz berühre ich ihn am Arm.

»Nein, es ist nicht gut. Aber damals hatte ich die Kraft einfach nicht. Wir haben unseren Sohn verloren, und ich musste mich um Christel kümmern. Aber ich hätte die Kraft finden müssen. Wenigstens später.«

»Wir können das nicht mehr ändern, aber jetzt bin ich ja hier.«

»Ja. Jetzt bist du hier.«

Der Weg fällt ein Stück ab zu einem schmalen Flusslauf, vielleicht auch einem Bach, dunkle sumpfige Landschaft um das Wasser herum.

»Das ist die Schwärze«, sagt Siegfried. Sicher erkennt er den Pfad, der zwischen den Bäumen den Hang hinunterführt. »Sie fließt am Zoo entlang durch den Forstbotanischen Garten bis ins Stadtzentrum von Eberswalde, wo sie in den Finowkanal mündet. Biberspuren findet man überall, den gesamten Flusslauf entlang.« Er deutet auf ein paar angenagte Bäume. »Die Spuren hier sehen noch ziemlich frisch aus. Sie wechseln ihre Fraßplätze. Ich trage auf Karten ein, wo sie leben, und melde die Daten an die Naturschutzbehörde, aber ich versuche auch für mich selbst, die Fressspuren und Veränderungen in der Landschaft genau festzuhalten.«

»Du arbeitest für die Naturschutzbehörde?«

»Nein, nicht wirklich. Ich habe eine ehrenamtliche Stelle als Biberberater, aber ich kümmere mich hauptsächlich um die Beobachtung der Landschaftsveränderungen und Population hier an dem Teil der Schwärze entlang, weil ich das schon so lange mache. Anfangs ohne wirklichen Auftrag. Das war lange bevor hier über Bibermanagement, wie sie es mittlerweile nennen, überhaupt nachgedacht wurde. Präventionsmaßnahmen, Konfliktlösung und solche Aufgaben übernehmen andere.«

»Du hast eben gesagt, die Schwärze fließt bis in die Stadt. Heißt das, es gibt auch dort Biber?«

»Ja, im Prinzip schon. Vor ein paar Jahren, vor zwei, glaube ich, gab es einen ziemlichen Aufruhr, weil ein Biber mitten am Tag im Park am Weidendamm gesichtet wurde. Das stand sogar in der Zeitung. Kollegen von ihm haben im Forstbotanischen Garten ziemliche Schäden angerichtet und teilweise sehr alte und wertvolle Bäume vernichtet. Deshalb ist es wichtig, die Populationen zu beobachten und vorzusorgen, bevor so was passiert. Mit einfachen Schutzzäunen, zum Beispiel, oder auch, indem man die Lebensräume der Biber grundsätzlich mit einplant.«

»Wie plant man die mit ein?«

»Man muss ihnen genug Raum geben. Um die zwanzig Meter Gewässerrandstreifen reichen aus. Das können Bauern und Gemeinden berücksichtigen, wenn es um die Nutzung von Landschaften in Bibergebieten geht. Natürlich ist das nur eine Zahl, die sich auch verändern kann. Wenn der Wasserspiegel steigt oder die Nahrungsmöglichkeiten in Gewässernähe nicht mehr ausreichen, legen Biber auch weitere Strecken zurück. Sie können gut laufen, und wenn sie in ihrem Revier Delikatessen wie Mais oder Zuckerrüben finden, fressen sie auch die. Leider passiert es immer wieder, dass von Bibern gefällte Bäume einfach weggeräumt werden, weil sie im Weg liegen. Aber ein Biber fällt seinen Baum nicht nur wegen des Baumaterials, sondern auch, weil er das Grünzeug frisst. Die Rinde ist vor allem im Winter Nahrung, wenn er nichts anderes findet.« Hinter dem geschichteten Holz eines Biberdammes staut sich das Wasser, davor fällt es ein ganzes Stück ab.

Wir bleiben stehen, um die Landschaft auf uns wirken zu lassen. Überall verstreut liegen von Biberzähnen gefällte Baumstämme, teilweise grün belaubt, als würden sie immer noch leben. Zwischen ihnen stehen angenagte Bäume, aber auch solche, die völlig frei von Biberspuren sind, Kiefern, Birken, Eichen, einige hängen ineinander, haben sich gegenseitig aufgefangen. Etwa zwanzig, dreißig Meter von uns entfernt erstreckt sich ein See, aus dem vereinzelte tote Bäume in die Luft ragen wie letzte Wächter eines anderen Waldes.

»Der Anblick ist ungewohnt, nicht wahr?«, fragt mein Großvater.

»Es hat irgendwie etwas Unheimliches.«

»Aber nur, wenn man nicht genau hinsieht. Es gibt viele Arten, Tiere und Pflanzen, denen der Biber Lebensraum schafft und die sich hier jetzt wieder ausbreiten können. Die Prachtlibelle, zum Beispiel. Sie liebt solche feuchten Ökosysteme. Eisvögel nisten gern in den Wurzelballen von Bäumen, die durch den veränderten Wasserstand oft von selbst fallen. Davon abgesehen bringen Bibergebiete Licht in den Wald und damit mehr Unterholz.«

Immer wieder müssen wir über Baumstämme steigen, die

den Weg versperren. Es ist ruhig hier an dem Teich. Manchmal, erzählt Siegfried, hört man die Biber nagen oder in einem der Tunnel herumpoltern, die sie sich am Ufer zum Wasser hin anlegen. Wir müssen aufpassen, um nicht in eines der großen Löcher zu treten. Die Umrundung dieser Biberlandschaft gleicht einem Hindernislauf.

»Sie sind nacht- und dämmerungsaktiv, aber man sieht auch manchmal abends welche, wenn man sehr leise ist. Besonders im Frühjahr und im Herbst. Da haben sie noch keine oder nicht mehr so viele Möglichkeiten, sich zu verstecken, und es wird nicht mehr so früh dunkel. Im Herbst sind sie besonders aktiv, weil sie dann ihre Wintervorräte anlegen.«

»Wir sind nicht gerade leise«, entgegne ich.

»Nein. Zu zweit ist es schwierig, sie zu sehen. Manchmal sitze ich stundenlang da und warte, bis sich einer zeigt oder gar mehrere auftauchen.«

In der dystopischen Landschaft nistet eine ganz eigene Stille, durchbrochen nur von dem Rascheln der Bäume und dem Schmatzen einiger Enten, die genüsslich die auf der Seeoberfläche schwimmenden Wasserlinsen fressen. Ab und zu wird die Geräuschkulisse durch das irritierende Brüllen eines Löwen aus dem nahe gelegenen Zoo ergänzt. Ich hätte die Kamera mitnehmen sollen, die Fabian und ich vor unserem ersten Urlaub bei seinen Eltern gekauft haben, doch natürlich ist sie nicht mit in mein Notgepäck gewandert, sondern liegt noch zu Hause, nein, in Fabians Wohnung, in der altmodischen Vitrinenschrankwand im Wohnzimmer, die sie nur sehr selten verlassen hat. Merkwürdig, wie geradezu schmerzlich ich dieses Gerät mit einem Mal vermisse und mit ihm meine Pläne, wieder mehr zu fotografieren.

Auf einem der Baumstämme am Ufer lassen wir uns nieder.

Mein Großvater ist längst mit der Umgebung verschmolzen. Es muss sich wundervoll anfühlen, so sehr an einen Ort zu gehören. Am liebsten würde ich ihm das sagen, doch ich schweige, so dicht umwebt uns die abendliche Ruhe an diesem Ort. Ich möchte nicht diejenige sein, die die Biber vertreibt.

Als sich vom Zoo her Spaziergänger nähern, deren Stimmen über das Wasser bis zu uns schallen, stehen wir wieder auf, laufen und klettern zurück. Wir nehmen diesmal einen anderen Weg, über eine kleine Brücke und dann immer am Wasser entlang, auch wenn es hier von Mücken nur so wimmelt. Das Bächlein wird wieder mooriger, grüne dichte Graslandschaft wächst auf dem schwarzdunklen Boden zwischen den Bäumen.

»Und hier gehst du jeden Tag spazieren?«, frage ich Siegfried.

»Nicht jeden Tag. Nach längeren Spaziergängen wie dem am Sonntag brauche ich einen Abend Pause. Und ich nehme nicht immer dieselbe Strecke. Den Weg hier mag ich mit am liebsten.« Ihn scheinen die Mücken nicht zu stören.

Etwa zwei Stunden nach unserem Aufbruch sind wir wieder zu Hause. Das Fahrrad, das ich gestern nach dem Mittagessen ein paar oberflächlichen Reparaturen unterzogen habe, steht vor dem Haus, darauf wartend, dass ich endlich einen ersten Ausflug wage. In der Stadt werde ich es noch durchchecken lassen und Ersatzteile kaufen, die Klingel fehlt, die Bremsen sollte ich nicht überbeanspruchen, das Licht funktioniert gar nicht.

In der Küche schaue ich kurz in meine Mails. Mein Chef hat mir endlich auf meine förmliche Kündigung geantwortet, die ich gleichzeitig mit meiner Bitte, meinen Resturlaub nehmen zu können, gestern Vormittag endlich abgeschickt habe. Ein paar Worte, mehr nicht, immerhin ist es jetzt offiziell: Ich habe keinen Job mehr und muss nur noch einmal ins Büro fahren, um den Auflösungsvertrag zu unterschreiben und meine Sachen zu holen. Wenn ich nicht noch bis zum Ende der Kündigungsfrist arbeiten gehen will, ist das die einzige Möglichkeit. Kein Arbeitslosengeld. Ich sollte mir baldmöglichst einen neuen Job suchen.

Beim Essen reden wir nicht viel. Wahrscheinlich hängen wir beide noch zu sehr an unserem Gespräch im Wald, an den Briefen und den verpassten Gelegenheiten und der Zeit, die so viele Jahre in unsere Leben gefressen hat. Siegfrieds Blick ist ernst, selbst dann, wenn ich ihn anlächle.

»Danke, dass du mich mitgenommen hast«, sage ich schließlich, um uns wieder in die Gegenwart zu holen mit der milden Abendsonne und dem Duft des Gartens und dem Summen einiger Hummeln, die sich an vereinzelten Lavendelblüten neben dem Hauseingang vergnügen.

An diesen Ort gehören wir. Niemanden interessiert, was vorher war.

Nach dem Abwasch ziehe ich mich in mein Zimmer zurück, während mein Großvater wie jeden Abend die Hühner versorgt und auf dem kleinen Fernseher im Wohnzimmer die Nachrichten schaut. Auf meinem Nachttisch liegen mehrere Bücher aus seiner Bibliothek. Ich rühre kein einziges davon an.

## Kapitel 9

Martha pickt neben Siegfrieds Stuhl im Gras herum. Wahrscheinlich hat er dort ein paar Sonnenblumenkörner verstreut, die es nur manchmal als Leckerli gibt, damit die Hühner nicht zu fett werden. Martha liebt sie mehr als alles andere in der Futtermischung und frisst sie immer als Erstes. Großvater ist damit beschäftigt, zwei fehlende Knöpfe an seiner Lieblingsstrickjacke anzunähen. Die anderen Hühner laufen im hinteren Teil des Gartens herum, mehr oder weniger zusammen in einer Gruppe.

»Übrigens … wenn es dir recht ist, würde ich dir wirklich gern ein bisschen mit dem Haus helfen. Die Fenster müssen ausgetauscht werden. Ich habe ein paar Firmen angefragt und mich nach Kostenvoranschlägen erkundigt. Ist das okay?«

Sein Blick löst sich von dem Kleidungsstück und wandert an der Fassade entlang. »Du meinst, das ist notwendig?«

»Ja, definitiv. Im Winter muss es im Haus doch irre kalt sein. Außerdem hast du sicher total hohe Heizkosten. Wahrscheinlich könnte die Fassade auch eine Außendämmung vertragen. Am besten wäre es, beides parallel erledigen zu lassen oder die Dämmung kurz nach dem Fensteraustausch zu machen. Dann hast du den Aufwand nur einmal.«

Dass zumindest das untere Bad ebenfalls saniert werden könnte, spreche ich erst mal nicht an. Eines nach dem anderen. Noch funktioniert dort alles.

»Ich weiß nicht …«

»Es gibt Förderungen für solche Sanierungen. Ich habe sogar schon mit einem Energieberater telefoniert. Wir können die Maßnahmen bezuschussen lassen, das lohnt sich.«

Großvater wirkt überrumpelt. Wahrscheinlich übertrete ich gerade sämtliche unsichtbaren Grenzen, doch der Gedanke, ihn im Winter in diesem ungedämmten Haus mit den alten Fenstern frieren zu lassen, behagt mir überhaupt nicht. Ich verstehe, wieso er es gekauft hat, aber so, wie es ist, kann er nicht wirklich gut darin wohnen.

»Finanziell kriegen wir das schon irgendwie hin.«

Er legt die Strickjacke auf dem Tisch ab und rückt mit dem Stuhl ein Stückchen nach hinten.

»Das Haus macht eigentlich genug Arbeit so, wie es ist.«

»Und es wird noch mehr machen, wenn du es so lässt.«

»Ich weiß. Ich weiß.« Er seufzt. »Organisier das, was du für nötig hältst. Über Geld sprechen wir, wenn du die Kostenvoranschläge hast und wir eine Entscheidung treffen müssen.«

»Okay.« Zumindest hat er nicht alles sofort abgewehrt. Das betrachte ich als Erfolg. »Wenn es in Ordnung ist, würde ich in den Baumarkt fahren und mir schon mal die Tapeten und Farben angucken, die sie dahaben. Sobald neue Fenster eingesetzt sind, könnte man vielleicht die Zimmer renovieren. Außerdem würde ich gern etwas mit dem Balkon oben machen. Er sieht so leer aus.«

Endlich schleicht sich ein Lächeln in Großvaters Gesicht. »Das ist eine gute Idee. Bring vielleicht noch ein bisschen Lavendel mit. Ich wollte auch neben der Haustür welchen pflanzen.«

Martha beobachtet mich, als ich aufstehe, wendet sich aber bald ab und sucht weiter ihre Körner.

Aus dem Haus hole ich meine Tasche, stelle jedoch beim Schuppen fest, dass das Fahrrad seine frisch aufgepumpte Luft nicht lange behalten hat. Damit werde ich nicht weit kommen.

Weil mir nichts anderes einfällt, beschließe ich, zu Isabel zu gehen und sie zu fragen, wann sie das nächste Mal in die Stadt muss. Vermutlich wäre es schlau, endlich Handynummern auszutauschen.

Auf der Straße fahren ein paar Kinder Inliner, ich weiche ihnen aus, als sie um die Wette an mir vorbeifegen, den Hügel hinunter und wieder hinauf. Ein grüner Helm, ein pinkfarbener, ein lilafarbener beklebt mit Schmetterlingen.

Die Haustür ist zu, allerdings hängt wieder der Schlüssel mit der kleinen Filzschildkröte im Schloss.

Ich klingele erst, dann klopfe ich, bis ich doch wieder selbst die Tür aufschließe und ein »Hallo« ins Haus rufe. Aus der Küche dringt epische Musik, Schlaginstrumente auf einem Klangteppich aus Streichern, ein Song wie aus einem Soundtrack oder einem gut gemachten Videospiel. Offenbar hören sie hier häufig so laut Musik, dass sich unangekündigte Besucher selbst ins Haus lassen müssen.

Elias steht, mit dem Rücken zu mir, am Küchentisch, der übersät ist mit Backzubehör.

»Hallo«, sage ich noch mal, laut genug, damit er mich hört, und tatsächlich dreht er sich um, kein bisschen erschrocken oder überrascht. Vielleicht hat er mein Klingeln doch mitbekommen und nur keine Lust gehabt, die Tür zu öffnen.

Der Song verklingt, der nächste beginnt, im ähnlichen Stil wie der erste. Schlaginstrumente, die raue, dabei melancholische Stimme eines Mannes.

»Isabel ist gerade bei den Nachbarn. Seid ihr verabredet?« Mit seinem Handy dreht er die Musik etwas runter, aber sie umfließt uns mit ihrem zunehmend epischen Klang immer noch, als befänden wir uns auf dem Weg zu einer großen Schlacht, dabei stehen wir nur in einer nach Gewürzen duftenden Küche, während Staubkörnchen in den schräg durchs Fenster fallenden Sonnenstrahlen tanzen.

»Nicht direkt. Ich wollte sie etwas fragen.« Zögernd trete ich einen Schritt in die Küche und betrachte das Chaos auf dem Tisch. »Was backst du?«

»Spekulatius.« Sein Blick bleibt ernst, kein Anzeichen eines Grinsens.

»Spekulatius. Wie in Weihnachtsgebäck? Habe ich doch länger geschlafen, als ich dachte?«

»Die Dinger kommen ursprünglich aus Holland, und dort isst man sie das ganze Jahr über. Wieso also nicht hier bei uns? Ich bin gerade dabei, das perfekte Rezept zu finden.«

Er scheint das Ganze hier ziemlich ernst zu nehmen. Mein Blick bleibt an einem Collegeblock hängen, das aufgeschlagene Blatt ist von oben bis unten vollgekritzelt. »Okay«, antworte ich. »Falls du eine zweite Meinung brauchst, ich würde mich opfern. Es riecht so, als wäre Versuch eins bald fertig.« Weihnachtsgebäck ist das einzig Gute an den Feiertagen, sicher schmeckt es auch im Sommer.

Elias dreht sich zur Arbeitsplatte um, bevor er mir eine geöffnete Keksdose reicht. »Versuch eins und zwei«, erklärt er. »Im Ofen sind gerade drei und vier.«

»Natürlich.« Ich nehme mir von beiden Sorten – eine dunklere, eine mit Mandelblättchen – und ziehe einen der Stühle zurück an den Tisch.

»Und?«, fragt Elias und blättert seinen Block um. Tatsächlich hat er sich schon zu jedem Rezept Anmerkungen notiert.

»Der dunklere Keks hier schmeckt schön karamellig, ist mir

allerdings ein bisschen zu süß«, sage ich, während Elias etwas auf sein Blatt kritzelt. »Der mit den Mandeln ist nussig und würziger. Der ist mehr meins.«

Er nickt. »Sehe ich genauso.«

»Ist da Rum drin?«

»Ein bisschen. Du schmeckst ihn raus?«

»Ja. Experimentierst du hier nur für dich? Oder hast du damit etwas vor?«

»Nein, ich bin zwar Koch und backe auch gern, aber das ist nur für den privaten Gebrauch.«

Ich nicke. Er ist also tatsächlich Profi. »Wo arbeitest du denn?«

»In einer Pizzeria in Eberswalde.« Er blickt auf, legt den Stift auf das Blatt und beugt sich ein Stückchen mehr zu mir. »Ich probiere gern ein bisschen was aus, variiere Rezepte, bis sie richtig harmonisch sind. Essen sollte mehr sein als nur Nahrungsaufnahme, finde ich. Manchmal, wenn ich Zeit habe, suche ich mir etwas Einfaches aus und experimentiere damit herum, bis ich die Mischung finde, die für mein Empfinden am besten schmeckt. Meistens sind das Basisrezepte, die man immer wieder braucht. Hummus, Milchreis, Brot.«

»Oder Spekulatius.«

»Ja. Oder Spekulatius.« Er schiebt den Block beiseite.

»Das klingt ein bisschen so, als würdest du lieber in einem eigenen Restaurant als in der Pizzeria arbeiten.«

»Ja.« Elias stellt die Keksdose vor mir ab, bevor er den Ofen ausschaltet und drei Bleche herausnimmt, die er zum Abkühlen auf dem Herd und der Arbeitsplatte verteilt.

Die Musik ist ruhiger geworden, schlichter, ein sanfter Soundtrack zu unserem Gespräch.

»Machst du so was hier häufig?«

»Meistens habe ich keine Zeit dafür, aber manchmal eben schon. Und wenn ich Ablenkung brauche, blockiere ich stundenlang die Küche. Frag mal Isabel, sie hasst das.« Er setzt sich auf den Stuhl mir gegenüber, zwischen uns Gläser mit Mehl und Zucker und Gewürzen.

»Was ist das heute? Zeitvertreib oder Ablenkung?«

»Eine Mischung aus beidem.« Etwas in seinem Lächeln wirkt alles andere als fröhlich, mehr so, als würde etwas fehlen.

»Ist das wirklich etwas, worauf du hinarbeitest? Ein eigenes Restaurant?«

»Hm.« Leicht neigt er den Kopf, in seinen graublauen Augen glimmt so plötzlich eine Sehnsucht auf, dass ich sie spüren kann, tief in mir drin, doch sofort versiegt sie wieder, und ich denke den absurden Gedanken, dass er sie vor mir verstecken will. »Nicht direkt ein Restaurant. Aber ein Foodtruck mit hochwertigem Streetfood. Ich bin viel gereist, und unterwegs war das immer das, was mich am meisten begeistert hat. Wie Leute aus wenigen Zutaten so leckeres Essen machen können, dass Menschen dafür anstehen, die sich so etwas Ähnliches in einem Restaurant niemals leisten könnten. Das Essen, das es auf der Straße gibt, sagt viel über ein Land und seine Kultur aus. Und ich würde am liebsten mit Gerichten aus ganz unterschiedlichen Ländern arbeiten.«

»Global food«, sage ich. »Klingt spannend.«

»Ja. Etwas in der Art.« Sein Blick hält mich fest, viel zu lange, bis ich meinen senke und die Gewürzgläser betrachte, um das eigenartige Gefühl aus meinem Inneren zu vertreiben.

»Den Umgang mit Gewürzen mag ich am Kochen und Backen am meisten«, sagt Elias.

Kurz lächele ich ihm zu. »Du besitzt ja sogar mehrere Sorten Zimt. Ich wusste bis eben nicht mal, dass es mehr als eine gibt.«

»Gibt es. Bei uns bekommt man aber meist nur gemischte Sorten, reiner Ceylon-Zimt ist ziemlich teuer und wird in der Regel mit Kassia-Zimt gestreckt. Am Ende heißt er trotzdem Ceylon-Zimt.«

»Und der Kassia-Zimt ist billiger?«

»Ja, preiswerter und weniger hochwertig. Er enthält auch deutlich mehr Cumarin.« Er zerbröselt einen Keks, als könne er dadurch seine Geheimnisse entschlüsseln. »Gewürze verändern Speisen. Ihr Gebrauch spiegelt kulturelle Gewohnheiten und Eigenschaften wider, und jede Veränderung in ihrer Kombination wirkt auf den Charakter eines Gerichts ein. Das fasziniert mich, auch wenn ich das nicht so biochemisch analysiere, wie man das in der Molekularküche macht.« Er sieht auf. »Sorry, ich langweile dich, oder? Wenn es um Essen geht, halte ich manchmal Vorträge.«

»Gar nicht«, erwidere ich ehrlich. »Ich kann zwar kochen, aber nur mittelklassig. Meist hat mein Ex-Freund das übernommen, und wir hatten immer nur die Standardgewürze aus dem Supermarkt.« Erst nachdem ich den Satz ausgesprochen habe, wird mir bewusst, wie selbstverständlich ich die Vergangenheitsform benutze. »Ich habe mich mit dem Thema auch nie wirklich beschäftigt. Und Fabian ist, was Essen betrifft, ziemlich festgelegt. Was der Bauer nicht kennt und so.«

Elias nickt. Schweigen breitet sich zwischen uns aus, das nicht mehr passt, es ist uns zu eng geworden, weil es nicht mit unserem Gespräch mitgewachsen ist. Er unterbricht es, indem er aufsteht und ein paar Exemplare von Versuch drei und vier auf einem Teller arrangiert. »Deine Eindrücke?«, fragt er und zieht wieder den Block zu sich heran.

»Ein bisschen zu viel Nelke, würde ich sagen, und etwas zu trocken. Dafür schmeckt es irgendwie fruchtig.«

»Orangenschale«, murmelt Elias und nimmt sich einen Keks derselben Sorte.

»Ah ja. Hätte ich erkennen können.«

»Du hast recht, die sind nicht so besonders. Das habe ich schon befürchtet.«

»Dafür ist der hier echt gut. Schön zimtig, und, hm, was ist das andere?«

»Kardamom. Davon habe ich hier mehr reingemischt als in die anderen Sorten.«

»Ja. Kardamom. Und ein bisschen Kakao, kann das sein?«

»Allerdings.«

»Mit Kakao kriegt man mich immer.« Ich nehme mir gleich einen zweiten, der Spekulatius ist noch leicht warm, aber schon knusprig. »Ich hätte nie gedacht, dass mir so was bei solchen Temperaturen überhaupt schmecken könnte. Wobei, der Süßkram ist das Einzige, was mich über Weihnachten rettet.«

»Was magst du an Weihnachten nicht?«

Ich zucke mit den Schultern. »Sehr vieles. Ich bin jedes Mal froh, wenn ich wieder zu Hause bin und meine Ruhe habe.« Aus der Dose nehme ich mir noch einen Spekulatius. »Ein Hoch auf Plätzchen!«

»Das sind keine Plätzchen.«

Es ist sein Lächeln, das ich nur spiegele, und genauso fühlt es sich auch an, als würde mit dem Gebäck etwas von ihm auf mich übergehen, doch kaum denke ich das, zerspringt das Gefühl wieder.

»Oh, du hast gebacken.« Isabel kommt so plötzlich in die Küche, dass ich mich erschrocken zu ihr umdrehe. Die Haustür habe ich wohl überhört.

»Ja, extra für mich.« Mein Scherz ist lahm, ich weiß selbst nicht, wieso ich das Bedürfnis habe, die Atmosphäre aufzulockern, die doch gar nicht angespannt ist, nur anders, nur verschoben, als wären drei Menschen zu viele für diesen Raum.

»Glaub mal ja nicht, dass die alle für dich sind.« Aus der Keksdose schüttet Isabel neue Spekulatius auf den Teller und nimmt ihn an sich. »Waren wir verabredet?«, fragt sie dann. »Du wolltest mir dabei helfen, meinen Kleiderschrank auszumisten, stimmts?«

»Nicht direkt. Ich wollte dich eigentlich fragen, wann du das nächste Mal in die Stadt fährst. Ich will zum Baumarkt.«

»Du kannst dir auch einfach unser Auto leihen. Jetzt?«

»Ähm, wenn das wirklich kein Problem ist, gern.«

Isabel stellt den Teller ab. »Kein Thema. Brauchen wir auch was?«, fragt sie an Elias gewandt.

»Du wolltest doch die beiden Flure streichen, weil sie dir zu langweilig sind, und außerdem eine neue Tapete für Mias Zimmer besorgen.«

»Oh, stimmt.« Isabel lehnt sich mit dem Rücken gegen die Arbeitsfläche. »Schaffe ich das mit dem Streichen heute noch?«

»Wohl kaum.« Elias steht ebenfalls auf und beginnt damit, die Backsachen in einer der Schubladen zu verstauen.

»Am Wochenende?« Nachdenklich pocht Isabel mit dem Zeigefinger gegen ihre Unterlippe.

»Da ist Mias Einschulung, und unsere Eltern sind zu Besuch.«

»Ja, aber sie fahren nach der Einschulungsfeier mit Mia weg. Ich kann also tapezieren, streichen und überall durchlüften, bis sie wieder hier ist.«

»Dabei kann ich dir helfen, ich bin eh schon in Renovierlaune«, biete ich an. »Soll ich dir die Sachen einfach mitbringen? Als Gegenleistung fürs Autoausleihen?«

»Bei dem Deal käme ich ja ziemlich gut weg.«

»Schau mal erst, ob nicht noch irgendwo Farbe rumsteht. Wäre ja nicht gerade unwahrscheinlich.« Schwungvoll schließt Elias die Schublade und geht an seiner Schwester vorbei zur Spüle.

»Wäre es nicht, nein. Wartet kurz.« Schon verschwindet sie in den Flur, es poltert und rumpelt. Elias dreht mir den Rücken zu, während er beginnt, die Bleche abzuspülen, doch ich bin mir sicher, dass er still vor sich hin lächelt.

»Hier ist nichts«, ruft Isabel.

Die Musik ist verstummt, ich kann mich allerdings nicht erinnern, seit wann.

»Und oben in dem Schrank im Flur?«, ruft Elias zurück.

Schritte auf der Treppe.

»Das Haus hat keinen Keller, oder?«

»Nein, leider nicht. Deshalb gibt es so viele vollgestellte Ecken.«

Was wohl meine Großmutter zu Isabels Chaos gesagt hätte? Sie gehörte noch zu einer Generation von Frauen, die alles penibel sauber und ordentlich hielt, weil man ja nie wissen konnte, wann unerwarteter Besuch auftauchen würde, wann die Nachbarn mal vorbeikämen, die dann sonst was denken würden, sollte ein Sofakissen nicht perfekt arrangiert sein oder ein vergessenes Glas auf dem Küchentisch stehen.

»Dein Streetfood-Truck«, beginne ich, doch dann unterbricht mich Isabel, die, während sie die Treppe wieder herunterläuft, ein »Oben ist auch nichts« durch das Haus ruft.

»Bring mir einfach einen Eimer Hellgrün mit«, sagt sie, nachdem sie die Küche erreicht hat. »Wie viel braucht man da? Fünf Liter oder so?«

»Hellgrün? Für beide Flure?«, fragt Elias.

»Du magst ja keine dunklen Farben, sonst würde ich für

oben so ein Fichtengrün nehmen und für unten ... hm. Ein richtig schön kräftiges Karmesinrot vielleicht?«

Ich öffne meine Listen-App.

»Bist du verrückt?«

»Siehst du, deshalb habe ich Hellgrün vorgeschlagen. Oder wie fändest du Zitronengelb?«

5 l, schreibe ich schon mal auf.

»Dir ist aber schon klar, dass es ungefähr tausend verschiedene Hellgrüntöne gibt?«, gebe ich zu bedenken.

»Ich hatte da schon so eine Ahnung.« Isabel nimmt sich noch einen Mandelspekulatius und lässt sich damit auf einen der freien Stühle fallen. »Such was aus und schick mir ein Foto, wenn du dir unsicher bist. Ich mag alles in Richtung Petrol. Vielleicht ein heller, pastelliger Ton? Na egal, ich vertraue dir. Hauptsache, es wird hübsch.«

»Petrol ist nicht direkt Grün.«

»Ihr macht es aber auch kompliziert.«

Elias beginnt damit, die restlichen Spekulatius in Keksdosen zu verstauen. »Ich würde sagen, Petrol für oben, Zitronengelb für unten. Jeweils zweieinhalb Liter dürften reichen. Was für eine Tapete hast du für Mia im Kopf?«

»So weit war ich noch nicht.« Mit einem Seufzer lehnt sie sich im Stuhl zurück. »Siehst du, deshalb mache ich so was nie. Ich bin ja schon vom Nachdenken völlig erledigt.«

»Vielleicht reicht es auch, wenn Alina erst mal nur die Farben mitbringt. Das Streichen dauert ja.«

»Bis wann braucht ihr das Auto zurück?«, frage ich.

Mit leicht zusammengekniffenen Augen mustert Isabel die Küchenuhr, die über der Tür hängt. »Um drei hole ich Mia aus dem Hort ab. Also spätestens um halb drei? Das sind noch gut drei Stunden.«

»Nimmst du mich mit?«, fragt Elias.

»Ob ich dich mitnehme? In eurem Auto?«

Er lächelt.

»Willst du meine Fahrkünste kontrollieren?«

»Wahrscheinlich will er das. Er kann sehr hinterhältig sein.« Die beiden tauschen einen Blick, der wie der Tausendste in einer Reihe von Blicken wirkt, die Mitte einer Geschichte. »Wieso willst du jetzt schon los? Die Pizzeria macht doch heute erst abends auf.«

»Ich wollte die Vorräte noch durchgehen. Seit wir eine neue Aushilfe haben, gerät ständig was durcheinander.«

»Das heißt, ich habe jetzt meine Ruhe? Bis heute Nachmittag? Mitten in der Woche? Mein Gott, ich könnte eine Serie schauen.«

»Oder den Rasen mähen«, schlägt Elias vorsichtig vor.

»Und schon ist all meine Freiheit dahin.« Theatralisch seufzend erhebt sich Isabel. »Ich such mal kurz den Schlüssel.«

Nachdem sie im Flur verschwunden ist, wische ich den Tisch ab, nur um etwas Sinnvolles zu tun.

»Willst du ein paar Spekulatius mitnehmen? Damit hast du aber auch die verantwortungsvolle Aufgabe, Siegfrieds Meinung zu den Rezepten einzuholen. Kannst du damit umgehen?«

Sie sind sich so ähnlich, Elias und Isabel. Ein sehr altes Gefühl brodelt in mir hoch, eines, das fast so alt ist wie ich selbst.

»Ich werde es versuchen«, antworte ich ein bisschen zu spät und nehme die Dose entgegen, die Elias mir reicht. »Danke.«

Wir verlassen gemeinsam das Haus. Das Auto parkt auf dem Gehweg, alle Türen stehen offen, und Isabel taucht gerade mit leicht gerötetem Gesicht aus dem Wageninneren auf.

»Ich wollte nur sichergehen, dass keine Essensreste mehr herumliegen.«

»Essensreste.«

»Ja. Oder schmutzige Klamotten.« Sie streift sich einen erschreckend vollgestopften Beutel über die Schulter.

»Für mich macht sie das nie, obwohl es genau genommen mein Auto ist«, sagt Elias.

»Für dich lohnt es sich auch nicht.« Isabel wirft mir den Schlüssel zu, und obwohl dieser Wurf nur mit viel gutem Willen als solcher zu bezeichnen ist, schaffe ich es, den Schlüssel mit einem entschlossenen Sprung nach vorn aufzufangen.

»Lass mich raten: langjährige Kapitänin der Handballmannschaft?«, frage ich.

»Ha, ha, ihr seid beide so unglaublich witzig.« Lächelnd umarmt sie mich. »Klingel einfach, wenn du wieder hier bist, und lenk mich dann von meinen spannenden Haushaltstätigkeiten ab.«

»Mache ich.« Vor der Fahrertür bleibe ich stehen. »Willst du fahren?«, frage ich Elias, der die hinteren Wagentüren schließt.

»Nein, nein. Ich möchte doch deine Fahrkünste kontrollieren, schon vergessen?«

Wir steigen gleichzeitig ein, synchron klappen die Türen zu.

»Ach ja, eine Klimaanlage gibt es nicht, und du solltest vorsichtshalber den Lautstärkeregler runterdrehen, bevor das Radio anspringt.«

Es macht mich nervös, dass Elias neben mir sitzt, aber das geht mir mit den meisten Beifahrern so.

Spiegel und Sitz passen für mich, Isabel und ich sind ungefähr gleich groß. Ich drücke den Schlüssel ins Zündschloss und warte eine Sekunde lang. Der Moment vor dem Losfahren ist immer der, an dem gern noch eine Erklärung des Autobesitzers kommt, welcher Gang manchmal etwas hakt zum Beispiel, oder ein Hinweis darauf, dass man auf den Schleifpunkt achten muss und das Gaspedal sanft bedienen sollte, doch Elias blickt nach vorn, als wäre er in Gedanken bereits unterwegs. Ich lasse den Wagen anrollen, Räder auf Kopfsteinpflaster. Wir brauchen kaum Eingewöhnungszeit, das Auto und ich, wir laufen im Gleichschritt wie zwei alte Freunde, weiche Übergänge, perfektes Bremsgefühl, durch die Automatik erübrigen sich auch sämtliche Auseinandersetzungen mit der Gangschaltung.

»Wo soll ich dich rauslassen?«, frage ich, nachdem ich auf die Landstraße eingebogen bin. Ich taste nach dem Lautstärkeregler und drehe den Ton wieder etwas auf, bis das Radio ein deutlich hörbares Hintergrundgeräusch bietet, aber keines, das mögliche Gespräche zupflastert.

»Wenn du nichts dagegen hast, komme ich mit zum Baumarkt und schaue doch schon mal nach Tapete für Mias Zimmer. Noch habe ich Zeit. Ich erklär dir den Weg.«

»Dann hättest du erst recht fahren können.«

»Ich weiß.« Das Grinsen höre ich nur, mein Blick bleibt auf die Straße gerichtet.

»Wie lange arbeitest du schon in der Pizzeria?«

Aus den Augenwinkeln nehme ich ein kurzes Schulterzucken wahr. »Seit ziemlich genau drei Jahren. Den Job habe ich kurz nach dem Umzug gefunden. War ein Glückstreffer, der Laden hat damals neu aufgemacht.«

»Aber dein Traumjob ist es nicht, oder? Was hält dich davon ab, deine Streetfood-Idee umzusetzen?«

Ein Song von Get Well Soon rinnt in sein Schweigen, ich will ihn lauter drehen und gleichzeitig Elias' Antwort hören, die jedoch ohnehin nur aus einem kurzen »Ach, so viele Dinge« besteht. Es ist ein anderer Elias, der jetzt neben mir sitzt, während wir den Wald verlassen und das Stadtschild von Eberswalde passieren. Ein anderer Elias, der »dort vorne links« sagt und dann nichts mehr. Vielleicht braucht er Zimt und mehlbestäubte Arbeitsflächen, um über das zu reden, was er noch nicht ist.

Der Parkplatz des Baumarkts ist für einen Vormittag unter der Woche erstaunlich gut belegt. Wir holen uns einen Wagen und schieben ihn durch hohe Gänge bis in die Farbabteilung, wo wir eine Weile über verschiedene Gelbtöne diskutieren und anschließend über verschiedene Grüntöne, bis wir uns für einen Eimer weißer Lehmfarbe entscheiden und dazu gelbe, grüne und blaue Abtönfarbe aussuchen.

»Im Farbenanmischen ist Isabel super«, sagt Elias und geht weiter zu den Tapeten, während ich verschiedene Spachtel, Spachtelpulver und einen Leimpinsel in den Wagen lege. Dann suche ich ein paar Farbkarten aus, um die Renovierungspläne für die oberen Zimmer besser mit Siegfried besprechen zu können. Als ich mit meiner Ausbeute bei Elias ankomme, ist er gerade dabei, zwei Tapetenmuster zu begutachten.

»Na, hast du einen Favoriten?«, frage ich.

»Die hier würde Mia gefallen«, sagt er, »aber wahrscheinlich nur bis Weihnachten.« Er deutet auf eine ziemlich bunte Kindertapete mit Schmetterlingen, Marienkäfern und Blumen. »Und die hier wird sie im ersten Moment gar nicht mögen, aber sobald ihr Zimmer damit tapeziert ist, wird sie sie sehr lange toll finden. Mindestens bis Ostern.«

»Schwierig.« Betont konzentriert mustere ich seine Auswahl. Ich mag die Tapete, die Elias zufolge das Potenzial hat, bis Ostern zu bestehen, lieber. Sie hat blaue Blumen, die so aussehen, als wären sie mit Aquarellfarben gemalt. Allerdings bin nicht sicher, ob sie wirklich in ein Kinderzimmer passt.

»Willst du nicht einfach beide Muster abfotografieren und Mia fragen, was ihr besser gefällt?«

»Nein. Sie zu fragen, bevor wir wissen, wann wir überhaupt dazu kommen, ihr Zimmer zu renovieren, hätte keinen richtigen Sinn. Ich fahre mit ihr hier vorbei, wenn wir so weit sind. Und dann kann sie entscheiden.«

Nach einem Abstecher in die Pflanzenabteilung schieben wir unsere Auswahl zur Kasse. Ich bestehe darauf, die Farben zu kaufen als Anzahlung für alle weiteren Male, die ich noch das Auto ausborgen werde, und nach einer kurzen, den Höflichkeitsnormen entsprechenden Diskussion lässt Elias das schließlich zu.

Danach müssen wir erst ein paar Dinge im Kofferraum zusammenräumen, um die Einkäufe unterzubringen.

»Daran hat Isabel wohl nicht gedacht«, stellt Elias fest.

Ich schiebe einen Stapel Zeichnungen beiseite, die wahrscheinlich von Mia stammen, und halte inne, als mir eines der Bilder auffällt. Es ist nichts Besonderes, nur ein Baum mit langen Zweigen und zwei Strichfiguren, die darunter stehen, aber es rührt trotzdem etwas in mir an.

»Ist alles okay?«, fragt Elias.

»Ja. Sorry. Das Bild hat mich nur an etwas erinnert.« Ich lege es zu den anderen und lächele bemüht, doch Elias' Blick bleibt ernst und forschend.

»Woran?«

Ich zögere. Eigentlich gibt es keinen Grund, so ein Geheimnis daraus zu machen. »Mein Vater hat gern gemalt. Er hatte einen Raum im Keller, in dem er seine ganzen Malutensilien aufbewahrt hat und in den er sich manchmal zurückgezogen hat, wenn er in Ruhe an einem Bild arbeiten wollte. Einmal bin ich allein dort hinuntergegangen, und weil ich die Farben so spannend fand, habe ich angefangen herumzumalen. Auf einer kleinen Leinwand, auf der er gerade etwas angefangen hatte. Ich bin nicht weit gekommen, er hat mich gefunden und im ersten Moment auch ein bisschen geschimpft, sich dann aber entschuldigt. Seine eigenen Bilder hat er nie besonders wichtig genommen. Ich habe das Bild später wiedergefunden, als meine Mutter und ich drei Jahre nach seinem Tod umgezogen sind, und es zu Ende gemalt. Einen Baum mit bunten Blättern an einem See und zwei Menschen, die darunter sitzen. In meiner Vorstellung war es ein Feenbaum. Ein Ort außerhalb der Zeit. Ich wollte es ihm in dem Jahr zu Weihnachten schenken, obwohl er nicht mehr da war.«

»Du wolltest? Hast du es nicht gemacht?«

»Nein. Es ging nicht. Weihnachten war bei uns immer sehr ... glatt.« Mit einem Ruck wende ich mich ab. Ein perfekt geschmückter Weihnachtsbaum, perfekt verpackte Geschenke, und darunter ein quadratisches in rotem Papier, das meine Mutter schweigend wieder wegräumte, bevor Sören es bemerken konnte. »Ich habe lange nicht mehr daran gedacht.«

Das stimmt nicht ganz, aber es ist nah genug an der Wahrheit.

Vor der Pizzeria lasse ich Elias aussteigen. Auf dem Rückweg drehe ich die Musik auf und denke an bunte Feenbäume, in denen alle Zeit zusammenfließt.

# Kapitel 10

Der Fenstermensch heißt Manfred und kann sehr lange und ausführlich von seinen Hunden erzählen. In seinem Mundwinkel hängt eine Zigarette, während er das tut, fast die ganze Zeit, und trotzdem entgeht mir meistens, wenn er eine neue anzündet und die alte in dem Deckel eines Schraubglases, den ich ihm für diesen Zweck zur Verfügung gestellt habe, ausdrückt. Ich zähle mindestens sechs oder sieben orangebraune Filterstummel. Er wohnt ebenfalls in Spechthausen und fährt Großvater manchmal durch die Gegend und zu Arztterminen. Wahrscheinlich weil er es mag, jemandem etwas erzählen zu können.

Eigentlich wollte ich nur einen Kostenvoranschlag haben, doch nun stehen wir schon seit einer halben Stunde vor dem Haus, er redet und raucht und lacht manchmal in einem dunklen, kratzigen Ton, der etwas Künstliches hat, wie ein blechernes Lachen aus einem knackenden Lautsprecher.

»Wollen wir reingehen?«, frage ich, geduldig habe ich die winzige Pause nach dem Ende eines Satzes abgewartet.

Wir gehen rein. Er raucht nicht mehr, höflicherweise hat er den provisorischen Aschenbecher draußen gelassen.

»Ich glaube, es müssten alle Fenster gemacht werden«, sage ich.

»Das denke ich auch.« Er nickt, mehr zu sich selbst als zu mir. »Sind keine Standardfenster. Muss die genau ausmessen.

Sind keine Rahmen, die wir einfach zurechtschneiden können.« Er deutet auf die Rundbögen oben, die manche Fenster haben, vor allem die großen im Wohnzimmer. »Der Glaser nimmt dafür auch mehr.«

»Das habe ich befürchtet. Es wird also teuer?«

Er zuckt mit den Schultern. »Ist ein großes Haus. Viele Fenster, das gibt Rabatt. Teuer wirds trotzdem.«

Ich will mich auf jeden Fall an der Renovierung des Hauses beteiligen, es war ja meine Idee. Dank der Jahre zur Miete bei Fabians Eltern und meines ziemlich gut bezahlten Jobs besitze ich ein paar Rücklagen, auch wenn ich damit nicht das ganze Haus in Schuss bekomme. Sobald ich einen Überblick habe, werde ich mit Großvater besprechen, wie wir die Finanzierung aufteilen.

Manfred ist schon der dritte Fensterbauer, der durch das Haus läuft und alles nickend begutachtet. Großvater hat sich in den Garten zurückgezogen. Er begrüßt freundlich die Handwerker und verabschiedet sie, die Zeit dazwischen fällt in meinen Aufgabenbereich. Ein stummes Einverständnis.

»Innenrahmen sind mittlerweile aus Metall«, sagt Manfred. Er streicht über den Fensterrahmen. »Die alten hier sind komplett aus Holz. Hübsch, aber gammelt schneller.«

»Was kann man noch nehmen?«

»Kunststoff. Holz macht kaum mehr jemand. Ist hier kein Denkmalschutz, oder?«

In den Unterlagen habe ich nichts dergleichen gefunden, also schüttele ich den Kopf.

»Heutzutage ist Dreifachverglasung Standard. Ist natürlich auch nicht ganz billig.«

»Ich weiß.« Der Energieberater war noch nicht hier, bisher haben wir nur telefoniert, aber immerhin habe ich inzwischen eine ungefähre Vorstellung von den Kosten, die beim Fensterprojekt auf uns zukommen werden.

Ein Rundgang durchs Haus, ein paar Notizen zu den Maßen der Fenster und ihrer Anzahl, ein paar Informationen mehr über Hunde, dann geht er wieder. Ich steige die Treppen nach oben, wo ich seit zwei Tagen immer mal zwischendurch Tapeten von den Wänden reiße. Das einsame Klavier beobachtet mich, während ich großzügig mit dem Leimpinsel die Wände anfeuchte.

»Guck nicht so«, sage ich, doch das Klavier schweigt.

Musik würde helfen. Nicht von dem Klavier natürlich, es wäre ziemlich unheimlich, würde es plötzlich von selbst anfangen zu spielen. Gerade will ich nach nebenan in mein Zimmer gehen und meine Kopfhörer holen, als mein Handy zu vibrieren beginnt.

Ich hätte gedacht, dass er eine Nachricht schreibt. Ein kurzes *Wann holst du deine Sachen?* oder ein *Du kannst deinen Kram wegschaffen*. Darauf war ich vorbereitet. Doch dass jetzt sein Name auf meinem Display leuchtet, dazu das Foto von uns beiden, aufgenommen auf seiner Geburtstagsparty vor dreieinhalb Monaten, überrumpelt mich so sehr, dass ich gar nicht nachdenke, bevor ich abnehme. Ein Reflex aus einer Zeit, als ihn wegzudrücken ohnehin keine Option war.

»Alina?«

»Hallo, Fabian.«

Sein Schweigen könnte eine Frage sein oder die Wiederholung all seiner Vorwürfe. Sie klopfen in meinem Magen, fast erwarte ich, dass er sie von Neuem laut ausspricht, aber dann fragt er nur: »Wie geht es dir?« In diesem einen Satz liegt eine Wärme, die mich noch mehr überrascht als der Anruf selbst. Eine alte Frage von früher, als wir sie uns gegenseitig noch häufiger stellten, weil das Befinden des anderen genauso wichtig war wie das eigene.

Ich schlucke, bevor ich antworten kann. »Ganz gut.«

»Wo bist du?«

»Bei meinem Großvater.« Draußen vor dem Fenster brennt der Sommer eine unpassende Fröhlichkeit in den Garten.

»Also geht es dir gut?«

»Ja, mir geht es gut. Und dir?«

»Auch. Halbwegs. Es ist ...« Er atmet tief ein, sehr betont und langsam. Sofort reagiere ich darauf mit einer leicht von Wut benetzten Genervtheit, wie immer, wenn er seine Theatralik zu sehr ausschöpft, schlucke sie aber hinunter. »Es ist schwer für mich. Bis vor einer Woche dachte ich, zwischen uns wäre alles in Ordnung. Ich dachte, wir kriegen das schon hin.«

»Ich weiß.«

»Aber es war schon länger nicht mehr okay, oder?«

»Nein. Wahrscheinlich nicht.« Auch auf dem Foto war es das längst nicht mehr, das Foto auf meinem Display, in das ich jetzt hineinspreche wie in eine Vergangenheit, die sich nicht von der Gegenwart lösen will. Wir haben Themen ausgespart, die irgendwann über uns zusammengebrochen sind. »Es tut mir leid.« Bedeutungslose Worte, weil ich nicht einmal genau herausfiltern kann, was mir wirklich leidtut und was nicht.

»Können wir uns noch mal sehen und über alles reden?«

»Worüber willst du denn reden?«

»Alles, Alina. Verdammt, wie lange waren wir zusammen? Vier Jahre?«

»Dreieinhalb.«

»Meinst du nicht, dass wir uns aussprechen sollten, bevor wir das hier alles abblasen?«

Ich lehne mich gegen das Fensterbrett. Die Kühle des Heizungsmetalls dringt durch die Jeans und lenkt mich für einen Moment von den stillen Vorwürfen ab, die Fabian auf mir abgeladen hat. Auf einmal bin ich müde, ich könnte mich in mein Bett verkriechen und bis zum nächsten Tag schlafen, mindestens.

»Fabian, ich weiß nicht. Wenn du dir das wünschst, können wir noch mal über alles reden. Mir ist nur nicht klar, was das bringen soll. Du hast gesagt, dass ich gehen soll. Ich hatte nicht den Eindruck, dass du noch reden willst.«

»Ja, weil es mir in dem Moment zu viel war. Aber jetzt haben wir beide doch ein bisschen Abstand, oder?«

Ich nicke, murmele ein »Ja« dazu, weil ich ihm das Gespräch wohl tatsächlich schuldig bin. Beziehungsdinge bleiben nebulös und schmerzhaft, wenn man sie mit sich allein ausmachen muss, auch nach Jahren kochen immer wieder dieselben alten Fragen hoch und beflecken die Gegenwart. Das mit Fabian und mir soll keine Beziehung gewesen sein, die voller Fragen bleibt, nicht, wenn wir beide weitergehen wollen.

»Wie lange bist du bei deinen Großeltern?«

Wie meine Mutter geht er von den naheliegenden Großeltern aus, Großeltern, die er kennt, zu denen es in seiner Erinnerung Gesichter und Erzählungen und Begegnungen gibt. Ich weiß nicht, ob ich Fabian je von Siegfried erzählt habe. Ich weiß nicht, ob er je gefragt hat.

»Noch eine Weile«, antworte ich. »Ich habe meinen Job gekündigt.«

»Du ... was?«

»Ich mochte ihn eh nie.«

Sein Schweigen ist voller Irritation und Unverständnis.

»Können wir in ein paar Tagen telefonieren und dann über

alles reden?« Ich brauche Zeit, um mich vorzubereiten. Mit ihm zu telefonieren, spült alte Gefühle und Erinnerungen hoch an Zeiten, zu denen wir wirklich noch miteinander gesprochen haben. Als das wichtig war für uns beide und nicht nur blasses Alltagsgeplänkel. Wir können nicht dorthin zurück.

»Ist gut.« Noch zögert er, als wolle er nicht auflegen. Ich mag diese Unsicherheit an ihm.

»Ich melde mich, wenn es passt«, sage ich, und damit bin ich diejenige, die endlich das Gespräch beendet. Vorsichtshalber schalte ich das Telefon auf lautlos und lege es auf das Klavier, das mich noch immer stumm beobachtet, ein glänzender Vorwurf aus Holz, Metall und Elfenbein.

\*\*\*

Die Nacht ist schwer und warm, sie ist voller Gewitter, das einfach nicht kommt.

Seit einer Stunde liege ich bereits im Bett, vielleicht anderthalb, ich habe nicht auf die Uhr geschaut. Siegfried und ich sind die letzten Abende gegen zehn Uhr schlafen gegangen, so wie ich in Frankfurt. Ich habe mal gelesen, dass der eigene Chronotyp, der bestimmt, wann wir am besten schlafen gehen und aufstehen sollten, genetisch bedingt ist. Die Vorstellung, dass Siegfried mir seinen inneren Rhythmus vererbt hat und wir in den letzten achtzehn Jahren, auch wenn wir uns nie gesehen haben, ungefähr zur gleichen Zeit aufgewacht und ins Bett gegangen sind, hat etwas Beruhigendes. Es sind so simple Dinge, die Menschen miteinander verbinden, unsichtbare Fäden durch Zeit und Raum.

Jetzt jedoch bin ich allein in dieser Nacht, versuche, die unruhigen Gedanken an das Gespräch mit Fabian zu verdrängen, aber unruhige Gedanken haben die Angewohnheit, sich nicht verdrängen zu lassen. Sie sind aufdringlich und rechthaberisch und reden permanent.

Nun schaue ich doch auf die Uhr. Es ist kurz vor elf und damit wahrscheinlich zu spät, um Meike anzurufen. Trotzdem schicke ich ihr ein Update, wie ich es in den letzten Tagen häufig getan habe, weil sie zum Telefonieren meistens nicht die Zeit findet.

Wenn ich in Frankfurt nicht schlafen konnte, bin ich spazieren gegangen. Städte sind anders, wenn es Nacht ist, alles verändert sich in der Dunkelheit, als würde sich die Welt umkehren, Dinge zeigen, die sonst verborgen sind, während das Vertraute unsichtbar wird. Ich frage mich, wie es im Wald bei Nacht wohl ist. Vielleicht habe ich Angst, vielleicht aber mag ich das Flüstern der Dunkelheit in den Bäumen, eine Sache, die ich nicht über mich weiß.

Ich beschließe, die Zeit zu nutzen und genau das herauszufinden, stehe auf und streife die Jeans über, die ich auf dem Stuhl ertaste.

Im Haus ist es ruhig. Die Stufen knarzen auf die vertraute Weise, und ich hoffe, Siegfried schläft zu tief, um das zu hören.

Nach kurzem Überlegen schlüpfe ich in die Sneakers, auch wenn ich barfuß bin, aber Sandalen oder Clogs scheinen mir nicht das richtige Schuhwerk für Nachtwanderungen zu sein. Am Gartentor bleibe ich unschlüssig stehen, atme den Geruch der trockenen Erde, der Blätter, lausche einem Rascheln, dem Zirpen der Grillen, einem Auto auf der Landstraße.

Meike liebt die Nacht. Sie hat mich früher immer länger wach gehalten, als ich wach bleiben wollte, mich abends hinausgescheucht, wenn wir zusammen gelernt haben, um ins Kino zu gehen oder in eine Bar oder zu einer Party. Auch an der Ostsee hat sie das getan, für Nachtwanderungen am Meer, bis sie

Lars kennengelernt hat, der viel lieber mit ihr aufgeblieben ist als ich.

Manchmal überfällt mich diese Wehmut, wenn ich an Dinge denke, die unüberwindbar vorbei sind. Und das ist sie, die Zeit, als wir jung und frei waren und unser Leben noch voller Möglichkeiten und voller geteilter Stunden war. Wir haben so viel geredet, damals.

Wenn ich mein Handy mitgenommen hätte, würde ich ihr jetzt eine Nachricht schicken, auch wenn sie, seit sie Jill hat, um diese Uhrzeit natürlich nicht mehr wach ist, aber sie würde mir morgen antworten, und dann wüsste ich, dass sie solche Dinge auch manchmal vermisst.

Gerade will ich mich nach rechts wenden, dem Wald zu, als sich von der anderen Seite ein Geräusch nähert. Erst nur leise, weiter entfernt, dann erkenne ich Schritte auf dem Asphalt, viel zu schnelle Schritte. Ein Umriss joggt den leichten Anstieg hinauf, etwas verschwommen wirkt er, aus meinen kontaktlinsenlosen Augen betrachtet. Erst als die Gestalt durch den Lichtkegel einer Laterne läuft, kann ich sie identifizieren.

Elias entdeckt mich später als ich ihn. Seine Schritte werden langsamer. Am Gartentor bleibt er stehen.

»Gehst du immer um die Zeit joggen?«, frage ich.

Vielleicht lächelt er, vielleicht auch nicht. Die Laterne, die ihn gestreift hat, ist die letzte im Ort und befindet sich ein Stückchen entfernt. Hier ist vieles nur noch eine Ahnung, ein Gefühl.

»Nein, nicht immer. Nur manchmal, wenn ich tagsüber nicht dazu gekommen bin, aber das dringende Bedürfnis nach Bewegung habe.«

»Und dann läufst du durch den Wald?«

»Ja. Der Waldweg hier ist ja asphaltiert, das geht ganz gut.«

Er läuft nicht auf der Stelle, wie manche Jogger das machen, um warm und in Bewegung zu bleiben. Wahrscheinlich halte ich ihn auf. Ganz sicher halte ich ihn auf.

»Was machst du so spät hier draußen?«, fragt er.

»Ich wollte … Ich konnte nicht schlafen und dachte deshalb, ich versuche es mit einem Nachtspaziergang.«

»Willst du mitkommen?«

Ich blicke auf meine Füße. Nackte Füße in Stoffsneakern, Jeans, Top ohne BH. Nicht gerade die perfekte Joggingkleidung.

»Gibst du mir ein paar Minuten? Dann ziehe ich mich um«, sage ich.

»Sicher.«

Ich schaffe es tatsächlich in ein paar Minuten, inklusive des Weges durch Großvaters Garten und wieder zurück, inklusive der Suche nach Kleidung, inklusive Umziehen und inklusive der Frage, ob Elias mich sehen kann, wie ich den Sport-BH und das Top über den Kopf streife, denn Vorhänge hat das schlicht eingerichtete Zimmer ja nicht. Andererseits ist es Elias wahrscheinlich ziemlich egal, wie ich nackt aussehe. Viel zu sehen gibt es ohnehin nicht.

Wir laufen los. In einem der Bungalows rechts vom Weg leuchtet Licht hinter den Fenstern, die anderen erkennt man nicht einmal, und dann enden sie sowieso, der Wald umschließt uns komplett. Wir atmen in die Nacht, unsere Schritte haben von selbst einen Rhythmus gefunden, der für uns beide passt, zumindest hoffe ich, dass er auch für Elias in Ordnung ist. Da ist ein Kauz, der in die Dunkelheit ruft, da ist ein bisschen Licht über uns, fast nichts, Milliarden an Sternen, kein Mond. Immer wieder werfe ich einen Blick nach oben, bilde mir einmal ein, eine Sternschnuppe zu sehen, vielleicht war es wirklich eine. Wie immer hatte ich keinen Wunsch parat.

»Ich war schon lange nicht mehr joggen«, sage ich und schnaufe zum Glück weniger, als ich befürchtet habe. Keine Ahnung, wieso ich plötzlich das Bedürfnis habe, die Stille zu durchbrechen, die uns so angenehm begleitet hat.

»Ich gehe mindestens einmal die Woche. Wenn ich es schaffe, zweimal.« Man hört Elias kaum an, dass er sich anstrengt. Seine Stimme ist ganz leicht gepresst, er redet nur ein bisschen langsamer als sonst, genauso gut könnte ich mir auch das einbilden. So vieles kann Einbildung sein, wenn es dunkel ist, selbst Geräusche, als wüssten die Ohren nicht mehr, wie Hören geht, nur weil das Sehen schwierig geworden ist.

»Meistens gehe ich aber lieber tagsüber«, fügt er hinzu, und diesmal glaube ich, das Lächeln zu hören. Ich kann mir vorstellen, wie es sein Gesicht verändert, die Fältchen an den Augen vertieft, die sonst nur Andeutung sind.

»Hier läuft es sich auch ganz gut. In der Großstadt ist es was ganz anderes, auch in den Parks. Ich mochte das nie wirklich.«

»Wegen der Leute?«

»Nicht nur. Es ist eben Stadt. Die Luft schmeckt nicht frisch, sondern abgestanden, und ich finde, man braucht sie so, wie sie hier ist, wenn man sie so tief einatmet. Gefiltert und gereinigt.«

»Wieso wohnst du in Frankfurt, wenn du die Großstadt nicht magst?«

»Ich habe nicht gesagt, dass ich sie nicht mag.«

»Aber du hast es angedeutet.«

Ich will widersprechen, denn immerhin ist Frankfurt seit zwei Jahre mein Zuhause, und wieso sollte ich an einem Ort leben, den ich nicht mag, doch selbst gedacht fühlt sich das nach Rechtfertigung an. Weil es das vermutlich auch ist.

»Ich weiß es nicht«, sage ich deshalb. »Damals dachte ich, es wäre sinnvoll, zu meinem Freund zu ziehen.«

»Das klingt sehr romantisch.«

»Ja, kann sein, dass es das nicht war. Aber Entscheidungen muss man nun mal aus irgendwelchen Gründen treffen. Hinterher ist es immer leicht zu sagen, was man falsch gemacht hat.« Ich klinge zickiger, als ich beabsichtigt habe, doch Elias scheint sich nicht daran zu stören.

»Du meinst, das war falsch? Weil ihr jetzt nicht mehr zusammen seid?«

Ich bin nicht sicher, ob er das errät oder ob Isabel es ihm erzählt hat. »Nicht nur deshalb. Vor allem weil ich so viel aufgegeben oder einfach akzeptiert habe, obwohl ich einiges ganz anders wollte, und ich glaube, er hat dasselbe getan.«

»Das tut man in Beziehungen immer.« Ein Unterton schwingt in seiner Stimme mit, den ich nicht ganz zuordnen kann, eine Art Bitterkeit oder Erschöpfung, auf jeden Fall nichts Positives. Oder er klingt nur so, weil joggen und reden gleichzeitig mit der Zeit doch beschwerlich werden.

»Kann schon sein. Es gibt nur Bereiche, in denen das nicht passieren sollte. Man darf nicht zu viele Kompromisse schließen.«

In der Ferne leuchten einige Lichter. Haben wir schon den Zoo erreicht? Falls ja, ist die direkte Strecke kürzer, als ich dachte.

Sein Schweigen hat etwas Ernstes, eine Zustimmung ohne Worte, und wäre er Isabel, würde ich ihn einfach fragen, was er aufgegeben hat und für wen. Nur ist er nicht Isabel, und deshalb frage ich nicht, doch dann ist er derjenige, der weiterredet.

»Ich gehöre zu den Leuten, die glauben, dass alle Entscheidungen schon ihre Richtigkeit haben, weil man sonst nicht da wäre, wo man ist. Ich glaube auch, dass man ohne seine Entscheidungen ein anderer Mensch wäre.«

»Das stimmt. Aber das andere Ich hätte immer genauso gut sein können oder sogar besser. Man erfährt es nie.«

Schon bevor wir am Zoo ankommen, riecht es nach Tieren, nach diesem schweren Geruch eingesperrter Wildnis. In einem Gebäude nah am Weg brennt tieforangefarbenes Licht.

»Lass uns einbrechen und alle Tiere freilassen«, sagt Elias. Auch wenn sein Vorschlag vermutlich nur der Versuch ist, das Thema zu wechseln, gehe ich darauf ein.

»Über den Zaun kommen wir wahrscheinlich rüber, aber wie öffnen wir die Gehege?«

Etwas langsamer als vorher laufen wir weiter auf der Straße, an dem Doppelstabmattenzaun entlang, der oben abgeblendet ist, wohl damit keine Füchse oder andere Wildtiere darüberklettern können. Links von uns läuft der Wald zum Zooparkplatz hin langsam aus.

»Wir müssen natürlich als Erstes in das Zoowärterhaus einbrechen. Dort hängen sicher die Schlüssel. Das mache ich, während du den Nachtwächter ausschaltest.«

»Wieso bin ich für die Gewaltverbrechen zuständig?«

»Ich habe nicht gesagt, dass du ihn umbringen sollst.«

Der Weg endet an einer Kreuzung. Die Straße reicht bis in die Stadt, links von uns führt sie über die Bahngleise weiter durch den Wald, aber auch dort beginnen bald, wenn ich das richtig in Erinnerung habe, die Wohnviertel. Elias biegt nach rechts ab, wir laufen über einen weiteren Zooparkplatz, hinter dem wieder Wald liegt. Richtiger, dunkler Wald mit unasphaltierten Wegen, doch statt weiterzurennen, wird Elias langsamer und bleibt schließlich stehen.

»Wie, das wars schon?«

Ich blinzle in das Licht, das zwar nicht sehr hell ist, aber deutlich mehr Licht als vorher.

»Wir wollten die Tiere befreien, schon vergessen?«

Mein Blick schweift über das Eingangsgelände. Ich denke an das Brüllen des Löwen, als ich mit Siegfried am Biberteich war, und wie es wohl wäre, wenn er nicht eingesperrt brüllen würde, sondern während er durch den Wald streift, was passieren würde, wenn auch die Tiger und Wölfe, die Rehe, Pinguine und Flamingos plötzlich hier herumlaufen würden.

»Wenn wir sie freilassen, gehe ich hier nicht mehr nachts joggen«, sage ich. »Wahrscheinlich auch nicht tagsüber.«

»Ist bestimmt besser so.« Nach einem kurzen Moment lächelt er. »Lassen wir es lieber. Man würde sie sowieso nur wieder einfangen, und sie wüssten dann, dass die Welt hier draußen viel größer ist als ihre eigene. Wir würden ihnen keinen Gefallen tun.«

Aus irgendeinem Grund habe ich das Bedürfnis, ihn zu umarmen, als könnte so eine Berührung etwas daran ändern, dass diese Tiere nicht wissen, wie sich Freiheit anfühlt. Dass wir selbst das nicht wirklich wissen, oder wenn, nicht bemerken, weil alles Selbstverständliche unspürbar geworden ist.

»Morgen vielleicht?«, frage ich vorsichtig statt der Umarmung.

»Morgen vielleicht.«

Wir laufen die Straße Richtung Stadt weiter am Krankenhaus vorbei, und als die Wohnhäuser zahlreicher werden, kehren wir wieder um und joggen zurück. Minutenlang sprechen wir kein einziges Wort.

»Wieso konntest du eigentlich nicht schlafen?«, fragt Elias, als wir schon fast wieder bei Siegfrieds Grundstück angekommen sind.

»Ich weiß es nicht genau. Dinge.«

Sein Lächeln ist spürbar, vielleicht atmet er anders, wenn er das tut. »Willst du nicht darüber reden?«

»Doch. Es ist nur schwer zu erklären. Ich hatte ein Gespräch mit Siegfried, das mich sehr beschäftigt. Du weißt ja, dass wir lange keinen Kontakt hatten. Und jetzt im Nachhinein kommen mir die Gründe dafür so sinnlos vor. Oder, na ja, nicht sinnlos. Es hätte aber auch alles anders sein können. Ich weiß einfach nicht, wieso ich mich nicht irgendwann in den letzten Jahren mal bei ihm gemeldet habe. Und außerdem habe ich vor ein paar Tagen meinen Job gekündigt, und das kommt jetzt auch so langsam richtig in meinem Kopf an.«

»Hm. Das ist ziemlich viel auf einmal. Soll ich dir trotzdem zu der Kündigung gratulieren?«

»Du sollst nicht, aber du kannst.«

»Herzlichen Glückwunsch!«

Vor Siegfrieds Gartenzaun bleiben wir stehen.

»Danke«, sage ich, weil ich das Gefühl habe, ein Danke wäre angemessen.

»Das nächste Mal joggen wir bei Tag und eine schönere Strecke«, antwortet er.

Die implizite Einladung überrascht mich. »Morgen?«, frage ich.

»Am Montag. So gegen acht?«

»Okay.«

Damit wendet er sich ab und läuft weiter, ein Schatten, der unter Laternenlicht taucht und in der Ferne verschwindet.

Ja, ich blicke ihm nach. Er schaut nicht zurück.

## Kapitel 11

Großvater liest im Wohnzimmer. Er sitzt in seinem Erker, obwohl es eigentlich Zeit für seinen Mittagsschlaf wäre, der Regen wäscht die Scheiben von außen und hüllt den Raum in eine angenehm kühle Behaglichkeit.

»Ich gehe mal rüber«, sage ich. Siegfried nickt. Eine Woche, und das »rüber« bedarf keiner Erklärung mehr, als wäre es schon immer Bestandteil meines Lebens gewesen.

Meine Sommerregenjacke befindet sich noch in Fabians Wohnung. Ich brauche sie nicht, sondern genieße die Feuchtigkeit auf der Haut, selbst dann noch, als der Regen mit einem Mal so heftig wird, dass er meine Kleidung binnen weniger Sekunden durchnässt.

*Look what the cat dragged in*«, begrüßt mich Isabel. »Ich hol dir ein Handtuch.« Sie läuft nach oben, von wo Kinderlachen und Getrampel schallt. Kurz darauf kommt sie zurück, um mir ein flauschiges dunkelblaues Duschtuch in die Hand zu drücken, mit dem ich über meine nackten Arme und die Haare rubble.

»Ich kann dir auch ein T-Shirt geben.«

Im ersten Moment will ich das Angebot ablehnen, aber die Kälte sickert bereits durch meine feuchte Haut. Isabel rennt ein zweites Mal nach oben und kommt mit einer Jogginghose und einem Longsleeve zurück.

In der Toilette unten schlüpfe ich in die Klamotten, dann

gehe ich in die Küche, wo Isabel gerade Teewasser aufsetzt. Am Tisch sitzt eine Frau etwa Mitte dreißig. Sie blickt von ihrem Handy auf, als ich den Raum betrete, und lächelt kurz.

»Alina, Siegfrieds Enkelin. Steffi, unsere Nachbarin.«

»Hallo.« Ich ziehe einen Stuhl zurück und setze mich ebenfalls.

»Früchtetee, Kräutertee, grüner Tee?«

»Was du magst«, sagt Steffi.

»Grün, bitte«, antworte ich.

Auf dem Tisch steht eine bereits angeschnittene hübsch verzierte Torte.

»Wie war die Einschulung?«, frage ich.

»Sehr nett. Ich habe die Party klein gehalten. Jetzt sind nur noch Steffi und ihre Tochter Rose hier, Mias beste Freundin, alle anderen sind schon gegangen.«

Schritte über uns, die wie Gestampfe klingen.

»Die beiden üben gerade einen Tanz, den Mia diese Woche im Hort gelernt hat«, erklärt Isabel. »Wie hat sie ihn noch mal genannt?«

»Purzelbaumtanz.« Steffi legt das Handy beiseite.

»Richtig, Purzelbaumtanz. Klingt eher nach Elefantentanz.«

»Soll ich lieber später wiederkommen? Ich dachte, ihr wärt schon fertig und ...«

»Nein, bleib. Du störst nicht. Meine Eltern kommen gleich und holen Mia ab, dann können wir mit dem Renovieren loslegen. Sie sind erst heute losgefahren, nicht gestern, wie ursprünglich geplant.« Isabel schaut auf die Uhr, die über der Küchentür hängt. »Sie müssten aber jeden Moment hier sein.«

»Wohnen sie nicht in Berlin?«

»Schon, aber sie waren diese Woche an der Ostsee. Meine Mutter war dort auf Reha, sie hat so eine Hautgeschichte, und mein Vater hat sie begleitet. Sie haben das Datum verwechselt und sind erst heute los, und dann sind sie auch nicht direkt nach dem Frühstück aufgebrochen, sondern wollten noch mal an den Strand.« Sie seufzt nicht, aber die Resignation wird daran deutlich, wie sich ihr Gesicht verzieht, ein Lächeln, das keines ist, die Augen etwas zusammengekniffen, Falten auf der Stirn, die sich gleich wieder glätten.

»Wenigstens kommen sie heute noch.« Steffis Stimme ist eine Spur zu hell.

»Ihr wohnt in dem Haus gleich nebenan?«, frage ich.

»Ja, genau. Rose und Mia sind in denselben Kindergarten gegangen.«

Getrampel auf der Treppe kündigt die Kinder an. »Mama, können wir noch Kekse haben?«, ruft Mia schon aus dem Flur, doch bevor sie in die Küche kommen kann, schallt die Türklingel durch das Haus. Offenbar öffnet sie gleich selbst, Stimmen sind zu hören, Mia lacht aufgeregt.

»Wir müssen auch langsam los. Danke für den Kuchen. Bis bald mal.« Steffi nickt mir zu.

»Bis zum nächsten Mal.«

Zusammen verlassen Isabel und Steffi die Küche.

In der Zwischenzeit hat der Wasserkocher sich ausgeschaltet. Ich gieße das Wasser in die Teekanne, heißer Dampf steigt empor, nach ein paar Sekunden gebe ich das bereits gefüllte Teesieb dazu. Aus dem Flur klingen Gesprächsfetzen und Mias Geplapper, dazwischen die Stimme eines anderen Mädchens. Als ich höre, wie Isabel ihren Eltern Tee und Kaffee anbietet, öffne ich den Schrank, in dem meiner Erinnerung nach die Becher stehen, doch in dem Moment betritt Isabel wieder die Küche.

»Sie bleiben noch kurz, dann fahren sie weiter«, erklärt sie ausdruckslos.

Sie deckt den Tisch im Wohnzimmer mit perlmuttfarbenen Tässchen und dazu passenden Tellern und Untertellern aus der Wohnzimmervitrine. Auf einer Platte richtet sie Elias' Spekulatius und etwas Zitronenkuchen an, den wohl auch Elias gebacken hat, dazu die Einschulungstorte und Berliner, die ihre Eltern mitgebracht haben. Das Gebäck reicht für zehn weitere Gäste. Ich entferne das Sieb aus der Teekanne und trage sie hinüber, stelle mich höflich vor.

»Ach, Isabel hat von Ihnen erzählt. Ich erinnere mich an Sie«, sagt Isabels Mutter. Ihr Parfum ist eine Spur zu aufdringlich und riecht genauso süßlich-schwer wie das von Fabians Mutter. Sie erzählt von einem Ausflug, auf den sie mich damals mitgenommen haben. »Das war dieser Wildtierpark, oder, Isabel? Weißt du das noch?«

Isabel zuckt mit den Schultern. »Auf jeden Fall waren wir dort früher häufiger«, sagt sie, schneidet den Kuchen durch und fragt ihren Vater, was er haben möchte.

»Ich nehme mir schon«, sagt er.

Während Isabels Mutter weiter in Erinnerungen schwelgt und ihr Vater ruhig, fast bewegungslos, neben ihr sitzt, geht Isabel noch einmal in die Küche, weil ihre Eltern doch lieber Kaffee hätten statt Tee.

»Das ist unsere Kaffeezeit«, erklärt ihre Mutter an mich gewandt, und ich nicke und lächele und frage, was für Ausflüge wir noch unternommen haben.

Die Teetassen haben den Flair englischer Kostümfilme, goldene Henkel, goldene Ränder, großblütige Rosen. Wir hatten früher kein zueinanderpassendes Geschirr zu Hause, weil mein Vater es liebte, durch Antiquitätengeschäfte und Geschirrläden zu streifen und hier eine Tasse zu kaufen und da ein Glas oder auch mal zwei, drei Teller, manchmal war es japanisches

Geschirr und manchmal welches aus Bleikristall, am liebsten mochte er getöpferte Landhausküchensachen. Meine Mutter hat sich immer ein richtiges Service gewünscht und es später, als sie und Sören geheiratet haben, auch endlich zur Hochzeit bekommen. Aber wenn ich bei den beiden bin, isst sie ihr Müsli aus einer der Schalen, die mein Vater angeschleppt hat, das Service benutzt sie nur dann, wenn besonderer Besuch kommt.

Mia blickt mich an. Sie hat aufgehört zu reden, seit ich mit am Tisch sitze. Schweigend zerlegt sie ihre Torte, und als sie die aufgegessen hat, schiebe ich die Kuchenplatte ein Stück weiter in ihre Richtung, damit sie besser erkennen kann, was noch da ist.

»Kommst du jetzt öfter?«, fragt sie plötzlich, mitten in den Kurbericht ihrer Großmutter hinein.

»Wenn das okay ist, ja«, sage ich.

Sie nickt über diese Antwort, offenbar nicht überrascht, und entscheidet sich für einen halben Berliner.

»Wenn sie erst mal die Schüchternheit abgelegt hat, ist sie eine ganz andere«, flüstert Isabel mir zu.

»So ist das ja meistens«, gebe ich ebenso leise zurück, während Isabels Mutter ihre Erzählung wieder aufnimmt und diesmal von dem tollen Nagelstudio neben dem Hotel schwärmt.

»Wie war denn deine Einschulung?«, fragt Isabels Vater plötzlich. Er hat bisher die meiste Zeit geschwiegen, doch jetzt wendet er sich seiner Enkelin zu. Als Einziger in der Familie hat er hellbraune Augen, und seine schwieligen Hände verraten, dass er viel mit ihnen arbeitet.

»Toll! Meine Lehrerin heißt Frau Richter, und sie hat zwei Hunde und ganz viele Kaninchen«, antwortet Mia mit plötzlicher Begeisterung. »Opa, willst du auch einen Hund?«

»Nein.« Sein plötzliches Lachen wirkt tief und dröhnend, gleichzeitig ansteckend und ein bisschen unheimlich.

Während sie sich weiter unterhalten, helfe ich Isabel dabei, alles zurück in die Küche zu räumen.

Etwa zehn Minuten später brechen sie auf. Mia zieht stolz ihren mit Schildkröten bedruckten Hartschalenkoffer zum Auto ihrer Großeltern, Isabel verabschiedet sich von allen.

Es ist erstaunlich still, nachdem die Haustür wieder ins Schloss gefallen ist.

»Pack die Teller ruhig in den Geschirrspüler, die halten das aus«, sagt Isabel, als ich gerade Wasser für das Teegeschirr in die Spüle einlassen will.

»Sicher?«

»Nein. Ich habe nur gerade keine Lust auf Abwasch.« Sie lächelt, aber noch immer ist da etwas, das ihrem Lächeln die Weichheit nimmt.

»Es ist ein bisschen schwierig mit deinen Eltern, oder?«, frage ich vorsichtig.

»Das kann man wohl sagen.« Aus dem Kühlschrank holt sie eine Flasche Weißwein, stellt ihn aber nach einem Blick auf die Uhr wieder zurück. »Ach, ich weiß auch nicht. Wir verstehen uns schon, das ist es nicht.«

»Was ist es dann?«

Nach längerer Suche findet sie in einem der Schränke eine Packung Apfelsaft. »Sie sind so unzuverlässig geworden. Ich bin ja selbst nicht gerade ein Vorbild in Sachen Pünktlichkeit, und ich vergesse auch gern mal Termine oder denke erst in letzter Sekunde daran. Aber ich versuche sehr, mich dabei auf meinen eigenen Kram zu beschränken und nicht Mia darunter leiden zu lassen.« Sie gießt den Apfelsaft in zwei Gläser, mischt ihn mit aufgesprudeltem Wasser und schiebt mir eines davon zu.

»Passiert es denn häufiger, dass deine Eltern später kommen, als ihr es vereinbart habt?«

»Gefühlt ständig. Aber heute war Mias Einschulung. Das ist ja nicht irgendwas. Seit Wochen war sie deshalb aufgeregt und hat sich gefreut, und das wissen meine Eltern. Wir telefonieren ja regelmäßig miteinander. Nur manchmal habe ich das Gefühl, dass ihnen das alles eigentlich egal ist.«

»Vielleicht ist es das Alter?«

»Na hör mal.« Isabel lacht. »So alt sind sie noch gar nicht. Meine Mutter war gerade mal zwanzig, als Elias geboren wurde. Sie ist dieses Jahr fünfzig geworden.«

»Also nicht das Alter.«

»Nein. Sie sind einfach so.« Hastig trinkt sie ihr Glas leer. »Lass uns hochgehen und anfangen, sonst jammere ich in drei Stunden immer noch über mein Leben.«

»Wenn es dir hilft.«

»Nicht wirklich. Ein hübscher Flur würde mir mehr helfen.«

Zusammen gehen wir nach oben. Der Boden ist bereits mit grauem Malervlies ausgelegt, die Steckdosen und Lichtschalter abgenommen und alle Kanten abgeklebt.

»Habe ich gestern alles vorbereitet, während Elias mit seiner Torte die Küche blockiert hat. Außerdem habe ich das Petrol angerührt.« Sie deutet auf einen Farbeimer, in dem wohl einmal weiße Farbe gewesen ist.

»Das ist aber nicht so richtig hell«, bemerke ich.

»Ja, ich weiß. Elias wird mich hassen. Aber es ist auch nicht wirklich dunkel, und ich wollte an mindestens einer Wand einen großen Spiegel mit Lichterkette aufhängen, der das Ganze wieder heller macht.« Mit einem Gummi, das sie vorher ums Handgelenk getragen hat, bändigt sie ihre Haare zu einem

Pferdeschwanz, nur ein paar Strähnen stehlen sich heraus und umrahmen ihr sommersprossiges Gesicht.

»Wo ist denn Elias?«, frage ich.

»Arbeiten. Macht er jedes zweite Wochenende. Er ist gleich nach der Einschulungsveranstaltung los.«

»Er arbeitet immer dann, wenn kein Onkel-Nichte-Wochenende ist?«

»Genau. Du hast gut aufgepasst. Pinsel oder Rolle?«

»Pinsel.«

Ich beginne am Türrahmen zum Bad, Isabel an der Wand gegenüber, hinter der Elias' Zimmer liegt.

»Mia ist immer enttäuscht, wenn so was passiert wie heute.«

Ich drehe mich um, doch Isabel schaut nur auf ihre Malerrolle, die sie kreuz und quer über die Wand fahren lässt, obwohl sie kaum noch Farbe trägt.

»Sie zeigt das nie. Ich weiß nicht, wieso, aber sie hält ihre Gefühle ziemlich zurück. Ganz besonders, wenn sie traurig oder enttäuscht ist. Wahrscheinlich verstehen es meine Eltern deshalb nicht. Wenn sie Mia abholen, ist sie fröhlich und aufgeregt. Sie ist gern bei ihnen, weil meine Mutter ihr Lieblingsessen kocht und sie bei ihnen mehr fernsehen darf als zu Hause.« Isabel lässt die Rolle sinken und betrachtet die Wand, als würde sie durch sie hindurch direkt in das Auto ihrer Eltern blicken können, das sich inzwischen wahrscheinlich auf der Autobahn befindet. »Wenn sie wieder hier ist, wird sie vollkommen überdreht sein und schnell wütend werden, weil sich niemand wirklich mit ihr beschäftigt hat. Sie hat wieder ihr Lieblingsspiel eingepackt, obwohl weder meine Mutter noch mein Vater Lust haben werden, es mit ihr zu spielen. Okay, vielleicht mein Vater, er versteht sie ein bisschen besser als meine Mutter. Aber irgendwie ist es trotzdem so, dass sie dort immer nur zu Besuch ist.« Ihre Stimme ist leiser geworden, sie versickert in dem grauen Vlies unter unseren Füßen. »Sie könnten tolle Großeltern sein. Ich habe nur das Gefühl, dass sie keine Lust darauf haben.«

Endlich sieht sie mich an. »Wahrscheinlich ist das dumm, und eigentlich ist es für mich schlimmer als für Mia. Sie hat dafür den großartigsten Onkel der Welt. Ich denke nur manchmal, dass auch Elias mehr Freiheiten hätte und mehr sein Ding machen könnte, wenn unsere Eltern bessere Großeltern wären. Es würde ja schon reichen, wenn er sich etwas weniger verantwortlich fühlen würde. Aber dafür müsste auch ich mehr auf die Reihe kriegen.« Viel zu schwungvoll taucht sie die Rolle in den Farbeimer, sodass dickflüssige Farbe über den Rand schwappt.

Ich nehme sie mit dem Pinsel auf und beginne damit, eine der Ecken zu bearbeiten. »Du tust das, was du kannst. Ich bin sicher, das ist viel mehr, als du selbst siehst.«

»Im Gegensatz zu dem, was andere schaffen, ist das trotzdem sehr wenig.«

»Ein Kind großzuziehen ist ein Fulltimejob. Sei nicht so hart mit dir selbst.«

»Na ja. Ich habe Hilfe.«

»Hast du mal mit deinen Eltern darüber geredet, dass du dir von ihnen eigentlich etwas anderes wünschen würdest?«

»Ja, hab ich. Einmal. Oder nein, zweimal. Aber es hat nichts gebracht. Ich glaube, sie haben nicht mal wirklich verstanden, was ich ihnen habe sagen wollen, und dann denke ich manchmal, ich habe auch gar kein Recht, irgendwas zu erwarten. Mia ist mein Kind, es ist meine Schuld, dass ich mir so einen verantwortungslosen Kerl ausgesucht habe.«

»Hm«, sage ich. Wie von allein malt der Pinsel ein Muster

auf die Wand, Kreise wie aufsteigende Luftblasen. »Du hast dich dafür entschieden, sie zu behalten. Das war ziemlich mutig von dir.«

»Danke. Nur leider gibt es ziemlich viele Leute, die glauben, dass sie einem permanent etwas vorschreiben müssen, weil man selbst ja keine Ahnung hat. Besserwisserische Freunde, Familie, die Unterhaltsvorschussstelle. Es ist sehr absurd.«

»Die was?«

»Frag nicht. Die Geschichte mit Mias Vater war ziemlich dramatisch. Jedenfalls geben mir meine Eltern schon das Gefühl, dass ich ständig alles falsch mache. Wobei sie Mia lieben. Ich will gar nicht behaupten, dass sie das nicht tun. Es ist nur ... Sie ist ihnen nicht so wichtig, wie sie es sein sollte.«

»Und du meinst, das wäre anders, wenn du sie unter anderen Umständen bekommen hättest?«

Mit einem schmatzenden Geräusch fährt die Rolle über die Wand. »Dumm, oder? Ich weiß, dass das keinen Sinn macht. Aber jetzt bin ich die dämliche kleine Tochter, die sich den falschen Mann ausgesucht hat und auch noch schwanger geworden ist. Hätte ich geheiratet und dann zwei perfekte kleine Kinderchen bekommen, wäre das etwas anderes. Ich glaube wirklich, dass sie dann bessere Großeltern wären.«

Ein Stückchen Malertape hat sich gelöst. Ich drücke es fest, bevor ich die Stelle, an der sich normalerweise ein Lichtschalter befindet, anmale. »Du wolltest mir auch noch die lange Version von der Geschichte mit Mias Vater erzählen.«

»Ich wollte nicht.« Sie steht neben mir, lächelt, ein bisschen so wie vorhin, als ihre Eltern da waren, mit einer Ernsthaftigkeit im Blick, die nur eine tief sitzende Enttäuschung verschleiert.

»Mich würde sie jedenfalls interessieren.«

Ein Stückchen weiter lehnt eine Leiter an der Wand, die Isabel nun holt und neben mir aufklappt. »Na gut. Aber es ist eine ganze banale Geschichte.«

»Ich erwarte keinen Thriller.«

Sie klettert mit ihrer frisch mit Farbe getränkten Rolle die Leiter hinauf. »Weißt du, man steht ganz schön unter Druck, wenn man einen zumindest nach außen hin selbstsicheren und zielstrebigen Bruder hat, der sich schon während der Schule mit Nebenjobs Geld für Reisen nach dem Abi angespart hat und der direkt nach diesen Reisen mit seiner Wunschausbildung angefangen hat. Als ich mit dem Abi fertig war, hatte Elias schon gefühlt ganz Lateinamerika und halb Asien gesehen und gerade einen Ausbildungsplatz in einem echt schönen Restaurant ergattert.« Isabel reicht mir die Rolle herunter, die ich für sie in Farbe tauche. »Ich habe also diesen gerade mal anderthalb Jahre älteren Bruder, der immer genau weiß, was er will, und es meistens auch bekommt, weil er hart dafür kämpft. Bei mir war das immer anders.«

Ich reiche ihr die Rolle wieder hoch.

»Mein Abi war nur mittelmäßig, und als ich mit der Schule fertig war, hatte ich keine Ahnung, was ich mit dem Rest meines Lebens anfangen will. Erst mal habe ich auch nichts angefangen. Nur ein bisschen gejobbt, später habe ich einen Ausbildungsplatz im Einzelhandel bekommen. Das war für meine Eltern schon schlimm genug, also dass ich nichts so richtig auf die Reihe gekriegt habe. Dann kam dieser unglaublich charmante, gut aussehende Typ dahergelaufen. Und ich ... Ich meine, ich war nie dick, aber auch nie so schlank wie die meisten anderen Mädchen. Erst recht nicht so dünn wie du. Das reicht schon, um komische Dinge mit dem Selbstbewusstsein zu machen, und wenn sich ein Typ für einen interessiert, der gefühlt hundert Stufen über einem steht ... na ja. Ich habe nicht viel nachgedacht. Mit Anfang zwanzig ist man nicht so richtig schlau. Die Pille wollte ich nicht nehmen. Meine damals beste Freundin hatte davon eine beschissene Beinvenenthrombose bekommen, auf so was hatte ich wirklich keine Lust. Ich habe mich einfach darauf verlassen, dass er schon weiß, wie ein Kondom funktioniert. Wusste er aber nicht. Oder ich hatte einfach Pech, weil es nun auch nicht das sicherste aller Verhütungsmittel ist. Und kaum habe ich ihm erzählt, dass ich schwanger bin, war eh alles meine Schuld. Danach habe ich erst mal nichts mehr von ihm gehört.«

»Er ist einfach verschwunden?«

»Nicht ganz. Ich wusste natürlich, wo er wohnt. Aber er fand, dass ich das Kind doch gefälligst loswerden soll, und meinte, wenn ich auch nur einen Cent von ihm haben will, muss ich ihn erst gerichtlich zu einem Vaterschaftstest zwingen.«

»Das ist nicht dein Ernst.«

Sie klettert die Leiter herunter. Feine Farbspritzer zieren ihren Arm und ihr Gesicht. »Doch, ist es. Ich wollte aber trotz der miserablen Ausgangslage das Kind behalten. Irgendwie habe ich auch gehofft, dass der Typ sich umentscheidet. Ich hatte dieses Bild im Kopf, wie er plötzlich vor meiner Tür steht und sich entschuldigt. Dann würden wir zusammenziehen und später ein Haus kaufen, in dem wir mit zwei weiteren Kindern und einem Hund wohnen. So was. Es war sehr albern.«

»Das ist nicht albern, wenn man verliebt ist.«

»Ja, aber was bringt einem dieses Verliebtsein, wenn man dadurch dumme Entscheidungen trifft? Nicht dass Mia eine dumme Entscheidung war. Ich liebe sie über alles und würde sie für nichts auf der Welt hergeben. Aber im Laufe der Jahre habe ich Elias immer mehr mit reingezogen, und jetzt hat er auf seinen Reisen so viel erlebt, kocht so unglaublich gut und hat diese tolle Ausbildung gemacht, arbeitet aber nur in einer Pizzeria, wenn auch einer supergutten. Trotzdem. Stattdessen könnte er sich seine Träume erfüllen. Er hat sehr viele Träume.«

Ihre Rolle sinkt tief in den Farbeimer, und Isabel zieht sie zu schwungvoll über das Abtropfgitter, sodass die Farbe auf das Malervlies und die Wand und gegen die Leiter spritzt, doch sie scheint es nicht zu bemerken.

»Kinder sind etwas Großes. Sie verändern immer das Leben von mehreren Personen, nicht nur das der Eltern«, sage ich.

»Ja, aber in dem Fall ist es eben die falsche Person. Ich meine, mittlerweile zahlt Mias Vater ja wenigstens ein bisschen Unterhalt. Das ging dann irgendwann sogar ohne Vaterschaftstest. Aber es hätte sich nicht so viel in Elias' Leben verändert, wenn ich mir nicht nur einen Samenspender, sondern einen richtigen Vater für mein Kind ausgesucht hätte, und das hätte ich, wäre ich nicht so oberflächlich gewesen und auf die hübsche Verpackung reingefallen. Leider stehe ich sehr auf hübsche Verpackungen.«

»Das ist, glaube ich, nicht ungewöhnlich.«

Sie lächelt. »Ich weiß. Trotzdem war es sehr naiv.« Wieder klettert sie die Leiter hinauf. »Bleibt mir nur zu hoffen, dass ich schlauer geworden bin.«

»Hast du dich denn beim nächsten Mal in jemand Besseren verliebt?«

»Ja. Oder eigentlich weiß ich es nicht, weil daraus nie etwas geworden ist. Das war nur so eine Anhimmelungsgeschichte auf dem Spielplatz.«

»Auf dem Spielplatz? Bitte sag mir, dass er volljährig war.«

»Sehr witzig. Er war der Vater von einem Jungen, mit dem Mia manchmal gespielt hat. Frisch von der Mutter getrennt, noch sehr heartbroken, deshalb habe ich es gar nicht erst versucht. Na ja, dann haben wir das Haus gekauft und sind aus Berlin weggezogen. Ich habe ihn nie wiedergesehen.«

»Schade.«

»Ja, vielleicht. Alles in allem ist es schon komisch, oder? Was so passiert, nur weil man sich in jemanden verknallt. Sieben Jahre später wohnt man mit einem Kind und seinem Bruder in einem Haus auf dem Dorf und streicht den Flur mit einer Frau, die man erst seit einer Woche kennt.«

»Sei froh. Der Typ, der nicht Mias Vater sein wollte, kann das wahrscheinlich gar nicht. Weder auf dem Dorf wohnen noch einen Flur streichen.«

»Das ist das Komischste daran. Er war mir mal so wahnsinnig wichtig, und jetzt weiß ich schon gar nicht mehr, wie seine Stimme klingt und ob er Pommes mag oder nicht.«

»Habt ihr miteinander Kontakt? Fragt Mia nie nach ihm?«

Wieder reicht sie mir die Rolle. »Natürlich fragt sie nach ihm. Ich erzähle ihr dann das, woran ich mich erinnere, jedenfalls die netten und jugendfreien Sachen. Die Frage, wieso er sich nicht für sie interessiert, versuche ich so ausweichend wie möglich zu beantworten. Jeden Monat kommt ein bisschen Geld, das wars. Ich habe keine aktuelle Handynummer, nur seine Mailadresse, aber ich schreibe ihm nie. Manchmal stalke ich ihn auf Insta. Dort postet er quasi nur Fotos von sich selbst oder von seinem Essen. Auf ein paar Fotos sieht man auch eine hübsche blonde Frau.«

»Sie ist bestimmt nicht so hübsch wie du.«

Isabel lacht. Kreuz und quer streift sie die Rolle über die Wand. Besonders strategisch scheint sie nicht vorzugehen. »Ich bin eigentlich einigermaßen zufrieden damit, wie alles ist. Ich hätte nur gern einen besser bezahlten Job, damit Elias mehr

Freiraum hat. Er hat dir von der Idee mit seinem Foodtruck erzählt, oder?«

»Ja.«

»Wenn er schon nicht reisen kann, wie er will, wäre es toll, wenn er wenigstens das machen würde.«

»Das wird er sicher auch irgendwann. Du hast doch selbst gesagt, dass er für seine Träume kämpft und sie sich auch erfüllt.«

»Ja, schon. Aber solche Dinge ändern sich, wenn sich die Umstände ändern.«

Für eine Weile arbeiten wir schweigend, jede für sich. Weil der Flur selbst kein Fenster hat, öffnet Isabel das Fenster im Bad, sodass nun der Duft von Sommerregen zu uns strömt, Sommerregen, der in der Sonne verdunstet, und ganz leicht der Geruch von brennender Holzkohle. Aus Isabels Bluetoothbox kommt Musik, doch ich achte kaum darauf, höre mehr auf das Schmatzen der Farbe und halte ab und zu inne, um unseren Fortschritt zu begutachten. Die Hälfte haben wir schon geschafft, als Isabel unser einvernehmliches Schweigen unterbricht.

»Ich brauche eine Pause.«

»Jetzt schon?«

Sie schaut auf ihr Handy, das auf der abgedeckten Kommode liegt. »Na ja, wir arbeiten schon seit über einer Stunde. Okay, seit fast einer Stunde. Ich finde, da kann man ruhig mal Pause machen. Wenigstens was trinken.«

Wir gehen nach unten, holen uns zwei Flaschen alkoholfreies Radler und gehen hinaus in den Garten. Eine Schnecke kriecht an einer der Pavillonstangen hinauf.

»Du bist so still«, sagt Isabel nach einer Weile.

»Ich denke nach.«

Zwei Schmetterlinge – Pfauenaugen – flattern durch den Garten, setzen sich auf den Lavendel, fliegen weiter zu den Rosen, und immer zieht einer als Erstes los und der andere folgt ihm. Manchmal fliegen sie zusammen, als würden sie miteinander tanzen.

»Worüber denkst du nach?«

»Über das, was du vorhin gesagt hast. Dass es Entscheidungen gibt, die das ganze Leben umkrempeln.«

Ihr Blick ist ruhig, aufmerksam. Ich weiß, dass sie fragt, auch wenn sie schweigt, weil sie das häufiger macht. Als wüsste sie, dass Worte Raum brauchen, den sie nicht wegnehmen will, und Zeit, die sie mir lassen will, und ich frage mich, wieso es so wenige Menschen gibt, die solche Dinge spüren. Die mit einem Blick mehr sagen können als andere mit mehreren Sätzen.

Ich trinke einen Schluck. Das Radler ist süß und frisch, es ist Sommer und Freizeit und Momente voller Leben.

»Es gab eine Situation, in der ich dachte, dass ich schwanger wäre«, sage ich leise, blicke in den Garten, in dem die Schmetterlinge nicht mehr tanzen. »Ich war es aber nicht und so erleichtert, als sich das herausstellte. Vorher dachte ich, irgendwann würde ich schon Kinder haben wollen. Das würde schon kommen, wie es bei allen irgendwann kommt, und Fabian war sehr geduldig und hat gewartet und gewartet. Und dann sind meine Tage einmal ewig ausgeblieben, und statt mich zu freuen oder zumindest ein bisschen aufgeregt-nervös zu sein, habe ich richtige Panik bekommen.«

Isabels Schweigen ist wie eine Aufforderung, ruhig und sanft und geduldig.

»Dabei hatten wir einen tollen Anfang, Fabian und ich. So eine Nacht, in der plötzlich alles magisch ist. Wir haben zusammen in einer WG gewohnt, mit noch einem anderen Typen, der fast nie sein Zimmer verlassen hat, außer um sich etwas zu essen zu holen oder aufs Klo zu gehen und manchmal zu duschen.« Ich stelle die Flasche ab. Kondenswasser perlt daran herab. »Ich war kurz vor Abgabe meiner Masterarbeit, Fabian hatte irgendeine wichtige Prüfung. Wir haben uns an dem Wochenende gegenseitig wach gehalten und gelernt und gearbeitet, und zwischendurch haben wir uns was zu essen geholt, sind auch kurz in eine Bar gegangen zur Belohnung. Nichts Besonderes eigentlich, wir haben schon vorher manchmal zusammen gelernt.« Warum ich diese Geschichte so umständlich von Anfang an erzähle, verstehe ich selbst nicht. Vielleicht weil Isabel so jemand ist, der wartet, bis man am Kern angekommen ist. Vielleicht weil sie irgendwann sowieso alle Ebenen des Ganzen abfragen würde und ich deshalb genauso gut gleich alles erzählen kann.

»Jedenfalls hat sich an dem Wochenende etwas verschoben. Wir haben uns anders unterhalten als vorher, tiefer und persönlicher, und als die Nacht vorbei war, sind wir zusammen frühstücken gegangen. Ich weiß schon nicht mehr, wieso wir uns geküsst haben und wer den Anfang gemacht hat. Aber er war dann gemacht, und ab da ging alles von selbst. Ich glaube, das ist das Problem. Wenn alles von selbst geht, muss man nicht stehen bleiben und sich fragen, ob das so überhaupt richtig ist.«

»Es war nicht richtig?«, fragt Isabel.

»Doch, eine Zeit lang schon. Fabian ist ein paar Monate danach ausgezogen. Er war fertig mit dem Studium und hat in Frankfurt einen Job bekommen, ich bin in Oldenburg geblieben, weil ich die Stadt mochte und schon während des Studiums einen tollen Job bekommen hatte. Den habe ich danach behalten. Wir hatten anderthalb Jahre lang diese Fernbeziehung. Eigentlich war alles okay, nur Fabian wollte, dass wir zusammenwohnen und unsere Zukunft planen. Mit Zukunft meinte er Kinder.«

Ich mache eine Pause. Manchmal ist die Vergangenheit so unscharf, ein alter Diafilm ohne Ton, die Menschen darauf mit ihren komischen Frisuren kaum mehr zu erkennen.

»Ich war mir nie sicher, ob ich welche haben will. Kinder, meine ich. Natürlich habe ich ihm das gesagt, ich habe gesagt, dass ich mir nicht sicher bin, und Fabian hat immer wieder betont, dass das für ihn okay ist. Oder er hat gesagt, dass sich das schon noch ändern wird, und ich habe ihm geglaubt, weil es sich doch bei allen mit der Zeit ändert. Wir haben immer seltener darüber gesprochen, während in seinem Freundeskreis immer mehr Leute Kinder bekommen haben. Mit jedem Geschenk zu Geburten und Geburtstagen, das wir gemeinsam gekauft haben, sind wir angespannter geworden. Jedes Mal war es eine stille Erinnerung an unsere Abmachung, dass sich das auch bei uns ändern wird, sobald ich mich ändere. Vielleicht haben wir beide darauf gewartet, ich weiß es nicht genau. Ich habe mich gefühlt, als wäre bei mir etwas kaputt. Alles war okay, solange wir nicht darüber gesprochen haben, und das haben wir nur getan, wenn seine Eltern kamen oder wir sie besucht haben. Sie haben natürlich jedes Mal gefragt.«

Durch den Nachbargarten streift eine Katze, eine schwarze. Vielleicht ist es eine von denen, die Siegfried manchmal besuchen.

»Als dann in einer besonders stressigen Phase bei der Arbeit meine Tage nicht kamen, war ich vollkommen in Panik. Und mit jedem Tag wurde die Hoffnung, dass sie kommen, kleiner und die Angst, dass sie wirklich ausbleiben, größer. Als ich dann angefangen habe, zu Abtreibungen zu recherchieren, wurde mir klar, dass in Wirklichkeit nur er auf diese Zukunft mit Kindern wartet und dass sich bei mir nie etwas ändern wird.«

»Wie hat Fabian darauf reagiert?«

»Erst mal gar nicht, weil ich es ihm nicht sofort gesagt habe.« Zum ersten Mal, seit ich angefangen habe zu reden, blicke ich sie direkt an. »Ich habe mir einen Schwangerschaftstest besorgt, der negativ war, ein oder zwei Tage später hat dann meine Menstruation eingesetzt. Darüber war ich so erleichtert, dass ich das Thema eine Weile weggeschoben habe.«

Isabel nickt vorsichtig, als könne jede Bewegung etwas zerstören. Meine Worte vielleicht, ihre Gedanken. »Irgendwann hast du es ihm doch erzählt?«

»Ja. Musste ich ja. Aus dem Gespräch ist ein Streit geworden, aus dem Streit ein heftiger Streit, den Rest kennst du.« Ich male einen Strich in die dünne Schicht Kondenswasser auf meiner Flasche. An einer Ecke löst sich das Etikett. »Ich wusste nach diesem Test so klar, dass ich nie Kinder haben will, und eigentlich wusste ich auch schon, dass ich eine Zukunft mit Fabian nicht will. Jedes Gespräch zu dem Thema, das wir vorher geführt hatten, war voller Rechtfertigungen. Weil Fabian mir das Gefühl gab, dass an mir etwas falsch ist. Deshalb habe ich auch irgendwann aufgehört, überhaupt mit ihm darüber zu reden.«

Isabels Berührung ist nur ein Hauch, ihre Finger streifen ganz sachte über meine Hand. »Ich glaube nicht, dass an dir etwas falsch ist«, sagt sie. »Aber so fühlt es sich immer an, wenn man nicht das will, was für normal gehalten wird. Das macht dich nicht kaputt, nur anders, und mit anders können viele nicht umgehen.«

Ich seufze, vielleicht lächele ich auch, ich bin nicht sicher. Wie albern wir aussehen müssen, Farbspritzer auf den Armen und in den Haaren, um uns herum der Sommer, der alles in viel zu klares Licht taucht.

Irgendwann während ich gesprochen habe, muss Isabel ihren Stuhl näher an meinen gerückt haben. Ihr Arm auf ihrer Lehne berührt fast meinen.

»Jetzt habe ich dich schon wieder mit meinem Kram vollgequatscht.«

»Hör auf, dich dafür zu entschuldigen.«

»Okay.« Ich nicke leicht.

Wir trinken schweigend unser Radler aus, bevor wir wieder ins Haus gehen, nach oben in den Flur, um ihn zu Ende zu streichen.

»Wenn du mit jemand anderem zusammen wärst, meinst du, es wäre genauso?«, fragt Isabel, bevor sie auf die Leiter steigt.

»Ja«, antworte ich. »Ich glaube schon. Auch wenn es jemand anders wäre, ich würde genauso denken. Ich würde genauso wenig diese Verantwortung haben wollen.«

Sie nickt. Rollert ihr wildes Muster auf die Wand.

»Es tut mir nur leid für Fabian«, sage ich leise zu dem Pinsel in meiner Hand. »Weil er so lange auf etwas gewartet hat, von dem ich hätte wissen müssen, dass ich es ihm niemals geben kann.«

»Du wusstest es ja nicht wirklich.«

»Aber ich habe es geahnt. Das ist schlimm genug.«

# Kapitel 12

Wir haben uns ordentlich mit Mückenspray eingesprüht, bevor wir aufgebrochen sind. Ich trage ein langärmliges kariertes Hemd über dem Top und meine Yogahose, mit der ich normalerweise nur für Tai Chi im Park das Haus verlasse.

Diesmal gehen wir Richtung Ort. An seinem Haus lehnt Elias an der Fassade, er lächelt, als er uns sieht.

»Kommst du mit?«, frage ich etwas überrascht.

»Ja. Genau genommen nicht nur ich.«

Die Haustür öffnet sich, Mia tritt heraus. »Hab sie gefunden«, sagt sie, dann bemerkt sie uns und lächelt. »Ich hab neue Gummistiefel. Hat Oma mir gekauft.« Blau-lila Gummistiefel mit Elsa aus *Die Eiskönigin* drauf.

»Sehr hübsch«, sagt Siegfried, auch wenn ich mir sehr sicher bin, dass *Die Eiskönigin* nicht unbedingt sein Stil ist. »Hast du sie selbst ausgesucht?«

»Nein. Aber sie sind trotzdem schön.« Sie reicht Elias ihre Hand, die er in seine nimmt, dann laufen wir los.

»Elias begleitet mich manchmal«, sagt Siegfried, ohne zu erklären, warum. Ein kurzes Gefühl von Eifersucht sticht in meiner Brust, doch ich ignoriere es, weil es albern ist zu befürchten, Elias wolle mir meinen Großvater wegnehmen, den ich jahrzehntelang nahezu vergessen habe.

Die mit Einfamilienhäusern und Gärten gesäumte Straße verläuft sich recht bald im Wald. Wir nehmen einen Weg nach links, kommen an einem Fußballfeld vorbei, an dem wir abbiegen, einen schmaleren Weg hinunter, bis wir auf Wasser treffen.

Wir folgen dem Fluss, der Schwärze, tiefer in den Wald hinein. Trotz des Sprays fallen die Mücken über uns her, das Festmahl der Woche. Normalerweise bin ich bei den Biestern nicht so beliebt.

»Seit wann machst du das eigentlich? Das mit den Bibern, meine ich«, frage ich meinen Großvater, während ich versuche, mich den teilweise zugewucherten Weg entlangzukämpfen. Der Fluss liegt eingebettet zwischen der Böschung wie in einem kleinen Tal und mäandert gemächlich durch den Wald, ungestört fast. An einigen Stellen ist der Boden modrig. Manchmal hüpfen Frösche, aufgescheucht von unseren Schritten, ins Wasser.

»Seit einer Weile. Deine Großmutter ist, ungefähr ein Jahr nachdem ich in Rente gegangen bin, gestorben. Auf einmal hatte ich sehr wenig zu tun, und im Haus war es sehr einsam. Im Wald nicht.«

Wir laufen hintereinander. Siegfried geht in der Mitte, als müssten wir auf ihn aufpassen, hinter ihm läuft Mia und zum Schluss Elias. Immer wieder bleiben wir stehen, wenn sie etwas findet, das sie sich anschauen will, ab und zu fragt sie Siegfried, was das für Pflanzen sind, die uns umgeben. Vielleicht merkt sie sich ein paar Dinge sogar, so wie ich mir damals Dinge gemerkt habe. Die Form eines Ahornblatts. Wie ein Eichelhäher klingt. Wie Bäume atmen.

»Der Wald und die Biber haben mich motiviert, möglichst oft hinauszugehen«, sagt Siegfried. »Ich habe, nachdem deine Großmutter gestorben ist, die Tage hauptsächlich mit Lesen verbracht und manchmal im Garten gearbeitet. Zusammen sind Rituale etwas anderes als allein. Dann hatte ich den Herzinfarkt und eine Bypass-OP. Die Ärzte haben mir unbedingt zu mehr Bewegung geraten.«

»Das wusste ich nicht. Dass du einen Herzinfarkt hattest, meine ich.«

»Konntest du auch nicht. Zum Glück war es nur ein kleiner, und ich bin rechtzeitig ins Krankenhaus gekommen. Nach der Reha habe ich angefangen, wieder mehr in die Natur zu gehen. Ich habe vorher gar nicht gemerkt, wie sehr mir das hier alles gefehlt hat.«

Hinter uns flüstert Mia Elias etwas zu, er antwortet mit einem leisen Lachen.

»Durch ehemalige Kollegen habe ich auch erfahren, dass für den Landkreis noch Biberberater gesucht werden, also habe ich mich gemeldet und den Kurs besucht. Jetzt bin ich ganz offiziell Experte.«

Ich sehe sein Lächeln nicht, aber es klingt in seinen Worten nach. Wir bleiben stehen. Mia beobachtet ein paar Laubfrösche am Uferrand, doch als sie einen auf die Hand nehmen will, springt er davon.

»Können wir zu Hause auch Frösche haben, Elias?«

»Du kannst doch immer welche sehen, wenn du in den Wald gehst.«

Sie steht wieder auf. »Aber das sind nicht meine.«

»Dafür sind sie frei.«

Ihr Blick wird ernst, dann nickt sie, als würde sie das wirklich verstehen, den Unterschied zwischen Eingesperrtsein und Freisein. Wer weiß, vielleicht tut sie das tatsächlich.

»Was hast du in dem Kurs gelernt?«, frage ich, als wir weitergehen. »Und was genau hast du für Aufgaben?«

»Sehr viel über den Biber an sich und seine Lebensweise natürlich. Man muss sich mit den gesetzlichen Bestimmungen im Umgang mit dem Biber auskennen und die Naturschutzbehörde unterstützen, wenn Probleme auftreten. Und auch entsprechende Präventionsmaßnahmen vorschlagen. Revierbeobachtungen sind wichtig, um die Veränderungen der Habitate im Blick zu behalten und zu schauen, wie viele Tiere in welchen Gebieten leben. Das kann man natürlich immer nur schätzen. Es kann schon mal vorkommen, dass ich stundenlang an einer Stelle sitze und warte, bis sich ein Tier oder mehrere blicken lassen. Und ich lese die Spuren, die sie hinterlassen, also zum Beispiel Fraßspuren und Reviermarkierungen.«

Der Pfad am Ufer entlang wird unwegsamer. Zwischen Matsch und Gebüsch und Mückenheeren entsteht fast eine Art Dschungelgefühl. Immer wieder blicke ich mich um, um sicherzustellen, dass die anderen noch da sind.

»Hier«, sagt Siegfried plötzlich. Er bleibt stehen und deutet auf den Berg aus Zweigen und Holzteilen, der auf der anderen Seite nah am Ufer aufgehäuft ist.

Das ist dann wohl die Biberburg. Sie ist nicht ganz so groß, wie ich sie mir vorgestellt habe, wirkt aber gleichzeitig kurios und beeindruckend. Irgendwie erwarte ich, dass gleich in der Nähe eines der Tiere auftauchen wird, doch natürlich geschieht das nicht. Es ist noch zu früh für sie, um ihre Burg zu verlassen. Außerdem haben sie uns sicher längst gehört.

»Biber sind übrigens monogam«, sagt Siegfried. »Meistens leben sie in Familienverbänden, aber es gibt auch Reviere, die nur von Paaren oder einzelnen Tieren bewohnt werden. Im Frühjahr bekommen sie Nachwuchs. Der bleibt zwei Jahre bei seinen Eltern. Die älteren Geschwister kümmern sich dann im Folgejahr mit um die ganz Kleinen.« Er lächelt, als er, nur kurz, fast zufällig zu mir sieht. »Sie besorgen ihnen Nahrung. Am Anfang besteht die hauptsächlich aus krautigen Pflanzen.

Die Jungen haben noch nicht die Darmflora, die es braucht, um auch Gehölze zu verdauen. Die müssen sie sich erst aneignen, so wie sie auch erst das Schwimmen lernen müssen. Aber Biberkinder sind genauso neugierig wie die meisten Menschenkinder.« Er zwinkert Mia zu. »Wenn sie zu früh den Bau verlassen, werden sie von den Eltern oder älteren Geschwistern zurück in die Burg gebracht.«

Die Burg. Sein großes Haus voller leerer Zimmer, in denen niemand lebt. Keine Frau, keine Kinder, keine Enkelkinder.

»Ich habe keine Geschwister«, sagt Mia.

»Hättest du gern welche?«, frage ich.

Sie schaut mich an, scheint ernsthaft über die Frage nachzudenken. »Ich hätte gern jemandem zum Spielen, aber Geschwister sind Babys. Mit Babys kann man nicht spielen.«

»Am Anfang nicht, das stimmt. Sie werden aber älter, und dann kann man schon mit ihnen spielen.« Dass sie, selbst wenn Isabel jetzt sofort schwanger werden würde, ungefähr zehn wäre, bis sie etwas mit dem Geschwisterchen anfangen könnte, verschweige ich.

»Ich spiele lieber mit Rose. Oder mit Matteo.«

Aus seinem kleinen Rucksack holt Elias eine Kamera. Er fokussiert auf Mia, wie sie am Ufer steht und auf das Wasser blickt, dann auf die Biberburg. Ob er das häufiger macht, wenn er mit Siegfried in den Wald geht? Momentaufnahmen der Umgebung?

»Wusstest du, dass Biber ihre Geschwister immer erkennen, auch dann, wenn sie sich vorher noch nie getroffen haben?«, fragt Siegfried Mia, die daraufhin den Kopf schüttelt. Ich bin nicht sicher, ob sie sich das vorstellen kann. Kinder, die ihre Eltern verlassen und niemals zurückkommen. Doch dann wird sie von einer Hummel abgelenkt, die ein Stückchen von uns entfernt im Wasser zappelt, und versucht, sie mit Elias' Hilfe zu retten.

»Am Geruch?«, frage ich.

»Genau. Mit etwa zwei Jahren verlassen die Biber ihr Zuhause und suchen sich ein eigenes Revier und einen Partner. Manchmal«, er senkt leicht die Stimme, »sterben Tiere durch Revierkämpfe. Allerdings bekommen Biberpaare auch weniger Nachwuchs. Meist sind es sowieso nur zwei, drei Tiere pro Wurf. Dadurch regulieren sich Biberpopulationen selbst.«

Elias macht ein Foto von Mia, während sie das Blatt mit der nassen Hummel vorsichtig in der Hand hält und damit ein Stück vom Wasser weggeht. Auf einem Baumstamm setzt sie es ab.

»Kann sie noch fliegen?«, fragt Mia meinen Großvater.

»Ja, bestimmt. Aber sie wird ein bisschen Zeit brauchen.«

Wir laufen weiter durch das schwierige Gelände, doch bald schon öffnet sich der Wald nach rechts zu einem Weg, der uns vom Wasser und den Mücken fortführt.

Wir setzen uns auf einen umgestürzten Baum, Elias verteilt Müsliriegel und reicht Mia eine Trinkflasche. Zwischen den Heidelbeersträuchern glitzern Spinnweben in der Sonne, und die Kiefernzapfen, die sich in der Sommerwärme öffnen, lassen den ganzen Wald knistern. Hundert, zweihundert Meter entfernt rattert ein Güterzug vorbei. Großvater holt Lakritz, seine Lieblingssüßigkeit, aus seiner kleinen Ledertasche und reicht uns die Dose weiter. Ich habe schon seit Ewigkeiten kein Lakritz mehr gegessen.

»Hast du Frösche zu Hause?«, fragt Mia mich.

»Nein. Ich habe mit zwei Wellensittichen zusammengewohnt, aber die sind auch nicht wirklich meine.«

»Rose hat auch Wellensittiche.« Mia rückt näher an mich

heran, als würde sie mir ein Geheimnis erzählen wollen. »Du kannst mal mit mir mitgehen und sie dir angucken. Sie sehen aber beide gleich aus.«

»Rose kann sie bestimmt auseinanderhalten, oder?«

»Ja.« Mia steckt sich das zweite Stück Lakritz in den Mund. Ihre Beine zappeln unruhig, offenbar will sie weiter. Schon lässt sie sich von dem Baumstamm gleiten und begutachtet einen Ameisenhügel, auf dem Hunderttausende der kleinen Tiere lebhaft in scheinbarem Chaos herumwuseln.

Als auch wir Erwachsene so weit sind, beginnen wir den Rückweg. Aufgeregt deutet Mia auf ein Reh, das wir mit unserer Unterhaltung aufschrecken und das ein ganzes Stück entfernt von uns davonspringt, und fragt dann, ob sie ein Kaninchen haben darf, wenn Frösche nicht gehen.

»Das kann bei uns im Garten wohnen«, sagt sie. »Dann ist es nicht eingesperrt.«

»Aber es könnte wegrennen.« Elias macht ein Foto von Mia, während sie darüber nachdenkt.

»Matteo hat drei Kaninchen. Die wohnen in einem Haus, aber bei ihm in der Wohnung. Wir können meinem Kaninchen auch ein Haus kaufen.«

Hilfe suchend blickt Elias zu Siegfried, doch der zuckt mit den Schultern. »Zumindest draußen habt ihr genug Platz für ein Gehege und einen Stall. Und es ist gut für Kinder, mit Tieren aufzuwachsen«, sagt er leise.

»Hattet ihr nicht früher einen Hund?« Nur dunkel erinnere ich mich an Erzählungen meines Vaters und an ein paar Fotos von dem zotteligen Mischling.

»Ja. Er gehörte eigentlich Christels Vater, aber nach seinem Tod haben wir den Hund genommen. Philipp hat ihn sehr geliebt.«

»O ja, ich will einen Hund haben!« Abwartend blickt Mia Elias an.

»Nein, das geht wirklich nicht. Ein Hund ist zu viel Arbeit.«

»Ich kümmere mich auch um ihn. Ich kann ihn füttern und mit ihm spielen.«

Eine Diskussion entbrennt, die fast den gesamten restlichen Rückweg andauert. Wieso hatte ich eigentlich nie Haustiere? Mein Vater hätte bestimmt gern wieder einen Hund gehabt. Aber wahrscheinlich hatte meine Mutter keine Lust auf die Arbeit und den Dreck. Das hat sie zumindest später, nach der Hochzeit mit Sören, immer wieder gesagt. Dass Haustiere Schmutz hereinschleppen und dass sie Dinge kaputt machen, und außerdem muss man immer jemanden finden, der sich um sie kümmert, wenn man in den Urlaub fahren will.

Ich mag, wie die Sonne auf Mias sommerblondem Haar leuchtet. Ich mag den Geruch des Waldes nach Holz und Erde und Moos. Ich mag diese Momente, die den Tag dekorieren, Momente, die man nicht immer bemerkt, die aber alles schöner machen. Früher hatte ich das nicht so oft. Momente, die den Tag gestalten.

Es ist schon fast halb acht, als wir wieder in Spechthausen ankommen, längst Zeit für Mia, ins Bett zu gehen. Morgen hat sie ihren ersten Schultag, über den sie aber kaum gesprochen hat, als hätte sie das selbst vergessen. Wir verabschieden uns voneinander, dann gehen Großvater und ich zu seinem Haus zurück. Dieses große Haus mit den leeren Zimmern, in denen niemand wohnt.

## Kapitel 13

Vor Elias' und Isabels Nachbarhaus hockt Steffi hinter einer Zierquittenhecke und zupft Unkraut aus dem Boden.

»Guten Abend«, sage ich.

Sie blickt auf, lächelt mir zu. »Guten Abend«, erwidert sie, bevor sie sich wieder ihrer Arbeit widmet.

Elias öffnet, nur wenige Sekunden nachdem ich geklingelt habe, die Tür. Isabel winkt mir aus dem Flur heraus kurz zu, bevor sie auf der Treppe nach oben verschwindet, aber Mia schlüpft an Elias vorbei nach draußen.

»Ich habe ein Malbuch bekommen«, sagt sie stolz und hält mir das Heft entgegen. Die aufgeschlagene Seite ist bereits bearbeitet, ein Piratenschiff mit Seeräubern inklusive Papagei, der auf der Reling hockt. Mia scheint die vorgedruckten Linien eher als grobe Hinweise denn als Grenzen für die Farben interpretiert zu haben.

»Das sieht toll aus, schön bunt. Hast du das in der Schule bekommen?«, frage ich.

»Ja, von Frau Richter. Das ist meine Lehrerin.«

»Wie war denn dein erster Schultag?«

»Wir haben Eis gegessen.«

Bevor sie zu einem längeren Bericht ansetzen kann, schiebt Elias seine Nichte ruhig, aber bestimmt wieder ins Haus. »Du kannst Alina ein anderes Mal alles erzählen. Jetzt gehst du nach oben und lässt dir von deiner Mama die Zähne putzen.«

Mia will widersprechen, überlegt es sich dann jedoch anders und rennt die Treppe hoch.

Elias zieht die Haustür hinter sich zu. »Sie ist ziemlich aufgeregt, deshalb ist sie noch nicht im Bett.« Er lächelt verhalten, kaum mehr als die Andeutung angehobener Mundwinkel, die weggebrannt wird, als die Abendsonne auf sein Gesicht trifft.

»Neu in die Schule zu kommen, ist ja auch aufregend. Hauptsache, sie fühlt sich wohl.«

»Das wird sich zeigen.«

»Wo lang?«

Wir laufen den Weg, den wir gestern gegangen sind, biegen aber nicht zum Sportplatz ab, sondern joggen in entspanntem Tempo geradeaus weiter und passieren eine Schranke. Hier ist der Weg breit, breit genug für Forstwagen, also auch breit genug, um nebeneinander zu laufen.

»Hat sie eine nette Klasse?«, versuche ich es erneut.

Mehr als ein Ja bekomme ich allerdings nicht, also lasse ich den Small Talk. Wir laufen schneller als Freitagnacht, aber nicht so schnell, dass es sofort anstrengend wird.

Der Sauerstoff rauscht durch meinen Körper, dringt in jede Zelle und lädt sie auf, als würde ich mich von innen heraus neu aufbauen. Ein anderer Mensch werden. Joggen auf Waldwegen ist wie Schweben, ein Dahingleiten durch eine Welt, die voller Geheimnisse ist.

»Ich habe gelogen«, sagt Elias. Seine plötzlichen Worte reißen mich aus meiner Kontemplation.

»Mias Klasse ist nicht nett?«

»Nein. Also, doch. Soweit man das nach einem Tag beurteilen kann. Ich meinte das mit dem Joggen. Ich gehe nicht zweimal die Woche. Das habe ich nur gesagt, weil ich sportlich rüberkommen wollte. Eigentlich schaffe ich es nicht mal einmal die Woche, weil ständig etwas dazwischenkommt. Ich bin zu müde von der Arbeit, oder Mia möchte, dass ich ihr vorlese, oder ich entdecke ein neues Hobby und will viel lieber das machen.«

»Was für Hobbys hast du denn?«

»Ach, verschiedene.«

»Nun sag schon. Oder ist es was Peinliches wie Pornohefte sammeln?«

Er lacht tatsächlich, jedenfalls ein bisschen und wahrscheinlich nur aus Höflichkeit, doch ein höfliches Lachen ist besser als gar keins. Jedenfalls bei Elias. »Leider bin ich jemand, der gern neue Dinge ausprobiert, sie aber schnell wieder aufgibt.«

»Zum Beispiel?«

»Zum Beispiel Holzarbeiten. Ich habe genau ein Vogelhäuschen für den Garten gebaut und dann das Interesse verloren. Danach kam ... Hm, lass mich überlegen.«

Vor uns erstreckt sich das Gleisbett, eine Schneise quer durch den Wald. Wir biegen nach links ab und laufen parallel zur Bahnstrecke weiter, noch immer nebeneinander, auch wenn der Weg hier etwas schmaler ist als vorher.

»Eine Zeit lang habe ich Kartentricks probiert. Dann mit Mias Keyboard geübt. Neulich habe ich angefangen, Cocktails zu mixen. Vielleicht bleibe ich sogar dabei.«

»Falls du nicht alles allein trinken willst, sag Bescheid. Ich würde mich opfern und deine Experimente probieren.«

»Alle?«

»Auf jeden Fall.«

»Was hast du für Hobbys?«

»Oh. Hobbys?« Die Frage überrascht mich, auch wenn ich nicht sicher bin, ob es die Frage an sich ist oder die Tatsache, dass Elias überhaupt eine stellt. »Ich glaube, ich habe keine

Hobbys. Ein bisschen Sport, mehr habe ich im Alltag zuletzt nicht geschafft. Früher habe ich gern gezeichnet, aber das habe ich schon ewig nicht mehr getan. Sonst nur das Übliche wie fernsehen und lesen. Wobei ich mir auch dafür in Frankfurt zu wenig Zeit genommen habe.«

»Wofür hast du dir Zeit genommen?«

»Hauptsächlich für die Arbeit.« Es kommt mir merkwürdig vor, das zu sagen. Anderthalb Wochen, und schon habe ich sie mir komplett abgewöhnt, diese Arbeit. Ich denke nicht mehr über Kundenwünsche, Termine und Locations nach, checke keine Mails mehr, wie ich es anfangs reflexartig noch getan habe. Inzwischen habe ich sogar das Mailprogramm von meinem Smartphone deinstalliert, um es nicht mehr gewohnheitsmäßig aufzurufen. Langsam, ganz langsam weicht die innere Anspannung, die ich schon als Teil meiner Persönlichkeit begriffen habe. Nur ab und zu tauchen ein paar Menschen oder Orte, mit denen ich beruflich häufiger zu tun hatte, in meinem Bewusstsein auf. Ebenso schnell verschwinden sie auch wieder, als wären sie gebunden an Frankfurt und meine Anwesenheit dort und fänden hier keinen Platz, an dem sie sich einhaken können.

»Ach komm, deine Arbeit kann doch nicht alles sein, was du gern gemacht hast.«

»Wer hat behauptet, ich hätte sie gern gemacht?«

»Hm, niemand. Aus welchem Grund mochtest du deinen Job denn nicht?«

Mit dem Unterarm wische ich Schweiß von meiner Stirn. »Nicht mögen ist vielleicht zu viel gesagt. Es war nur ein Job. Ich habe ihn als Notlösung angefangen und dann behalten.« Mein Atem geht schneller. Ich muss mehr Pausen zwischen den Sätzen lassen, wenn ich mich weiterhin verständlich äußern will. »Es war stressig, und ständig sind irgendwelche Probleme aufgetaucht. Dann wurde ich angemotzt, auch wenn ich nichts dafür konnte, weil meistens irgendjemand für irgendetwas angemotzt wurde. Natürlich war das nicht immer so, sonst hätte ich wohl noch früher gekündigt. Aber ich habe eben doch was ganz anderes gemacht, als ich eigentlich machen will.« Ich werfe einen kurzen Blick in Elias' Richtung. Sein Gesicht ist dunkler als sonst, eine Schattierung von blassem Rot, auch wenn er davon abgesehen noch recht entspannt wirkt. Deutlich weniger angestrengt als ich.

»Was willst du denn machen?«, fragt Elias.

»Tja. Das ist die Frage. Ursprünglich habe ich Ökologie studiert. Mein erster Job war sehr theoretisch, viel Datenanalyse und Beantragung von Fördermitteln. Dann bin ich nach Frankfurt gezogen und hatte dort anfangs auch eine gute Stelle in einem Architekturbüro. Das war vor allem Landschaftskartierung, aber im Zusammenspiel mit ganz unterschiedlichen Bereichen. Im Prinzip haben die Architekten Niedrigenergiehäuser und Glamping-Fertighütten entworfen, und mein Job war es, herauszufinden, wie man die so wenig invasiv wie möglich in bestehende Landschaften integrieren kann. Ich habe viel gelernt, es war ein tolles Büro.«

»Wieso hast du aufgehört?«

»Ich musste. Die Inhaber haben die Firma aus persönlichen Gründen verkauft, und die neuen Geschäftsführer haben mich nicht übernommen. Wer als Letztes kommt, geht als Erstes. So was. Danach habe ich lange nichts gefunden und dann aus der Not heraus eben etwas ganz anderes angefangen.«

»Was würde dich denn jetzt am meisten interessieren?«

»Ich weiß es nicht. Darüber habe ich noch nicht wirklich nachgedacht. Vielleicht Forschung?«

»Biberforschung?«

»Zum Beispiel.«

Er lächelt, als sein Blick mich streift, bevor er sich wieder auf den Weg konzentriert. »In Eberswalde gibt es eine Hochschule mit ökologischer Ausrichtung. Dort hat Siegfried früher gearbeitet.«

»Ja, ich weiß.«

Wir biegen ab auf einen Weg, der erst etwas weiter in den Wald führt und dann nach links zurück in die Richtung, aus der wir gekommen sind. Die hohen Bäume schirmen die untergehende Sonne ab, nur ab und zu funkelt sie zwischen dunklen Stämmen hindurch. Ihr orangefarbenes Licht malt eine verträumte, fast märchenhafte Atmosphäre.

»Nun hast du ja Zeit, noch mal von vorn zu überlegen und etwas Neues anzufangen«, sagt Elias.

»Neues Haus, neuer Job, neuer Freund?«

»Vielleicht.« Obwohl er nur dieses eine Wort sagt, bekommt seine Stimme einen anderen Ton, der für einen winzig kurzen Moment ein Kribbeln auf meiner Haut auslöst.

Unser Schweigen hat etwas Vertrautes, eine Verbindung über unsere gemeinsame Anstrengung hinweg. Den Rest des Weges reden wir kaum noch, nur hier und da vereinzelte Satzfetzen. Als wir den Wald verlassen, hören wir auf zu rennen. Stattdessen gehen wir nebeneinander auf dem Fußweg, der die Kopfsteinpflasterstraße hinunter zu Isabels und Elias' Haus führt, während das Abendlicht langsam verblasst.

»Nächste Woche, selbe Zeit?«, frage ich, als wir das Haus fast erreicht haben. Ich versuche, scherzhaft zu klingen, weil ich mir sicher bin, dass das heute eine Ausnahme war. Er wird diese Zeit für sich, seine Familie und seine Hobbys brauchen.

Er nickt. »Vielleicht übermorgen?« Sein Lächeln ist wie eine Umarmung, auch wenn wir uns nur mit ein paar Worten voneinander verabschieden, bevor ich mich abwende und dem Weg zu Großvaters Haus folge. Ich habe das Bedürfnis, mich umzudrehen, um zu überprüfen, ob er mir nachschaut. Natürlich tue ich das nicht oder erst als ich auf den Weg zu Großvaters Haus abbiege, doch Elias steht nicht mehr auf der Straße.

Eine Radfahrerin kommt mir entgegen, jung mit Rastas, sie lächelt mir freundlich zu und begrüßt mich, als würden wir uns kennen.

Aus dem Hühnerstall dringt leises Scharren. Für einen Moment bleibe ich stehen, lasse den Blick durch den dämmrigen Garten schweifen. Es fällt mir schwer, nicht ständig zu sehen, was alles erledigt werden müsste. Zeug, das herumliegt, teilweise sicher noch aus Zeiten, bevor Großvater das Grundstück gehörte. Für die ebenerdigen Beete, wie zum Beispiel das mit Kartoffeln und Kohlrabi, sollte man eine automatische Bewässerungsanlage installieren, damit Siegfried nicht jeden Tag den ganzen Garten per Hand bewässern und sprengen muss. Dazu kommt der Grundstückszaun, durch dessen Lücken das eine oder andere Huhn manchmal in Nachbargrundstücke abhaut. Meine Liste wird mit jedem Tag länger statt kürzer.

Das Licht aus den Wohnzimmerfenstern bestäubt den Rasen mit einem goldgelben Schimmer. Durch das Fenster sehe ich Siegfried, der in seinem Lesesessel sitzt, ein Buch auf dem Schoß. Normalerweise läuft um diese Zeit der Fernseher.

Ich betrete das ansonsten dunkle Haus. Der Geruch der Spiegeleier, die Großvater uns zum Abendessen gemacht hat, hängt noch in der Luft. Eier von Hühnern aus dem eigenen Stall, was für ein Luxus. Sonst esse ich nur selten welche.

»Deine Mutter hat angerufen«, sagt Siegfried, als ich das Wohnzimmer betrete.

»Wie? Hier?«

»Ja, hier.«

»Woher hat sie deine Nummer?«

»Es ist noch dieselbe wie früher. Offenbar hat sie sie aufgehoben.«

»Was hat sie gesagt?«, frage ich vorsichtig. Eigentlich müsste ich duschen gehen, doch eine schwere Müdigkeit drängt in meine Glieder, die mich dazu bewegt, mich auf das Sofa fallen zu lassen und die Beine auszustrecken.

Siegfried steht auf und kommt zu mir, um sich auf den anderen Sessel zu setzen. Einer in seinem Erker, einer vor dem Fernseher, einer hier beim Sofa. Wahrscheinlich wandert er auch sonst in diesem Raum umher.

»Wir haben nur kurz gesprochen«, sagt er. »Sie wollte wissen, ob du noch hier bist, weil sie dich nicht erreichen konnte.«

Mein Handy liegt oben auf dem Stuhl neben dem Bett. Möglicherweise liegt es dort schon seit ein paar Tagen, ich habe es seit einer Weile nicht mehr benutzt. Wenn ich morgens aufstehe, merke ich am Licht, wie spät es ungefähr ist, außerdem will ich lieber gar nicht erst wissen, wer versucht hat, mich anzurufen.

»Was hast du ihr gesagt?«

»Dass du noch hier bist. Hätte ich etwas anderes sagen sollen?«

»Nein. Nein, schon okay. Solange sie nicht herkommt.«

»Sie hat gefragt, ob sie das machen soll.«

»Was?« Erschrocken richte ich mich auf. »Du hast sie hoffentlich abgewimmelt, oder?«

»Ich habe ihr gesagt, dass das nicht nötig ist. Ist es doch nicht?« Eine zweite Frage liegt unter der, die er ausspricht.

»Nein, es ist nicht nötig. In den letzten Jahren ist sie sehr … anhänglich geworden. Kaum dass ich ausgezogen bin, hat sie sich daran erinnert, dass sie ja meine Mutter ist.«

»Ist das etwas Schlechtes?«

Ich drehe mich so, dass ich gegen die Rückenlehne sinke. Wenn Fabian nicht zu Hause war, habe ich die Füße mit Vorliebe auf dem Couchtisch abgelegt, was er nicht leiden konnte, weil man bei seinen Eltern solche Dinge auch nicht macht. Nicht mal frisch geduscht mit sauberen Socken an. Was mein Großvater von dieser Angewohnheit hält, finde ich lieber ein anderes Mal heraus. »Es ist nur ungewohnt«, erwidere ich ausweichend. »Ich hatte zu Papa immer das bessere Verhältnis. Als er gestorben ist, hat sich daran nicht viel geändert. Ich weiß nicht, woher diese Überfürsorge plötzlich kommt, aber ich bin einfach zu alt für sie. Mama versteht das nur leider nicht.«

Großvater nickt, nicht wirklich überrascht. »Es ist immer schwierig, wenn die Kinder das Zuhause verlassen. Das war es für uns auch, als dein Vater ausgezogen ist.«

»Wie war er so? Als Kind, meine ich?«

»So ähnlich wie als Erwachsener.«

Das überrascht mich kaum. Ich kenne wenige Erwachsene, die so leidenschaftlich Verstecken spielen, wie mein Vater das früher getan hat. Oder sich Puppentheater ausdenken oder Wettrennen veranstalten, sogar gebastelt hat er mit mir, etwas, das meine Mutter gehasst hat. Und die abendlichen Geschichten. Vorgelesen hat er nicht so oft, aber er hat mir selbst ausgedachte Märchen erzählt, die nie dieselben waren. Jedes Mal hat er etwas daran verändert, die Handlung verschoben, Figuren hinzugefügt oder weggelassen. Er hatte eine sehr ruhige Erzählstimme, ein bisschen tief, aber nicht unheimlich tief, und jede Figur hatte einen ganz eigenen Ton. »Es war immer was los, wenn er zu Hause war«, sage ich leise.

»Das kann ich mir gut vorstellen. Er hat dich sehr geliebt.«

Er versucht sich an einem Lächeln, aber seine Aufmerksamkeit gleitet davon. Was ist wohl schlimmer? Als Kind seinen Vater zu verlieren oder als Erwachsener seinen Sohn, wenn man doch eigentlich derjenige ist, der als Erstes gehen sollte? Das Schicksal hält sich nicht an ungeschriebene Regeln, es wütet, wo es wüten will, und verteilt seine schwarzen Karten mit vollen Händen. Fünf Jahre nach meinem Vater ist meine Oma gestorben.

»Manchmal sehe ich ihn, besonders abends, bevor ich schlafen gehe«, fährt Siegfried fort. »Ich weiß natürlich, dass er nicht wirklich da ist. Aber trotzdem steht er dann vor mir, als Zehnjähriger, und freut sich über die elektrische Eisenbahn, die er zum Geburtstag bekommt. Christel und ich haben lange dafür gespart. Als Erwachsener taucht er nur selten auf.«

»Was macht er noch, wenn du ihn siehst?«

»Nichts Besonderes, nur ganz Alltägliches. Mal läuft er einfach durch das Haus oder sitzt auf dem Sofa und isst Eiscreme aus seiner Lieblingsschüssel. Dann ist er wieder fünfzehn und frühstückt ein Brötchen. Er war selbst in der Pubertät recht unkompliziert. Ich weiß nicht, woher er seine Fröhlichkeit genommen hat. Er ist mit ihr aufgewacht und mit ihr schlafen gegangen.«

»Wieso hattet ihr nicht mehr Kinder?«

»Wir wollten nicht.« Er räuspert sich. »Philipps Geburt war sehr schwierig. Sie hat lange gedauert, und deiner Großmutter ging es danach eine ganze Weile nicht besonders gut. Sowohl körperlich als auch psychisch. Heute redet man mehr darüber, aber damals hat man Depressionen nach der Geburt eines Kindes nicht thematisiert. Es hat lange gedauert, bis Christel sich wieder besser gefühlt hat. Wir haben gemeinsam beschlossen, dass uns ein Kind reicht.«

So viele Dinge werden einem nie erzählt, wenn man noch

ein Kind ist. Vielleicht war meine Großmutter anders, früher, vor all dem, aber ich erinnere mich hauptsächlich an ihre strenge Seite. Ich habe mir nie Gedanken darüber gemacht, mit welchen Dämonen sie zu kämpfen hatte. Erwachsene sind leere Blätter, wenn man sie aus Kinderaugen betrachtet, sie besitzen keine Vergangenheit, keine Ängste. Wahrscheinlich weil die eigenen Ängste groß genug sind.

»Ich muss mit Mama über die Briefe sprechen, und das will ich gerade noch nicht«, sage ich. »Deshalb habe ich mich nicht bei ihr gemeldet.«

»Bist du dir sicher, dass du diese alten Dinge aufrühren willst?«

»So einiges könnte heute ganz anders sein, wenn ich eure Briefe bekommen hätte. Was auch immer Sören für Gründe gehabt hat, mir den Besuch bei euch zu verbieten, wenigstens zu Omas Beerdigung hätten wir fahren müssen. Ich hätte kommen wollen.«

»Du warst erst dreizehn oder vierzehn.«

»Das macht keinen Unterschied.« Müde strecke ich mich auf dem Sofa aus. Die Decke ist weiß, sieht aber in dem künstlichen Lampenlicht gelblich und ein bisschen grau aus, genauso müde, wie ich mich fühle.

»Die Vergangenheit lässt sich nicht ändern, Alina. Sie ist bereits geschehen. Vielleicht würde deine Mutter jetzt andere Entscheidungen treffen.«

»Das ist doch keine Entschuldigung. Sie hätte mir ja auch später von den Briefen erzählen können, aber sie hat es nie getan. Sie glaubt wahrscheinlich, dass die Sachen, über die wir nicht reden, einfach nicht da sind.« Vielleicht würde Fabian genau dasselbe über mich sagen. Der Gedanke trifft mich unvorbereitet. »Ich muss sie trotzdem anrufen, oder?«, frage ich und blicke zu Siegfried, der nur kaum merklich nickt, weil meine Frage keine wirkliche Frage war. »Habt ihr euch immer alles erzählt? Oma Christel und du?«

Er lächelt sehr sanft, mit diesem Schimmer in den Augen, den er bekommt, wenn seine Gedanken in die Vergangenheit gleiten. »Alles wohl nicht, aber ich denke, wir haben uns das allermeiste erzählt. Wir haben uns gegenseitig ernst genommen. Ich denke, das ist sehr wichtig, wichtiger als alle romantischen Vorstellungen über das Miteinander, die man so hat, weil es die Grundlage dafür ist, sich aufeinander verlassen zu können.«

»Mir kommt das manchmal unmöglich vor, jemanden zu finden, mit dem alle wichtigen Dinge funktionieren.«

»Das ist auch unmöglich. Ohne Kompromisse geht es nicht. Christel wäre gern viel häufiger verreist, aber ich mochte das nicht. Fremde Orte machen mich nervös. Dafür hatten wir beide früher keine Hühner.«

Hinter den Fenstern sammelt sich die Dunkelheit. Der Garten und das Verreisen, das Zuhause und die Welt. Manche Kompromisse sehen von außen so groß aus, unüberwindbar.

»Wie habt ihr das geschafft? Oma und du?«

»Wir haben uns arrangiert.« Er gähnt. Ich halte ihn hier unten fest, dabei ist es Zeit, schlafen zu gehen.

»Vielleicht hast du recht«, sage ich leise. »Damit, dass meine Mutter jetzt andere Entscheidungen treffen würde.«

Er lächelt, bevor er sich auf den Sessellehnen aufstützt und hochstemmt. »Das kannst du morgen klären.« Langsam verlässt er das Zimmer, doch ich bleibe noch ein bisschen auf dem Sofa sitzen. Höre das Wasser der Toilettenspülung durch die Leitungen rauschen. Die Badtür oben. Schritte. Die Tür von Siegfrieds Schlafzimmer, als die Falle ins Schließblech schnappt.

Dann wird es still. So still, dass nur das schwache Rauschen in den Ohren bleibt, sonst nichts.

Ich schließe die Augen, schwebe in dem Moment.

In der Wohnung, in der ich mit Fabian gewohnt habe, war es nie so leise. Dort waren Nachbarn, Fernseher, Stereoanlagen, dazu Autos und Menschen auf den Straßen, der Wind, Fabian selbst. Hier zu sitzen und der Abwesenheit von Geräuschen zu lauschen ist, als würde ich einer Blume beim Wachsen zusehen. Etwas wird größer, um mich herum, in mir selbst. Ich löse mich in den Wänden und Böden und Decken dieses Hauses auf, umarme es wie einen vermissten Freund, der lange auf mich gewartet hat. Wir lauschen unserem Herzschlag, das Haus und ich.

Endlich öffne ich die Augen. Siegfried schläft wahrscheinlich schon, doch unsere Unterhaltung ist noch hier, eine Unterhaltung, in der viel offen geblieben ist, weil wir beide nicht wissen, wie wir die vergangene Zeit in Worte fassen sollen. Also hängen sie hier, diese losen Gedanken, die angerissenen Themen, bis wir wiederkommen und sie weiterspinnen, und irgendwann haben wir vielleicht alle zu Ende besprochen. Irgendwann haben wir uns so viel erzählt, dass sich die verpassten Jahre nicht mehr ganz so groß anfühlen.

# Kapitel 14

Ich klingele, mal wieder öffnet niemand. Ein schmaler Weg aus versetzten Natursteinplatten führt um das Haus herum, vorbei an dem Rhododendron, der hier früher schon stand. Wenn ich mich richtig erinnere, trägt er im Frühling violette Blüten. Vor dem Strauch bleibe ich stehen. Jetzt sind die schirmtraubig angeordneten Blüten längst vertrocknet, sodass ich nur schwer dem Drang widerstehen kann, sie abzudrehen, wie ich es als Kind immer gemacht habe. Meine Großmutter liebte diesen Rhododendron. Sie war es, die mir erklärt hat, wie ich die Restblüten am besten entferne und dass ich darauf achten muss, bei dieser Tätigkeit die neuen Knospen, die sich im Folgejahr öffnen würden, nicht zu beschädigen.

Aus dem Garten dringt ein Lachen, hell und weich. Kein Lachen, das ich kenne.

Ich wende mich von dem Strauch ab und folge dem Weg bis zur Rückseite des Hauses. Unter dem Pavillon sitzen Isabel und Elias, bei ihnen eine Frau mit schwarzem Haar, das sie zu einem auf dem Kopf zusammengebundenen Dutt trägt. Gerade gießt Isabel Eistee aus einer Karaffe in Gläser. Mia sitzt auf einer Decke auf dem Rasen, um sie herum verteilt liegen Bücher und Hefte. Sie blickt auf, als ich auf die anderen zugehe. Ich lächele ihr zu, sie lächelt zurück, bevor sie sich wieder auf das Bilderbuch auf ihrem Schoß konzentriert.

»Hallo«, begrüßt mich Isabel.

Elias nickt mir zu, doch sein Blick wirkt abwesend. Sehr aufrecht sitzt er in seinem Stuhl.

»Hallo.« Ich stelle den Eierkarton, den mir Großvater mitgegeben hat, auf dem Tisch ab, fühle mich dabei allerdings wie ein Eindringling. Offenbar hat Elias vergessen, dass wir zum Joggen verabredet sind.

»Ich bin Alina«, wende ich mich an die Fremde mit dem strahlenden Lächeln, um das plötzliche Schweigen zu füllen.

Sie ist sehr hübsch, hohe Wangenknochen, schwarzbraune Augen, glatte weißrosa Haut. »Yuna.«

»Soll ich dir ein Glas holen?«, fragt Isabel und steht zeitgleich von ihrem Stuhl auf.

»Das kann ich doch selbst machen.« Meine Antwort kommt zu spät, sie läuft schon los. Schnell nehme ich den Eierkarton und folge ihr. »Wer ist das?«, frage ich, sobald wir die Küche betreten haben.

»Elias' Ex-Freundin.« Schwungvoll reißt Isabel eine Schranktür auf und holt ein Glas heraus. »Sie ist hier einfach aufgetaucht, diese widerliche Bitch, und weil Mia dabei ist, können wir sie nicht einfach erschießen und im Garten vergraben.«

Ich spähe aus dem Fenster. Yuna scheint zu reden, ihre Hände fahren durch die Luft, sie lächelt. Lässt dieses Lächeln denn nie nach?

»Was hat sie gemacht?«, frage ich vorsichtig. »Elias' Herz gebrochen?«

»Gebrochen, püriert und gefriergetrocknet.« Isabel stellt sich neben mich, die Hände auf dem Rand der Spüle aufgestützt. »Wir sollten ihn nicht zu lange seinem Elend überlassen, deshalb kriegst du jetzt nur die Kurzfassung. Die beiden waren ziemlich genau zwei Jahre zusammen. Kennengelernt auf einer Silvesterparty, direkt die große Liebe, Elias verknallt wie noch nie.

Er verliebt sich normalerweise nicht so schnell. Yuna war ein gutes Gegengewicht zu ihm, sie ist nicht so ernst wie er. Sie hatten auch Gemeinsamkeiten, das Fernweh zum Beispiel, haben sich aber oft ziemlich heftig gestritten. Mia hat Yuna fast genauso sehr geliebt wie Elias, weil sie ihr immer was mitgebracht und sich Zeit für sie genommen hat. Nach zwei Jahren also Heiratsantrag. Elias hat volle Kanne Pläne gemacht. Wir sind zwischendurch in dieses Haus umgezogen. Es war kompliziert, aber er wollte unbedingt, dass es läuft. Sie sollte mit hierherziehen. Jedenfalls hat er Yuna dann mit einem seiner Kumpel im Bett erwischt. Der Klassiker. Er wollte ihr verzeihen, ist aber misstrauisch geworden. Bald danach hat sie ihm gestanden, dass es kein Einzelfall war. Jemanden aufzureißen ist so eine Art Hobby von ihr. Sie hat sogar einen Insta-Account mit Anmach- und Fremdgehtipps. Total schräg, die Frau, weil sie echt nicht so wirkt, als würde sie so was machen. Diese krasse Fassade ist so gut, man glaubt ihr die. Elias hat sich dann natürlich getrennt und ein Jahr unerträglichen Liebeskummer gehabt. Seit einem halben ungefähr geht es ihm wieder gut. Wir konnten sogar über sie reden, ohne dass er in Schockstarre verfallen ist.«

»Und jetzt ist sie hier.«

»Ja. Jetzt ist sie hier. Ohne Ankündigung natürlich, und keiner weiß, wieso überhaupt.«

Elias blickt auf, genau in unsere Richtung, als würde er spüren, dass wir hier stehen und zu ihnen schauen und über sie reden. Andererseits ist das keine Meisterleistung. Wer braucht schon zehn Minuten, um ein Glas zu holen.

»Komm, wir erlösen ihn«, sagt Isabel auch schon.

»Soll ich besser gehen?«, flüstere ich ihr auf dem Weg durch den Garten zu.

»Bloß nicht. Du hilfst mir gefälligst dabei, diese Schlampe möglichst freundlich loszuwerden. Oder du lenkst Mia ab, und ich erledige das mit dem Erschießen.«

Für eine Antwort befinden wir uns schon wieder zu nah am Pavillon. Ich gleite auf den freien Stuhl, versuche ein Lächeln, gieße mir von dem Eistee ein. Die Eiswürfel haben sich bereits aufgelöst.

»Wohnst du auch hier im Dorf?«, fragt Yuna. Sie sitzt aufrecht, mit lässig übereinandergeschlagenen Beinen in einer schwarzen Culotte. Ihre Bluse schmiegt sich eng an ihren Körper. Diese goldgelbe Farbe können vielleicht zwanzig Menschen auf dieser Welt tragen. Sie ist definitiv einer von ihnen.

»Übergangsweise«, antworte ich.

Mir gegenüber sitzt Elias, noch immer mit dem leicht abwesenden Blick, den Kiefer zusammengepresst. Yuna hat ihren linken Arm auf den Tisch gelegt, sodass ihre Hand fast seine berührt.

»Und du bist auf der Durchreise?«

»Kann man so sagen.« Wieder das helle Lachen. Schon rein aus Solidarität würde ich gern denken, dass es künstlich klingt, doch das tut es nicht, im Gegenteil. In seiner Klarheit wirkt es offen und fröhlich, geradezu einladend wie gute Musik auf einer Party, zu der sich die Beine von selbst bewegen. »Ich habe seit einer Weile einen neuen Job und bin beruflich viel unterwegs.«

»Was machst du denn beruflich?«

»Ich bin Vertreterin für Medizintechnik. Heute hatte ich in der Nähe einen Termin und wollte aus reiner Neugierde schauen, ob die drei noch hier in dem Haus wohnen.«

»Das hast du ja jetzt getan«, antwortet Elias betont freundlich, doch das Zittern in seiner Stimme ist unüberhörbar.

Mia blickt auf.

»Ja, habe ich. Nett ist es hier. Der Pavillon ist neu, oder?«

»Ja.« Wieder gießt Isabel Eistee nach, jeweils ein bisschen in Elias', ihr und mein Glas, bis die Karaffe geleert ist.

Was mag wohl jemanden dazu bewegen, sich einfach zu einem Ex-Freund in den Garten zu setzen und so zu tun, als wäre das völlig normal? Ignoranz? Naivität? Ausgeprägter Sadismus?

Ein paar Kinder stürmen in den Nachbargarten. Mia steht auf und läuft an den Zaun, wo sie sich mit einem etwa gleichaltrigen Mädchen unterhält, vermutlich Rose.

»Geh jetzt.« Elias bewegt kaum die Lippen, als er die Worte hinauspresst.

Und dann sehe ich es. Wie sich etwas in Yunas Gesicht verschiebt, oder nein, wie etwas durch diese perfekte Oberfläche schimmert. Für einen winzigen Moment wird mir eisigkalt, doch sofort ist Yunas Lächeln wieder offen und warm. Sie streicht sich an der Schläfe entlang, eine vollendete Bewegung, elegant und trotzdem wie beiläufig. »Ich störe wohl ein bisschen«, sagt sie, noch immer mit diesem Lächeln. »Das tut mir leid. Es war nicht meine beste Idee, einfach so bei euch aufzutauchen.«

Niemand antwortet. Endlich erhebt sie sich, wir stehen alle auf. Sie bedankt sich für den Eistee, bleibt abwartend vor Elias stehen. Als sie ihn umarmen will, tritt er einen Schritt zurück.

»Bis bald.« Ihr Blick ruht auf ihm, doch schließlich wendet sie sich ab und geht allein den Weg um das Haus herum.

»Puh. Das war der furchtbarste Besuch, den wir je hatten.«

Elias wendet sich ab, ohne auf Isabels Kommentar einzugehen, und läuft mit geraden, etwas steif wirkenden Schritten auf das Haus zu.

»Wir geben ihm besser einen Moment«, sagt Isabel. »Ich hätte dir die Geschichte vorhin nicht erzählen sollen. Elias hätte das schon selbst getan, wenn er so weit ist.«

Ich helfe ihr dabei, das Geschirr zusammenzuräumen. Mia ist inzwischen zu den Nachbarn hinübergegangen und hüpft auf deren Trampolin herum. Steffi winkt zu uns herüber, während sie und ein etwas älterer Mann Kuchen und Teller auf einem Tisch verteilen.

»Da ist ja jede Menge los«, bemerke ich, um zu einem anderen Thema zu finden. Noch immer hängt Yunas Parfum in der Luft.

»Irgendein Verwandtenbesuch«, sagt Isabel. »Steffi und ihr Mann haben beide große Familien.«

Mias Bücher liegen noch auf der Decke verstreut. Ich sammele sie ein, betrachte die Buchcover und blättere ein wenig in ihnen herum. Die meisten sind Bilderbücher, ein paar auch mit mehr Text.

»Sie kann schon ganz gut lesen«, sagt Isabel neben mir. »Siegfried hat manchmal mit ihr geübt, weil sie das unbedingt wollte, aber das meiste hat sie sich selbst beigebracht. Ich hoffe, sie langweilt sich in der Schule jetzt nicht.«

»Das glaube ich nicht.« Mit dem Bücherstapel in den Händen und der Decke irgendwie zwischen die Finger geklemmt, stehe ich auf.

»Du kannst die Bücher in Mias Zimmer auf den Schreibtisch legen. Sie räumt sie später weg.«

Von oben dringt Musik. Zögernd bleibe ich am Treppenabsatz stehen und hänge die Decke über das Geländer, bevor ich doch langsam die Stufen erklimme, hinein in Elias' Rückzugsterritorium.

Der Flur ist sehr schön geworden. Das Petrol ist wie erwartet recht dunkel, aber die Bilder hellen alles auf. An einer Wand befinden sich wieder Malereien von Mia, an der anderen Skizzen und Zeichnungen, die Isabel angefertigt hat. Blumen, Formen, manchmal Tiere. Zwischen den Bildern hängt tatsächlich ein großer Spiegel mit Goldrahmen, an dem eine schlichte Lichterkette befestigt ist.

Die Tür zu Elias' Zimmer ist geschlossen, basslastiges Metal dröhnt in den Flur.

Ich husche in Mias perfekt aufgeräumtes Zimmer und lege die Bücher auf dem Schreibtisch ab. Welten schmelzen in diesem Raum ineinander. Die in einfachem Gelb gehaltenen Wände sind teilweise vollgekritzelt. Schulmaterialien liegen sauber gestapelt auf dem Schreibtisch, es gibt eine Stereoanlage, die für ein Kinderzimmer zu komplex wirkt. In einer Ecke steht ein riesiger Teddybär, bunte Bilder hängen an den Wänden und dazu zwei rosafarbene Lichterketten. Als Kind ist man jeden Tag eine andere Person, jemand, der mehr weiß als das Ich, das man am Vortag war, der mehr kann und mehr versteht und gleichzeitig mehr strauchelt.

An einem von zwei vollgestellten Bücherregalen vorbei gehe ich wieder hinaus in den Flur. Elias' Zimmertür steht offen, er selbst ist nicht zu sehen, die Musik hat er anscheinend ausgeschaltet. Eigentlich will ich nicht neugierig sein, aber mein Blick bleibt an den Bücherregalen hängen, so ähnliche wie die, die mein Großvater besitzt. Früher befand sich hier sein Arbeitszimmer, in das er sich immer zurückzog, wenn er seine Ruhe haben wollte. Manchmal durfte ich neben seinem Sessel sitzen, auf einer hellen kuscheligen Decke, auf der mein Vater schon als Baby gelegen hatte, und in meinem Zeichenblock herumkritzeln, während Großvater las, wir redeten nicht viel.

Eine Tür rastet ins Schloss, erschrocken drehe ich mich um.

»Entschuldige, ich wollte nicht ... Ich habe nur daran gedacht, wie das Zimmer früher ausgesehen hat.«

»Schon gut.« Elias' Haare liegen nicht mehr ganz so ordentlich wie vorhin. Vielleicht hat er getanzt, um die Gefühle loszuwerden.

»Musst du bald los zur Arbeit?«

»Ich war schon.«

»Ach ja, richtig.«

Dumme Frage. Immerhin hat er diesen Nachmittag zum Joggen vorgeschlagen, weil er vormittags in der Pizzeria zu tun hatte. Elias und Isabel richten ihre komplizierten Dienstpläne nacheinander aus, immer wieder. Es muss anstrengend sein, so viel zu bedenken, zu organisieren, ineinanderzufügen.

»Ich nehme an, auf Joggen hast du gerade nicht so Lust.«

»Ich weiß nicht. Hilft es?«

»Gegen was?«

»Gegen alles.«

»Ja, Joggen hilft gegen alles. Auch gegen Armut und Bettwanzen.«

»Das habe ich gehofft.« Er geht an mir vorbei in sein Zimmer. Mein Blick fällt auf seinen dunklen Massivholzschreibtisch. Unterlagen liegen darauf verteilt, der Laptop ist aufgeklappt.

»Woran arbeitest du?«

Elias dreht sich um, als müsse er selbst nachschauen. »Ich versuche mich an einem Businessplan. Mit eher mäßigem Erfolg.«

»Darf ich mal sehen?«

»Wenn du willst. Das sind nur deprimierende Zahlen und Prognosen, mit denen ich niemals einen Kredit bekomme.«

Auf den handbeschriebenen Blättern stehen tatsächlich sehr viele Zahlen, dazwischen ein paar Skizzen, ein Van, ein Blumenstrauß, ein Fenster und davor das Meer.

»Gehört das zu deinem Businessplan?« Ich deute auf eine Zeichnung: Strand, zerzauste Palmen, ein Haus.

»Wie mans nimmt.«

Fragend sehe ich ihn an.

»Es ist natürlich nicht Teil des Planes, aber etwas, was mir hilft, wenn ich das Gefühl habe, stecken zu bleiben.« Fast zärtlich streicht er mit den Fingern über die Zeichnung. »Auf meinen Reisen kam ich immer wieder an solchen Häusern vorbei, die abseits vom Rest lagen. Entweder am Strand oder auf Felsen am Meer, auf einem Berg oder im Wald. Ich würde so nicht leben wollen. Das wäre mir zu … Ich weiß nicht.«

»Einsam?«

»Ja.« Kurz sieht er mich an. »Zu einsam. Aber es sind Orte, die man nur entdeckt, wenn man genau hinschaut. Das mag ich.« Langsam löst er den Blick von seiner Skizze.

»So wie bei Großvaters Bibern, die bekommt man auch nur selten zu Gesicht.«

»Genau. Man muss sich schon ein bisschen Mühe geben.«

Ich ziehe den Schreibtischstuhl heran und setze mich darauf. Schaue wieder auf die Zeichnung. »Wie bei Menschen auch«, sage ich leise.

»Vielleicht.« Er neigt leicht den Kopf, den Blick wieder auf die Skizze gerichtet. Plötzlich richtet er sich auf, ein Lächeln, das etwas angestrengt wirkt. »Ich stelle mir manchmal vor, wie es wäre, so einsam und abgelegen zu wohnen. Ich würde es bestimmt nicht lange aushalten, aber es gibt Tage, an denen ich die Idee mag. Ganz besonders dann, wenn mir die Arbeit und mein Leben auf die Nerven gehen. Oder wenn Mia oder Isabel mir auf die Nerven gehen. Das kommt zwar seltener vor, aber manchmal eben schon.«

»Kann ich mir gar nicht vorstellen. Ihr seid so harmonisch miteinander.«

»Wir sind eben aneinander gewöhnt.« Er schiebt die Blätter etwas zusammen und lächelt wieder. »Wovon träumst du, wenn dir alles auf die Nerven geht?«

»Ich?«

»Meinen Laptop habe ich nicht gefragt.«

Ich erwidere sein Grinsen, muss über die Frage allerdings ernsthaft nachdenken. »Gar nicht so einfach zu sagen.«

»Versuch es.«

»Ich glaube, ich habe kein ganz so konkretes Bild, an dem ich mich in solchen Situationen festhalte. Wenn Fabian mich genervt hat, bin ich meistens einfach rausgegangen. Das hat für den Moment gereicht. Aber ja, manchmal habe ich mir dann vorgestellt, wie es wäre, in einem Haus zu wohnen, nicht in der beengten Wohnung. Ein Haus mit großem Garten voller Wild- und Nutzpflanzen. Ich mag es, Dinge wachsen zu sehen, zu beobachten, wie sich ein Lebensraum entwickelt. Ein Garten lässt sich ja nicht komplett zähmen, und in den besten Gärten wachsen ein paar Pflanzen sowieso völlig frei. Da das richtige Gleichgewicht zu finden, also aus dem, was man selbst anlegt, und dem, was die Natur macht, und wie man beides am besten kombiniert, das hat mich schon immer fasziniert. Deshalb habe ich ursprünglich Ökologie studiert. Und weil ich mir vorgestellt habe, dass ich so im Kleinen einen Beitrag leisten kann. Lebensräume erhalten.« Jetzt bin ich diejenige, deren Finger die Konturen der Palmen nachfahren, und für einen albernen Augenblick glaube ich, noch die Wärme von Elias' Hand auf dem Papier zu spüren. »Vor ein paar Monaten habe ich in einem

Podcast gehört, dass Ecuador schon 2008 die Natur als Rechtsperson in der Verfassung verankert hat.« An einer Stelle hat Elias den Kugelschreiber stärker in das Papier gedrückt, ein Krater in dem sonst ruhigen Bild. »Diese Idee mag ich. Die Natur ernst zu nehmen, festzuschreiben, dass nicht jeder mit ihr machen darf, was er will. Nicht dass das automatisch sehr viel mehr bringen würde, was den Umwelt- und Naturschutz betrifft, aber es ist ein Anfang. Und der ist entstanden, weil Menschen sich dafür eingesetzt haben. In den letzten Jahren habe ich mich nur für mich selbst eingesetzt, und das nicht mal besonders gut.«

Die ganze Zeit stand Elias schweigend neben mir. Nun blicke ich zu ihm auf, würde meine Worte gern zurücknehmen, weil sie phrasig klingen und nur anreißen, was ich eigentlich sagen will.

»Es ist nie zu spät, damit anzufangen.«

»Womit?«

»Sich richtig für sich selbst einzusetzen. Und in der Folge dann auch für andere Dinge.«

»Ich fürchte, ich bin nicht so engagiert wie du.«

Jedes Mal ist sein Lächeln ein bisschen anders, jedes Mal erzählt es etwas Neues über ihn. »Wenn ich das richtig verstanden habe, bist du diejenige, die das halbe Haus ihres Großvaters sanieren lassen will, damit er im Winter nicht erfriert.«

»Das tue ich nur, um mein schlechtes Gewissen zu beruhigen.« Eigentlich sollte der Satz scherzhaft klingen, aber die Wahrheit ist ein tückisches Ding, sie schimmert hindurch, egal, wie man sie verkleidet.

»Ich glaube, auf die eine oder andere Weise ist es immer ein schlechtes Gewissen, das uns dazu bewegt, etwas für andere zu tun. Wir tun selten etwas, was uns nicht selbst auch nützt.«

»Du bist schon ein extrem positiver Typ, hm?«

Er zieht einen zweiten Stuhl an den Schreibtisch und setzt sich neben mich. »Glaubst du das etwa nicht?«

Ich schaue wieder auf die Unterlagen vor mir und auf die Strandzeichnung, auf der meine Hand noch immer ruht. »Vielleicht doch. Ein bisschen.«

Kinderschritte holpern die Treppe hinauf, begleitet von fröhlichen Stimmen. Mein Blick fällt auf ein Buch, das ebenfalls auf dem Tisch liegt. *Como agua para chocolate* von Laura Esquivel. Vor Jahren habe ich es mir aus der Bibliothek ausgeliehen, aber dann doch ungelesen zurückgegeben. Ich schlage es auf.

»Hat mir Isabel zum Geburtstag geschenkt«, sagt Elias. »Ich wollte mal wieder was auf Spanisch lesen, um die Sprache nicht komplett zu verlernen, und Isabel findet, dass ich zu viele Bücher von männlichen Autoren besitze. Außerdem geht es, unter anderem, ums Essen und Kochen.«

»Ja, ich kenne den Film.« Vorn auf der ersten Seite ist ganz unten mit Bleistift ein kleiner Stern eingezeichnet, darin die Buchstaben *EZ*.

»Das mache ich schon seit der Grundschule mit meinen Büchern.«

Ein bisschen blättere ich noch weiter, lese ein paar Sätze, klappe das Buch dann aber zu. Eigentlich will ich wieder aufstehen, um Elias nicht länger aufzuhalten, doch seine Zeichnungen lassen mich nicht los. Sie sind nicht nur Bilder, sie sind Erzählungen, zu denen ich tausend Fragen habe.

»Wie stellst du dir deinen Foodtruck vor?«, frage ich deshalb die erste.

»Ich überlege gerade, was möglich ist. Schon für einen gebrauchten Wagen zahlt man locker etwas im höheren fünfstelligen Bereich. Am liebsten würde ich mir selbst einen ausbauen oder ausbauen lassen, aber das wäre noch teurer. Das ist eher für später, nicht für den Anfang.«

»Kannst du nicht einfach einen Foodtruck mieten?«

»Ja, wahrscheinlich.« Er wischt mit dem Finger über das Touchpad seines Notebooks, um das Display aufzuwecken. »Ich habe das alles schon kalkuliert, wie viel ich für einen komplett individuell gebauten Truck rechnen muss und wie viel für einen gebrauchten oder gemieteten. Wenn ich das hauptberuflich machen will, brauche ich über kurz oder lang einen eigenen Wagen. Dann sind da noch die ganzen Gebühren für Genehmigungen, Einrichtung, Kassensystem und so was.«

Ich werfe einen Blick auf das Display. Seine Tabelle ist sehr übersichtlich gegliedert, alle Kalkulationen sind ordentlich aufgelistet. »Man muss ganz schön viel mit einplanen. Was bedeuten die rosa Felder hier?«

»Da habe ich Zahlen eingetragen, die ich bisher nur grob schätzen kann. Also beispielsweise Kosten für die Lebensmittel. Ich will am liebsten mit Zulieferern aus der Umgebung zusammenarbeiten, da muss ich erst mal Angebote einholen. Gerade habe ich angefangen zu recherchieren, was die derzeit ökologischste Variante an Wegwerfgeschirr und -besteck ist. Wobei ich auch überlege, richtiges zu verwenden, aber dafür müsste ich eine Restaurantküche anmieten oder so etwas. Das wird wahrscheinlich zu teuer, und eigentlich ist es auch nicht praktikabel, weil Geschirr viel Platz verbraucht und die meisten Leute an Imbissständen ihr Essen natürlich mitnehmen. Und dann muss ich mir noch Gedanken darüber machen, wie ich das alles organisieren will. Und was ich langfristig überhaupt anbieten will. Solange ich das nicht weiß, habe ich keine Ahnung, was für Geräte ich brauche. Ich werde sicher viele Probeessen geben.«

»Du bist ja schon ganz schön weit. Ich dachte, das ist nur so eine Idee?«

»Ich bin noch nicht weit, das sieht nur so aus.« Kurz streift mich sein Blick, bevor er wieder auf das Display schaut. »Aber ja, ich habe endlich angefangen, mir ernsthaft Gedanken zu machen.«

»Weißt du auch schon, wo du dein Essen verkaufen willst?«

»Auf dem Wochenmarkt in Eberswalde, dachte ich. Dann gibt es noch ein paar andere Orte in der Umgebung, die infrage kommen. Den Job in der Pizzeria würde ich behalten, aber um ein paar Stunden kürzen, damit ich noch eine andere Einkommensquelle habe. Vielleicht könnte ich mit meinem Chef wegen der Küche was arrangieren und dort Sachen vorbereiten. Da hätte ich mehr Platz.«

»Das ist doch eine gute Idee.«

Unser Gespräch versinkt in einer zu langen Schweigepause, die Elias bricht, als ich gerade aufstehen will. »Isabel hat dir erzählt, wer sie ist, oder? Yuna, meine ich.«

»Ja. Aber nur in der Kurzfassung.«

»Ihr wart eine ganze Weile in der Küche, und Isabel kann sehr viele Informationen sehr schnell weitergeben. Wahrscheinlich weißt du ganz gut Bescheid.«

»Ein bisschen. Nimm es ihr nicht übel. Die Stimmung war so komisch, und Isabel wollte mir nur erklären, wieso.« Mein Knie stupst gegen seins, als ich mich etwas plötzlich bewege. Ich rücke ein kleines Stückchen zurück.

»Du kommst mit der Trennung von deinem Freund ziemlich gut zurecht.« In seiner Stimme schwingt ein fast schon nüchterner Unterton mit, den ich schwer einordnen kann.

»Das war auch was anderes«, sage ich leise.

Wieder berühren sich unsere Knie.

»Wir können gern ein anderes Mal joggen gehen. Ich kann dir auch mit dem Businessplan und bei der Kreditsuche helfen. Wenn du magst. In Orgakram bin ich ganz gut.«

Elias klappt den Laptop zu, bevor er aufsteht. »Ich komm darauf zurück, ja?«

Ich rolle meinen Stuhl zurück und erhebe mich ebenfalls. Viel Platz ist nicht hinter diesem Schreibtisch, nicht mit dem Bücherregal und den beiden Stühlen hinter uns.

Seine Traurigkeit berührt mich. Oder nein, es ist keine Traurigkeit, es ist Enttäuschung, vermischt mit Verbitterung und Wut und Einsamkeit und einer Art Leere, die ich viel zu gut kenne. Eine Leere, die vom Verlassenwerden kommt. Das kleine Mädchen in mir spürt sie noch immer. Wir sind nie nur ein Mensch. Ich bin fast dreißig Jahre alt und gleichzeitig neun, ich bin fünfundsechzig mit tiefen Falten, ich bin elf und winke durch das Autorückfenster meinen Großeltern zu, das letzte Mal für eine lange, lange Zeit.

»Irgendwann wird es besser«, sage ich leise und streiche über seine Wange, weil ich ihm gern etwas geben will, so wenig es auch ist. Als er nicht zurückweicht, küsse ich ihn, nicht richtig, nur Lippen auf Lippen, kaum mehr als zwei, drei Sekunden lang. Doch dann fängt mein Gehirn wieder an zu arbeiten, und ich zucke zurück. »Entschuldige«, sage ich, trete eine Schritt nach hinten und stoße gegen die Wand. »Ich sollte besser gehen.«

Trotzdem bleibe ich stehen. Wahrscheinlich warte ich auf eine Reaktion, aber da ist nur seine Mauer, hinter der er sich verbirgt.

An ihm vorbei gehe ich zur Tür.

»Alina.«

Die Hand schon auf der Klinke, drehe ich mich um.

»Die nächsten Tage kann ich nicht. Aber wollen wir am Wochenende joggen gehen? Oder den Businessplan durchgehen? Oder Cocktails trinken?«

»Ja. Gern.« Abwartend bleibe ich stehen, denn irgendetwas wird er doch noch sagen müssen, aber als er sich auf seinen Stuhl sinken lässt, öffne ich die Tür und verlasse das Zimmer.

Isabel arbeitet in ihrer winzigen Töpferkammer. Musik dringt von dort, ein Popsong, den sie mitsingt. Erst als sie beim Refrain ankommt, erkenne ich »New Americana« von Halsey. Um sie nicht zu stören, verlasse ich, ohne Tschüss zu sagen, das Haus.

Eine frische Brise Abendwind tanzt durch die Straße und spielt mit den Blättern in den Bäumen, die schon sommerlich dunkel sind. Es wird nicht mehr lange dauern, bis die ersten braun herabfallen, Boten des Herbstes. Ich wäre gern hier und würde dem Wald dabei zusehen, wie er den Winter begrüßt. Ich würde gern mit Elias durch diesen Wald laufen und mit Großvater Äpfel einkochen. Ich würde mich gern zum ersten Mal seit Langem wieder auf den Winter freuen.

# Kapitel 15

Ich habe beschlossen, Christels Notizbücher nicht zu lesen. Seit etwa einer Woche liegen ein paar von ihnen auf dem Tisch in meinem Zimmer, den ich mir über ein Kleinanzeigenportal besorgt und mit Isabels Auto abgeholt habe. 1965 bis 1975, die ersten zehn Lebensjahre meines Vaters. Ein-, zweimal habe ich sie aufgeschlagen, doch kaum darin geblättert. Selbst wenn diese Bücher fast das Einzige sind, was von meiner Großmutter geblieben ist, habe ich das Recht, sie zu lesen? Sie geben ohnehin nur einen kleinen Teil von ihr wieder, einen auf wenige sachliche Worte reduzierten Teil. Viel lebendiger ist das, was Siegfried mir erzählen kann.

»Ich glaube, es ist doch nicht richtig, wenn ich Omas Tagebücher lese. Was hältst du davon, wenn wir uns gemeinsam von ihnen verabschieden?«, frage ich meinen Großvater vorsichtig, nachdem wir das Abendessen weggeräumt haben. »Wir könnten eine Art Ritual daraus machen.«

»Was für ein Ritual?«

»Ich weiß nicht genau. Eines zum Loslassen, dachte ich.«

Unsicher blickt er auf den Karton, der mittlerweile auf einer Kommode im Wohnzimmer steht. Noch einen Winter auf dem Dachboden werden sie wahrscheinlich nicht durchhalten.

»Es muss natürlich nicht sein. War nur ein Vorschlag. Du willst sie sicher als Erinnerungen behalten und ...«

»Nein, du hast recht.« Siegfried erhebt sich aus seinem Lesesessel. »Ich schaue sie mir nie an. Ich brauche sie nicht, und Christel würde nicht wollen, dass sie jemandem in die Hände fallen, den sie nichts angehen. Es ist eine gute Idee. Christel hat es immer gemocht, wenn wir im Garten ein Feuer gemacht haben. Vielleicht können wir uns so von den Tagebüchern verabschieden.«

Wir gehen nach draußen in den Garten und holen die Feuerschale aus dem Kellerraum. Sie gehört zu den Dingen, die sich bereits in dem Haus befanden, als Siegfried es gekauft hat. Er hat sie bisher noch nie verwendet, und auch wenn sie schwerer ist, als sie aussieht, schaffen wir es zu zweit, sie in den Garten zu stellen. Mit etwas Zeitungspapier und toten Ästen, die Manfred im Spätwinter von den Bäumen geschnitten hat, entfachen wir ein Feuer. Ich hole alle Notizbücher und zwei Gläser Rotwein für uns, um dem Ganzen einen feierlichen Anstrich zu verleihen. Die Hefte drapiere ich auf dem kleinen Gartentisch, wo sie liegen wie ein Stapel Hausaufgaben, die ein Kind dort vergessen hat.

»Und jetzt?«, fragt Siegfried.

»Jetzt halten wir entweder eine kurze Rede, oder wir schweigen einfach nur.«

Er räuspert sich. »Ich bin kein Freund von pathetischen Reden. Aber weil du deine Großmutter im Grunde gar nicht richtig kennenlernen konntest, würde ich doch ein, zwei Worte sagen.«

»Ja, gern.«

Wieder räuspert er sich. »Christel war eine sehr besonnene Frau. Ich glaube, wir haben uns beide manchmal gewundert, weshalb ausgerechnet wir so einen lebhaften, stürmischen Sohn bekommen haben, der immer alles ausprobieren musste, selbst wenn wir ihm gesagt haben, dass es schiefgehen wird. Wir waren trotzdem eine gute Familie. Wann immer es ging, haben wir uns unterstützt und einander zugehört. Christel wäre gern häufiger verreist als ich, und manchmal tut es mir leid, dass ich ihr das nicht geben konnte.

Sie war diejenige, die alles im Blick behalten hat. Aber Gefühle konnte sie nicht immer so gut zeigen. Bei ihr zu Hause ging es sehr streng zu. Sie hatte drei Geschwister, alles Brüder, sodass sie früh gelernt hat, sich nicht unterkriegen zu lassen. Wir wussten beide, wie es ist, mit wenig zurechtkommen zu müssen, und deshalb waren wir stolz auf das, was wir geschafft haben. Es ist schön zu wissen, dass der Mensch, mit dem man durchs Leben geht, stolz auf einen ist. Wir haben immer versucht zu sehen, was der andere leistet.«

Großvater stockt. Seine Augen schimmern, aber er weint nicht, er schluckt nur schwer, während sein Blick auf dem Feuer verharrt. Ich lege eine Hand auf seinen Rücken.

»Ich danke dir für alles«, sagt er schließlich und nimmt ein paar der A5-Hefte vom Tisch. Einzeln legt er sie ins Feuer, sehr bedächtig. Nach und nach verbrennen wir alle Hefte. Siegfried flüstert manchmal etwas, das ich nicht verstehe.

Vorsichtig taste ich nach seiner Hand und schiebe meine hinein. Seine Finger umschließen meine, so wie früher, als wir zusammen in den Wald gegangen sind. Das Feuer streckt seine wärmenden Flammen in die Luft, während es die Tagebücher verschlingt. Wir bleiben stehen, als nur noch letzte Holzstücke darin glühen, wir bleiben stehen, als all die Worte nur noch Asche sind. Die Sonne ist schon längst hinter den Horizont gesunken, die Dämmerung löst sich in Dunkelheit auf.

»Ich wollte die Hefte schon wegwerfen, bevor ich in dieses Haus gezogen bin«, sagt Großvater schließlich.

»Wieso hast du es nicht getan?«

»Ich weiß es nicht genau.« Er sieht mich an, die Andeutung eines Lächelns in den Augen. »Es ging einfach nicht.« Bevor er sie loslässt, drückt er ein letztes Mal meine Hand.

Während er ins Haus zurückgeht, lösche ich die letzte Glut mit Wasser. Eine der Katzen schleicht weiter hinten durch den Garten, kommt allerdings nicht zum Haus.

Für ein paar Minuten bleibe ich in der abkühlenden Abendluft stehen und lausche den Geräuschen. Ich mag dieses Klackern des Waldes immer dann, wenn ein leichtes Lüftchen weht, als würden sich die Bäume miteinander unterhalten.

Langsam wird mir in dem dünnen Top zu frisch, deshalb gehe ich ebenfalls ins Haus zurück. In der Küche fülle ich mein Weinglas auf und versuche mich zum bestimmt zehnten Mal an einer Nachricht an meine Mutter. Wir haben in den letzten Tagen ein paarmal hin und her geschrieben, nur Oberflächlichkeiten.

*Irgendwann*, tippe ich, *sollten wir über eine ganze Menge reden.*

Da ist so viel, was mich beschäftigt. Nicht nur die verschwundenen Briefe und der unterbundene Kontakt zu meinen Großeltern, sondern alles, was sich nach dem Tod meines Vaters verändert hat.

Großvater hat den Fernseher eingeschaltet, eine Reportage über Pinguine. Ich setze mich auf das Sofa und blättere in einem Bildband über Biber, ab und zu pausiere ich und schaue die Reportage mit. Als sie zu Ende ist, schaltet Opa den Fernseher aus.

»Ich bin müde«, erklärt er. »Ich gehe schon mal ins Bett.« Er kommt zu mir, gibt mir einen Kuss auf die Stirn, was er, soweit ich mich erinnern kann, noch nie getan hat. Dann geht er zur Tür, mit schlurfenden Schritten. Eigentlich ist es noch etwas zu früh für ihn. Ich hoffe, das Verbrennen der Tagebücher hat ihn nicht zu sehr mitgenommen.

In der Küche spüle ich die Weingläser ab. Meine Mutter hat mir geantwortet, dass sie und Sören für ein paar Tage zu seinem Bruder fahren, aber dass wir danach gern reden können. Wie immer, wenn ich diejenige bin, die Fragen hat, sind andere Sachen wichtiger.

Ich nehme eine Packung Schokoladeneis aus der Gefriertruhe, das ich bei einem Großeinkauf zusammen mit Isabel am Montag geholt habe, lösche das Licht und setze mich an den Küchentisch. Hinter dem Fenster erstreckt sich der Garten in nächtlicher Dunkelheit, kaum mehr als verschwommene Umrisse, die ineinanderfließen. Vielleicht schweben die aufgelösten Rauchschwaden von unserem Feuer noch immer dort draußen und die Worte und Erinnerungen, die darin hängen. Sie wohnen jetzt in diesem Garten, auch wenn niemand sie sehen kann. Meine Großmutter wird hier sein, wenn Großvater die Pflanzen gießt oder die Hühner aus dem Stall lässt oder eine der Katzen streichelt.

Immer lassen wir jemanden zurück. Vielleicht gibt es sogar Menschen, die auf uns warten, auch wenn wir nie geboren werden. Vielleicht gibt es Seelen, die abhandenkommen, und Menschen, die deshalb ihr Leben lang eine Leere spüren, die sich niemals füllen lässt. So wie meine Mutter auf ein zweites Kind gewartet hat und ich auf Geschwister. Es gibt Tage, an denen tue ich das noch immer.

\*\*\*

Großvater hält einen Vortrag zum Thema Biberschutz in Eberswalde, Manfred fährt ihn. Rastlos tigere ich durch das leere Haus und schaffe es nicht, meine Unruhe zu dämpfen. Wenn ich mich nicht beschäftige, wandern meine Gedanken von den Aufgaben, die ich hier noch erledigen will, ungefragt weiter, bis sie an diesem Moment mit Elias vor zwei Tagen hängen bleiben, aber es ist kein Moment, an den ich jetzt denken will. Solche Gedanken führen nur in Sackgassen. Ohnehin gibt es noch genug Dinge in meinem Leben, die ich in Ordnung bringen muss. Besser, ich fange endlich damit an.

Ich schreibe Fabian eine Nachricht, setze mich nach draußen auf die Stufen vor dem Eingang und blicke zu den Hühnern, während ich darauf warte, dass er antwortet.

Zehn Minuten nach sechs ruft Fabian an. »Hallo, ich bins«, sagt er.

»Hallo«, sage ich.

Als er schweigt, frage ich: »Du wolltest noch mal über alles reden?«

»Ja. Also, vor allem darüber, wie es jetzt weitergeht.«

»Wie möchtest du denn, dass es weitergeht?«

»Na ja, also, sehen wir uns noch mal?«

»Irgendwann muss ich meine Sachen abholen und dir den Schlüssel zurückgeben.«

»Ja. Stimmt.«

Es sollte YouTube-Tutorials für solche Gespräche geben. *Wie kläre ich mit meinem Ex, was noch geklärt werden muss?* oder so. Gibt es das? Bestimmt gibt es so was.

Unser Schweigen wird kühl und holprig.

»Ich habe jemanden kennengelernt«, sagt Fabian schließlich. Seine Stimme bekommt einen hellen Klang, wie immer, wenn er lügt. Sie klingt, als würde sie vor etwas wegspringen wollen.

»Das ist schön für dich«, antworte ich schlicht. »Wo hast du sie kennengelernt?«

Mit der Frage hat er offenbar nicht gerechnet. Er atmet tief ein, ich kann fast hören, wie er nach einer glaubwürdigen Antwort sucht. »Im Fitnessstudio. Ich gehe jetzt mit Mickey ins Fitnessstudio. Er versucht ja schon ewig, mich zu überreden. Jedenfalls bin ich mitgegangen, und dort habe ich sie kennengelernt.«

»Deine Trainerin?«

»Was? Nein. Sie ist auch dort. Also, sie geht dorthin. Wir waren nach dem Training noch was trinken.«

Ich könnte fies sein und ihm weitere Fragen stellen, bis er zugibt, dass das nicht stimmt, doch ich lasse es bleiben. Immerhin gibt es nicht nur den Fabian, der mich nie vor seinen Eltern verteidigt und schließlich aus der Wohnung geworfen hat, sondern auch den, der nicht backen kann, aber trotzdem jedes Jahr zu meinem Geburtstag versucht hat, meinen Lieblingsschokoladenkuchen hinzubekommen, ganz allein, nur er und das Rezept. Ich wünsche ihm, dass er wirklich jemanden findet, im Fitnessstudio oder an einem anderen Ort. Eine Frau, die ihn richtig liebt und ihm geben kann, was er möchte. Eine Frau, die gern Kinder mit ihm hätte.

»Ich freue mich, dass du jemanden getroffen hast, ehrlich. Du hast es verdient.« Erinnerungen an den Anfang unserer Beziehung drängen sich hoch, Bilder gemalt in Wehmut und Nostalgie und Sehnsucht, Szenen, die mir unendlich weit weg vorkommen.

»Danke«, sagt er, leise und ein bisschen traurig.

»Es tut mir leid, dass es alles so gekommen ist. Ich hätte früher sehen müssen, dass wir völlig unterschiedliche Zukunftsvorstellungen haben.«

»Ja. Ich auch.«

Wir reden noch ein wenig, nur über Kleinigkeiten. Ich frage

nach Hugo und Stoffel, denen es gut geht, und nach Fabians Eltern, als wären wir alte Freunde, die Updates über ihre Leben austauschen.

»Wann holst du deine Sachen ab?«, fragt Fabian schließlich.

»Sobald ich zurück in Frankfurt bin.«

»Wann ist das?«

»Ich weiß es nicht. Kann noch ein bisschen dauern.«

»Sonst warst du immer genervt, wenn du mehr als zwei Tage bei deinen Großeltern geblieben bist. Lassen sie dich diesmal einigermaßen in Ruhe?«

»Ja, kann man so sagen.«

Es gibt Menschen, bei denen das funktioniert. Sie werden Freunde, nachdem die Beziehung schiefgegangen ist, vielleicht weil sie sich nur für die falsche Art von Liebe entschieden haben und diesen Fehler einfach korrigieren, sobald sie ihn bemerken. Ein bisschen ausradieren, ein bisschen nachbessern.

Fabian und ich sind nicht solche Menschen. Ich bin mir sicher, als er sich mit dieser etwas zu hohen Stimme verabschiedet und dann auflegt, dass er das ebenfalls weiß. Irgendwann, sobald ich wieder in Frankfurt bin, werde ich meine Sachen holen und meinen Schlüssel in seiner Wohnung lassen, und danach werden wir uns nie wiedersehen.

*Hast du kurz Zeit?*, schreibe ich Meike, sie ruft sofort an.

»Was ist los?«, fragt sie. Im Hintergrund sind Stimmen zu hören, wahrscheinlich der Fernseher.

»Nichts Besonderes.« Ich stehe auf, laufe ein bisschen durch den Garten. Kühler Wind raschelt in den Bäumen und fährt durch mein zu dünnes T-Shirt. »Mir ist nur aufgefallen, dass ich dabei bin, mich in einen Typen zu verlieben, obwohl das gerade der schlechteste Zeitpunkt und die ungünstigste Situation der Welt dafür ist und er außerdem nichts von mir will.«

Sie lacht. »Die älteste Geschichte der Welt.«

»Ich weiß. Total langweilig.«

»Na ja, manchmal heiratet man diese ältesten Geschichten und guckt *Tatort* mit ihnen, obwohl man Krimis nicht leiden kann.«

»Ist heute nicht Freitag?«

»Okay, jetzt gerade läuft *Petterson und Findus*. Vor dem Abendessen darf Jill immer eine Folge schauen.«

Ferdinand der Hahn beobachtet mich. Er mag mich nicht besonders, auch wenn ich nicht weiß, wieso. Wir hatten bisher kaum miteinander zu tun.

»Wie gehts deinem Bauch?«

»Er wird immer dicker. Es dauert nicht mehr lange, bis ich meine Teetasse darauf abstellen kann.« Die Hintergrundgeräusche werden leiser. Ich stelle mir vor, wie Meike in das Arbeitszimmer geht, das ans Wohnzimmer angrenzt, die Tür schließt und sich auf das Sofa setzt, vor dem immer Spielzeug herumliegt. »Aber weder das Fernsehprogramm hier noch mein Bauch sind so spannend wie dieser neue Typ. Jetzt erzähl mir endlich mehr von ihm.«

»Es gibt nicht viel zu erzählen. Er kann kochen, er hat schon die halbe Welt bereist, aber seine eigenen Träume aufgegeben, um seine Schwester zu unterstützen, er wohnt um die Ecke, und sein Bücherregal ist fast so groß wie das meines Großvaters.«

»Okay, langweilig. Ist er heiß?«

»Sei nicht so oberflächlich.«

»Ach komm, ich ärgere dich doch nur. Du darfst mir gern bei Gelegenheit ein Foto schicken. Oder nein, warte. Komm nächstes Wochenende, dann können wir meinen Geburtstag zusammen feiern, und du erzählst mir noch mal alles in Ruhe. Angefangen bei der Trennung, jedes Detail zu deinem Großvater und ganz besonders viel zu diesem Typen. So ein paar Textnachrichten zwischendurch reichen mir nicht.«

Schon will ich absagen, weil ich immer abgesagt habe, die pure Gewohnheit, doch diesmal gibt es keinen Grund. Nicht einmal die Entfernung wäre einer. »Ich komme«, sage ich, die Worte lösen ein Kribbeln in meinem Bauch aus.

»Wirklich ernsthaft?«

»Ja, ganz ernsthaft.«

»Lars!«, brüllt sie in mein Ohr. »Alina kommt zu meiner Geburtstagsparty!«

Sie hat die Tür also nicht geschlossen. Er antwortet etwas, das ungefähr *Welche Party?* bedeuten könnte.

»Er sagt, er kann es kaum erwarten, dich wiederzusehen, und dass du mir das Diamantcollier schenken kannst, das er vergessen hat zu besorgen.«

»Nee, ist klar. Ich sag dir Bescheid, welchen Zug ich nehme. Holt ihr mich ab?«

»Na sicher. Ich freue mich, Alina. Sehr sogar.«

»Ich weiß. Ich mich auch.«

»Bring den Typen am besten mit. Lars füllt ihn ab, während du mir alles über euch erzählst.«

»Es gibt kein Uns.«

»Es gibt auf jeden Fall ein Euch, Alina. Sonst hättest du ihn nicht erwähnt.«

Manchmal wünschte ich, ich könnte sie umarmen. Ein paar Sekunden nur, die alles ein bisschen leichter machen, mehr nicht. Es war so einfach, früher, als wir noch ein gemeinsames Leben hatten, uns jeden Tag sahen, gemeinsam Vorlesungen schwänzten und für Klausuren lernten. Jetzt gerade fühlt es sich sehr schwer an, so verdammt erwachsen zu sein. Ich vermisse die Zeit, als wir noch nicht so fest eingewickelt waren in die

Fäden des Alltags. Jetzt merken wir häufig nicht einmal, wie gefangen wir sind.

»Machs gut«, sage ich.

Als ich auflege, bleibt nur ein stummes Pochen in meinem Magen zurück, ein diffuses Gefühl, wie kurz bevor man die Wohnung verlässt und sich sicher ist, dass man etwas vergessen hat, nur nicht darauf kommt, was genau das ist. Es ist nie gut, sich Dinge zu wünschen, die vorbei sind. Was nicht bedeutet, dass ich aufhören kann, das zu tun.

# Kapitel 16

Mia hat viel zu viel Spielzeug eingepackt, aber trotzdem darauf bestanden, ihren Koffer selbst in den Zug zu schleppen. Eigentlich sollte sie woandershin verreisen, aber ihre Großeltern haben den ursprünglich für dieses Wochenende geplanten Ausflug mit ihrer Enkeltochter abgesagt. Als mir Isabel frustriert davon erzählt hat, habe ich kurzerhand Meike gefragt, was sie von zwei Geburtstagsgästen mehr hält, und wenig überraschend war sie begeistert. Sie mag es, wenn viel los ist. Isabel nahm das Angebot erst an, nachdem sie persönlich mit Meike telefoniert und sich davon überzeugen lassen hatte, dass ihr der zusätzliche Besuch nicht zu viel ist. Elias verschob seine Samstagsschicht, während Isabel zur Inventur im Laden verpflichtet war und nicht absagen konnte.

Nun sitzen wir seit zwei Stunden in einem Viererabteil in der Regionalbahn. Elias trägt Kopfhörer und blickt aus dem Fenster, Mia und ich lesen uns abwechselnd aus einem Buch vor, das sie zur Einschulung bekommen hat. Sie liest langsam, aber macht nur wenige Fehler und fragt selten nach einem Wort.

Eine Station vor Stralsund steigen wir aus.

Lars wartet fast allein auf dem Bahnhof und hält ein Pappschild in die Höhe, auf dem unsere Namen stehen, darum verteilt buntes Wasserfarbengewusel, das ganz sicher Jill beigetragen hat.

»Bist du groß geworden«, begrüßt er mich.

»Du auch. Hübsches Schild. Hast du das gemalt?«

Wir umarmen uns, dann stelle ich ihm Elias und Mia vor. Mia hält sich an Elias' Hand fest und mustert Lars skeptisch. Kurz darauf sitzt sie stumm neben ihrem Onkel auf dem Rücksitz, während Lars uns die vielleicht fünf Minuten Weg chauffiert.

»Heute Abend wollen wir grillen«, sagt er, als wir auf das Grundstück einbiegen. »Meike hat so viel Zeug besorgt, ihr werdet das ganze Wochenende brauchen, um alles aufzuessen.«

»Ich wette dagegen.«

Aus dem Kofferraum heben wir unsere Taschen, Mia nimmt ihren Koffer wieder selbst.

Als ich das letzte Mal hierhergekommen bin, war das Grundstück noch struppig und ungepflegt, jetzt ist die Auffahrt ordentlich gepflastert, eine gelb blühende Rose wächst neben dem Eingang.

Wir lassen unsere Schuhe im Windfang stehen und stellen unsere Taschen im Flur ab.

»Du bist wirklich ernsthaft hier«, sagt Meike, als sie aus der Küche kommt. Sie sieht ein bisschen aus wie schlanke Schauspielerinnen, die gar nicht wirklich schwanger sind, sondern einfach nur einen gewaltigen Bauch vor sich hertragen, ohne dass der Rest des Körpers aufgegangen ist. »Nicht mal meine Brüste sind größer geworden«, sagt sie, als hätte sie meine Gedanken gelesen.

»Sie werden schon reichen.« So gut es geht, umarme ich sie, halte sie so lange fest, bis sie sich von mir löst, weil sie, wie sie sagt, sonst vornüberfällt. »Du bist also Elias.« Sie lächelt und ergreift seine Hand. »Und du bist Mia?«

Mia nickt vorsichtig.

»Okay, Mia. Ich habe noch Pfannkuchen übrig, die meine

Tochter zum Mittagessen hatte. Was hältst du davon, wenn ich ein paar davon warm mache? Ihr hattet bestimmt eine lange Fahrt.«

Eigentlich hat die Fahrt nur zweieinhalb Stunden gedauert und Elias mehrere Sandwiches dabeigehabt, trotzdem nickt Mia und folgt Meike in die Küche, gemeinsam mit Elias, dessen Hand sie immer noch umklammert.

»Ich habe mir überlegt, dass ich bei Jill schlafe«, sage ich zu Lars. »Wir brauchen dann nur Schokokekse für nächtliche Notfälle und einen Fernseher.«

»Das hättest du wohl gern. Am Ende isst du alle Kekse allein.« Er nimmt Elias' Reisetasche. »Du bekommst das Arbeitszimmer. Wir können dann gleich draußen das Zelt für deinen Freund und die Kleine aufbauen.«

Die hintere Hausseite mit Blick auf den Garten, in der auch das Arbeitszimmer liegt, ist mit großzügigen Fenstern ausgestattet, die viel Licht und Naturfeeling hereinlassen. Vorerst stellen wir das Gepäck hier ab.

»Ist hübsch geworden. Ihr habt ein paar Bäume gepflanzt.«

»Ja, genau. Und Meike macht gerade einen Imkerkurs. Sie möchte Bienen haben und Honig machen.«

»Bienen. Wow. Wie wollt ihr das auch noch schaffen, wenn erst mal der Chaot da ist?«

»Hey, das wird kein Chaot. Dafür bringen wir nicht die richtigen Gene mit.«

Wir müssen beide lachen. Meike kann trotz aller Struktur, die sie um ihr Leben herumwickelt, ausgesprochen unorganisiert sein.

»Wie kommt ihr zurecht? Seid ihr aufgeregt?«

»Ein bisschen. Es wird hier ein wenig enger werden, aber wir kriegen das hin.« Ich beneide ihn um die tiefe Entspanntheit, die er meistens ausstrahlt. Er lehnt sich gegen den Schreibtisch, auf dem nur der zugeklappte Laptop steht, sonst nichts. Wäre ich allein gekommen, sähe es hier sicher weniger ordentlich aus.

»Wie geht es dir? Meike hat erzählt, dass du jetzt bei deinem Großvater bist, den du lange nicht gesehen hast.«

»Ja. Eigentlich wollte ich nur für ein, zwei Tage bleiben, aber jetzt sind es schon drei Wochen.«

»Was machst du die ganze Zeit bei ihm?«

»Gerade versuche ich, mich um die Sanierung seines Hauses zu kümmern, weil das dringend nötig ist und er es allein nicht tun würde. Es ist ein großes Haus. Selbst wenn ihr zu viert darin wohnen würdet, wäre noch viel Platz. Mindestens für mich und wahrscheinlich auch für einen Hund und zehn Katzen.«

Lars streicht sich über das Kinn. »Das klingt ziemlich genau nach Meikes Traumleben.«

Die angelehnte Tür wird schwungvoll aufgestoßen, und Jill tapst durch den Türrahmen. Ihre dicken roten Locken, die sie von ihrem Vater geerbt hat, stehen in alle Richtungen ab, sie trägt ein grünes Sommerkleid und eine lilafarbene Leggins mit weißen Blumen. Beides habe ich zusammen mit Meike gekauft, als sie vor ein paar Monaten mit Jill in Frankfurt war, um mich zu besuchen.

Ich hocke mich hin. »Hey, Jill. Kennst du mich noch?«

»Tante Alina«, ruft sie sehr stolz. Direkt vor mir bleibt sie stehen, als müsste sie noch mal überprüfen, ob es zu dem Namen auch eine Erinnerung in ihrem Gehirn gibt, doch dann umarmt sie mich und lässt sich hochwerfen.

»Du bist aber schwer geworden. Lässt du Mama und Papa noch was zum Essen übrig, oder futterst du alles alleine weg?«

Sie ignoriert meine Frage, wahrscheinlich findet sie sie unsinnig. »Spielzeug«, erklärt sie und öffnet eine bunt bemalte, ganz offensichtlich für Spielzeug reservierte Kiste, die vor dem Bücherregal steht. »Das Burtstag.« Das Feuerwehrauto, das sie mir entgegenhält, habe ich ihr zu ihrem zweiten Geburtstag geschickt. Vor ein paar Wochen war das erst, kurz bevor Fabian und ich uns getrennt haben.

»Es ist sehr hübsch.«

Lars lächelt mir zu, dann verlässt er leise das Zimmer, und ich setze mich neben Jill auf den Boden und höre mir ihre Erläuterungen zu diversen Autos und Figuren an. Manchmal sind es ganze Sätze, manchmal nur Bruchstücke, aber da meine Antworten größtenteils unwichtig sind, ist es egal, wie genau ich alles verstehe. Sonst muss ich nichts tun, nur sitzen bleiben und ihr zuhören und ihr ab und zu etwas aus der Spielkiste geben. Ich setze mich so um, dass ich den Rücken gegen das noch eingeklappte Schlafsofa lehnen kann, und richte den Blick aus dem Fenster. Lars und Meike haben nicht nur Obstbäume eingesetzt, sondern auch die Beete um die erhöht liegende Terrasse herum mit Lavendel, Thymian und anderen Pflanzen befestigt, eine Mischung aus Kräutern und Blumen, um die Hummeln und Schmetterlinge taumeln.

»Magst du auch ein paar Pfannkuchen?«, fragt Meike. Ich habe nicht bemerkt, dass sie ins Zimmer gekommen ist.

»Nein danke. Elias hat uns während der Fahrt gut versorgt. Ich hatte frisches Olivenciabatta mit selbst gemachtem Aufstrich, getrockneten Tomaten, Rucola aus dem Garten und frischen Cherrytomaten.«

»Nicht dein Ernst.« Meike lässt sich auf die Couch fallen, die Beine hochgelegt.

»Mein voller Ernst.«

»Der Typ gefällt mir. Früher habe ich so was nicht zu schätzen gewusst, aber da hatte ich auch noch genug Zeit, mir selbst mal ein Brot zu schmieren.«

»Du warst eben jung und naiv.«

Sie wirft eines der Sofakissen nach mir, was Jill dazu bewegt, hinter ihrem Spielzeugberg hervorzuspringen und eine Kissenschlacht anzuzetteln. Von Jills Lachen angelockt, kommt auch Mia ins Arbeitszimmer. Erst verharrt sie im Türrahmen, kann dann aber doch nicht widerstehen. Voller Elan werfen Jill und sie Kissen durch den Raum, hauptsächlich aufeinander. Ich ziehe mich hoch auf das Sofa und quetsche mich neben Meike.

»Tut mir leid, dass ich so selten vorbeigekommen bin.«

»Schon gut. Wir sind auch selten zu dir gefahren.«

Ein Kissen trifft mich am Kopf. Ich werfe es zu den Mädchen zurück, die weiter um uns herumtoben.

»Na ja, ich habe in Frankfurt gewohnt, und ihr lebt zehn Autominuten von der Ostsee entfernt.«

»Hast gewohnt?«

»Wohne, habe gewohnt. Irgendwie beides.«

Die Mädchen stürmen in den Garten, wo sich Lars und Elias miteinander unterhalten.

»Wenn aus dem Wohnen ein Gewohnthaben wird und du bei deinem Großvater bleibst oder mit Elias zusammenziehst, kannst du viel häufiger vorbeikommen. Vielleicht einmal im Monat? Du passt auf die Kinder auf, und Lars und ich können endlich mal wieder etwas zu zweit unternehmen.« Sie versucht – vergeblich –, mir mehr Platz zu machen. »Ich würde so gern mal wieder auf ein Konzert gehen. Oder ins Theater. Wann war ich da das letzte Mal? Mit dir in Berlin?«

»Das war vor dreieinhalb Jahren, als ich meinen Master fertig gemacht habe. Du warst seitdem nie wieder im Theater?«

»Nein. Du?«

Ich seufze. »Aus irgendwelchen Gründen nicht, nein. Im Übrigen wäre ich eine ziemlich teure Babysitterin.«

»Als ob ich dich bezahlen würde.«

»Wie geht es denn Klein-Lars?«

Ich lege eine Hand auf ihren Bauch, warte, ob ich etwas spüre.

»Er schläft immer, wenn Besuch kommt, und wird dann aktiv, wenn ich ins Bett gehen will. Hoffentlich bleibt das nicht so, sonst haben wir ein Problem.«

»Das sind alles nur Phasen, hat meine beste Freundin mal zu mir gesagt.«

»Hm. Wahrscheinlich eine dieser Weisheiten, die man sich unter wochenlangem Schlafmangel so einredet.«

Kurz hebt sie den Kopf und blickt zu den Männern und Kindern in den Garten hinaus. »Übrigens nett, dass du das Objekt deiner Begierde tatsächlich mitgebracht hast, damit ich es mir ganz genau anschauen und dir später das Ergebnis meiner Analyse mitteilen kann.«

»Das wirst du mal schön bleiben lassen.« Ganz leicht stupse ich sie in die Seite.

»Wieso? Ich glaube, an ihm finde ich weniger zu meckern als an Fabian.«

»Du hast nie etwas Negatives über Fabian gesagt, sondern dich nur loyal mit mir über seine Eltern aufgeregt.«

»Hm, verpasste Chancen. Erzählst du mir jetzt endlich mehr über Elias und euch beide, oder muss ich alles mühsam erfragen?« Meike zieht sich an der Rückenlehne hoch, bis sie mit ausgestreckten Beinen auf dem Sofa sitzt.

»Es gibt nichts zu erzählen, und das ist auch besser so. Fabian und ich haben uns gerade erst getrennt, und Elias hat noch ein altes Beziehungstrauma zu verarbeiten.« Ich richte mich ebenfalls auf. »Das geht wieder vorbei.« Meike lächelt auf diese wissende Art, die mich früher wahnsinnig genervt hat. Jetzt rolle ich nur mit den Augen. »Wirklich.«

»Klar. Und wenn es nicht vorbeigeht, bin ich bitte die Erste, die davon erfährt.«

»Versprochen. Wollen wir zu den anderen gehen?«

Durch die geöffnete Terrassentür im Wohnzimmer treten wir nach draußen. Vielleicht bilde ich mir nur ein, dass ich das Meer riechen kann. Die Luft fühlt sich weich an und fern, ein Hauch Salz darin und gefilterte Frische, als würde sie direkt über die Felder, die an die Reihe aus Grundstücken mit Einfamilienhäusern anschließen, vom Meer hergeweht werden. Am liebsten würde ich mich ins Auto setzen und direkt hinfahren, aber den Strandausflug haben wir erst für morgen geplant. Gleich wollen wir einen Ausflug zum Spielplatz machen und auf dem Rückweg an einem Ziegengehege vorbeigehen, bevor wir den Grill anschmeißen.

»Lars hat erzählt, du wirst jetzt Imkerin?«

»Haha. Das nun nicht, aber ich würde gern Bienen haben. Dauert aber noch. Für die Bienenstöcke hätten wir dort hinten im Garten Platz, das restliche Equipment müsste allerdings in den Keller. Und der ist gerade mal so weit, dass er hoffentlich nicht mehr schimmeln oder feucht werden kann, und inzwischen haben wir auch vernünftige Fußböden, aber das ist auch schon alles.«

»Hast du dafür denn die Zeit?«

»Nein, absolut nicht, aber ich wollte immer einen Naturgarten mit viel Obst und Platz für Vögel und Insekten haben.« Sie deutet auf die Hecken und Büsche, die den Garten auf der linken Seite vom Nachbargrundstück abgrenzen – Haselnuss und Flieder zwischen Berberitzen, dazu noch etwas anderes.

Kornelkirsche? »Dort hinten in der Ecke, wo der Flieder steht, sammle ich im Herbst Laub und im Februar, wenn wir den Garten für den Frühling herrichten, das Totholz. Dieses Jahr haben wir hier zum ersten Mal einen Igel gesehen. Ich habe extra ein kleines Loch in den hinteren Zaun geschnitten, damit sie rein- und rauskönnen.«

»Mein Opa würde deinen Garten mögen.«

»Warte nur, bis er fertig ist. Lars behauptet, dass wir hier irgendwann im Dschungel leben werden.«

Auf der rechten Seite führt eine Holztreppe von der Terrasse nach unten. Wir gehen dorthin, zu den anderen.

»Das Zelt könnten wir gleich vor die Terrasse setzen«, sagt Lars gerade. »Hier ist am meisten Platz, und es besteht nicht die Gefahr, dass euch nachts Äpfel auf den Kopf fallen.«

Meike tritt neben einen der beiden Apfelbäume und streicht liebevoll über die Rinde. »So viele Früchte trägt er doch noch gar nicht. Er ist erst ein Baby.«

»Eher ein störrischer Teenie.«

Tatsächlich hängen nur vier, fünf Äpfel an der dürren Pflanze, die gerade erst anfängt, wirklich ein Baum zu sein.

»Wie groß ist das Grundstück?«, fragt Elias.

»Etwa anderthalbtausend Quadratmeter. Mit der Größe hatten wir wirklich Glück. Steht halt leider nur ein winziges verwinkeltes Haus drauf.«

»Ich mag euer Haus. Es ist was Besonderes.« Nicht wie die Gruppe an identischen Reihenhäusern auf der anderen Straßenseite, meint er wahrscheinlich.

»Danke. Du weißt schon, wie man sich als Gast vernünftig benimmt.« Meike lächelt Elias an.

»Ich hole mal was zu trinken«, sagt Lars.

Wir anderen warten auf der Terrasse, wo sich Meike einen

der Stühle zurückzieht, sich augenblicklich darauf sinken lässt und die Lehne zurückklappt, sodass gleichzeitig das Fußteil hochgeht.

»Ah, besser! Ihr könnt euch natürlich auch hinsetzen.« Sie schließt die Augen.

Nach der Zugfahrt ist mir nicht wirklich nach Sitzen, sondern mehr nach Bewegung. Ich gehe wieder die Stufen hinunter in den Garten, um nach den Kindern zu sehen.

»Wollen wir Ball spielen?«, fragt Mia sofort, als sie mich bemerkt.

Jill steht hinter ihr, der Gummiball sieht in ihren kleinen Händen riesig aus.

»Klar«, sage ich. »Fußball?«

Das Spiel, das Mia sich vorgestellt hat, ist maximal grob an Fußball orientiert. »Wir dürfen auch die Hände benutzen«, erklärt sie, »du aber nicht.« Mein Einwand, dass ich aber Torwartin bin, zählt nicht.

Wir sind uns uneinig darüber, was genau die Grenzen des Tors markiert, und immer wenn wir zu diskutieren beginnen, schnappt sich Jill den Ball und wackelt damit davon. Das Ganze wird noch chaotischer, als Lars dazustößt, aber immerhin bekomme ich auf diese Weise meine dringend benötigte Bewegung.

Am Ende haben Lars und ich dreißig zu zwei verloren, nach Mias Zählung.

»Es war ein faires Spiel«, sage ich möglichst ernst, und Mia nickt grinsend.

Jill zieht Mia zu ihrem Buddelkasten, Lars und ich gehen wieder zu den anderen.

Elias lächelt, als ich mich neben ihn setze. »Alles in Ordnung?«, frage ich ihn leise.

»Ja. Alles in Ordnung.« Er legt seine Hand auf meine, als wäre das eine ganz alltägliche Berührung zwischen uns. »Danke.«

»Wofür?«

»Fürs Mitnehmen. Mia hat noch kein einziges Mal nach ihren Großeltern gefragt.«

Ich blicke zu den beiden Mädchen, die trotz des Altersunterschieds sehr friedlich nebeneinander im Sand sitzen. Meikes Katze, die sich bisher versteckt gehalten hat, taucht praktisch aus dem Nichts auf und springt auf meinen Schoß.

»Gern. Hauptsache, ihr fühlt euch wohl.«

Elias nickt, dann zieht er seine Hand wieder zurück. »Keine Sorge. Das tun wir.«

\*\*\*

Ich bin die Letzte, die ins Bad geht, und schalte danach alle Lampen aus bis auf das kleine Nachtlicht im Flur, das Jill den Weg weist, sollte sie aufwachen und ihre Eltern suchen. Die Reste vom Abendessen stehen noch in der Küche. Ich öffne die Kühlschranktür, räume ein paar Sachen um und quetsche die Schüsseln und Teller zwischen alles andere.

Lediglich das goldweiße Licht der Straßenlaterne beleuchtet den Raum, nachdem ich die Kühlschranktür wieder geschlossen habe. Aus dem Geschirrspüler drängt rhythmisches von den Sprüharmen angetriebenes Plätschern. Ich nehme mir ein neues Glas aus dem Schrank und fülle es mit Wasser für die Nacht. Großvaters Haus kenne ich mittlerweile schon fast so gut, dass ich auch im Dunkeln alles sicher finde. Hier muss ich mich von Zimmer zu Zimmer arbeiten und dabei den Fußboden auf herumliegendes Spielzeug überprüfen.

Die Lichterkette auf der Terrasse leuchtet noch, die bewegungsinduzierten Wandlampen nicht. Auf einem der Stühle sitzt Elias und blickt in den Garten.

Ich schiebe die Terrassentür auf, die Lampen flammen auf. »Hey.«

»Hey.« Ein Blick, ein kurzes Lächeln.

»Störe ich dich?«

»Bei was? Beim In-die-Gegend-Starren?«

»Beim Nachdenken.«

Er bewegt sich, ein Schulterzucken. »Nein.«

»Du hast nicht nachgedacht?«

»Ich habe nachgedacht, aber du hast mich nicht dabei gestört.«

Ich setze mich auf den Stuhl neben ihm und stelle das Glas auf dem Terrassentisch ab. »Bist du noch nicht müde?«

»Doch, schon, aber ich wollte noch ein bisschen die Abendluft genießen. Es ist wirklich schön hier.«

Tief atme ich ein. »Ja, ist es. In Frankfurt war es nachts nie still.«

»In Berlin auch nicht.«

»Fehlt es dir, an einem Ort zu leben, wo immer etwas los ist?«

»Nachtleben ist für junge Menschen, nicht für alte Knacker wie mich.«

Ein paar Grillen zirpen um die Wette. Wenn das keine Idylle ist, weiß ich auch nicht.

»Okay. Und in echt?«

»In echt vermisse ich es schon, einfach mal eine neue Bar auszuprobieren oder, wenn ich richtig Geld verpulvern will, ein schickes Restaurant. Oder ins Theater zu gehen, ohne vorher zu recherchieren, wie lange die Aufführung dauert und ob ich noch mit dem Zug zurückkomme oder ob ich bei Freunden übernachten muss, und falls ja, ob ich am nächsten Tag etwas mit ihnen unternehmen will oder kann. Einiges ist komplizierter geworden, ich muss besser planen. So gesehen fehlt mir schon ein Stückchen Freiheit.«

»Irgendwie bleibt immer weniger von der Freiheit übrig, je älter man wird. Ich meine, ich habe die letzten Jahre in einer Großstadt gelebt, ohne Verantwortung für ein Kind. Trotzdem hatte kaum einer unserer Freunde je spontan Zeit. Immer mussten erst Dienstpläne durchgegangen und Babysitter engagiert werden. Alles bestand nur noch aus unverschiebbaren Terminen, selbst wenn nur Fabian und ich etwas unternehmen wollten, was, ehrlich gesagt, sowieso ziemlich selten der Fall war.«

»Macht man Dinge nicht mehr, weil sie schwierig geworden sind? Oder weil man zu bequem wird?«

»Das ist eine gemeine Frage. Ich denke, es ist beides.«

Er ruckelt an seinen Armstützen, sodass sie sich lösen und die Rückenlehne des Holzklappstuhls ein Stückchen nach hinten kippt. »Vermisst du Frankfurt wirklich gar nicht?«, fragt er.

Offenbar befinden wir uns nicht in Reichweite der Bewegungssensoren, zumindest geht das Licht wieder aus.

»Vielleicht manchmal. Ich mag die Stille auf dem Land sehr, aber verrückterweise fehlt mir die Geräuschkulisse der Stadt trotzdem hin und wieder. Man weiß immer, dass da noch andere Menschen sind. Man ist nie allein, und wenn die Welt untergeht, würde man es merken. Hier oder in Spechthausen nicht. Es würde einfach still bleiben, und auf einmal wäre da niemand mehr.«

»So habe ich das noch nicht betrachtet, aber ich finde einen plötzlichen Weltuntergang auch nicht so wahrscheinlich.«

»Du guckst nicht genug Katastrophenfilme.«

»Im Gegenteil, ich gucke ständig Katastrophenfilme, weil

Isabel mich dazu zwingt. Die allermeisten sind voller Logikfehler und haarsträubend unwissenschaftlich. Was ziemlich beruhigend ist, wenn man es genau nimmt. Ich kann mir sicher sein, dass die Welt nicht untergeht, weil die Szenarien alle nicht überzeugend sind.«

Ich lehne mich ebenfalls weiter zurück, schaue hinauf in den Himmel, der immer noch nicht ganz aufgeklart ist. Hier und da zerfetzen die weißgrauen Wolkenschleier, Löcher reißen sich in sie hinein und verschwinden wieder, ein paar Sterne funkeln hindurch. »Aber all diese Weltuntergangsfilme und Dystopien sind von Menschen erfunden worden, oder nicht? Sie sind an die Grenzen unserer Fantasie geknüpft. Vielleicht gibt es irgendwo dort draußen aber Wesen mit deutlich mehr Vorstellungskraft, und wenn in ihrer Fantasie ein plötzliches logisches Ende unserer Welt möglich wäre, wäre es das vielleicht auch in echt.«

»Glaubst du das?«

»Was genau? Dass es Außerirdische gibt oder dass es Außerirdische mit Fantasie gibt oder dass die Welt untergeht?«

»Alles.«

»Dann ja. Ich glaube das alles auf irgendeine Art.«

»Es gibt mehrere Arten des Glaubens?« In seiner Stimme schwingt ein Lächeln mit, das seine Frage aufhebt und zu einer Feststellung werden lässt.

Ich beantworte sie trotzdem. »Ja klar. Man kann an etwas glauben und hoffen, dass es dieses Etwas gibt. Man kann an etwas glauben und hoffen, dass es dieses Etwas nicht gibt. Man kann an etwas glauben und dabei wissen, ob es das Etwas gibt oder eben nicht.«

Sein Lachen ist wie eine Erschütterung der Stille. »Dir ist heute nicht nach einfachen Antworten, kann das sein?«

»Willst du eine einfache Antwort auf diese Frage?«

»Schon gut. Tu so, als hätte ich sie nicht gestellt.«

Ein Rascheln kommt aus dem Zelt, Mia murmelt etwas Unverständliches im Schlaf.

»Sie redet, wenn sie träumt«, sagt Elias. »Häufig richtige Sätze. Wenn ich noch wach bin und mitkriege, dass sie spricht, schreibe ich es manchmal auf.«

»Was erzählt sie denn so?«

»Alles Mögliche. Meistens ist es konfuses Zeug wie: *Mama, wir müssen noch die Erdbeeren in die Waschmaschine stecken*, oder: *Wenn du nicht stehen bleibst, schmeckt die Eiscreme nicht mehr.*«

»Ah, okay. Der Fokus auf Essen ist eindeutig. Sprichst du auch im Schlaf?«

»Manchmal ja.« Er rückt ein wenig auf seinem Stuhl herum. Sein Blick bleibt nach oben gerichtet, er redet mit dem Himmel, nicht mit mir. Wir reden beide mit dem Himmel. »Angeblich wurden nachts schon richtige Gespräche mit mir geführt.«

Ich frage nicht nach dem Subjekt, das er unter dem Passiv verborgen hat, nicht jetzt in dieser zufriedenen Ruhe, die alles zudeckt.

»Vielleicht sollte jemand auch deine nächtlichen Sätze aufschreiben.«

»Wozu? Meinst du, ich plaudere Geheimnisse aus? Erinnerungen an mein früheres Leben, als ich noch Pirat war und Schätze gefunden habe?«

»Das wäre doch praktisch. Du könntest reich werden, wenn jemand notiert, wie du sie wiederfinden kannst.«

»Mach dir da lieber nicht zu große Hoffnungen.«

Ich lächle im Dunkeln, wir schweigen. Vielleicht sieht er

dieselbe Sternschnuppe wie ich, die hinter dem Wolkenloch vorbeigehuscht ist, vielleicht wünscht er sich etwas. Wir hören nie auf damit, selbst wenn wir nicht mehr daran glauben, dass ein fallender Komet unsere Wünsche auffängt und in der Hitze, in der er verglüht, schmiedet, bis sie wahr werden. Glauben, obwohl man weiß, dass es dieses Etwas nicht gibt.

»Wie lange kennt ihr euch schon?«, fragt Elias.

»Meike und ich? Seit einer ganzen Weile. Zehn Jahre? Wir haben beide in Marburg angefangen zu studieren. In einer der ersten Lehrveranstaltungen saßen wir nebeneinander, haben uns ein bisschen unterhalten und schnell gemerkt, dass wir uns ziemlich gut verstehen.«

»Zehn Jahre. Das merkt man.«

»Findest du?«

»Ja. Einfach die Art und Weise, wie ihr miteinander umgeht.«

»So was kommt nicht nur durch die Zeit, glaube ich. Vor allem hat es mit den Dingen zu tun, die man miteinander erlebt hat, und das müssen nicht immer große Dinge sein. Wir sind manchmal auch nur mit einer Flasche Wein spazieren gegangen oder haben stundenlang im Park herumgegammelt. Ab und zu sind wir spontan ins Kino, ohne vorher das Programm anzusehen, und haben am Ende die merkwürdigsten Filme geschaut.« Zwei Sternschnuppen kreuzen sich, genau über mir. »Wir haben zusammen gelernt, wir sind zusammen weggefahren, ich war dabei, als sie Lars kennengelernt hat. Wir haben unseren Bachelor zusammen gemacht und danach unsere Wohnungen und Jobs gekündigt und sind für drei Monate nach Spanien gegangen.« Ich ziehe die Ärmel der dünnen Strickjacke, die ich nach dem Abendessen übergestreift habe, über meine Handgelenke, als müsste ich meinen Puls warm halten, der meinen Erinnerungen hinterherrennt. »Das ist das Entscheidende, glaube ich. Dass man wichtige Lebensabschnitte zusammen erlebt und auch mal einige Zeit am Stück miteinander verbringt, in der man sich gehörig auf die Nerven geht, sich streitet und darüber hinwegkommt. Man streitet sich so wenig mit Freunden, wenn man älter wird. Man weiß gar nicht mehr, ob die Freundschaften das überhaupt aushalten würden oder ob sie nur für gute Zeiten gemacht sind, wenn sowieso alles in Ordnung ist. Du hast sicher auch solche langjährigen Freunde, oder nicht?«

»Ja. Aber viele wohnen nicht hier. Ich habe zwei Schulfreunde in Berlin, mit denen ich noch in Kontakt bin, aber einen Großteil meiner Freunde habe ich während meiner Reisen kennengelernt. Die leben überall auf der Welt.«

»Würdest du sie gern häufiger sehen?«

»Definitiv. Reisen sind nur leider teuer, und selbst wenn sie das nicht wären, dauern sie eben. So lange würde ich Isabel und Mia nicht allein lassen wollen.«

»Du kannst sie mitnehmen.«

»Womit wir wieder bei dem Geldthema wären.«

Etwas raschelt im Garten, dann ein grunzendes Schnaufen, das in der Dunkelheit und Stille sehr laut klingt. Wir richten uns gleichzeitig auf, langsam, um keine unnötigen Geräusche zu verursachen. »Ein Igel?«, flüstere ich.

»Ich denke schon, ja.«

Das Grunzen bleibt im hinteren Gartenbereich und verschwindet schließlich wieder.

»Meike hat erzählt, dass sie ihnen extra Winterquartiere angelegt hat.«

»Das ist schlau. Eines der vielen Projekte auf meiner endlos langen Liste für unseren Garten.«

»Was steht noch drauf?« Ich lehne mich wieder zurück.

Eigentlich bin ich schon ziemlich müde, immer wieder gleiten meine Gedanken davon.

»Das willst du gar nicht alles wissen. Ein Kartoffelbeet, ein Hochbeet für Salate und Bohnen. Dann will ich einen Carport und mit Mia einen neuen Briefkasten bauen, außerdem eine Terrasse anlegen. Unter anderem.«

»Meine Liste für Siegfrieds Haus ist bestimmt ähnlich lang. Ich habe das Gefühl, ich werde nichts davon fertig bekommen, bis ich wieder abreise.«

»Wie lange wirst du noch bleiben?«

Wieder eine Sternschnuppe. Das muss eine dieser Nächte sein, an denen sie wie Gewitterschauer über den Himmel ziehen, Tausende von ihnen. Perseiden. Normalerweise verpasse ich sie, weil man sie in der Stadt sowieso kaum sieht und weil ich an den langen Sommertagen meistens zu früh ins Bett gehe.

»Ich habe keine Ahnung«, antworte ich.

Wieder schnauft der Igel, diesmal kommt er von der Seite und huscht an der Treppe und am Zelt vorbei, dorthin, wo das Lichterkettenlicht gerade so noch die Dunkelheit aufschwemmt.

»Füttert sie ihn?«, fragt Elias.

»Sie versucht, den Garten so anzulegen, dass er auch ohne Hilfe genug findet. Vielleicht gibt sie ihm im Herbst und Frühling auch ein bisschen Trockenfutter. Wobei das wahrscheinlich diese ewig hungrige Katze wegfrisst.« Ich muss gähnen.

»Wir sollten schlafen gehen.«

»Ja. Die Kinder sind sicher früh wach.« Der Weg ins Bett erscheint mir unendlich mühsam. Die Lehnen hochdrücken, aufstehen, ins Zimmer gehen, Schlafsachen anziehen. Genauso gut könnte ich einfach hier liegen bleiben, den Sternschnuppen zusehen, bis meine Augen von selbst zufallen. Dem Igel lauschen, den Grillen, den Nachtinsekten. Elias könnte mir etwas erzählen, eine Geschichte von seinen Reisen vielleicht. Er muss so viele Geschichten haben.

Ich bleibe nicht liegen, weil Elias irgendwann aufsteht und es letztlich ziemlich unbequem wäre, auf diesen Stühlen zu schlafen.

»Schlaf gut«, sage ich und nehme mein Wasserglas.

»Du auch.«

Ein Lächeln, dann gehe ich ins Haus und schließe die Terrassentür, natürlich ohne sie zu verriegeln. Elias schaltet die Lichterkette aus. Ich wende mich ab, gehe in mein Zimmer, ziehe nur die Hose und die Strickjacke aus und krieche unter die dünne Sommerdecke mit der rot-golden gemusterten Bettwäsche, die Meike bereits während des Studiums benutzt hat. Ich habe schon sehr oft darin geschlafen.

\*\*\*

Es ist windig, die Wolken hasten vom Meer aus über das Land. Meike ruft mir etwas zu, aber ich verstehe sie nicht, deshalb zucke ich nur mit den Schultern und winke ihr zu. Lars versucht, den Drachen auszupacken, ohne die Schnüre ineinander zu verheddern. Der Strand ist nicht leer, trotzdem sind nicht sehr viele Menschen hier, und die meisten gehen nur spazieren. In der Sonne zu liegen, während der Wind die mit Sonnenschutzlotion eingecremten Körper kontinuierlich mit Sand paniert, ist nur etwas für die hartgesottenen Touristen, die für ihr teures Urlaubsgeld so viel Meeresfeeling wie möglich mitnehmen wollen.

Meike dreht sich wieder zu den beiden Kindern um, mit denen sie gerade Muscheln sammelt. Ich bin ein Stückchen vorausgegangen, barfuß, immer knapp unter dem Algenrand entlang, der das Ende der Flut markiert. Die Sneakers habe ich an den Schnürsenkeln zusammengebunden und mir über die Schulter gehängt. Nun bleibe ich stehen, um auf die anderen zu warten – beziehungsweise darauf, dass Lars seine Versuche mit dem Drachen aufgibt oder gewinnt –, und blicke aufs Meer. Der Wind hier fühlt sich anders an als das, was in Frankfurt um die Ecke fegt. Er ist etwas weicher, gesprächiger, er spielt mit einem.

Sehr weit hinten fährt ein Frachtschiff über das Wasser. Ich weiß, dass es sich bewegt, aber es sieht aus, als würde es im Wasser stehen. Vielleicht befindet es sich auf dem Weg nach Rügen.

Ich höre Meikes Stimme und drehe mich um. Lars hat den Lenkdrachen inzwischen entwirrt, Meike hält die beiden Griffe, während er langsam rückwärtsgeht. Jill sitzt auf Elias' Schultern, Mia steht neben ihm, alle drei nah genug dran, um das Spektakel beobachten zu können, aber weit genug weg, um nicht von dem möglicherweise abstürzenden Drachen erwischt zu werden.

Langsam schlendere ich zurück. Das Wasser schwappt über meine Füße und spült hinter mir die Abdrücke fort, die mein Gewicht in den nassen Sand gedrückt hat.

»Willst du dich dem Drachenteam anschließen? Ich kann hier bei den Kindern bleiben«, biete ich Elias an.

Sein Blick bleibt auf Lars gerichtet. Der ist inzwischen stehen geblieben, hält den Drachen etwas hoch.

»Nein, schon gut. Ich gucke lieber zu.«

Lars wirft den Drachen nach oben, Meike läuft ein Stück rückwärts, langsamer, als sie normalerweise laufen würde, dann fängt eine Bö den Gleiter auf und schleudert ihn nach oben. Mia gibt einen Laut von sich, eine Art überraschtes Quieken, sie grinst und verfolgt gespannt den Flug des Drachens, der wie eine viel zu große Fledermaus hin und her rast. Fast kann ich ihn lachen hören. Ich mag das Geräusch, wenn der Wind durch den Kunststoff rüttelt und die Schnüre mit einem Ruck ihre volle Spannung erreichen, Geräusche von Sommerurlaub und sandigen Füßen. Mein Vater hat auch immer gern Drachen steigen lassen.

Als Meike und ich vor acht Jahren zusammen an die Ostsee gefahren sind, hat sie diesen Typen angesprochen, der allein versucht hat, seinen Lenkdrachen in die Luft zu kriegen, und ihm ihre Hilfe angeboten. Bestimmt eine halbe Stunde lang habe ich ihnen zugesehen, bevor ich ein bisschen spazieren gegangen bin, und als ich zurückkam, saßen sie nebeneinander im Sand, und Meike hatte dieses Lächeln, das ich nicht an ihr kannte. Seitdem fahren sie jedes Jahr am einundzwanzigsten August an den Strand und lassen einen Drachen steigen. Jedes Jahr einen Tag vor Meikes Geburtstag. Selbst als wir in Spanien waren, ist Lars zu ihr geflogen, einen Drachen im Gepäck.

Meike strauchelt, und als hätte der Flieger sich erschrocken, saust er auf den Boden zu und landet dicht vor Lars im Sand. Sie tauschen, diesmal lenkt Lars, aber der Wind hat sich ausgetobt und wird langsam müde.

»Können wir ein Eis essen?«, fragt Mia ihren Onkel.

»Eis, Eis!«, ruft Jill begeistert, so laut, dass es wohl auch Meike hört. Sie winkt uns glücklich zu, und als der Drache das nächste Mal abstürzt, packen sie ihn ein und kommen zu uns.

»Ihr habt wohl schon Pläne geschmiedet«, sagt sie und hebt Jill von Elias' Schultern.

»Eher die Kinder«, antworte ich.

»Wir laufen bis da vorne, wo der Spielplatz ist. Dort könnt ihr euch noch ein bisschen austoben, danach gehen wir Eis essen. Hinter der Düne ist gleich ein Café.«

Sofort rennt Mia los, so schnell, wie man auf losem Sand

eben rennen kann, und Jill läuft hinterher. Lars drückt mir den Drachen in die Hand, bevor er den Kindern folgt.

»Wieso muss ich den jetzt tragen?«

»Weil er dir am besten steht.« Meike hakt sich bei mir ein. »Also, Elias. Sei ehrlich. Hättest du das mit dem Drachen besser hingekriegt als wir?«

»Definitiv. Aber ihr habt das ganz okay gemacht.«

»Wir haben eben Übung.«

Wir erreichen das Ufer. Meike hält sich an mir fest, als sie ihre Ballerinas auszieht, Elias hat seine Schuhe schon vorhin im Rucksack verstaut, kaum dass wir den Strand betreten hatten.

»Oh, schön. Kühles Wasser an den Füßen.« Meike seufzt genießerisch. »Ich bleibe einfach hier. Macht euch noch einen schönen Tag.«

»Wir bleiben einfach alle hier.«

Die Kinder vor uns werden immer wieder von Muscheln und glatt geschliffenen Glasscherben abgelenkt, sodass wir ein gemächliches Schlendertempo einnehmen. Gelegentlich kommen sie zu uns, um uns eines ihrer Fundstücke zu zeigen. Einige schenken sie uns auch, sodass sich die engen Taschen meiner Shorts rasch füllen. Da Meikes schulterloses Strandkleid gar keine hat, muss ich ihre Geschenke ebenfalls einstecken.

»Ich war schon ewig nicht mehr an der Ostsee«, sagt Elias unvermittelt.

»Wieso nicht?«, fragt Meike. »Von euch aus ist das doch gar nicht so weit weg.«

»Nein, ist es nicht. Ich weiß nicht genau, wieso.«

»Ihr seid jederzeit wieder eingeladen. Vor allem wenn wir das Baby haben und vor Dankbarkeit über jede warme Mahlzeit weinen, die uns ein kochbegabter Gast zaubert.«

»Oder über Besuch, der den Kinderwagen durch die Gegend schiebt, damit ihr ein Nickerchen halten könnt«, sage ich.

»Ich sehe schon, wir verstehen uns. Am besten machen wir gleich den nächsten Besuchstermin aus.«

Ich würde Elias gern fragen, wieso er schon länger nicht mehr ans Meer gefahren ist. Ob das etwas ist, was Yuna nicht mochte, oder ob ihn andere Dinge aufgehalten haben. Aber er würde wahrscheinlich nicht richtig antworten, nicht jetzt, denn auch wenn er lächelt, ist da wieder diese Vorsicht in seinem Blick.

Inzwischen haben wir den Spielplatz erreicht. Die Mädchen rennen auf das Klettergerüst zu, für das Jill noch viel zu klein ist. Entrüstet schimpft sie los, als Lars sie davon abhalten will, Mia die steilen Sprossen nach oben zu folgen, lässt sich aber ablenken und zu dem deutlich harmloseren Rutschturm manövrieren.

Meike und ich sind stehen geblieben. Ich lege einen Arm um sie, lächelnd blickt sie mich an.

»Versprichst du mir, dass du häufiger herkommst? Du musst auch kein Essen machen und keine Kinderwagen durch die Gegend schieben. Aber manchmal würde ich gern mehr sein als Mutter und Ehefrau.«

»Und Hausbesitzerin und Bienenhüterin und ...«

»Du weißt, was ich meine. Zwischen den ganzen anderen Sachen vergesse ich ab und zu, wie es ist, beste Freundin zu sein.«

Meike weiß, wie das für mich mit den Versprechen ist. Mein Vater hat immer gesagt, man gibt sie mit dem Herzen, und was man mit dem Herzen gibt, kann man nicht zurückfordern.

»Ich werde es versuchen, ich will auch häufiger beste Freundin sein. Und am besten auch beste Patentante.«

»Gut. Das reicht mir.« Sie löst sich von mir und geht zu den anderen.

Ich lege mich in den Sand und blicke in den Himmel, über den noch immer Wolken eilen, als fürchteten sie, zu spät zu einer Veranstaltung zu kommen. Möwen kreisen mit den Windböen mit, zwischen ihr Kreischen mischt sich das Lachen und Rufen der Kinder vom Spielplatz.

Es gibt Momente, die sich in die Ewigkeit erstrecken. Die schon Erinnerungen sind, während man sie lebt, weil man spürt, wie sie an einem Tag in der fernen Zukunft zupfen, einem Tag, an dem man an diesen Moment zurückdenkt. Vielleicht glücklich, vielleicht nostalgisch, vielleicht ein bisschen traurig. Ich nicke diesem Zukunfts-Ich zu, auch wenn es mich nicht sehen kann. Alles wird gut, denke ich. Denn irgendwann muss es das einfach. Irgendwann muss es sich richtig anfühlen, der Mensch zu sein, der man ist. Mit allen Träumen und Wünschen, die man hat, und mit allen Träumen und Wünschen, die man nicht hat.

## Kapitel 17

Meine Haare sind lang geworden. Bestimmt eine Minute starre ich bereits im Spiegel auf diese Matte auf meinem Kopf, mit der ich eigentlich etwa alle sechs Wochen zum Friseur muss. Vor zwei Monaten habe ich mir den Pixie schneiden lassen. Oder war es vor zweieinhalb?

Ich nehme eine der Strähnen zwischen zwei Finger und ziehe sie lang. Sie reicht bis über das Ohr, vorne fallen sie mir bereits bis zu den Augenbrauen. Das ist keine Frisur mehr, würde Fabians Mutter sagen und so ein bisschen herablassend gucken, es aber natürlich nur gut meinen und mir die Adresse ihres Friseurs in Frankfurt geben, der ihr jahrelang die Haare gemacht hat. Sie würde »machen« sagen, als hätte sie vorher keine besessen und er hätte sie selbst gebastelt oder ausgebrütet oder wo auch immer Haare ihrer Meinung nach herkommen.

Nieselregen benetzt das Badfenster. Er verursacht kein wahrnehmbares Geräusch, er fällt nur still auf das Spätsommergrün draußen, oder vielleicht werden die Geräusche von den Handwerkern weggeschwemmt, die die neuen Fenster einsetzen. Letztlich ging doch alles sehr schnell, sowohl die Beantragung für die Zuschüsse als auch die Terminfindung für den Einbau. Ich nehme an, Manfred hat Kontakte.

Tief atme ich ein und stoße mich von dem Waschbecken ab. Genug Zeit vertrödelt. Bald wird Großvater sein Nachmittagsnickerchen beendet haben, und ich wollte vorher die Muffins noch mit Schokolade verzieren.

Ich gehe nach unten, etwa eine Viertelstunde später taucht er in der Küche auf. Er wirkt noch schläfrig, lächelt aber, als er sich auf einen der Stühle fallen lässt. »Du hast gebacken«, stellt er fest. »Bekommen wir Besuch?«

»Nein. Ich wollte dir nur beweisen, dass die Anschaffung eines Muffinbackblechs eine absolut notwendige Investition war.«

Er lacht leise. Diesmal habe ich für uns keinen Kaffee gemacht, sondern Kräutertee, seinem Herzen zuliebe. Wenn es nach mir ginge, würden wir grünen Tee trinken, aber den kann er nicht ausstehen.

Auf zwei Tellern richte ich die verzierten Muffins an, einen bringe ich zusammen mit Bechern und der Kaffeekanne hinaus zu den Handwerkern, die gerade eine Raucherpause machen. Selbst die Nichtraucher. Sie arbeiten trotzdem schnell. Morgen werden die letzten Fenster ausgetauscht, dann ist das Thema immerhin schon mal erledigt.

Opa hat uns Tee eingeschenkt. Er kommentiert nicht, dass die Handwerker Kaffee bekommen und er nicht, aber er weiß ja selbst, was sein Arzt ihm geraten hat.

Mit der Kuchengabel zerteilt er seinen Muffin. Er ist ruhig heute, wir sind beide sehr schweigsam.

»Stört es dich eigentlich, dass ich immer noch hier bin?«, frage ich unvermittelt.

»Wieso sollte es mich stören?«

»Ich weiß nicht. Du hast mich einfach aufgenommen, ohne viele Fragen zu stellen, und jetzt bin ich schon seit Wochen hier. Es muss merkwürdig sein für dich.«

»Es ist nicht merkwürdig, Alina. Ich bin froh, dass du da

bist.« Sorgfältig piekt er ein Stück Muffin auf seine Gabel. »Ich würde mich aber sehr freuen, wenn du nicht jeden Tag eine Horde Handwerker auf mein Haus loslassen würdest.«

»Ich weiß, dass sie dich nerven. Aber sie sind echt schnell, und in ein paar Wochen wirst du merken, was für einen Unterschied die neuen Fenster machen. Ich habe überlegt, ob wir nicht auch noch jemanden engagieren sollen, der Steckdosen anbringt, bevor ich die Zimmer renoviere.«

Großvater sieht auf, die Stirn gerunzelt. »Noch mehr Bauarbeiten?«

»Das sind nicht direkt Bauarbeiten. Bestimmt geht das ganz fix. Du müsstest dann nicht mehr tausend Verteiler verwenden und hättest an allen wichtigen Plätzen Stromversorgung. Wenn wir uns vorher gut überlegen, wo du noch welche brauchst, können wir auch neue Anschlüsse legen lassen.«

»Was hast du sonst noch für Ideen?«

Tief atme ich ein. Ich sollte aufhören und ihn in Ruhe lassen, doch es fällt mir mit jedem Tag, an dem die sanierte Version dieses Hauses in meinem Kopf lebendiger und gemütlicher wird, schwerer. »Das Bad im Erdgeschoss könnte neu gemacht werden. Da sind schon so viele Fliesen angeschlagen und Ablagerungen in der Badewanne. Außerdem wäre es bestimmt gut, wenn es hier im Haus eine ebenerdige Dusche gäbe, die Toilettenspülung klemmt ständig und …« Ich halte inne.

»Ich habe eigentlich keine Lust, auf einer Dauerbaustelle zu leben.« Seine Stimme bleibt ruhig, aber er legt die Gabel beiseite und schaut zur Tür, als würde jeden Moment jemand hereinkommen. »Ich kann mich so schon kaum auf das konzentrieren, was ich zu erledigen habe.«

»Es muss ja nicht alles sofort sein. Wenn du das nicht willst, verstehe ich das. Wir müssten sowieso erst mal schauen, was das kostet und was du haben willst, aber du wirst nicht jünger und das Duschen in der Badewanne ist sicher beschwerlich.«

»Ich komme sehr gut zurecht.«

»Ja, ich weiß. Das ist auch toll. Nur wird es sich irgendwann ändern, und wir können dafür schon mal vorsorgen.«

Sein Blick wandert zu der Herduhr. »Wir besprechen das ein anderes Mal. Es ist schon nach halb drei. Ingrid wartet sicher auf mich.«

Seit ihr Mann verstorben ist und sie sich in ihrem Haus manchmal einsam fühlt, treffen sich die beiden regelmäßig. Zweimal war ich schon bei ihr. Einmal um ihr die Lasagneform zurückzugeben und vor drei Tagen erst, weil sie mich auf ein Stück Kuchen eingeladen hatte.

Draußen verdichten sich weißgraue Wolken zu dunklen Gebirgen. »Es soll gleich regnen.«

»Sie wohnt doch nicht weit weg. In ein bis zwei Stunden bin ich wieder zurück. Heute bin ich auch ein bisschen zu müde, um lange mit ihr Mühle zu spielen.« Damit verschwindet er in den Flur. Ich höre das Rascheln und Kratzen, als er seine Waldschuhe und die Regenjacke überstreift, dann das Klacken der Haustür, dann Stille. Wenig später beginnen die Fensterbauer wieder mit ihrer Arbeit, doch ich bleibe in der Küche sitzen. Eigentlich wollte ich Großvater langsam in meine ganzen Sanierungsvorhaben einweihen, nachdem er schon von der Sache mit den Fenstern und der Fassade nicht begeistert war. Ich greife nicht nur in seinen Alltag ein, sondern in sein ganzes Leben, in das er sich gut eingerichtet hat. Als wäre er ein kleines Kind und ich die Verantwortliche, die ihm vorschreibt, was er mit seinen Tagen anzufangen hat. So will ich nicht sein, ich wollte mich doch nur nützlich machen. Wahrscheinlich ist es Zeit, in mein eigenes Leben zurückzukehren. Noch länger wartet es nicht auf mich.

\*\*\*

Es ist so still, wenn ich allein in dem großen Haus bin. Ob Großvater diese Stille ebenfalls hört? Geht er deshalb manchmal so lange spazieren, um nicht in diese Leere zurückkehren zu müssen?

Immer wieder hängt sich mein Blick an die alte Standuhr, die sanft die Zeit in den Raum fließen lässt, Minute um Minute.

Seit drei Stunden ist Siegfried jetzt schon weg. Drei Stunden, in denen die Handwerker ihr Zeug zusammengepackt haben und gegangen sind. Drei Stunden, in denen der Regen anfing, aufhörte und wieder anfing. Drei Stunden, in denen ich die Hühner in den Stall gebracht, zwei Paprika und ein paar Tomaten geerntet, die Küche und den Flur gewischt habe. Nun warte ich, weil ich nicht wirklich weiß, was ich als Nächstes tun könnte. Ein dunkles Gefühl breitet sich in meinem Bauch aus. Opa hätte angerufen, wenn er länger bleiben würde. Er hätte bestimmt angerufen.

Schließlich gehe ich zum Telefon, suche die Nummer von Ingrid aus dem Adressbüchlein heraus, und drei Minuten später weiß ich, dass Opa bereits vor zwei Stunden aufgebrochen ist, aber noch einen kleinen Spaziergang machen wollte.

Zwei Stunden sind sehr lange, gerade bei diesem Wetter. Ich rufe Isabel an, die jedoch nicht ans Handy geht, also schreibe ich ihr und frage sie, ob Siegfried bei ihnen ist. Dann lese ich – oder versuche es zumindest –, bis eine Viertelstunde später mein Telefon klingelt.

»Wieso fragst du das? Ist er nicht zu Hause?« Isabel klingt ein wenig atemlos, als wäre sie gerannt.

»Nein. Er war bei Ingrid und ist danach spazieren gegangen, aber nicht zurückgekommen.« Ich stehe von dem Sofa auf. Mittlerweile besteht der Himmel nur noch aus einem schweren Bleigrau, und in der Ferne grollt Donner. »Gleich fängt es richtig an zu gewittern. Ich mache mir Sorgen.«

»Hast du ihn angerufen?«

»Er hat sein Handy hier vergessen.«

»Okay. Lass mich kurz nachdenken.«

Ich lasse sie kurz nachdenken, vorsichtshalber denke ich selbst mit, obwohl das Ergebnis offensichtlich ist: Ich muss losgehen und ihn suchen. Wenn es nicht anders geht, durchkämme ich eben den ganzen riesigen Wald, irgendwo muss Opa ja sein. Vielleicht ist ihm kalt, vielleicht ist er gestürzt. Dass er überhaupt allein dort draußen herumläuft. Er ist zwar fit, aber auch keine sechzig mehr, überall liegen Baumstämme und Äste, und Gestrüpp wächst über die Wege, dort draußen gibt es Wildschweine und vom Regen aufgeweichten Boden. Er hätte sein Handy mitnehmen sollen. Fast jedes Mal, das er allein losgezogen ist, habe ich es ihm aufgedrängt, nur heute natürlich nicht. Er wollte doch nur Mühle spielen.

»Elias kommt in frühestens einer Stunde nach Hause«, sagt Isabel. »Ich frage Steffi, ob Mia heute bei ihnen übernachten kann. Dann kann ich dir suchen helfen. Ich melde mich gleich, ja?« Schon hat sie aufgelegt, bevor ich etwas erwidern kann. Einen ewigen Moment lang bleibe ich noch sitzen, unfähig, mich zu rühren, weil sich mein Gehirn mit Horrorbildern füllt. Normalerweise bin ich nicht so. Normalerweise kann ich ruhig bleiben und nachdenken und Lösungen finden und verliere mich nicht in Negativszenarien.

Nein, auch heute werde ich ruhig bleiben. Entschlossen laufe ich nach oben, ziehe die Jeans statt der dünnen Stoffhose an, dazu einen Pullover, und leihe mir Großvaters Sommerjacke, die zwar nicht regenfest ist, aber besser als gar keine. Meine Schuhe sind absolut regenwetterungeeignet, deshalb schnappe ich mir die etwas zu großen Gummistiefel, die mit zwei Paar Socken tragbar werden. Dann rufe ich im Krankenhaus an, um zu fragen, ob vielleicht ein älterer Herr eingeliefert wurde. Es wurde niemand gebracht.

Nachdem ich wieder aufgelegt habe, ruft Isabel mich zurück. »War jetzt nicht so leicht, Mia dazu zu überreden, bei Rose zu schlafen, ohne dass sie das Gefühl hat, es stimmt etwas nicht. Ist Siegfried inzwischen wieder da?«

»Nein.« Ein Donnergrollen zerreißt die Abendstille, es klingt viel näher als vorhin. Wir müssen los. Wir müssen jetzt los. »Wollen wir uns aufteilen oder zusammen gehen?«

»Wir müssen uns aufteilen, sonst sind wir zu langsam. Ich habe Elias geschrieben. Er versucht, früher loszukommen, heute ist nicht so wahnsinnig viel in der Pizzeria los. Kann aber trotzdem noch dauern.«

»Okay«, sage ich. »Geh du runter zur Schwärze und am Wasser lang Richtung Schwärzesee bis zu den Gleisen, aber oben durch den Wald zurück. Ich gehe hier durch den Wald und versuche, ihn zu finden. Wenn er da nicht ist, müssen wir auf der anderen Seite der ...«

»Wir fangen erst mal so an, wie du es vorgeschlagen hast. Wir finden ihn, Alina. Mach dir keine Sorgen. Bestimmt geht es ihm gut.«

Draußen ist es schon fast dunkel, so dick sind die Wolkenberge. Heute Nachmittag, nach dem Regen, hat es heftig gestürmt, bevor das Gewitter anmarschiert ist. Jetzt ist es ungewöhnlich ruhig, diese Unheil verkündende Stille, bevor etwas Schlimmes geschieht. Großvater weiß doch, dass Sturm und

Wald keine gute Kombination sind. Nicht wenn der Wald zu trocken ist und zu viel herunterfallen und umstürzen kann.

Seid ruhig, ermahne ich die Gedanken, die ständig Aufmerksamkeit fordern. Nicht jetzt.

Ich nehme Waldwege, nicht den Hauptweg, auf dem in der Zwischenzeit wahrscheinlich noch der eine oder andere Spaziergänger oder Radfahrer unterwegs war. Wenn Siegfried etwas geschehen ist, dann nicht dort. Nicht auf dem großen Weg, nicht direkt beim Zoo.

Der Regen beginnt, der Wind frischt wieder auf und raschelt und wispert, nein, brüllt in den Bäumen. Ich rufe Siegfrieds Namen, ohne eine Antwort zu bekommen, ich laufe Wege, die dann doch keine Wege sind, weil ich den Wald eben nicht so gut kenne wie er, weil ich nicht weiß, wo er überall spazieren geht. Ich weiß noch immer fast nichts über ihn, kein bisschen habe ich nachgeholt. Verschwendete Wochen, in denen ich mehr über das Haus als über ihn nachgedacht habe, mehr über mich selbst und über Elias und Fabian und meine Mutter und meinen Vater als über meinen Großvater, der wenigstens anwesend und aufmerksam war, nein, ist.

Vielleicht sind da auch Tränen, die sich mit dem Regen mischen, aber ich wische alles ungeduldig beiseite und stapfe weiter durch das Laub der Vorjahre und über Moos und Heidelbeeren und Zeugs, das meine Füße behindert, weil ich den Weg inzwischen völlig verloren habe. Ich sinke tiefer in den Boden, der weder durch Menschenfüße noch Wildtiere festgetreten ist, habe keine Ahnung mehr, wo ich mich befinde. Irgendwo zwischen Spechthausen und Eberswalde, vielleicht laufe ich aber auch in eine völlig andere Richtung. Dorthin, wo sich der Wald ewig erstreckt, bis irgendetwas kommt. Eine Autobahn? Ein Dorf? Felder?

Schließlich bleibe ich stehen, atme ein und aus, bis sich mein Herzschlag wenigstens ein bisschen beruhigt hat und ich konzentrierter nachdenken kann.

Es bringt Siegfried nichts, wenn ich kreuz und quer durch den Wald stapfe und an Orten suche, an denen er sicher nicht sein wird. Ich versuche, die Umgebung zu scannen und zu eruieren, von wo genau ich gekommen bin, was in der weltuntergangsähnlichen Dämmerungsstimmung nicht besonders einfach ist, doch dann entscheide ich mich für eine Richtung. Es gelingt mir tatsächlich, einen Waldweg zu finden und auf ihm zu bleiben, bis ich in der Nähe des Zoos angekommen bin. Dort, wo wir auf unserem ersten gemeinsamen Spaziergang waren, Siegfried und ich. Wo er mir von den Briefen erzählt hat, die ich nie erhalten habe.

Ich umlaufe den Bibersee. Mit den herumliegenden Bäumen, ein paar abgenagt, ein paar durch den veränderten Wasserstand umgefallen und ein paar gefällt, wirkt die Gegend noch apokalyptischer als der Rest des Gewitterwaldes. Mittlerweile prasselt der Regen kühl auf Baumkronen und laubbedeckten Boden und die Wasseroberfläche, wo er den Teppich aus Wasserlinsen aufreißt. Immer wieder hallt Donner zwischen den Bäumen, zum Glück nie wirklich nah. Wie lange bin ich jetzt schon unterwegs? Eine Stunde?

Isabel hat mir eine Nachricht geschrieben, sie ist die Schwärze entlanggelaufen und befindet sich jetzt auf dem Rückweg. Keine Spur von Siegfried. Ich antworte ihr, laufe weiter, viel zu langsam, doch ich will nicht, dass mir etwas entgeht. Wieso weiß ich nicht, wo ich suchen muss? Müsste ich das nicht wissen? Weiß man solche Dinge nicht über die Menschen, die man liebt?

Isabel schreibt zurück, dass sie ein paar Bekannte aus dem

Dorf angerufen hat, Manfred und andere. Die meisten wollen ebenfalls losfahren oder -laufen, trotz des Unwetters, Menschen aus Großvaters Leben, über die ich kaum etwas oder gar nichts weiß.

Inzwischen habe ich den See fast komplett umrundet, gehe über eine Brücke und zögere. Rechts oder links? Der Weg links führt zum Zoo und zum Forstbotanischen Garten, Wege, auf denen häufiger Menschen unterwegs sind. Aber auch bei Regenwetter? Rechts komme ich zurück nach Spechthausen. Ich entscheide mich für Option Nummer zwei, laufe auf dem zunächst recht breiten Hauptweg und spähe immer wieder sinnlos in den umliegenden Wald. Ein schmalerer Pfad führt zum Ort zurück. Rechts von mir wirkt das Gebiet sumpfig, dicht mit hohem Schilfgras bewachsen, von der anderen Seite dringen die Autogeräusche der Landstraße. Inzwischen ist das Gewitter weitergezogen und hat sein fernes Donnergrollen und den Wind mit sich genommen. Auch der Regen ist nur noch ein dünnes Nachschauern, aber meine Klamotten sind durchweicht. Mir ist kalt, was ich bis jetzt ignoriert habe.

Wurzeln ziehen sich über den Pfad. Man muss aufpassen, denke ich, denke es viel zu langsam, mein Blick registriert schon etwas, lange bevor mein Gehirn auf die Idee kommt, die Information zu verarbeiten. Denn dort vorn, etwas abseits des Weges, liegt etwas, es hat die falsche Farbe für den Wald, es ist zu glatt und kompakt, und als ich näher komme, bewegt es sich ein bisschen. Ein Stöhnen, tief und unglücklich.

»Opa!«, rufe ich und renne los, stolpere selbst fast dabei, bis ich endlich bei ihm ankomme. »Opa«, sage ich dann etwas leiser, knie mich neben ihn.

Er liegt auf der Seite, fast so, als hätte er nur ein bisschen schlafen wollen.

»Alina?«

»Was machst du denn? Ich bin fast gestorben vor Sorge.«

»Ich bin gestolpert. Mein Fuß tut weh.« Er sagt das so sachlich, als wäre es normal, dass so etwas passiert, und jetzt müsse man einfach eine Lösung finden.

»Kannst du aufstehen?«

»Ich glaube nicht.«

Okay. Nachdenken. Nachdenken.

Vor zwei Wochen habe ich ihn dazu überredet, eine App runterzuladen, die einem im Notfall den nächstgelegenen Rettungspunkt anzeigt. Wenn man beispielsweise mitten im Wald herumliegt und sich nicht bewegen kann. Um sie ihm zu erklären, habe ich sie mir ebenfalls installiert und nicht, wie ich jetzt erleichtert feststelle, wieder gelöscht. Während sie lädt, taste ich Siegfrieds Beine ab, dann lese ich aus der App den Rettungspunkt ab und rufe den Notruf, versuche zu beschreiben, wie weit wir davon weg sind. Nicht allzu weit, wenn ich die Karte richtig gelesen habe.

»Ist dir kalt?«, frage ich Siegfried. Ich höre das Zittern in seinem Nein. Seine Regenjacke hat das Schlimmste abgehalten, trotzdem ist es kein Erholungsurlaub, bei dem Wetter auf einem schlammigen Waldweg herumzuliegen. Rasch rufe ich Isabel an, umreiße das Wichtigste, lege mich anschließend an Siegfrieds Rücken und versuche, Wärme zu spenden, obwohl ich wahrscheinlich mindestens genauso durchnässt bin wie er.

Dann höre ich die Sirene aus der Ferne. Stille. Ich denke schon, sie wären umgekehrt, weil sie uns nicht finden können. Was mache ich dann? Warten, bis Elias und Isabel oder jemand anders hier ist? Wie sollten wir Opa transportieren?

Gefühlt dauert es ewig, bis die Rettungssanitäter endlich bei uns sind. Manfred und eine Frau begleiten sie. Die Sanitäter arbeiten rasch und effizient. Sachen runter, Trage, Decken drüber, Abtransport. Nass und dreckig laufe ich hinter ihnen her. Es ist tatsächlich nicht weit bis dorthin, wo der Krankenwagen steht.

»Kann ich mitfahren?«, frage ich.

Der Sanitäter mustert mich, sein Blick ist mitfühlend, aber distanziert. »Das geht leider nicht, wenn Sie nicht selbst versorgt werden müssen. Sie sollten so schnell wie möglich nach Hause gehen und sich aufwärmen. Wir brauchen außerdem noch die Versicherungskarte Ihres Großvaters.«

»Ja, natürlich.« Meine Stimme zittert, vor Kälte, vor schmerzender Aufregung.

»Kommen Sie zurecht?«, fragt mich der Rettungssanitäter. Wahrscheinlich sehe ich aus wie Ronja Räubertochter nach drei Wochen Waldleben im Spätherbst. So, wie ich früher manchmal ausgesehen habe.

»Ja. Danke.«

Ich trete zur Seite, lasse die Sanitäter ihre Arbeit machen und abfahren und bleibe mit Manfred und der fremden Frau zurück. Der Regen tropft von den Bäumen, es ist ruhig und schon viel zu dunkel. Manfred sagt etwas, aber es ist mir zu mühsam zuzuhören, deshalb antworte ich nicht, laufe nur langsam mit, als die beiden losgehen. Nur halb registriere ich, dass Elias und Isabel mich einsammeln. Sie fahren mich nach Hause, Isabel bringt mich rein und schleppt mich unter die Dusche. Erst als das Wasser viel zu heiß auf mich trifft, merke ich, wie kalt mir gewesen sein muss. Ich schäume meine Haare und den Körper ein, wasche den Wald und den Regen und die Tränen gründlich ab und schlüpfe in warme, kuschelige Sachen.

»Die Karte war im Schreibfach, wie du gesagt hast«, sagt Elias, als ich mit einer hastig zusammengepackten Reisetasche wieder nach unten komme. »Soll ich allein fahren? Du siehst so aus, als müsstest du dich dringend ausruhen.«

»Auf keinen Fall! Wenn ich jetzt alleine hierbleibe, drehe ich durch. Wo ist Isabel?«

»Nach Hause gegangen. Mia konnte nicht einschlafen und wollte in ihr eigenes Bett. Ich glaube, sie hat sich Sorgen gemacht.«

»Und du?«

»Ich fahre uns jetzt ins Krankenhaus.«

Gemeinsam verlassen wir das Haus. Der Geruch nach Regen benetzt die kühl gewordene Abendluft, eine Schwere darin, die etwas Schläfriges hat. So als würde unbemerkt etwas zu Ende gehen, obwohl es gerade erst begonnen hat.

# Kapitel 18

Aufgeregt begeben sich die Hühner auf die Suche nach den Getreidekörnern, die ich im Gehege verteilt habe. Lediglich Martha blickt mich vorwurfsvoll an, als wüsste sie, dass Siegfrieds Abwesenheit nichts Gutes bedeutet.

»Er kommt bald wieder nach Hause«, sage ich und hoffe, dass sie die Unsicherheit in meiner Stimme nicht hört.

Nachdem ich die Eier eingesammelt habe – nur zwei Stück heute –, streife ich durch den Garten.

Um zehn werde ich zu Elias gehen. Er arbeitet ab elf, vorher wollen wir zusammen Siegfried besuchen, der gestern Abend, als wir weit jenseits der Besuchszeit ankamen, schon geschlafen hat. Er hat einen verstauchten Knöchel, wurde mir mitgeteilt, außerdem zwei angebrochene Rippen, eine mittlere Gehirnerschütterung und eine leichte Unterkühlung. Zwei, drei Tage wird er mindestens im Krankenhaus bleiben.

Aus den Hochbeeten sammle ich Schnecken, die sich nach der Regennacht in unserem Garten besonders wohlfühlen und die offenbar auch besonders hungrig sind. Nur die Tigerschlegel lasse ich in Ruhe, weil sie sich von anderen gefräßigen Nacktschnecken ernähren. Perfekte Helfer.

Die Schnecken werfe ich ins Hühnergehege. Ferdinand schnappt sich als Erster eine und macht sich mit seiner Beute davon, auch die Hennen kommen aufgeregt angerannt, um sich um die Leckerbissen zu streiten.

Das Frühstück lasse ich aus, schon der Gedanke an Essen verursacht mir Übelkeit. Keine schlimme, eher so eine unterschwellige, die jeden Anflug von Appetit wegschwemmt. Fast bin ich froh, als die Handwerker kommen. Ich gehe nach oben, wo inzwischen alle Fenster ausgetauscht sind, und beginne damit, den entstandenen Dreck zu beseitigen. Danach widme ich mich dem letzten der drei leer stehenden Zimmer, wo noch Tapete von den Wänden zu kratzen ist.

Noch ein paar Möbel, und Opa könnte die freien Zimmer als Ferienunterkünfte vermieten. Familien mit Kindern, die miteinander spielen und sich knapp zwanzig Jahre später zufällig wiedertreffen. Alle Geschichten beginnen irgendwo, ohne dass man das bemerkt. Ich glaube, Opa würde es gefallen, wenn sein Haus der Anfang einer Geschichte wäre.

Elias ist allein zu Hause, als ich, ein wenig zu früh, bei ihm eintreffe. Er steht in der Küche, zerpflückt Löwenzahnblätter aus dem Garten und schneidet Basilikum. »Für Pesto«, erklärt er. Zusammen mit Walnüssen und eingelegten getrockneten Tomaten legt er die grob gerissenen Blätter in den Glasbehälter eines Multizerkleinerers und stellt ihn in den Kühlschrank. »Dann muss Isabel heute Abend nur noch Öl dazugeben und alles kleinhäckseln. Das ist im Sommer unser Standardabendessen.«

»Schlau.«

»Ich bin gleich fertig, hole nur noch meine Sachen.« Er verschwindet nach oben, ein paar Minuten später kommt er wieder herunter.

Während der Fahrt schweigen wir. Ich bin nicht sicher, ob es ein ruhiges, einvernehmliches Schweigen ist oder eines voller abwesender Worte.

»Hast du geschlafen?«, fragt Elias irgendwann. Nicht »gut geschlafen«, wie man sonst fragt, nur »geschlafen«. Ich mag die Aufmerksamkeit, die in dieser Frage mitschwingt.

»Halbwegs. Es ist ein komisches Haus, wenn man allein ist.«

»Unheimlich?«

»Auch, ja, aber nicht nur. Es ist ... Nein, das klingt bescheuert.«

»Was ist es?«

»Es ist so, als würde das Haus nicht leer sein wollen. Da ist etwas, was gleichzeitig dort lebt und dann wieder nicht. Wie eine Art Sehnsucht vielleicht.« Kurz sehe ich zu Elias, bevor ich mich wieder auf die Straße konzentriere. Es macht mich unruhig, nicht selbst zu fahren. »Du findest mich jetzt sicher komisch und schräg esoterisch. Kann ich verstehen. Ich finde mich selbst komisch und schräg esoterisch.«

»Ein bisschen«, sagt Elias. »Aber nicht sehr. Nur weil man Dinge nicht sehen oder nachweisen oder gut erklären kann, bedeutet das nicht, dass es sie nicht gibt. Als Galileo Galilei behauptet hat, dass die Erde eine Kugel ist, konnte das auch niemand sehen.«

»Man kann die Erdkrümmung sehen.«

»Nur wenn man weiß, wie man sie zu interpretieren hat.«

»Glaubst du an Dinge, die man nicht sehen kann?«

Sein Lächeln ist nur eine Andeutung, huscht wie unbeabsichtigt über sein Gesicht. »Das ist keine Frage, auf die ich mit Ja oder Nein antworten kann. Es gibt sehr viele Religionen und Weltanschauungen, die mehr als nur das Sichtbare und Belebte beschreiben. Ich glaube jetzt nicht an Geister im Sinne von den Seelen Verstorbener, die durch irgendetwas an unsere Welt gebunden sind. Aber ich glaube, dass es noch andere Arten von Leben gibt. Vielleicht ist das, was du in dem Haus spürst, so was wie der Nachhall von vergangenem Leben?«

»Wow. Ich hätte dich für pragmatischer gehalten.«

Jetzt lächelt er wirklich. »Ich bin pragmatisch. Aber ich bin auch viel gereist, und in anderen Ländern sind solche Vorstellungen viel selbstverständlicher als bei uns. Egal ob in Irland, Mexiko oder Japan. Wir werden hier sehr wissenschaftlich erzogen. Dabei ist es ziemlich egozentrisch und fantasielos zu glauben, die Welt würde nur aus dem bestehen, was wir erklären können.«

»So habe ich das noch gar nicht betrachtet.«

Er wird langsamer und biegt in eine freie Parklücke ein.

»Warst du dort überall länger? In Irland, Mexiko und Japan?«

Als ich aussteige, greife ich nach dem Stoffbeutel, in dem ich ein paar Bücher und Opas Rätselheft verstaut habe. An Beschäftigungsmöglichkeiten habe ich gestern Abend nicht gedacht, sondern nur an das Notwendigste wie Wechselkleidung, Hygieneartikel und seine Medikamentenliste.

»In Irland war ich nur mal zwei oder drei Wochen während der Schulzeit. In Mexiko bin ich richtig gereist, in Japan auch. Deshalb habe ich dort auch viel zu wenig übers Kochen gelernt.« Wir überqueren die Straße. »Man kann in Japan ein Jahr in einem Restaurant arbeiten, und alles, was man hinterher weiß, ist eine Menge über Messer, aber noch nicht besonders viel über die Zubereitung des Essens selbst.«

»Hast du inzwischen mehr über die japanische Küche gelernt?«

»Ein bisschen, aber ich kann immer noch kein wirklich gutes Sushi zum Beispiel. Man braucht schon sehr viel Übung, um das richtig hinzubekommen.«

Vor dem Haupteingang stehen ein paar Leute und rauchen.

Ich bleibe ebenfalls stehen, die Aufmerksamkeit auf das alte Gebäude aus roten und gelben Ziegeln geheftet, das mit seinen Rundbogenfenstern und dem fachwerkartigen oberen Stockwerk verspielt und einladend wirkt, mehr wie ein Gutshaus denn wie ein Ort für kranke Menschen. Als neben mir jemand hustet, löse ich mich von dem Anblick und eile Elias hinterher, der das Gebäude bereits betreten hat.

Zumindest wissen wir, auf welche Station wir müssen. Zaghaft klopfe ich an Siegfrieds Zimmertür. Er ist blass mit roten Flecken im Gesicht, seine müden Augen glänzen merkwürdig. Ich werfe Elias einen unsicheren Blick zu, bevor ich das Zimmer betrete, die beiden anderen Männer, die darin liegen, höflich grüße und an Großvaters Bett trete.

»Du siehst fiebrig aus«, sage ich.

»Nur ein bisschen erhöhte Temperatur. Ich habe schon was dagegen bekommen. Zusammen mit den Sachen, die ich sonst noch nehmen muss, kann ich eine eigene Apotheke aufmachen.«

»Du sollst das Zeug ja selbst schlucken und nicht verkaufen.« Ich ziehe einen Stuhl neben das Bett, Elias nimmt sich den zweiten, der an einem kleinen Tisch steht. Viel Platz für Besucher ist nicht.

»Hier kann ich sowieso nicht viel Geld damit machen. Die anderen bekommen selbst genug Drogen.«

Aus dem Stoffbeutel ziehe ich die Bücher. Stefan Zweig, Thomas Mann, Salman Rushdie, Christa Wolf, Margaret Atwood. »Ich wusste nicht, worauf du Lust hast, deshalb habe ich dir eine kleine Auswahl mitgebracht. Die Bücher von Margaret Atwood habe ich mir selbst gerade erst gekauft. Keine Ahnung, ob das was für dich ist, es ist jedenfalls mal was anderes, und ...«

»Danke.« Er lächelt, immer noch müde, aber es ist ein ehrliches Lächeln, das eine wohltuende Wärme in mir auslöst.

»Sag mir ruhig, was ich dir sonst noch mitbringen kann.« Elias umrundet das Bett, um die Bücher in dem Nachtschränkchen zu verstauen.

»Erst mal nichts. Ich hoffe, ich kann schnell nach Hause. Sobald die Schwellung im Knöchel nachgelassen hat und ich wieder auftreten kann, darf ich gehen, aber solange ich liegen muss, wollen sie mich hierbehalten.«

Ich nicke, weil mir das der Arzt gestern Abend schon erklärt hat. Die Rippen werden mit der Zeit zwar von selbst verheilen, aber es kann es sein, dass Opa trotz Schmerzmitteln zu flach atmet, was, solange er nur liegt, zu einer schlecht belüfteten Lunge und im schlimmsten Fall zu einer Lungenentzündung führen kann. Sie werden ihn so lange hierbehalten, bis er wieder mobiler ist.

»Ich soll ständig in ein Gerät mit kleinen Bällen pusten«, erklärt er. »Das geben sie mir auch später für zu Hause mit. Die wissen nicht, dass ich täglich zehnmal so viel laufe wie die meisten anderen Leute in meinem Alter.«

»Es wird noch dauern, bis du wieder stundenlang durch den Wald spazieren kannst.«

Er schweigt.

»Aber ein bisschen wirst du bald wieder gehen können. Ich werde dir sicher demnächst deine Krücken hinterhertragen, weil du dich weigern wirst, sie zu benutzen.«

Meinen Humorversuch quittiert er mit einem Lächeln. »Das kann sein. Wie geht es den Hühnern?«

»Gut, aber sie sind unzufrieden, weil sie mit mir vorliebnehmen müssen. Ferdinand lässt sich nur mit Schnecken und den guten Maiskörnern besänftigen.«

»So ist er, der Ferdinand. Ein Feinschmecker.«

Das wäre jetzt nicht direkt der erste Begriff, der mir zu dem Hahn einfallen würde.

»Brauchst du sonst noch etwas?«, fragt Elias. »Lakritz?«

»Wenn ihr mir welches reinschmuggeln könnt, gern.« Auf die Arme gestützt, verschiebt er etwas seine Position, verzieht dabei jedoch schmerzhaft die Mundwinkel. Erschöpft lehnt er sich wieder zurück. »Richtige Süßigkeiten gibt es hier natürlich nicht.«

Ich ziehe mein Handy hervor, um mir *Lakritz* aufzuschreiben, an das ich einfach nicht gedacht habe, während Elias ein paar Fragen stellt. Das Reden strengt Großvater ziemlich an. Wir können dabei zusehen, wie er immer schläfriger wird. Schließlich verabschieden wir uns von ihm und verlassen das Zimmer.

»Das sind nur die Schmerzmittel«, sagt Elias leise, nachdem er die Zimmertür hinter uns geschlossen hat. »Die Dosis wird jetzt noch ziemlich hoch sein.«

»Ich weiß.« So gern hätte ich meinen Opa in einen Rollstuhl verfrachtet und wäre mit ihm im Krankenhauspark spazieren gegangen. Gibt es hier einen Park? Notfalls hätten auch die Gänge oder ein Stück Rasen gereicht.

Diesmal stehen andere Raucher vor dem Eingang. Zurück auf der Straße, will ich mich von Elias verabschieden, der langsam in die Pizzeria muss. Zu Fuß dauert es von hier nicht so lange zurück zu Siegfrieds Haus, vielleicht eine halbe Stunde.

»Wann hast du das letzte Mal etwas gegessen?«, fragt Elias statt eines Abschieds.

»Hm?« Ich überlege. »Gestern Nachmittag, glaube ich.«

»Hast du Lust auf Pizza?«

Im ersten Moment will ich verneinen, halte jedoch inne.

Hunger habe ich immer noch, inzwischen so sehr, dass die Übelkeit stärker wird.

»Komm einfach mit. Ich wollte heute was Neues ausprobieren und brauche eine qualifizierte zweite Meinung.«

»Bist du der Einzige, der in dieser Pizzeria arbeitet?«

»Okay, eine qualifizierte fünfte Meinung.«

Es wartet sowieso nur ein leeres Haus auf mich. Nein, schlimmer, ein leeres Haus mit Bauarbeitsdreck und Bauarbeitsgeräuschen und Ferdinand dem Hahn, der mich nicht leiden kann. Meine neuen Bücher habe ich Opa überlassen, was in Anbetracht der Tatsache, dass in dem Haus noch etwa tausend andere stehen, keinen großen Verlust für mich darstellt. Trotzdem müsste ich mir erst mal etwas anderes suchen, was ich lesen wollen würde. Zu viele Entscheidungen.

Mit Elias mitzufahren und mir ein Stück Pizza vorsetzen zu lassen, erscheint mir das Einfachste zu sein, also steige ich wieder zu ihm ins Auto. Etwas in mir löst sich, eine Art Anspannung, die ich erst jetzt, da sie langsam weicht, als solche wahrnehme.

»Alles okay?«, fragt er.

»Ja. Es war nur, na ja, beunruhigend, ihn so blass und schwach zu sehen. Man weiß in dem Alter nie, wie gut der Körper heilt. Vielleicht ...«

»Mach dir jetzt darüber keine Gedanken. Ein Schritt nach dem anderen.«

Wir parken auf dem Supermarktparkplatz neben der Pizzeria und steigen aus. Meine Beine fühlen sich schwer an, als wäre ich den ganzen Tag gelaufen. Ich folge Elias in den Laden, der mehr oder weniger aus einem großen Raum besteht. Die offene Küche schließt gleich an den Tresen an, sodass man den Köchen bei der Arbeit zusehen kann. Hinter einem Herd steht ein Mädchen mit zusammengebundenen Dreads, das gerade in einem großen Topf rührt. Dem Geruch nach zu urteilen, würde ich auf Tomatensauce tippen.

»Hey«, begrüßt sie uns lächelnd. Sie trägt eine schwarze Schürze über einem bunten Longsleeve und Jeans. »Die erste Runde Teig habe ich schon vorbereitet. Mit dem Gemüseschneiden bin ich noch nicht weit gekommen.«

»Das mache ich gleich. Blue, das ist Alina, Alina, das ist Blue.«

»Blue?«

Sie lacht. »Frag nicht. Lange Geschichte.«

Ich lasse mich auf einem der Barhocker nieder und betrachte das kleine Restaurant. Dunkel getünchte Wände in Grün und Orange, in Shabby Chic gestaltete weiße Obstkistenregale mit Öl- und Weinflaschen und kleine Topfpflanzen als Deko an den Wänden, Cluster-Hängelampen aus Marmeladengläsern. Vieles wirkt selbst gemacht, wirklich zusammen passen die Dinge nicht, doch gerade dadurch entsteht ein ganz eigener Charme. Der Restaurantbereich ist nicht groß, er besteht aus drei Tischen mit Bänken, links vor dem großen Fenster gibt es noch eine zusätzliche Essecke. Wenn man sich quetscht, passen hier um die zwanzig Leute rein, würde ich schätzen.

Elias und Blue teilen sich die Aufgaben auf. Sie wirken eingespielt, bewegen sich so durch die Küche, dass sie sich selten gegenseitig im Weg stehen, und weil ich mir überflüssig vorkomme, frage ich, ob ich etwas helfen kann, zweimal, weil sie beim ersten Mal natürlich mit Nein antworten. Schließlich wische ich die Tische ab, überprüfe die Sitzkissen auf Flecken und tausche die aus, die nicht mehr frisch aussehen, und staube die Regale und Deko ab. Als sich eine Gruppe Studenten draußen auf die Bierbänke setzt, nehme ich deren Bestellung auf. Elias und Blue scheinen froh zu sein, dass sie sich vollständig auf die Küchenarbeiten konzentrieren können, während ich bediene, abkassiere und die telefonischen Bestellungen notiere. Ziemlich schnell finde ich in die Routine zurück, die ich damals bei meinem Studentenjob in einem Café aufgebaut habe.

Zwischendurch esse ich ein Stück Pizza mit gegrilltem Gemüse, ein Stück Flammkuchen mit Ziegenkäse, Rosmarin und Honig, Ravioli mit den ersten Pfifferlingen in einer Art Thymian-Buttersauce. Nach dem Mittagshoch kommt Isabel, um das Auto abzuholen und dafür ihr Fahrrad dazulassen, damit sie, bevor sie Mia aus dem Hort abholt, noch einkaufen gehen kann.

Der Abend nähert sich fast unbemerkt. Gegen siebzehn Uhr treffen zwei andere Mitarbeiter ein, Blue geht, Elias macht noch etwas fertig, dann brechen wir ebenfalls auf. Er hat Pizza in Tupperdosen mitgenommen, Zwischenmahlzeiten für das Wochenende.

»Du kannst gleich mit uns essen, das Pesto reicht locker«, sagt er und sieht mich abwartend an.

Ich zögere. Einerseits möchte ich Elias nicht das Gefühl vermitteln, mich den ganzen Tag beschäftigen zu müssen, andererseits löst der Gedanke daran, allein in das große leere Haus zurückkehren zu müssen, nicht gerade ausufernde Glücksgefühle aus.

»Ich muss die Hühner in den Stall bringen«, sage ich.

»Gut, ich helfe dir.«

»Wird das nicht zu spät?«

»Nicht wenn wir uns beeilen.«

Neben der Eingangstür lehnt angeschlossen Isabels selbst angemaltes lilafarbenes Fahrrad mit den weißen Blümchen. Den

Fahrradkorb hat Elias vorhin bereits in dem kleinen Büro des Restaurants verstaut, damit der Gepäckträger frei ist. Nun stellt er den Sattel und den Lenker etwas höher.

»Du hast die Wahl. Treten oder chauffieren lassen?«

»Du schaffst das schon«, antworte ich und setze mich auf den Gepäckträger, die Beine hoch, was, wie ich nach einer Weile feststelle, auch ganz schön anstrengend ist. Wir machen Pausen, wechseln uns ab, manchmal laufen wir ein Stück, sodass es eine Weile dauert, bis wir durch den Wald radeln und schließlich vor Großvaters Grundstück ankommen. Dort steigen wir ab, Elias lehnt das Rad gegen den Zaun. Wir stehen voreinander und blicken uns an, und plötzlich ist da wieder dieses Gefühl wie – wann war das? – vor zwei Wochen, als wir über Elias' Pläne gesprochen haben und über Elias' Ex-Freundin und andere Dinge, und diesmal ist das Ziehen ein anderes, das Ziehen zu Elias hin. Nicht nur leicht und sanft, sondern mehr eine Druckwelle aus mir selbst heraus, der ich nur ausweichen kann, indem ich mich abrupt umdrehe und in den Garten trete. Wenn das etwas ist, was nur ich will, muss ich es bei mir behalten, denke ich, genau so denke ich das, als Elias mich berührt, an der Schulter, am Rücken.

Ich drehe mich zu ihm um.

»In solchen Dingen bin ich nicht so gut«, sagt er.

»Im Hühnerversorgen?«

Er schweigt, stumme Worte und Blicke und ein vorsichtiges Lächeln, das sogleich wieder verschwindet. Die Abendsonne kitzelt seine Wange, malt ein sanftes Leuchten auf seine Haut. Sommerabendleuchten, warm und staubig und voller Farbe.

Manchmal ist küssen einfacher als reden. Oder nein, nicht einfacher, nur richtiger, ein Schritt, um den man nicht herumkommt, wenn man etwas wissen will, den man dann einfach gehen muss. Lippen und Hände und ein tiefes Kribbeln, und die Gedanken werden wild und hastig und fallen unsortiert durcheinander, als würde ich nicht nur meine Gedanken denken, sondern auch Elias' Gedanken, als würde ich nicht nur mich fühlen, sondern auch ihn.

Das Aufhören ist langsam und zögernd, ein Zurückkehren in eine Welt, die nicht mehr so ist wie vorher, mit etwas Neuem in meinem Leben, von dem ich gern wüsste, wie groß und wichtig es ist.

»In solchen Dingen«, sagt Elias leise.

Ich will die Situation auflockern und gleichzeitig nicht, weil da dieser Blick ist, sein Blick und mein Blick, und auch Blicke können Küsse sein, sie können genauso kribbeln und mehr wollen und das Innere weiten.

Es wird bereits dämmrig, als wir aufhören, uns zu küssen, und beschließen, die Hühner ins Bett zu bringen. Isabel hat geschrieben, dass sie schon gegessen haben, also wärmen wir etwas von der Pizza in Opas Mikrowelle auf und essen sie draußen auf der Treppe vor dem Eingang, wo wir die Mikrowellenmatschigkeit nicht so sehr rausschmecken wie drinnen, weil draußen in der Natur sowieso alles eine andere Färbung und einen anderen Geschmack erhält.

»Was machen wir jetzt?«, fragt Elias, und auch wenn ich weiß, dass er nicht diesen Abend, nicht nur die nächsten paar Stunden meint, antworte ich: »Einfach ein bisschen hier sitzen bleiben?«

Der Garten bietet ein herrliches Schauspiel. Eichhörnchen und Amseln und Krähen und zwei der streunenden Katzen, die miteinander spielen wie zwei tollpatschige Babykätzchen, das Scharren aus dem Hühnerstall. Die Idylle gewinnt eine eigene Tiefe, der Moment streckt sich gähnend aus und wird gleichzeitig immer kürzer, viel zu kurz, denn schließlich steht Elias doch auf.

»Ich sollte langsam rübergehen. Morgen früh wollte ich Mia bei einem Schulprojekt helfen, bevor ich zur Arbeit muss.«

»Okay«, sage ich und stehe ebenfalls auf, ich sage nicht: »Bleib hier«, obwohl ich mir in diesem Augenblick nichts anderes wünsche.

Unser Abschied dauert ein bisschen. Vielleicht sage ich doch, dass er bleiben soll, irgendwie, auf eine andere Art, denn als Elias sich von mir löst, ist sein Lächeln ein anderes, sehr viel offener als sonst. »Wenn du willst«, sagt er vorsichtig, »kann ich morgen …«

»Ja.«

»Du weißt doch gar nicht, was ich sagen wollte.«

»Den kaputten Geschirrspüler reparieren. Doch. Danke.«

»Welchen Geschirrspüler?«

Ich lehne mich gegen ihn, schlinge die Arme um seinen Körper, denn loslassen ist keine Option. Dieses große leere Haus ist keine Option, aber Eile und Unbedachtsamkeit auch nicht. Deshalb lasse ich ihn irgendwann gehen, prüfe noch mal den Hühnerstall und räume ein paar herumliegende Gegenstände auf, die ich in der inzwischen fast vollständigen Dunkelheit nur noch erahnen kann, aber letztlich muss ich doch ins Haus gehen. Ausnahmsweise schließe ich alle Türen ab und kontrolliere, ob die Fenster zu sind, obwohl mir bewusst ist, wie irrational ich mich verhalte. Als könnte Opa mich gegen mögliche Einbrecher mit Krav Maga verteidigen oder meinetwegen auch mit einer weniger harten Kampfsportart. Seine Abwesenheit deckt eine Verletzlichkeit auf, die ich nicht an mir kenne, die sehr alt sein muss und deshalb fehl am Platz.

Für heute lasse ich sie zu. Ein allerletztes Mal.

# Kapitel 19

Am frühen Nachmittag, nachdem ich aus dem Krankenhaus zurück bin, kommt Isabel mit Mia zu mir und verunstaltet die Küche bei dem Versuch, Muffins zu backen, die etwas angebrannt und zu trocken schmecken, und weil Isabel das vorher geahnt hat, hat sie zur Sicherheit noch Zutaten für Nachtisch mitgebracht: Kokosjoghurt, Kekse und Amarettini, dazu Birnen aus Opas Garten. Mia hilft mir dabei, Tomaten zu pflücken, die wir mit Zwiebeln zu einem Salat verarbeiten, und ich bereite Stockbrotteig vor, wir wollen nachher ein Lagerfeuer machen. Mia erzählt mir von den Kaninchen, die sie vielleicht wirklich bald haben darf. »Mama denkt noch darüber nach. Sie sagt, Kaninchen sind keine Kuscheltiere«, erklärt sie, während sie mit den Händen den Teig knetet, was sie, wie sie mir ebenfalls erklärt, sowieso ganz allein kann, denn Onkel Elias hat das schon hundertmal mit ihr gemacht.

»Wie viele Kaninchen willst du denn haben?«, frage ich.

»Zwei. Oder drei. Oder ganz viele.«

Und dann kommt Elias, und der Tag wird ruhiger, ich werde ruhiger. Während Isabel und Mia die letzten Vorbereitungen für das Essen erledigen, zünden Elias und ich das Feuer in der Feuerschale an. Wir stehen viel zu dicht beieinander, und wahrscheinlich sollten wir erst einmal klären, was das hier gerade ist oder wird, bevor wir uns küssen, während andere uns sehen können, aber wir tun es trotzdem, ohne irgendetwas zu klären, weil es anders einfach nicht geht. Er sagt etwas Kitschiges, und ich sage etwas Kitschiges, und dann kommt Isabel nach draußen, und wir stochern beschäftigt im Feuer herum, und sie grinst trotzdem auf vielsagende Art und Weise.

Der Salat schmeckt um Längen besser als jeder Tomatensalat, den ich je gegessen habe. Elias hat zwei Sorten Hummus vorbereitet, in die wir das heiße Brot dippen, die Grillen zirpen, eine der Katzen sitzt neben dem Eingang und beäugt uns misstrauisch. Als Mia sich ihr nähert in dem Versuch, sie zu streicheln, verschwindet sie im Gebüsch.

»Sie kennt mich noch nicht so gut«, sagt Mia.

»Wenn du häufiger herkommst, kennt sie dich bald besser«, sage ich.

Nach dem Dessert spielt Mia mit Elias irgendein Spiel, das ich nicht ganz durchschaue, sie rennen wild herum und verstecken sich abwechselnd und lachen sehr viel.

»Also«, sagt Isabel. »Was ist da los, und wieso wurde ich nicht informiert?«

Ein Ausweichmanöver wäre so zwecklos wie Globuli gegen eine Blinddarmentzündung, also seufze ich nur ein bisschen betont. »Keine Ahnung«, sage ich.

»Ja klar. Das reicht mir nicht. Wie lange geht das schon zwischen euch, wann ist die Hochzeit, und darf Mia Blumenmädchen sein?«

»Ich wusste gar nicht, dass du so konservativ bist. Hast du mir nicht letztens erst erzählt, dass du längere Beziehungen für nicht artgerecht hältst und sie in Zeiten von Onlinedating sowieso unnötig sind?«

»Ach, ich sage viel, und was für mich gilt, muss ja nicht für euch gelten. Elias und Tinder wäre so ziemlich die seltsamste Kombination ever. Also?«

»Da ist nicht viel. Wir haben noch nicht darüber geredet.«

Bevor sie weiterfragen kann, kommt Mia begeistert auf uns zugerannt, weil sie einen reifen Apfel gefunden hat, der nicht nur hübsch rosigrot ist, sondern sogar schon richtig gut schmeckt.

»Wir können Siegfried einen bringen«, schlägt sie vor.

»Das ist eine hervorragende Idee. Das machen wir morgen.« Isabel zerzaust ihr liebevoll die offenen Haare, als Mia auf ihren Schoß kriecht. Ihre Wangen sind gerötet, sie wirkt müde und gleichzeitig aufgedreht.

Das flackernde Feuer verbreitet eine gemütliche Stimmung, es hält die Mücken fern und fängt unser leises Gespräch auf. Elias erzählt von seinem Tag, Isabel erzählt von unserem Tag, und ich erzähle von meinem kurzen Besuch bei Siegfried. Für lange Gespräche war er immer noch zu müde, aber er scheint sich langsam etwas zu erholen. Der Wald flüstert ein bisschen mit, es ist so leicht, das Draußen zu spüren, alles ist so viel näher und dichter, die Sonne, das Grün.

Mias Augen sind geschlossen, ihr Kopf ruckt zur Seite.

»Wir sollten langsam rübergehen. Hilfst du Alina noch beim Abwasch?«

Elias nickt. Mia jammert schläfrig, als Isabel sie vorsichtig weckt, ist dann jedoch bald wach genug, um bereitwillig mit ihrer Mutter mitzugehen, nachdem diese versprochen hat, zu Hause Mias Lieblingsgeschichte vorzulesen.

»Isabel ahnt was«, sagt Elias, nachdem die beiden gegangen sind.

»Ahnen ist untertrieben.«

Wir räumen das Geschirr zusammen und reden wenig, während ich abwasche und Elias abtrocknet, dazu läuft klassische Musik aus dem Radio. Wir könnten den Sender wechseln und etwas aussuchen, was wir beide lieber hören wollen, aber ich gehe davon aus, dass noch nie jemand diesen Sender verstellt hat. Vielleicht würde ich ihn nicht wiederfinden, und außerdem ist es nun einmal Opas Küche und Opas Radio, andere Musik würde den Raum verfärben, sie würde die Stimmung und das Gefühl verfärben.

»Ich habe Schlafsachen dabei«, sagt Elias, als wir fertig sind. Es klingt wie eine Frage, wie tausend Fragen in einer.

»Gut«, sage ich.

»Das soll nicht heißen, dass …«

Ich lächele. Er lächelt.

Draußen setzen wir uns vor das immer kleiner werdende Feuer. Manche Tage sind so unwirklich, wie losgelöst von der eigenen Biografie, geschenkte Zusatztage zum Durchatmen und Luftholen. Wir legen kein Holz nach, sehen nur schweigend zu, wie die Flammen müde werden, und löschen schließlich die Glut.

Im Wohnzimmer kuscheln wir uns auf das Sofa, nehmen uns jeder eins der Bücher, die auf dem Tischchen liegen, und lesen uns gegenseitig vor. Abwechselnd schlagen wir irgendwelche Seiten auf und lauschen den Geschichtenfragmenten, die sich im Raum ansammeln. Wir haben noch Zeit, denke ich, obwohl ich nicht weiß, ob das stimmt. Ob Zeit etwas ist, das man besitzt, oder ob man doch nur haltlos in ihr schwebt.

Es ist dunkel geworden um unseren Geschichtenfragmentekosmos herum. Wir räumen die Bücher zurück und gehen nach oben, putzen zusammen Zähne, aber ziehen uns getrennt voneinander um. Verschwommene Grenzen, die wir abtasten und verschieben. In meinem Zimmer löschen wir das Licht, bevor wir uns nebeneinander ins Bett legen, und dann ist es sehr still, wir berühren uns nicht.

»Ich war damals ziemlich in dich verknallt«, sagt Elias.

»Was?«

»Als wir Kinder waren.«

Seine Worte zupfen leise an mir und wühlen in meinen verschwommenen Erinnerungen, ohne eine herausziehen zu können.

»Ich glaube, in dem Sommer war ich elf oder zwölf, du eben ein paar Monate jünger. Es war ein sehr heißer Tag, und wir sind alle zusammen an einen See gefahren. Deine Großeltern und du und meine Eltern und wir. Wir haben Wetttauchen gemacht. Isabel ist nicht gern geschwommen. Sie hat es erst mit acht oder neun gelernt, weil sie Angst vor Wasser hatte. Deshalb sind wir nur zu zweit ein Stückchen rausgeschwommen, und als wir zurückgekommen sind, waren die anderen schon alle draußen. Dann ist dir aufgefallen, dass du etwas verloren hast. Ein Armband, glaube ich. Wir sind in Ufernähe herumgetaucht und haben es gesucht, aber nicht gefunden. Und als wir aus dem Wasser sind, klebten dir deine ganzen Haare im Gesicht. Ich habe sie dir zur Seite gewischt. Und dann ist es passiert. Auf einmal war da was, was vorher nicht da gewesen ist.«

»Weil du mir die Haare aus dem Gesicht gewischt hast?«

»Ja. Ich war jung. Hormone oder so, was weiß ich.«

»Und dann?«

»Kein Dann. Mehr war da nicht. Außer dass ich eifersüchtig auf Isabel war, weil ihr mehr Zeit miteinander verbracht habt. Soweit ich mich erinnere, war unser Urlaub kurz danach vorbei. Wir sind nach Hause gefahren, und ich habe eine Zeit lang noch sehr oft an dich gedacht. Wie du da im Wasser gestanden hast, mit den Haaren im Gesicht, und dann hast du mich angelächelt. Obwohl du traurig warst, weil wir dein Armband nicht gefunden haben. So ein trauriges Lächeln, das gleichzeitig fröhlich war. Das hat mich einfach umgehauen.«

Seine Finger streichen über meine Hand. Keine Ahnung, wie er sie unter der Bettdecke gefunden hat. Die Berührung löst etwas auf, ein Stückchen dieser Grenze vielleicht, an der wir uns entlangtasten. Ich rücke näher an ihn heran, wenige Zentimeter nur.

Da sind Bilder von einem See in meinen Erinnerungen. Es war kein Armband, Armbänder habe ich nie getragen.

»Mein Vater hat für eine Kunststiftung gearbeitet, er war beruflich viel unterwegs, und weil ich immer traurig war, wenn er nicht da war, hat er mir jedes Mal etwas Besonderes mitgebracht. Ich hatte eine ganze Sammlung von solchen Mitbringseln, aber am meisten mochte ich den Kristall, den er mir einmal geschenkt hatte, ein schwarzer Obsidian mit weißen Einschließungen. Schneeflockenobsidian heißt das. Wahrscheinlich mochte ich den Namen mehr als den Stein selbst. Ein Freund von ihm hat den Kristall in eine Fassung aus Draht eingebunden, sodass ich ihn an einem Lederband um den Hals tragen konnte. Das war das letzte Geschenk, das er mir mitgebracht hat. Nach seinem Tod habe ich den Anhänger immer getragen, selbst nachts und beim Schwimmen, nur zum Sportunterricht musste ich die Kette ablegen.«

Ganz leicht nur verstärkt sich der Druck von Elias' Hand auf meiner.

»Ich hatte so viele Andenken an ihn. Fotos, Bilder, die er gemalt hat, all die Kleinigkeiten, die er mir im Laufe der Jahre mitgebracht hat. Die Kette war nur ein kleiner Teil davon, aber ich mochte sie am meisten. Sie habe ich damals verloren. Ich weiß noch, dass es an einem See war, dass sie einfach weg war und ich wochenlang, vielleicht sogar monatelang traurig war deshalb. Nur dass du derjenige gewesen bist, der mir beim Suchen geholfen hat, das hätte ich jetzt nicht mehr gewusst.« Hätte ich Elias genauso angesehen wie er mich, wäre es nicht ausgerechnet diese Kette gewesen? Hätte ich nur etwas Simples verloren, einen Flipflop oder ein Haargummi? Hätte ich es dann bemerkt? Hätte ich auch etwas gefühlt? Könnte ich mich besser an ihn erinnern, wenn es so wäre?

»Wir hätten länger suchen sollen«, sagt Elias. »Wieso haben wir nicht die Erwachsenen gefragt?« Manchmal atmet er zum Ende des Satzes hin stärker aus, als würde er die Worte in den Raum pusten. Es macht ihn in der Dunkelheit des Zimmers präsenter, lebendiger.

»Haben wir, aber sie haben sie auch nicht gefunden. Letztlich ist das auch egal. Es war nur ein Gegenstand. Kann sein, dass ich mir früher eingebildet habe, über diesen Stein mit meinem Vater in Verbindung bleiben zu können, aber ich habe schließlich verstanden, dass das nicht so ist. Es war nur Lavaglas, mehr nicht.«

»Erinnerungen halten sich an den merkwürdigsten Dingen fest.«

In den letzten Minuten müssen wir noch dichter aneinandergerückt sein. Ich spüre seine Körperwärme, seine Hand streift mein Bein, und auch ich erahne seines, wenn ich die Finger ausstrecke.

»Was weißt du noch über unsere Sommer damals? Ich erinnere mich nur an so wenig. Jetzt, da ich ein paar Wochen hier bin, ist es mehr geworden, aber als ich ankam, waren all die Jahre nur noch blasse Schatten.«

»Sehr viel mehr weiß ich auch nicht. Es waren ganz normale Familiensommerurlaube. Wir waren nur zwei- oder dreimal gleichzeitig hier. Wir haben uns ja nie abgesprochen. Unsere

Eltern sind vor allem deshalb hierhergefahren, weil wir in dem Haus von Freunden von ihnen wohnen konnten. Es war eben günstig. Mein Vater war damals eine ganze Weile arbeitslos, und meine Mutter hat nicht so viel verdient, deshalb war es schon toll, dass wir überhaupt Urlaub machen konnten. Sie haben zwar versucht, das vor uns zu verbergen, aber ich habe mitbekommen, wie sie sich darüber unterhalten haben. Ich fand es immer schön hier. Mir haben der Wald, meine Bücher und mein Game Boy gereicht. Und manchmal bist du auch da gewesen. Wenn wir zu deinen Großeltern gegangen sind, haben wir Karten und ›Mensch ärgere dich nicht‹ gespielt. Du hast meistens gewonnen und dich dann über uns lustig gemacht, was ich ziemlich nervig fand. Ich glaube, Federball haben wir auch gespielt und ein paarmal bei uns Filme geguckt. Meine Mutter hat dann Popcorn selbst gemacht. Wenn ich mich richtig erinnere, sind wir außerdem ab und zu mit Siegfried mit dem Fahrrad losgefahren. Und in einem Sommer haben wir Bücher getauscht. Du hast ein paar von mir bekommen und ich ein paar von dir.«

»Wir haben sie richtig getauscht? Für immer?«

»Ja, ich glaube. Genau weiß ich es nicht mehr, weil meine Eltern irgendwann fast all unsere Kinderbücher weggegeben haben. Hast du deine noch?«

»Nicht alle, nein. Die meisten lagern in Kisten im Haus meiner Mutter. Ein paar habe ich in Fabians Wohnung.«

»Dann kannst du sie mir bei Gelegenheit zurückgeben.« Das Lächeln schwingt sehr deutlich in seiner Stimme, die mittlerweile so nah ist, dass wir kaum mehr als flüstern.

»Wohl kaum, wenn du zugelassen hast, dass meine alle weggegeben werden, obwohl du so starke Gefühle für mich hattest. Angeblich.«

Sein Grinsen streift meine Lippen. »Da musst du dich bei meinen Eltern beschweren. Ich durfte aber ein paar Bücher behalten. Vielleicht ist eins von deinen darunter.«

»Das werde ich kontrollieren.«

»Okay.« Das Wort haucht er nur noch.

Es ist kaum noch Raum zwischen uns. In der Wärme unter der Bettdecke berühren wir uns vorsichtig. Nur zaghaft, ein Ausprobieren, mehr nicht, sanfte Küsse, die wir immer knapp unter dem Moment halten, an dem sie mehr werden. Mit Pausen zwischendurch, in denen wir reden oder schweigen. Manchmal schlafen wir ein, wachen irgendwann wieder auf. Küssen uns erneut. Reden. Schlafen. Worte und Träume und Berührungen fließen ineinander wie die Bestandteile eines Songs, Gesang, Melodie, Rhythmus. Wir komponieren uns selbst in diesen dunklen Stunden, in denen alles möglich ist. Dann, als die Vögel wach werden und es langsam zu dämmern beginnt, schlafen wir wirklich ein.

# Kapitel 20

Elias liegt nicht mehr neben mir, als ich aufwache. Von der halb durchlebten Nacht fühle ich mich schwer, gleichzeitig aber auch kribbelig und voller Tatendrang, als gäbe es tausend Dinge auf einmal zu erleben, tausend wundervolle Dinge, die an diesem Tag auf mich warten.

Schon auf der Treppe nach unten höre ich das Radio, Geräusche aus der Küche, alles unterlegt mit einem süßlich-verlockenden Geruch, der noch stärker wird, als ich die Küchentür öffne. Auch die Tür zum Garten steht offen, der Spätsommermorgen strömt herein.

Elias steht am Herd und blickt auf.

»Hey«, sage ich.

»Hey.«

»Wieso bist du schon wach?«

»Ich konnte nicht mehr schlafen.« Mühelos schleudert er den Pfannkuchen aus der gusseisernen Pfanne hoch und fängt ihn wieder auf. »Deshalb dachte ich, ich mache uns Frühstück, bevor ich nachher in die Pizzeria fahre.«

Unwillkürlich verblasst das traumartige Schwebegefühl, in dem ich aufgewacht bin. Zu viel Realität, die die Illusion, wir könnten uns einfach hier verkriechen und lesen und uns küssen und nichts anderes tun, als uns umeinander zu kümmern, kaltherzig auflöst.

»Wann musst du los?«, frage ich.

»Gegen zehn. Wir können aber zusammen fahren und vorher Siegfried besuchen.«

Den Pfannkuchen lässt er auf einen Teller gleiten, auf dem sich bereits mehrere andere stapeln.

»Hast du noch jemanden eingeladen, oder essen wir die alle allein auf?«

»Warte nur ab. Ich wette, Isabel kommt später vorbei und freut sich, wenn sie sich nicht ums Mittagessen kümmern muss.«

Ich schmiege mich an seinen Rücken und umschlinge mit den Armen seinen Bauch, während er den letzten Teigrest verarbeitet. Parallel dazu wärmt er goldene Herbsthimbeeren aus Opas Garten mit etwas Ahornsirup in einem winzigen Topf auf, bis sich ein Teil in Sauce aufgelöst hat. Die Stirn zwischen seine Schulterblätter gelehnt, atme ich seinen Geruch ein und nehme seine Wärme auf, und für einen Moment habe ich das Gefühl, all das seit Ewigkeiten vermisst zu haben, obwohl man doch nichts vermissen kann, das man nicht kennt.

Wir frühstücken draußen, der Morgen ist noch frisch. Der Herbst tastet sich langsam näher, und ich habe das Gefühl, so viel Wärme und Draußenluft und Sonne aufnehmen zu müssen wie nur möglich, um alles über die folgenden Monate versprenkeln zu können. Der Gedanke an den nächsten Winter in einer viel zu großen Stadt baut sich beängstigend vor mir auf. Zu viel Dunkelheit, zu wenig Wald und Natur. Kein Kamin. Kein Opa. Kein Elias.

Die Pfannkuchen sind perfekt geworden. Dünn und dunkel genug, dass sie ein bisschen knusprig sind, dazu die frisch-süße Himbeersauce und noch mehr Ahornsirup.

»Machst du das häufiger zum Frühstück?«, frage ich.

»Ja, am Wochenende. Mia liebt Pfannkuchen.«

Als wir fertig sind, räumen wir alles ab, den Abwasch verschiebe ich auf später, um noch länger mit Elias draußen bleiben zu können, auch wenn sich immer wieder Wolken vor die Sonne schieben. Wir sitzen nur nebeneinander, wir küssen uns nicht, wir bewegen uns langsam aufeinander zu, mit Pausen dazwischen, in denen sich die Gefühle ausdehnen können.

Schließlich brechen wir auf. In einer Dose habe ich zwei eingerollte und mit Himbeersauce bestrichene Pfannkuchen für Großvater verstaut.

Da ich das Fahrrad, das ich bei Opa gefunden habe, inzwischen komplett habe überholen lassen, können wir mit den Rädern zum Krankenhaus fahren. Wir rasen bis zum Zoo um die Wette, durch den Wald ist sowieso nur selten jemand unterwegs, und die Straße ist für Motorverkehr gesperrt. Den Rest des Weges legen wir gesittet zurück. Nach dem kurzen Sprint ist mir warm, doch ein schwacher Wind streicht über meine Haut und kühlt die Bewegungsenergie davon.

Beim Aufbruch haben wir zu sehr herumgetrödelt, sodass Elias nur für eine Viertelstunde bleiben kann. Er verabschiedet sich mit einem Lächeln, kurz legt er die Hand auf meine Schulter, fast beiläufig, bevor er den Raum verlässt.

Dann sind wir allein, Opa und ich. Wo die beiden anderen Männer sind, weiß ich nicht. Eines der Betten scheint frisch bezogen zu sein, das Tischchen daneben ist frei von persönlichen Gegenständen.

»Ist es hier sehr langweilig?«, frage ich.

»Es geht. Du hast mir ja die Bücher vorbeigebracht. Außerdem bekomme ich Besuch. Ingrid und Manfred waren schon hier, auch Herr Glaser von der Autowerkstatt.«

Auf seinem Nachtschränkchen steht ein kleiner Blumenstrauß in einer Vase. Rosen aus Ingrids Garten, vermute ich, daneben liegt nur das Rätselheft. Vermutlich hat er bisher keines der Bücher angefangen.

»Es tut mir leid, dass ich dich mit den Sanierungsplänen und den Handwerkern so belastet habe«, beginne ich vorsichtig. »Das lasse ich jetzt erst mal. Aber wenn es für dich in Ordnung ist, bleibe ich so lange in Spechthausen, wie du meine Hilfe brauchst. Danach fahre ich nach Frankfurt zurück.«

Er hebt den Kopf, sein müder Blick haftet sich an mir fest. »Du willst zurückgehen?«

Unsicher zupfe ich an dem Rand seiner Decke herum, die ein Stück vom Bett gerutscht ist. »Na ja, ich dachte, ich habe mich lange genug aufgedrängt. Ich muss endlich meine Sachen aus der Wohnung holen und mir einen Job suchen.«

»Was, wenn du dir hier eine Arbeit suchst?«

Überrascht sehe ich ihn an. »Hier? Wie meinst du das?«

»In Eberswalde oder in der Umgebung.«

»Du meinst, ich soll hierbleiben? Richtig hierbleiben? Du willst mich nicht loswerden, weil ich dein halbes Haus umbaue?«

Er hustet. Rasch stehe ich auf und gieße ihm Wasser in sein Glas. Nachdem er in kleinen Schlucken getrunken hat, scheint es ihm etwas besser zu gehen.

»Ich mag es, dass du hier bist.«

»Bietest du mir gerade an, dass ich bei dir im Haus bleibe? Dass ich mir hier ein Leben aufbaue?«

»Wenn du das nicht möchtest, verstehe ich das natürlich. Spechthausen ist nur ein Dorf, und deine Freunde wohnen alle weit weg. Es war nur eine Idee. Fühl dich nicht dazu verpflichtet, bei mir einzuziehen, weil du denkst, dass ich nicht allein zurechtkomme. Sobald ich aus diesem Krankenhaus entlassen werde, kann mich nichts mehr aufhalten.«

Natürlich habe ich selbst schon darüber nachgedacht, oder nein, nicht nachgedacht. Mehr nachgespürt, wie es wäre, hierzubleiben, mit Opa den Garten zu pflegen, das Haus zu sanieren, durch die Wälder zu spazieren und Biber zu beobachten, abends beieinanderzusitzen und zu lesen. Wir hätten uns einander ausgesucht, wir wären keine Familie, die zusammengedrängt wurde.

»Ich würde gern weiter mit dir zusammenwohnen, aber ich muss darüber nachdenken«, antworte ich schließlich. »Erst mal muss ich meinen Kram in Frankfurt regeln und schauen, ob es hier überhaupt einen Job für mich gäbe.«

Seine Augenlider flackern. Fast schmerzhaft krampft mein Herz zusammen, als mir bewusst wird, dass er vielleicht gar nicht in sein Haus zurückkehren kann. Man weiß nie, es kann immer etwas schiefgehen, erst recht in seinem Alter, wenn der Körper einfach nicht mehr die Energie aufbringt, sich selbst zu heilen.

Nein, das ist übertriebene Panik. Wenn jemand genügend Energie hat, dann er, dann Großvater. Er hat noch so viele Jahre voller Waldspaziergänge vor sich, Jahre mit den Hühnern und mit Gemüseanbau und vielleicht auch mit einem Hund.

»Schlaf ein bisschen«, sage ich. »Wir können später in Ruhe über alles reden.«

Er antwortet schon nicht mehr. Die Pfannkuchen stelle ich auf den Nachttisch, dann verlasse ich leise das Zimmer.

Draußen riecht es nach Regen, obwohl keiner fällt. Ich bin zu träge, um die Wettervorhersage auf meiner Handy-App zu checken. Weil ich nicht direkt zurückfahren will, mache ich einen Abstecher in die Stadt, kaufe ein paar Lebensmittel ein, entdecke einen kleinen Laden mit allen möglichen Einrichtungsgegenständen, wo ich eine Tischlampe für mein Zimmer aussuche und erst, als ich das Geschäft verlasse, feststelle, dass ich sie nicht vernünftig transportieren kann. Ich schiebe das Rad bis zu einem Fahrradladen und kaufe dort einen Korb, dann radele ich zurück, weil es nun doch anfängt zu nieseln und ich die Äpfel ernten und zu Apfelmus verkochen wollte, bevor Elias mit der Arbeit fertig ist.

Isabel kommt tatsächlich vorbei und bietet an, den Schuppen aufzuräumen, während Mia mir bei der Apfelernte hilft. Für Apfelmus reicht unsere Ausbeute noch nicht, aber für aufgewärmte Pfannkuchen mit in Kokosöl und Zimtzucker angedünsteten Äpfeln schon, die wir drinnen essen, weil der Garten nach dem Regen voller Mücken ist. Danach geht Mia zu Rose, Isabel macht Eistee aus Zitronen, einem Sirup, Sprudelwasser und gibt zum Schluss ein paar Himbeeren mit ins Glas.
»Salz?«, frage ich.
»Nur eine winzige Prise. Das nimmt der Zitrone das Bittere und rundet den Geschmack ab.«
»Was ist das für Sirup?«
»Zuckersirup mit Ingwer. Den hat Elias für seine Cocktails selbst gemacht. Das Rezept für die Limonade ist auch von ihm. Er meint, Limonaden zu mischen ist eine gute Übung fürs Cocktailmixen, weil man so lernt, süß, sauer und Wasser im optimalen Verhältnis miteinander zu kombinieren. Oder so. Frag mich nicht, ich habe mir nur das Rezept aufgeschrieben und beim Rest nicht so genau zugehört. Es gab dieses Jahr jedenfalls schon viele selbst gemachte und sehr leckere Limonaden.«

Obwohl es noch nicht einmal Abend ist, holen wir etwas Holz aus dem Unterstand und zünden es in der Feuerschale an, um die Mücken fernzuhalten. Dann setzen wir uns. Es riecht so schwer und intensiv, als hätte der Regen Schichten freigeschwemmt, die sonst tief verborgen liegen.

Wir unterhalten uns über Isabels Arbeit, über Mia, über Kleinigkeiten.

»Nächste Woche habe ich einen Termin in einem kleinen Laden ein paar Orte weiter, wo sie lokale Handwerkssachen verkaufen. Vielleicht nehmen sie ein paar Töpferwaren von mir ins Programm«, erzählt sie.

»Oh.« Ich richte mich auf. »Das wäre großartig, oder?«

»Ja, sehr.«

»Haben sie dich angefragt? Und wie haben sie dich überhaupt gefunden?«

»Gar nicht. Ich bin zufällig an dem Laden vorbeigefahren, habe ihn mir gemerkt und später eine Mail geschrieben. Das habe ich schon zwei-, dreimal bei anderen Geschäften versucht, bisher erfolglos.«

»Hast du schon mal was von deinen Sachen verkauft?«

»Bisher habe ich mir zweimal einen Stand auf einem Markt oder bei Veranstaltungen gemietet, aber eigentlich ist mir so was zu aufwendig. Das lohnt sich nur, wenn man das regelmäßig macht. Ich stecke da noch ziemlich am Anfang. Das Töpfern ist ja eigentlich nur ein Hobby von mir. Groß ausbauen will ich das gar nicht, aber ein kleiner Nebenverdienst wäre auch nicht schlecht. Vor allem wenn Elias den Foodtruck kauft.«

»Ich drücke dir die Daumen. Klingt nach einer tollen Gelegenheit.«

Weil unsere Gläser leer sind, holen wir uns neue Limonade aus der Küche. Ein paar Fliegen haben sich hereinverirrt und summen im Raum herum.

»Was hast du jetzt vor?«, fragt Isabel.

»Heute?«

»Generell, für die Zukunft.«

Die Zukunft, das ist so ein unabsehbarer Zeitraum voller unbekannter Risse und Umwege.

»Auf jeden Fall bleibe ich hier, bis Siegfried wieder gesund ist.« Mein Blick wandert zu der Küchenuhr. »Solange er im Krankenhaus ist, werde ich wahrscheinlich für zwei Tage nach Frankfurt fahren und meine Sachen zusammenpacken.«

»Ziehst du hierher?«

Nachdenklich lehne ich mich gegen die Spüle, während sich Isabel auf einen der Küchenstühle setzt. »Opa hat mir angeboten, dass ich bei ihm wohnen bleiben kann, aber ich weiß nicht so richtig.«

Das Nachmittagslicht zaubert einen goldenen Schimmer in ihre Haare, fast leuchten sie. »Wieso nicht?«

»Es gibt tausend Gründe, die dagegensprechen.«

»Wirklich?«

Ich trinke einen Schluck. Mein Blick wandert aus dem Fenster, hinaus in den Garten, der so dicht und grün ist, teilweise ein wenig überwuchert und um den Schuppen herum vollgestellt mit Sperrmüll. »Okay, es gibt ein paar Gründe, die dagegensprechen. Ich habe das noch nicht richtig durchdacht.«

Sie nickt leicht. »Ich fände es toll. Ich mag dich, Mia mag dich und, na ja, Elias anscheinend auch.« Ihr Lächeln wirkt etwas zurückhaltend.

»Was ist los?«, frage ich.

»Es ist nur ...« Wie versehentlich verschüttete Tropfen fallen die Worte zwischen uns. »Sei nett zu ihm, okay?«, sagt sie schließlich. Da ist etwas in ihrer Stimme, das ich nicht zuordnen kann, eine Art Vorsicht, vielleicht auch eine Warnung.

»Wie kommst du darauf, dass ich nicht nett zu ihm sein könnte?«

»Ich weiß nicht. Vergiss es, das war bescheuert. Ich habe gerade die Große-Schwester-Nummer gebracht, obwohl ich die kleine Schwester bin.« Sie sieht mich nicht an, starrt auf das Glas vor sich, in dem langsam ein Eiswürfel schmilzt.

»Die Sache mit Yuna war auch für dich nicht so einfach, oder?«

Ausweichend zuckt sie mit den Schultern. »Elias ging es wirklich nicht gut, und wir hatten gerade frisch das Haus. Da war noch so viel zu tun. Mia musste sich an die neue Kita gewöhnen, außerdem hat sie Yuna auch vermisst. Es war einfach kacke, Elias so zu sehen.« Sie blickt auf. »Ich wollte gar nichts sagen. Das ist alles eure Sache, und ich weiß, dass du nicht so bist. Du würdest niemandem absichtlich wehtun.«

Ich wische die Arbeitsflächen und den Tisch ab, wir schweigen zu laut.

»Ich habe nicht vor, Elias wehzutun«, sage ich schließlich. »Aber ich habe auch keine Ahnung, was in den nächsten Monaten geschehen wird.«

Sie lächelt vorsichtig, auf eine ungewohnte Weise verletzlich. »Ich will nur nicht, dass er wieder ein Jahr lang unglücklich ist. Das hat er nicht verdient.«

»Ich weiß.«

Isabel hilft mir dabei, die Hühner in den Stall zu scheuchen, bevor sie nach Hause zurückgeht. Weil ich Mia, Elias und ihr etwas Familienzeit geben will, verzichte ich darauf, sie zu begleiten, und räume stattdessen den Garten auf, befestige gelockerte Himbeerspaliere, pflücke Himbeer- und Brombeerblätter, um sie für Tee zu trocknen, ernte reifes Gemüse. Für mich allein ist es eigentlich zu viel.

Neben der Küchentür, die hinaus in den Garten führt, hängt eine kleine Pinnwand, auf der ich ein paar Dinge notiere, so wie ich dort schon viele Dinge notiert habe, die erledigt werden müssen.

Sie werden nicht weniger, die Aufgaben in diesem Haus werden nicht weniger. Im Gegensatz zu meinen ellenlangen To-do-Listen bei der Arbeit stört mich das allerdings nicht. Alles, was ich erledige, macht das Haus und den Garten wohnlicher und gemütlicher.

Geräusche dringen von draußen herein, Schritte auf den Stufen. Elias klopft gegen die offen stehende Tür, die Haare etwas zerzaust, als wäre er gerade eben erst mit der Hand durch sie hindurchgefahren.

»Hey«, sagt er.

»Hey.«

Ob das unsere Standardbegrüßung wird? Ein Herantasten, jedes Mal, als müssten wir immer wieder von vorn beginnen. Ich will nicht immer wieder von vorn beginnen, deshalb lege ich den Stift auf die Arbeitsfläche, gehe auf Elias zu und küsse ihn. Erst nur sanft, mehr hatte ich gar nicht vor, doch dann zieht er mich an sich, ich lege meine Hände auf seine Hüften, und es ist eher Zufall, dass meine Finger dabei unter sein Shirt gleiten und über seine Haut streifen. Es ist kein Zufall mehr, dass unsere Umarmung enger wird und der Kuss intensiver. Eine neue Melodielinie schleicht sich in unser Lied, oder nein, sie war die ganze Zeit schon da, ein Flüstern, das nun eine Stimme bekommt.

Dann beendet Elias den Kuss. Langsam öffne ich die Augen, ein bisschen irritiert, ein bisschen sehnsüchtig. Er sieht mich an, ein zaghaftes Lächeln zieht an seinen Mundwinkeln, er streicht meine Haare aus der Stirn.

»Was ist?«, frage ich.

Sein Blick ist eine Frage, wie um sicherzugehen, dass ich das hier will. Ich antworte mit einem Lächeln, bevor ich Elias umarme, das Gesicht gegen seine Brust lehne und tief einatme. Er riecht noch ein bisschen nach Pizzeria, ein wenig nach Schweiß und darunter nach seinem erdigen Deo, der Geruch des Waldes.

»Eigentlich wollte ich duschen, bevor ich herkomme«, sagt er. »Ich habe mich nach der Arbeit nicht mal umgezogen, das kam mir wie Zeitverschwendung vor.«

»Wir können jetzt duschen«, antworte ich und hebe wieder den Kopf. »Wenn du willst.«

Er lächelt, nimmt meine Hand. Obwohl die Treppe nur gerade so breit genug dafür ist, gehen wir nebeneinander nach oben, die Finger ineinander verschränkt. Im Dämmerlicht im Bad küssen wir uns wieder, während wir die Kleidung abstreifen. Die alte Badewanne ist nicht groß, immer wieder bleibt der Duschvorhang an einem von uns beiden kleben. Wir lachen, das Wasser läuft uns in die Augen und in den Mund, während wir uns immer wieder küssen, als wäre es unmöglich, jemals damit aufzuhören. Es ist unmöglich. So unmöglich, dass wir ewig brauchen, bis wir das Wasser wieder abstellen und uns in mein für uns beide eigentlich zu kleines Handtuch wickeln. Wir brauchen auch ewig, um in mein Zimmer zu stolpern, wo das Dämmerlicht Schatten zwischen die Möbel wirft und Schatten auf Elias' Gesicht. Das Dämmerlicht ist endlos, so wie Elias' Blick und das warme Ziehen, das er in mir auslöst, ein Gefühl, in dem Traurigkeit und Sehnsucht und Glück ineinanderfließen. Alles ist neu und gleichzeitig vertraut, jedes Zögern ist verschwunden. Wenigstens für diesen Augenblick zwischen Tag und Nacht sind wir endlich vollständig.

# Kapitel 21

Elias und ich packen unser Frühstück ein. Pfannkuchen vom Vortag, belegte Brötchen, Obst und Gemüse. Heute hat Elias frei, den ganzen Tag lang, nicht einmal Mia muss er abholen.

Wir suchen uns einen Weg, den wir beide noch nicht so gut kennen. Der Wald ist überall neu und anders. Mal hauptsächlich Kiefern, mal Mischwald mit Robinien und Birken und Kiefern und Fichten, mal Moos und Heidelbeeren, mal viel mehr Unterholz. Auf einem Hochsitz machen wir eine späte Frühstückspause.

Er ist nicht wirklich hoch, nur ein paar Sprossen führen auf die kleine unüberdachte Plattform. Das Holz ist alt und splittterig, aber wir haben eine Decke eingepackt, die wir ausbreiten, bevor wir uns auf den Boden setzen. Niemand ist zu sehen, nur den Wald hören wir in all seinen Facetten. Wir sind aus der Welt gefallen, Elias und ich.

»Eigentlich ist das verboten«, sage ich.

»Essen?«

»Auf einen Hochsitz zu klettern.«

»Ich weiß. Wenn ein Jäger kommt, müssen wir uns verstecken.«

Nach unserem Snack legen wir uns auf die Decke, so gut das eben möglich ist. So ein Hochsitz ist keine Komfortlounge, und dieser hier ist nicht mal groß genug, dass wir uns beide vollständig ausstrecken können. Unsere Arme berühren sich, über uns der Himmel hinter dem Baumkronendach, Blau und Grün und Rascheln und warmer, trockener Waldgeruch.

»Erzähl mir noch mehr von deinem Foodtruck«, sage ich.

»Was soll ich dir erzählen?«

»Alles. Wie er aussehen soll. Hast du dich mittlerweile entschieden, was für Essen du machst?« Ich drehe mich leicht zur Seite.

»Wahrscheinlich fange ich mit Burritos an«, sagt Elias. »Reis und Kidneybohnen in Tomatensauce als Basisfüllung, dazu noch ein paar Toppings.«

»Was für Toppings?«

»Das Übliche. Ein bisschen Käse, gebratenes Gemüse, Guacamole und andere Dips. Außerdem will ich Nachspeisen anbieten, die täglich oder wöchentlich wechseln. Am besten Kuchen, den kann ich gut vorbereiten.« Er sieht mich an. In seinem Lächeln liegen Vorfreude und Aufregung und Angst.

»Hast du schon einen Kredit beantragt?«

»Nein, aber ein paar miteinander verglichen. Jetzt muss ich nur noch mutig genug sein, welche anzufragen.« Seine Hand liegt auf meiner. Ganz leicht erhöht er den Druck, vielleicht unbewusst. »Hast du dir schon überlegt, was du jetzt machen willst?«

Ein bisschen irritiert von dem plötzlichen Themenwechsel muss ich einen Moment nachdenken. »Ich weiß es nicht wirklich«, sage ich dann. »Oder doch, eigentlich schon. Ich will wieder in einem Job arbeiten, der zumindest ein bisschen was mit meinem Studium zu tun hat. Am liebsten etwas im Bereich Renaturierung. Da müsste ich mich natürlich erst mal fortbilden, aber vielleicht könnte ich irgendwann Workshops für Landbesitzer anbieten, die ihren Grund und Boden möglichst ökologisch nutzen wollen.«

»Wie funktioniert das? Freiberuflich?«

»Zum Beispiel. Oder man arbeitet für eine Gemeinde, so ähnlich wie Meike das macht.«

»Gibt es da denn viele Jobs?«

»Ich habe noch nicht wirklich geschaut. Dass ich mir ernsthaft Gedanken um eine Arbeit machen muss, habe ich bisher verdrängt.« Ich drehe mich wieder auf den Rücken, blicke hinauf in den endlosen Himmel. »In den letzten Wochen hat sich ziemlich viel auf den Kopf gestellt. Was auch immer ich bisher mit meinem Leben vorhatte, ich habe das Gefühl, ich muss noch mal von vorn anfangen. Also mit dem Nachdenken, nicht mit dem Leben selbst.« Leicht neige ich den Kopf, um Elias ansehen zu können. »Wie würdest du leben, wenn du es dir völlig frei aussuchen könntest?«

Er rückt ein Stückchen näher, die Hand auf meinem Bauch. »Gerade mag ich die Dinge so, wie sie sind. Ich lebe gern mit Isabel und Mia zusammen. Es wäre nur toll, wenn wir im Haus schneller vorankommen und im Garten mehr schaffen würden. Dazu müssten wir aber häufiger gleichzeitig zu Hause sein, und die Pendelei mit nur einem Auto ist auch manchmal ziemlich kompliziert. Das ist aber schon alles, was mich daran stört.«

»Also lebst du quasi dein Traumleben?«

Er lacht leise. »Träume sind sehr groß und wandelbar, und ich habe viele unterschiedliche.«

»Erzähl mir noch einen.«

Es kitzelt auf der Haut, da, wo seine Finger unter mein Shirt tauchen.

»Gut. Einen. Ich würde gern mehr Zeit zum Zeichnen haben und Kurse besuchen, um besser zu werden.«

»So groß ist dieser Traum nicht.«

»Aktuell schon.«

Ich wüsste gern, was er wirklich denkt. Ob er eigentlich etwas anderes sagen will und sich nur hinter diesen Ausflüchten versteckt, weil das hier noch zu jung und neu für große Themen ist.

»Als ich ein Kind war, wollte ich Bibliothekarin werden«, sage ich. »Einfach nur, weil ich Bücher mochte und weil ich mir vorgestellt habe, ich hätte dann eine eigene Bücherei, in die Kinder wie ich kommen können. Ich dachte, ich würde auf einem gemütlichen Sofa sitzen und den Kindern vorlesen, und sie würden mir zuhören, und damit wären wir alle sehr glücklich. Die Bücher natürlich auch, weil Bücher gelesen werden wollen, statt nur in Regalen herumzustehen.«

»Jetzt willst du keine Bibliothekarin mehr werden?« Seine Hand auf meiner Haut erzählt die Dinge, die er nicht ausspricht. Ich spüre seine Gedanken in der Berührung, ohne sie entschlüsseln zu können. Ob wir irgendwann so weit sein werden? An dem Punkt, an dem viele Worte nicht mehr nötig sind, weil Blicke und Mimik und Berührungen reichen? Gelangt man jemals an diesen Punkt, mit irgendjemandem?

»Nicht wirklich und irgendwie doch. Vielleicht habe ich deshalb über die Workshops nachgedacht. Das geht schon in die Richtung, auch wenn sie für Erwachsene wären und es sich nicht um Geschichten drehen würde, sondern um Möglichkeiten. Aber auch Möglichkeiten sind eine Art von Geschichte. Ich meine, ich habe sehr viel zusammen mit Menschen gearbeitet. Mein letzter Job bestand eigentlich nur darin, mit Leuten zu telefonieren. Aber das war etwas anderes, alles war so aufgeladen mit Erwartungen und furchtbar hektisch. Das will ich wirklich nicht mehr. Deshalb mag ich die Gartenarbeit. Man kann etwas mit seinen Händen machen und sieht ein Ergebnis, und ich weiß, das klappt nicht immer. Samen keimen nicht, Früchte verfaulen, Pflanzen sterben ab, das Unkraut überwuchert alles, oder Schädlinge vermehren sich wie wild. Das ist frustrierend, aber in den letzten Wochen war ich so viel draußen wie sonst zusammen in zwei Jahren.« Ich mache eine Pause, versuche, den Gedanken zu finden, mit dem ich angefangen habe. »Tut mir leid. Jetzt habe ich nur zusammenhangloses Zeug erzählt und weiß eigentlich gar nicht, was ich sagen wollte.«

»Ich verstehe schon, was du meinst.«

Ich lege eine Hand auf seine Taille. Es ist so still um uns herum und gleichzeitig auch nicht. Obwohl der Wald so offen ist und wir nur auf einem kleinen, grob zusammengezimmerten Hochsitz liegen, sind wir in dieser Offenheit geschützt.

»Wir sollten häufiger herkommen«, murmele ich, bevor wir uns küssen.

»Wir sollten definitiv häufiger herkommen«, antwortet Elias irgendwann später.

Sehr lange bleiben wir noch liegen und blicken in den Himmel und reden. Wir füllen den Wald mit dem, was wir gerade sind, ohne ihn zu stören. Er lauscht uns unbeeindruckt. Bestimmt hat er schon sehr viele Gespräche gehört, sehr viele Gedanken aufgenommen, sehr viel Fröhlichkeit und Traurigkeit gespürt. Er wandelt unser Menschsein um in etwas anderes, so wie er Sauerstoff in $CO_2$ umwandelt. Und nur deshalb stören wir ihn nicht.

\*\*\*

»Bleib«, sagt Elias.

Die Sonne schimmert in Opas Garten und in Elias' Haaren, als würde sie sie streicheln. Es wird kühl, jetzt, da sie unter die Baumkronen sinkt, nur ihr gelegentliches Funkeln erinnert daran, dass sie noch da ist.

»Mir wird kalt.«

»Ich meinte nicht: Bleib hier im Garten.«

»Sondern?«

»Ich meinte: Bleib hier.«

Er dreht das Gesicht zu mir. Die Wärme seines Körpers ist wie ein Mantel, der sich um mich legt, und trotzdem ist sie nicht genug. »Du meinst in Spechthausen?«

»Ja.«

»Und womit soll ich Geld verdienen?«

»Dir fällt schon was ein. Wenn du hier nichts findest, suchst du dir was in Berlin.«

»Mit drei Stunden Hin- und Rückweg jeden Tag?«

»Such dir was mit Homeoffice. Wir könnten morgens zusammen Tai Chi machen oder joggen gehen. Dann arbeitest du, und ich bereite die Sachen für den Foodtruck vor. Nachmittags gehen wir mit Siegfried und Mia durch den Wald. Und abends können wir zusammen kochen und dann einen Film schauen oder ein Buch lesen. Wir könnten ab und zu in Berlin ins Theater gehen und zwischendurch unsere nächsten Reisen planen.«

»Welche Reisen? Wohin fahren wir?«

»Wohin du willst.«

Sehnsucht zieht an meinem Herzen, so plötzlich, dass mir das Atmen schwerfällt. »Wir kennen uns noch nicht lange genug, dass ich für dich mein ganzes Leben umwerfen kann.«

»Wir kennen uns seit dreiundzwanzig Jahren. Ich habe nachgerechnet.«

»Du weißt, was ich meine.«

Sein Lächeln ist sanft und warm und gleichzeitig zurückhaltend. Ich weiß, dass wir nur mit unserer Fantasie spielen, ohne uns etwas zu versprechen, trotzdem fühlt es sich so an.

»Ja, ich weiß, was du meinst.«

»Außerdem hast du dein Leben schon umgeworfen, und zwar für dich selbst. Oder etwa nicht?«

»Vielleicht. Aus Versehen.«

Er legt seine Hand auf meine, sodass sich unsere Finger ineinander verschränken. »Nur ein Gedankenspiel«, sagt er. »Ich überlege schon länger, wohin ich gern als Nächstes reisen würde, aber ich bin genug allein gereist.«

Vielleicht fühlt sich seine Sehnsucht genauso an wie meine. Vielleicht ist sie schon viel älter und größer oder zumindest lebendiger, weil er sie genährt hat, weil sie wachsen durfte.

»Du würdest mich mitnehmen wollen? Auf deine nächste Reise?«

»Ich kann es mir zumindest vorstellen.«

»Panama«, sage ich.

»Was?«

»*Oh wie schön ist Panama* ist das einzige Buch, das mein Vater mir vorgelesen hat. Normalerweise hat er mir selbst ausgedachte Geschichten erzählt. Aber dieses Buch von Janosch, das hat er geliebt und ich natürlich auch. Wir haben es nur zu besonderen Gelegenheiten hervorgeholt. Mein Vater war der Meinung, dass man sich manche Dinge aufheben muss, damit sie nicht anfangen, einen zu langweilen. Er wollte, dass das Buch für mich seinen Zauber nie verliert. Jedenfalls habe ich schon als Kind von Panama geträumt. Das sitzt tief in mir drin, ich kriege den Wunsch nicht mehr weg, auch wenn ich natürlich inzwischen weiß, dass das Panama in der Geschichte für eine Idee steht, nicht für ein wirkliches Ziel. Aber auch nachdem ich das verstanden hatte, wollte ich wenigstens ein Mal in meinem Leben dorthin reisen.«

»Wollte dein Vater auch nach Panama?«

»Ich weiß es nicht. Wir sind nie viel gereist, vielleicht weil er beruflich ständig unterwegs war und sich deshalb gefreut hat, wenn er zu Hause sein konnte. Das war mehr seins, das Zuhausesein. Hat er bestimmt von meinem Großvater.«

»Und deine Mutter? Reist die gern?«

»Keine Ahnung. Sören und sie fahren schon weg, aber meistens buchen sie Pauschalurlaube. Sie will sich im Urlaub um nichts kümmern müssen.«

»Das sagt meine Mutter auch immer.«

»Wo in Südamerika warst du überall?«

»Ich habe in Argentinien angefangen und mich bis Mexiko hochgearbeitet, aber ich habe natürlich nicht alle Länder gesehen. In Mittelamerika habe ich fast alles ausgelassen, weil ich mehr Zeit in Mexiko haben wollte.«

»Du kennst Panama also auch nicht.«

»Leider nein. Ich kenne sehr vieles von der Welt noch nicht, und auch die Orte, an denen ich bereits war, würde ich fast alle noch mal sehen wollen.«

»Man könnte klein anfangen. In Europa, meine ich.«

»Könnte man.«

»Wo denn?«

»In Portugal. Oder den Niederlanden. Oder in Polen, das kann man von hier aus fast zu Fuß erreichen.«

»Machen wir also morgen einen Spaziergang nach Polen?«

Wieder lächelt er, aber es liegt etwas darin, das ihn traurig aussehen lässt. Vielleicht hat er es ernst gemeint. Dass ich bleiben soll und dieses Leben mit ihm aufbauen, aber Bilder im Kopf sind immer nur das: Bilder. Man kann sie nicht in die Wirklichkeit übersetzen, und nur mit sehr viel Glück erreicht man etwas, das zumindest an sie erinnert.

Die Sonne berührt den Horizont. Ein Kälteschauer lässt

mich zittern, sodass wir doch endlich aufstehen und uns ins Haus zurückziehen. Elias macht uns Tee und ein paar Brote, während ich den Kamin anfeuere. Schweigend sitzen wir im Wohnzimmer, das Feuer knistert seine mysteriösen Geschichten, und wir lauschen ihm, weil sich das warm und sicher anfühlt, wie Nähe und Ferne gleichzeitig.

Ich denke an den Tag, an Elias' und meinen Tag. Im Wald waren wir ganz allein, wir hatten die Stille und uns und sehr viel Nähe, wir hatten Worte und Berührungen, und trotzdem fühlt es sich so an, als gäbe es noch sehr viel mehr davon. So unendlich viel, dass es für unser beider Leben reicht.

»Yuna wollte immer in die Berge. Sie mochte Wintersport und lange Wanderungen, und zumindest die Wanderungen mochte ich auch. Aber ich mag auch das Meer.«

Eine Frage schwingt in seiner Aussage mit, sie stupst mich an, versteckt sich aber sofort, als ich nach ihr greifen will.

»Es gibt also tatsächlich Leute, die das Meer nicht mögen?«, frage ich daher zurück.

»Nicht viele, sie schon.«

»Vermisst du sie?«

Er sieht mich nicht an, doch etwas verändert sich an seiner Haltung. Die Schultern rücken nach hinten, er sitzt etwas gerader da. »Selten. Ich vermisse das Bild, das ich von uns beiden hatte, und die Vorfreude auf unsere gemeinsame Zukunft. Kennst du das? Wenn man mit jemandem zusammen ist und ganz sicher ist, dass man noch viele schöne Dinge miteinander erleben wird und sich unbändig auf diese Dinge freut, selbst wenn sie nichts Spezifisches sind?«

»Ja«, sage ich leise, denke aber dabei nicht an Fabian oder meinen Ex-Freund davor, sondern an Meike und all unsere Pläne, unser Lachen, unsere Strandspaziergänge, unsere spontanen

Ideen, die langen Unterhaltungen in Parks und in Sommernächten, am Telefon, in irgendeiner Bar. Wir haben uns eine Zukunft ausgemalt, die nur uns beiden und unserer Freundschaft gehörte, und alles andere hatte keine große Bedeutung. Oder wenn, dann nur als Basis für diese Freundschaft, denn lange Gespräche in sternenklaren Nächten benötigen Inhalte und Visionen, sie benötigen Gelächter, und sie benötigen Traurigkeit. Sie benötigen den Raum, der erst entsteht, wenn man einander braucht.«Meike und ich haben uns früher immer vorgestellt, wie wir auf der Veranda unseres gemeinsamen Hauses sitzen, wenn wir alt sind, in Schaukelstühlen natürlich und mit langen grauen Haaren, die offen und ein bisschen struppig im Wind wehen. Wir haben uns vorgestellt, wie wir Wildfremde beschimpfen und verrückt lachen. Ich glaube, wir fanden es beruhigend, dieses Bild, weil es bedeutet, dass wir uns unser ganzes Leben lang kennen werden. Zwar nicht die ersten zwanzig Jahre, aber alle Zeit danach.«

Falls er damit gerechnet hat, dass ich ihm von den Zukunftsplänen mit meinen Ex-Freunden erzähle, lässt er sich seine Überraschung nicht anmerken.

»Es ist nicht dasselbe wie das, was du meinst. Ich weiß. Meikes und meine gemeinsamen Zukunftspläne waren eher ein Flickenteppich. Wir hatten natürlich jede unser eigenes Leben, und wir wussten, dass diese Leben immer Männer und Familien beinhalten würden. Es war klar, dass wir nicht jedes Jahr gemeinsame Weihnachtsfeste planen würden zum Beispiel. Aber ich glaube, das Gefühl der Zusammengehörigkeit ist ähnlich. Manchmal vermisse ich sehr, wie viel Zeit wir füreinander hatten, wie unüberlegt und manchmal naiv wir uns in unsere Tage und Pläne gestürzt haben und wie sehr wir uns auf alles gefreut haben, was noch vor uns lag. Vielleicht ist es einfach so, wenn man jung ist.« Ich rücke etwas näher an Elias heran, auch wenn mir nicht mehr kalt ist. »Was habt ihr euch für eine Zukunft ausgemalt?«

»Yuna und ich?«

»Ja.«

»Das Übliche. Es war nicht wirklich etwas Besonderes. Mittlerweile denke ich, dass hauptsächlich ich mir bestimmte Dinge gewünscht habe. Das habe ich damals aber nicht gemerkt.«

»Das Übliche?«

»Ja. Zusammenwohnen, Kinder, vielleicht ein Hund. Ich wollte all diese Alltagssachen wie gemeinsame Mahlzeiten, am Wochenende Ausflüge in den Zoo oder in Museen oder ins Schwimmbad. Und natürlich wollte ich gemeinsame Reisen. Es gibt Leute, die auch mit kleineren Kindern nach Thailand oder durch Namibia reisen. Ich dachte, dass es toll sein könnte, so etwas mit seinen Kindern zu erleben. Wir hätten auch Yunas Familie in Japan besuchen können. Ihre Eltern leben schon ewig in Deutschland, aber sie hat dort entfernte Verwandte.«

Ich müsste es ihm sagen. Ich müsste ihm sagen, dass ich das nie wollen werde, jedenfalls nicht die Kinder und die Ausflüge mit Kindern und die Reisen mit Kindern. Wann ist der richtige Zeitpunkt, so etwas zu sagen? Jetzt schon, nachdem wir gerade mal ein, zwei Tage miteinander verbracht haben?

»Entschuldige, das war ein blödes Thema. Du interessierst dich sicher nicht besonders für meine Ex-Freundin.«

»Es war kein blödes Thema. Ich habe doch gefragt.«

»Ich glaube mittlerweile, ich habe mir so sehr diese Zukunft mit Yuna gewünscht, weil ein Teil von mir geahnt hat, dass es niemals passieren wird. Sie war nie hundertprozentig da. Manchmal hatte ich sogar das Gefühl, dass sie sich mit mir langweilt. Zumindest interpretiere ich es im Nachhinein so, während ich damals nur gedacht habe, sie wäre müde. Sie hatte einen stressigen Job.«

Ich ziehe ein Knie auf das Sofa und drehe mich dabei mehr zu Elias um, schaffe aber gleichzeitig etwas Abstand zwischen uns. »Und Isabel und du, ihr habt ein Haus gekauft, während du mit Yuna zusammen warst.«

Er stopft sich ein Kissen hinter den Rücken und lehnt sich zurück. »Das stimmt. Ich habe einfach gehofft, dass sie zu uns ziehen würde.«

»Stellst du dir dein Leben immer noch so vor, nur mit einer anderen Frau?«

»Nein. Und ja. Ein gemeinsames Leben ist genau das, ein gemeinsames Leben. Mit jeder Person sieht es anders aus.« Er lächelt. »Mit Yuna hätte ich nicht unbedingt nach Panama reisen wollen.«

»Das sind Details. Ich meine die wesentlichen Dinge. Den Hund. Das Zusammenwohnen. Die Kinder.«

Sein Blick wird wieder ernst, ein bisschen unsicher. Wir reden auf einmal über große Themen, als müssten wir in diesem Moment eine Entscheidung treffen, obwohl wir noch nicht einmal unsere Lieblingsschokolade kennen oder wissen, welches Buch der andere mit auf eine einsame Insel nehmen würde.

»Die wesentlichen Dinge haben sich nicht geändert. Ich möchte einen Foodtruck haben. Und ich will ein schönes gemeinsames Zuhause und Kinder und einen abwechslungsreichen Alltag. Natürlich will ich auch reisen, weil ich weiß, dass mich das Fernweh sonst auffrisst. Das tut es manchmal jetzt schon.«

Wie er das Foodtruck-Projekt, das zu einem großen Teil Wochenendarbeit bedeutet, Ausflüge mit Kindern und lange Reisen gleichzeitig bewerkstelligen will, frage ich nicht. Weil es egal ist, ganz plötzlich ist das vollkommen egal.

»Ich will keine Kinder haben«, sage ich leise.

Das Feuer knistert kaum mehr. Es brennt nur noch auf einsamer Glut, die Wärme zieht sich immer mehr zurück. Das spüre ich, ohne wirklich auf den Kamin zu schauen. Mein Blick klammert sich an Elias, denn berühren kann ich ihn jetzt nicht, nicht mehr, nicht solange meine Worte in sein Gehirn sickern, wo sie eine Vielzahl an Reaktionen auslösen. Überraschung, Verwirrung, Unverständnis. Vielleicht sogar Entsetzen.

»Du willst keine Kinder haben? Nie?«

»Nein. Nie.«

»Auch nicht, ich weiß nicht, zum Beispiel adoptierte?«

»Auch keine adoptierten.«

Er atmet tief ein, doch aller Sauerstoff der Welt wird diese Differenz nicht auflösen. Es war zu früh. Ganz sicher war es zu früh, darüber zu reden, wenn ich doch nichts anderes will, als hier mit ihm zu sitzen und ins Feuer zu blicken und gemeinsam zu schweigen und gemeinsam zu reden oder nach oben zu gehen, mich an ihn zu schmiegen und zu spüren, dass es ihn gibt, dass er sich mit einem Mal in meinem Leben befindet. Es war nur ein kurzer Besuch. Ein Zunicken über eine Brücke hinweg, die uns nicht beide gleichzeitig tragen kann. Nur um das zu ändern, würde ich am liebsten sagen: »Vielleicht will ich später welche«, oder: »Kann sein, dass ich mich umentscheide«, aber ich weiß, ich darf das nicht sagen, ich darf nicht wieder diese Ansätze eines Versprechens in den Raum werfen, wenn ich es doch nie halten werde, sosehr ich in diesem Moment auch hoffe, ich könnte es irgendwann. Man kann sich nicht wünschen, etwas zu wollen, und wenn man es tut, belügt man sich nur selbst.

»Das ...« Seine Stimme sackt davon. Sein Blick sackt davon. »Wirklich nie?«, fragt er noch einmal, aber es ist nur eine hilflose Frage ins Leere hinein. Mit einem Mal ist die Stille im Haus sehr eng und dunkel, sie schleicht um uns herum.

»Es tut mir leid«, sage ich leise.

Er nickt. Öffnet den Mund und schließt ihn, ohne etwas zu sagen.

Ich traue mich nicht, die Hand auszustrecken und ihn zu berühren, und ich traue mich auch nicht, noch etwas zu sagen, weil es ohnehin falsch wäre.

»Ich schaue schnell nach den Hühnern.« Ruckartig steht er auf und verlässt das Zimmer, in dem es mittlerweile so dämmrig ist, dass es nur noch aus Schatten und Umrissen besteht.

Ein paar Minuten lang bleibe ich regungslos sitzen, bevor ich endlich aufstehen kann und zum Kamin gehe, wo ich Holz nachlege und mit dem Schürhaken herumstochere, um das Feuer erneut anzufachen.

Nun kann ich die Worte nicht mehr zurücknehmen. Kann das Thema nicht mehr davonschieben für ein anderes, ein nächstes Mal, für ein Gespräch in der Zukunft. Das Heute zerfließt in den dunklen Ecken des Raumes.

Es dauert eine ganze Weile, bis Elias zurückkommt. Fünfzehn Minuten? Zwanzig? Eine halbe Stunde? In der Zwischenzeit habe ich die Leselampe eingeschaltet und in dem Buch geblättert, das Opa vor seinem Sturz zuletzt gelesen hat, eine Biografie über die Familie Mann. Ich habe kaum ein Wort aufgenommen.

»Hey«, sage ich und schlage das Buch zu, als Elias das Zimmer betritt.

»Hey.« Er lässt sich auf das Sofa sinken, während ich im Sessel sitzen bleibe.

»Tut mir leid. Ich hätte das nicht einfach so sagen sollen und auch nicht jetzt schon. Das ist doch erst mal alles unwichtig.«

»Findest du?« Er will nicht schroff klingen, zumindest glaube ich, dass er das nicht will.

»Wir haben uns noch nicht einmal richtig kennengelernt. Außerdem ist bei mir sowieso gerade alles durcheinander. Ich habe kein richtiges Zuhause, keinen Job und kaum noch Ersparnisse. Ich bin eine sehr schlechte Partie.«

Natürlich lacht er nicht über meinen Witz. Er lächelt nicht einmal.

»Können wir ein anderes Mal darüber reden? So ein Thema bespricht man nicht einfach zufällig nebenbei.«

»Wie bespricht man es sonst?«

»In Ruhe und mehrmals.«

»Würde es etwas ändern, wenn wir mehrmals darüber sprechen würden? Würdest du dann Kinder haben wollen?«

»Nein«, sage ich, viel zu schnell, nur um mich nicht wieder an falschen Versprechen aufzuhängen.

»Dann wäre nichts anders, wenn wir ein anderes Mal darüber gesprochen hätten.«

Nein, es wäre nichts anders. Aber wir hätten mehr Zeit miteinander gehabt. Wir hätten uns häufiger küssen und häufiger miteinander schlafen können, wir hätten mehr miteinander geredet und besser gewusst, was der andere für ein Mensch ist. Vielleicht hätten wir einander nicht mehr aufgeben wollen und allein deshalb eine Lösung gefunden. Aber wenn es jetzt vorbei ist, dauert das Vermissen höchstens zwei, drei Monate. Und dann vergessen wir uns und finden andere Wege, andere Menschen, eine Zukunft mit jemandem, mit dem sie möglich ist. In Wahrheit habe ich nicht nur an Meike gedacht, als wir über die Zukunft mit einem anderen Menschen gesprochen haben. Ich habe sie bereits gespürt, die Reisen, den Alltag, ich habe Elias in dieser Zukunft gespürt.

Er blickt auf seine Hände, die ruhig auf seinen Beinen liegen. Seine Haltung wirkt angespannt, fluchtbereit, jeden Moment könnte er aufspringen und den Raum verlassen, sobald ihm bewusst wird, dass es hier nichts mehr gibt, worauf er warten kann.

»Gibt es einen Grund dafür? Weshalb du keine Kinder haben willst, meine ich?«

Ratlos hebe ich die Schultern. »Wieso wird man das gefragt, wenn man keine Kinder haben will, aber nie, wenn man welche möchte? Die Welt ist doch schon so voll. Rein rational gibt es mehr Gründe, die gegen Kinder sprechen als dafür.«

»Das ist keine rein rationale Entscheidung.«

»Gut. Vielleicht fehlt mir einfach so ein Mutter-Gen. Die Vorstellung, meinen gesamten Tagesablauf nicht nur durch die Arbeit, sondern zusätzlich durch ein kleines Wesen, das von mir abhängig ist, bestimmen zu lassen, jagt mir Angst ein. Die Geburt jagt mir Angst ein, nicht mehr ich selbst sein zu können, jagt mir Angst ein, viele Dinge nicht mehr tun zu können, jagt mir Angst ein, ein Kind eventuell zu verlieren, jagt mir Angst ein, dass es unglücklich oder krank sein könnte, jagt mir Angst ein. Das Geld, das es kostet, all die Verantwortung, die man für jemanden übernimmt, den man nicht kennt, den man vielleicht nicht einmal mag, auch das jagt mir Angst ein. Und dann kann ich dieses Wesen nicht einmal fragen, ob es überhaupt geboren werden möchte, ich entscheide das einfach. Ich weiß ganz sicher, dass ich nicht zu den Menschen gehöre, die es erfüllt, Kinder zu haben. Auch wenn ich lange geglaubt habe, das würde sich noch ändern.« Meine Stimme ist lauter und hastiger geworden, was ich erst bemerke, als ich atemlos aufhöre zu reden. »Es ist nicht so, dass ich Kinder grundsätzlich nicht mögen würde«, füge ich etwas leiser und ruhiger hinzu. »Das sind zwei unterschiedliche Dinge.«

»Ich weiß.«

Es ist ein dichtes stacheliges Schweigen, das sich zwischen uns ausbreitet.

»Ich muss darüber nachdenken«, sagt Elias schließlich und erhebt sich wieder. »Es ist besser, wenn ich heute drüben schlafe.«

»Okay«, sage ich. Bleib, denke ich.

Er verlässt den Raum, aber das stachelige Schweigen nistet sich ein, es klettet sich an allem fest. Selbst dann noch, als ich die Leselampe ausschalte und das Feuer versiegt. Selbst dann noch, als ich wach in meinem Bett liege und die ganze Nacht nicht einschlafe.

# Kapitel 22

Ich habe vergessen, wie groß und hektisch diese Stadt ist, wie schmuddelig der Hauptbahnhof und die Gegend darum herum. Einen Monat war ich weg, und schon fühlt sich alles viel zu groß und zu voll an. Am liebsten würde ich direkt wieder umkehren, zwinge mich aber zur S-Bahn-Station und laufe nach zehn Minuten Fahrt zu dem Apartmentkomplex, in dem sich die Wohnung von Fabians Eltern befindet.

Er verbringt das Wochenende bei Freunden, haben wir vereinbart. Wir haben kurz überlegt, ob wir uns treffen sollen, ob wir zusammen in der Wohnung übernachten können, doch letztlich hat er entschieden, dass er mir nicht beim Auszug zusehen will. Netterweise hat er mir versprochen, ein paar Umzugskartons zu besorgen. Zweieinhalb Tage, mehr habe ich nicht, um alles zusammenzupacken. Wenn alles gut geht, wird Opa am Montag aus dem Krankenhaus entlassen.

Mir begegnen zum Glück keine Nachbarn, sodass ich ungesehen bis in die Wohnung komme, wo ich erleichtert die Tür hinter mir schließe. Small Talk mit Mickey hätte mir gerade noch gefehlt.

Der Flur ist immer noch langweilig weiß und undekoriert. Fabians Eltern mögen es nicht, wenn Löcher in die Wände gebohrt werden, was den Einrichtungsprozess ziemlich erschwert hat. Alles musste abgesprochen werden, immer haben sie Tage gebraucht, um sich zu beratschlagen und zu entscheiden, ob wir ein einziges doofes Bild aufhängen können. Verrückt, dass ich das so lange mitgemacht habe. Es fühlt sich fremd an, jetzt durch die Wohnung zu gehen, als wäre ich die ganzen letzten Jahre nur zu Besuch gewesen. Alles ist sauber und ordentlich, wie immer. Fabian hat sämtliche Fotos von uns beiden entfernt, aber keine neuen aufgestellt. Eine Sache mehr, die diesem Ort den Anschein einer Ferienwohnung verleiht. Ich wüsste gern, ob er sich hier wirklich wohlfühlt oder ob er auch nur daran gewöhnt ist.

Die Wellensittiche hüpfen unruhig in ihrem Käfig herum, als ich mich ihnen nähere. Ich öffne die Käfigtür, um sie ein bisschen herumfliegen zu lassen.

Den leeren Koffer bringe ich ins Schlafzimmer. Mein Blick fällt auf das Bett, das Fabian frisch bezogen hat, dann auf meinen Nachttisch, der einzige Ort, an dem noch ein Foto von uns steht. Wir beide dick eingepackt in Winterkleidung, mit Handschuhen und roten Wangen und Mützen bis über die Ohren, zwischen uns aufgerollter Schnee, der bald darauf ein Schneemann geworden ist, und Fabians Neffen, die verschmitzt in die Kamera grinsen. Zufälligerweise haben wir den einzigen Schneetag in jenem Winter bei Fabians Schwester verbracht.

Manchmal sind Erinnerungen schön und traurig gleichzeitig, sie klingen leise in sich selbst. Ich lasse sie hier, in diesem Zimmer neben dem Foto, ihr Summen begleitet mich, während ich damit beginne, meine Kleidung zu sortieren, eine einigermaßen einfache Aufgabe. Ich brauche ein paar mehr Pullover und Jeans und Socken und vernünftige Schuhe in Spechthausen, mehr Unterwäsche schadet sowieso nie. Was ich mitnehmen will, werfe ich in den Koffer, was ich nicht behalten möchte in einen der Umzugskartons. Immerhin schaffe ich es, meinen Teil des Kleiderschrankes innerhalb einer Stunde komplett durchzusehen. Ganz unten finde ich ein kleines quadratisches Päckchen, eingewickelt in rotes Weihnachtsgeschenkpapier, das an einer Ecke etwas aufgerissen ist. Damals hatte es noch eine Schleife. Es hätte schön ausgesehen zwischen all den anderen Geschenken, selbst unter dem viel zu perfekten Weihnachtsbaum, in dem viel zu sauberen Wohnzimmer, in dem alles zueinanderpasst. Vorsichtig versuche ich, das knittrige Papier glatt zu ziehen, lasse es jedoch schnell wieder bleiben, als der Riss sich vergrößert. Ich lege das Päckchen auf dem Bett ab, für später, wenn ich entschieden habe, was ich damit mache.

Als Nächstes die Bücher, die zu packen ist einfach. Ich fülle die Bücherkartons mit der Kleidung auf, die nicht in den Koffer passt, die ich aber für später behalten will. Ein paar Romane, die ich wohl irgendwann einmal gelesen habe, an die ich mich aber kaum erinnere, lege ich erst einmal zu den aussortierten Kleidungsstücken. Dafür brauche ich definitiv zu lange. Immer wieder schlage ich Bücher auf, scanne die ersten paar Sätze, weiß nicht mehr, ob ich den Roman wirklich schon einmal gelesen habe oder nicht. Es war wohl keine gute Idee, sie nach meinem Einzug einfach langweilig alphabetisch nach Autorennamen einzuordnen statt nach gelesen und ungelesen.

Und dann finde ich es. *Das Geheimnis des Brunnens* von Luise Rinser, ein Kinderbuch, das ich mehrmals gelesen habe. Auf der ersten Seite ein kleiner Stern mit den Initialen EZ. Ich wusste, dass es mir jemand geliehen hat, aber ich hatte vergesse, wer. Beim Ausleihen war ich leider immer sehr vergesslich, auch andersherum. Sehr viele Bücher und CDs habe ich nie zurückbekommen.

Vorsichtig lasse ich mich auf meinen Schreibtischstuhl sinken und rolle ein Stückchen nach hinten. Grundlos verschleiern Tränen meine Augen, und sosehr ich mich auch bemühe, ich kriege diese Reaktion nicht unter Kontrolle. Wegen eines Buches, das ich schon ewig besitze und in den letzten zehn Jahren kein einziges Mal wirklich angesehen habe. Langsam blättere ich durch die Seiten. Keine Knicke, keine Markierungen, offenbar habe ich Elias' Buch sehr vorsichtig behandelt. Ich verstaue es in meinem Rucksack, alle anderen Bücher räume ich in Umzugskartons.

Als ich mit dem Bücherregal fertig bin, schaue ich im Kühlschrank, was Fabian an Essbarem zurückgelassen hat. Eine Packung Salami, Butter, zwei Eier, ein angefangenes Glas Gewürzgurken, Erdbeer- und Aprikosenmarmelade, eine schon etwas schrumpelige Paprika. Sonst nur die üblichen Sachen, die sich nicht so schnell verbrauchen.

Ich gehe in den Flur zurück, schlüpfe in meine Schuhe und die Fleecejacke und laufe wieder nach unten. Das letzte Mal Falafel bei Çesme Kebab, zum Abschied. Oder lieber einen Veggieburger in dem neuen Laden an der Ecke, dessen Namen ich mir nicht merken kann?

Heute Falafel, morgen den guten Burger, wenn ich mehr Appetit habe. Doch kaum dass mir der Geruch von Dönerfleisch und Frittierfett in die Nase dringt, drehe ich wieder um. Seit Opas Unfall und mehr noch seit dem Gespräch mit Elias kann ich kaum essen. Deshalb entscheide ich mich um, schlendere nur ein bisschen herum, ein Abschiedsspaziergang durch mein ehemaliges Viertel, weil Bewegung das Einzige ist, was man machen kann, wenn Gedanken und nicht zu Ende gelebte Gefühle zu dominant werden. Die letzten Tage war ich viel spazieren, habe ein bisschen im Garten gearbeitet oder die oberen Zimmer in Opas Haus renoviert, inklusive seinem und meinem. Zumindest seins ist fertig, meins fast, die anderen werde ich zu Ende streichen, sobald ich zurück bin. Für die Jobsuche und die Beantwortung von E-Mails konnte ich allerdings nicht genügend Konzentration aufbringen. Manchmal habe ich mit Martha geredet, die so eine Art hat, einen anzusehen, als würde sie tatsächlich alles verstehen. Obwohl sie sich sicher nur denkt, dass wir Menschen merkwürdige Probleme haben.

Es gibt nicht wirklich Parks in der Nähe, nur Wohnstraßen, weshalb ich beschließe, den Spaziergang auszudehnen und bis zum Grüneburgpark zu laufen. Das habe ich manchmal am Wochenende gemacht, wenn ich etwas Zeit für mich brauchte und den Kopf freibekommen wollte, weil ich immer irgendwas von der Arbeit mit nach Hause geschleppt habe.

Im Park sind ziemlich viele Menschen unterwegs, Sonnenstrahlensammler nach Feierabend. Touristen machen Fotos von der Georgioskirche, das Café scheint gut besucht zu sein. Ich suche mir die Wege, auf denen weniger los ist, ein Treibenlassen an einem Ort, der sich nicht einmal mehr so ganz nach Großstadt anfühlt. Alle Städte sollten voller Parks sein.

Leider ist Treibenlassen keine Option. Nach etwa einer Stunde gehe ich wieder zurück in Fabians Wohnung und beginne damit, die schwierigen Dinge zu sortieren. Ich wickle ein paar Tassen, die definitiv meine sind, in Werbeprospekte ein und verstaue den Pürierstab und eine der drei Zitronenpresse – aus irgendwelchen Gründen besitzen wir tatsächlich drei Stück – in einem Karton, dann gebe ich wieder auf. Ich hätte ahnen können, dass das Ganze furchtbar mühsam wird. Umzüge sind immer mühsam, und so gut ich Fabians und meinen Besitz sonst auch trennen kann, in der Küche scheint mir dieses Unterfangen unmöglich.

Inzwischen ist es dunkel geworden, ich habe immer noch Hunger ohne Appetit, finde eine Margherita-Pizza im Tiefkühler und lasse sie im Ofen backen, während ich mir eine Liste anlege, um das, was ich zu erledigen habe, zu strukturieren.

Beim Essen sehe ich ein wenig fern. Nachrichten, den Anfang eines deutschen Krimis. Nach einer Viertelstunde Film und einer halben Pizza gebe ich wieder auf.

Gemäß der Liste gehe ich nun jeden Schrank in der Küche durch, packe Dinge, die mir gehören, ein und reihe die, bei denen ich nicht sicher bin, auf dem Tisch auf. Alles, was ich nicht haben will, lasse ich einfach unberührt neben Fabians Kram stehen.

Als ich kurz vor Mitternacht endlich mit der Küche fertig bin, schicke ich Fabian ein Foto von den Gegenständen auf dem Tisch, schlüpfe kurz unter die Dusche und vergrabe mich im Bett, wo ich doch nur darauf warte, endlich einschlafen zu können.

\*\*\*

Fünfzehn Kisten. Fünfzehn Kisten voller Dinge, die ich eigentlich nicht brauche oder zumindest zur Hälfte nicht, denn immerhin bin ich im letzten Monat ganz gut ohne sie zurechtgekommen. Nun stehen sie, ordentlich beschriftet und gestapelt, in Fabians Kammer und im Arbeitszimmer, von wo aus ein Umzugsunternehmen sie wahrscheinlich zusammen mit meinem Schreibtisch und einem Bücherregal abholen wird. Alles, was ich besitze, sortiert innerhalb von zweieinhalb Tagen.

Ich fühle mich leicht, so leicht, wie ich mich aktuell eben fühlen kann. Aufgeräumter, zielgerichteter. In den Nächten hier in Frankfurt, in denen ich nicht schlafen konnte, habe ich Bewerbungsschreiben vorbereitet und abgeschickt. Am Freitag habe ich sogar auf dem Rückweg von meinem ehemaligen Büro ein halbwegs passables Foto von mir machen lassen. Zur Feier des Aufhebungsvertrages, sozusagen. Beworben habe ich mich auf mehrere Stellen in ganz Deutschland, auch an der Eberswalder Hochschule und ein paar anderen Einrichtungen in Berlin und Umgebung. Ich habe weit gestreut, und ausnahmsweise mag ich, dass das, was vor mir liegt, unklar ist, weil ich gerade dadurch das Gefühl habe, dass wirklich etwas geschehen wird.

Vor dem Zugfenster rauscht die Landschaft vorbei. Die Strecke zieht sich ewig, das Stillsitzen macht mich nervös. Lieber würde ich spazieren gehen oder besser noch joggen, aber der Gedanke ans Rennen drängt meine Erinnerungen wieder in eine Richtung, die ich versuche zu vermeiden, auch wenn mir das nur schwer gelingt.

Schließlich gebe ich auf. Aus dem Rucksack hole ich das Buch mit Elias' kleinem Stern. Ich sehe uns als Kinder in einem Baumhaus sitzen, obwohl es bestimmt nie ein Baumhaus in diesen Sommern bei meinen Großeltern gegeben hat, unsere Haare leicht feucht vom Baden. Er lächelt anders als heute, offener und näher. Auf seinem Schoß liegt dieses Buch, er erzählt mir davon, vielleicht mit zu leiser Stimme, vielleicht aufgeregt, wahrscheinlich beides. Die Geschichte von einem Mädchen, das seinen Zwillingsbruder sucht, verschiedene kuriose Dinge, die in ihrer kleinen Stadt passieren. Man merkt der Geschichte an, dass sie schon über vierzig Jahre alt ist, aber sie schafft es, mich abzulenken. Das Buch ist nicht dick, ich habe es fast komplett gelesen, als ich in Berlin ankomme und in die Regionalbahn nach Eberswalde umsteige. Es tut ein bisschen weh zurückzukommen. Und gleichzeitig ist es das schönste Gefühl der Welt.

## Kapitel 23

Ich habe eines von Opas Lieblingsessen gekocht, nämlich Kartoffeln mit Quark, den ich immerhin selbst mit Gewürzen und Gartenkräutern angerührt habe. Opa isst eine kleine Frikadelle aus dem Tiefkühler dazu.

»Wie fühlst du dich?«, frage ich, als wir den Abwasch erledigt haben. Heute Nachmittag, nachdem Isabel uns zu Hause abgesetzt hatte, hat er eine Weile im Garten gesessen und mit den Hühnern geredet, oder eigentlich nur mit Martha, weil alle anderen überall herumliefen, während sie in seiner Nähe blieb. Immer wieder blickte er über den Hühnerstall und die Himbeersträucher hinweg Richtung Wald. Fast zwei Wochen war er weg, deutlich länger als gedacht, aber die Ärzte wollten sichergehen.

Jetzt sitzt er in seinem Sessel, auf seiner Stirn haben sich Schweißperlen gebildet, und noch immer wirkt er viel zu blass. Während er im Krankenhaus war, habe ich sein Zimmer komplett renoviert, die Tapete hat er selbst ausgesucht, aber es sieht jetzt nicht so aus, als wäre Treppen steigen eine besonders gute Idee. Irgendwie muss ich ein Bett nach unten schaffen. Wenigstens für die nächsten Tage oder Wochen, bis er wieder fit genug ist, um problemlos Treppen steigen zu können. Ich versuche, nicht über die Möglichkeit nachzudenken, dass sie vielleicht für immer ein Problem darstellen werden.

»Ich bin müde«, sagt er und drückt sich an den Armlehnen

hoch. Nur mühsam widerstehe ich dem Impuls, ihm zu helfen, obwohl er mir heute schon mehrmals zu verstehen gegeben hat, dass er alles allein schafft. Der Rollator, den ich im Sanitätshaus besorgt habe, steht zusammengeklappt im Flur, benutzen will Großvater ihn nicht, obwohl die Ärztin im Krankenhaus, die ihn entlassen hat, das empfohlen hat.

Opa schlurft ins Badezimmer, während ich mich über mich selbst ärgere. Immerhin hätte ich früher daran denken können, dass wir eine provisorische Schlafmöglichkeit im Erdgeschoss brauchen werden. Wo war noch mal die Gästematratze? Nein, die kann ich nicht nehmen. Er müsste sich fast auf den Boden legen. Wie sollte er von dort jemals wieder hochkommen? Ich brauche ein richtiges Bett, wenigstens eine Liege. Eine der Gartenliegen? Die würde seinen Rücken ruinieren.

Ich habe absolut keine Ahnung, was ich machen soll, also rufe ich Isabel an, die nicht ans Telefon geht. Schließlich schreibe ich ihr und gehe dann nach oben und versuche irgendwie, einen Plan zu machen. Wenn ich Opas und meine Matratze übereinanderstaple und darauf die Gästematratze ... Nein. Nicht einmal mit einem Lattenrost darunter wäre das eine akzeptable Lösung.

Mehrere Minuten lang räume ich Dinge hin und her und versuche, auf eine Idee zu kommen, die nicht beinhaltet, Opas Holzbett bis zur Treppe zu schieben und es dort hinunterzustoßen in der Hoffnung, dass es heil unten ankommt. Ich stehe vor dem Bett und bin doch kurz davor, genau das zu tun, als es an der Haustür klingelt. Es ist nicht Isabel, die dort unten steht, ernst und ein bisschen angespannt.

»Oh«, sage ich.

»Isabel dachte, ihr könntet unsere Klappliege gebrauchen?«

Neben Elias lehnt ein mit geblümtem Stoff bezogenes Aluminiumgestell aus Vor-Wende-Zeiten.

»Danke«, sage ich. Eigentlich will ich sie ihm abnehmen, doch er läuft an mir vorbei und trägt sie ins Wohnzimmer, wo er sie aufbaut. Ich hole Opas Bettzeug von oben und bereite alles vor, einen frischen Schlafanzug lege ich ebenfalls dazu.

Dann bleibt nichts mehr zu tun. Unschlüssig stehen wir im Wohnzimmer.

»Ich muss wieder rüber«, sagt Elias.

»Okay.«

Er geht Richtung Tür, blickt auf den Beutel, den er dort abgestellt hat. »Wir haben Tomatensauce eingekocht«, sagt er und deutet darauf. »Ich habe euch ein paar Gläser mitgebracht.«

»Danke.«

Nach zwei weiteren Schritten bleibt er wieder stehen und wendet sich zu mir um. »Wie lange wirst du noch hierbleiben?« Sein Blick ist verschlossen. Bitte verschwinde endlich, könnte er bedeuten. Oder: Bitte geh nicht.

»Ich weiß es nicht. So lange, bis Opa wieder allein zurechtkommt.«

Es ist still zwischen uns, still und traurig und dunkel, und dann dreht Elias sich um und geht. Kurz darauf verlässt Opa das Badezimmer.

»Habe ich nicht Elias' Stimme gehört?«, fragt er, nachdem er mit quälend mühsamen Schritten bis ins Wohnzimmer geschlurft ist.

»Hast du. Er hat Tomatensauce vorbeigebracht. Und diese Liege hier, damit du keine Treppen steigen musst.«

Mit einem Seufzer setzt sich Großvater darauf. Sie ist etwas tief und hängt durch, keine ideale Lösung. Aber immerhin eine Lösung. Gern würde ich ihn fragen, ob er allein von dem

Ding aufstehen kann. Was ist entwürdigender? So eine Frage oder nachts nicht hochzukommen, wenn man sehr dringend auf die Toilette gehen muss?

»Ich schaue morgen, ob ich etwas Besseres finde.«

»Nein, das geht schon.«

Ich stelle noch einen Stuhl neben Opas provisorisches Bett, sodass er seine Sachen darauf ablegen kann, dann wünsche ich ihm eine gute Nacht. Oben in meinem Zimmer surfe ich ein wenig durch Einrichtungsshops. Morgen werde ich versuchen, Opa dazu zu überreden, eine Schlafcouch zu kaufen. Die wäre wenigstens ein bisschen bequemer, und sein Sofa ist sowieso schon alt und abgenutzt. Wenn ich mich richtig erinnere, habe ich als kleines Kind einmal mit Kugelschreiber eine der Armlehnen angemalt und dafür sehr viel Ärger von meiner Großmutter bekommen. Keine Ahnung, wie sie die Tinte wieder herausbekommen hat, aber offenbar ist es ihr gelungen. Oder die Lehne hat sich im Laufe der Zeit abgewetzt.

Mit dem Aufhebungsvertrag bekomme ich kein Arbeitslosengeld. Ich brauche wirklich sehr dringend einen Job, doch die Vorstellung, Opa allein zu lassen, ertrage ich nicht. Auch wenn er nicht krank wäre, würde ich das nicht tun wollen. Vielleicht ist es nicht besonders erwachsen, mit dreißig Jahren zu seinem Großvater zu ziehen, aber es fühlt sich jetzt in diesem Moment richtig an. Selbst ohne Elias ist dieses Haus der Ort, an dem ich bleiben möchte, sofern ich hier vernünftige Arbeit finde. Gerade kann ich mir nur schwer vorstellen, das alles zurückzulassen. Den Wald, den Garten, die alten Mauern des Hauses, die ihre ganz eigene Geschichte tragen.

Meine Mutter schickt mir ein Foto von einem Ausflug, den sie und Sören unternommen haben. Natürlich hat sie nicht noch einmal angerufen, nicht einmal für unsere Freitagsgespräche, und die Male, als ich es versucht habe, hat sie nicht abgenommen. Sie wird einer ernsthaften Unterhaltung aus dem Weg gehen, bis sie sicher sein kann, dass ich aufgeben und keine weiteren Fragen nach der Vergangenheit stellen werde, und vielleicht werde ich tatsächlich aufgeben. Manche Fragen bleiben einfach unbeantwortet.

Durch das geöffnete Fenster dringt die Abendluft. Die Nächte werden kälter, und trotz des Fliegengitters summen ein, zwei Mücken im Zimmer herum, die mich sicher die halbe Nacht wach halten werden. Egal. Selbst wenn sie mich nicht wach halten, werden das andere Dinge tun.

Ich schalte den Laptop aus, gehe Zähne putzen und verkrieche mich mit einem Buch unter der Bettdecke, kann mich allerdings nicht auf die Buchstaben konzentrieren, die in sinnloser Reihenfolge über die Seiten tanzen.

Von meinem Nachttisch angle ich das Smartphone. Am Freitagabend habe ich sehr lange mit Meike telefoniert, ich kann ihr nicht schon wieder schreiben. Aber ich kann auch nicht Isabel schreiben, wenn es doch um ihren Bruder geht. Eigentlich kann ich niemandem schreiben, und vielleicht würde ich es auch aushalten, dass das bisschen, das zwischen uns war, kaputtgegangen ist, wäre er nicht vorbeigekommen und hätte diese dämliche Liege gebracht und trotzdem nichts gesagt.

*Es tut mir leid*, schreibe ich und schicke die Nachricht ab, bevor ich es mir anders überlegen kann. Worte werden so groß und drückend, wenn man sie zurückhält, sie werden leichter, wenn man sie ausspricht, selbst wenn es nicht die Worte sind, die man eigentlich sagen will. Denn ich weiß nicht wirklich, was mir leidtut. Dass ich nicht anders sein kann? Dass ich mir nicht das wünschen kann, was sich die meisten anderen Menschen wünschen?

*Dir muss nichts leidtun. Und du hast recht. Wir hätten mehr Zeit gebraucht.*

Ich warte, doch mehr schreibt er nicht. Immerhin hat er etwas gesagt. Wenigstens für heute tut das Einschlafen etwas weniger weh.

# Kapitel 24

Der Garten ist wütend. Der ganze Wald ist wütend, laut und tosend und wild, er weint und er schreit. Ich mag es, wenn Gewitter alles durcheinanderwirbeln, wenn das, was verborgen liegt, herausstürmt, wenn Wärme in Kälte umschlägt und Trockenheit in Feuchtigkeit, wenn nach dem Lärm alles still wird und langsam von Neuem erwacht.

Heute aber ist etwas anders. Ein Wimmern unter der Wut, das nicht zu dem Sturm gehört. Ich schäle mich aus dem Bett, doch der regenverschleierte Morgen wirft meinen Blick in verschwommene Dämmerung. Etwas huscht am Rande der Schatten entlang, sehr nah am Hühnerstall.

Mein noch schlafendes Gehirn braucht einen Moment, um die Informationen zu verarbeiten und endlich das Wimmern zuzuordnen. Sobald es das getan hat, schlüpfe ich in meine Fleecejacke und laufe nach unten, wie aus Reflex leise, obwohl das Gewitter wahrscheinlich auch Großvater geweckt hat. Allerdings schaue ich nicht nach, sondern streife nur meine Sneakers über, bevor ich nach draußen laufe.

Erst jetzt werden die Hühner richtig wach, ihre Panik ist laut und verzweifelt. Der Fuchs muss einen Weg durch den Zaun gefunden haben, vielleicht ist er schon im Stall.

Durch den Regen und gegen den Wind arbeite ich mich vor. Ich sehe ihn nicht, aber ich höre und spüre die Angst, und dann schreie ich, so laut ich kann, gegen den Sturm und den

Regen und das Grau der verschwindenden Nacht. Ein rotbraunes Tier drückt sich weiter hinten unter dem Zaun hindurch und verschwindet.

Ich schiebe das Gatter auf und ziehe es sorgfältig wieder hinter mir zu, bevor ich die Stelle inspiziere, durch die der Fuchs geschlüpft ist. Er muss innerhalb der letzten paar Tage und Nächte den Zaun freigelegt haben, der hier jetzt etwas aufgebogen ist. Vielleicht hat er gemerkt, dass niemand da war, dass Isabel nur zum Füttern vorbeikam und er unbeobachtet einen Zugang buddeln kann, vielleicht war der Zaun an der Stelle auch schon länger beschädigt, und wir haben ihn zu oberflächlich kontrolliert. Ich habe ihn zu oberflächlich kontrolliert.

Die Aufregung aus dem Stall wird nach und nach stiller. Beängstigend still. Ich blicke durch das Fenster. Meine Augen brauchen etwas, bis sie sich an die Dunkelheit gewöhnt haben und bis sie die schwarzen Hühner finden, die bewegungslos in den Ecken kauern.

Ein Geräusch vom Haus lässt mich aufblicken.

»Was ist passiert?«, fragt Opa. Auf zittrigen Beinen ist er bereits die Stufen hinuntergegangen, weshalb ich schnell zu ihm laufe. »Mir geht es gut«, sagt er ungeduldig, als ich nach seinem Arm greifen will. »Was ist hier los?«

»Der Fuchs war da, aber er ist nicht in den Stall gekommen.«

»Lass uns nachschauen, ob alles in Ordnung ist.«

Langsam schlurfen wir zum Gehege. Ich zeige Großvater den unterbuddelten Zaun, er nickt nur, aber seine Miene wirkt besorgt. »Wenn er weiß, wo er reinkommt, kommt er wieder. Wir sollten das heute noch reparieren.«

Er ist derjenige, der den Stall öffnet. Er ist derjenige, der Martha findet.

\*\*\*

Am Nachmittag lösen sich die Wolken auf. Ich habe Kuchen gebacken, weil ich nicht wusste, was ich sonst mit dem Tag anfangen sollte, während Opa in seinem Sessel saß und nachdachte und wahrscheinlich auf seine Weise Abschied nahm. Ich habe nicht zugesehen, als er mit dem toten Huhn in der Küche war, um es ausbluten zu lassen, und ich war auch nicht dabei, als Elias kam, um es abzuholen. Ich will nicht daran denken, dass er Martha jetzt rupft und verarbeitet.

Die anderen Hühner haben zögerlich den Stall verlassen. Bis auf eines, das immer noch in einer Ecke hockt und sich auch mit gutem Zureden nicht herauslocken lässt. Selbst dann, als Opa es versucht, scharrt es nur ein bisschen, bleibt jedoch drinnen.

Das Gehege lassen wir heute geschlossen. Opa redet mit den Tieren, während ich versuche, den Zaun zu reparieren, und dabei über die Anschaffung eines Hundes nachdenke, um den Fuchs fernzuhalten.

Für Kuchen ist es schon recht spät, als Großvater und ich ins Haus zurückgehen. Ich koche Tee und schneide den Kokosgugelhupf an. Großvater gebe ich nur ein kleines Stück. Er isst so wenig, dass es mir Sorgen macht.

»Ich habe einen Kollegen.«

Ich warte, weil der Satz so unfertig klingt, sehe jedoch auf, als Opa nichts weiter sagt. »Was für einen Kollegen?«

»Von der Forstbotanischen Hochschule. Er forscht und publiziert noch, auch wenn er emeritiert ist. Wir haben schon mehrmals darüber gesprochen, dass die Hochschule Biberexkursionen für die Studenten anbieten könnte. Das ist jetzt fast entschieden. Ich weiß nicht, wie das finanziert wird, ob über zusätzliche Fördermittel oder über das Institut, aber das ist für dich egal.«

»Hm?«

Sein Blick wirkt müde, dabei hat er einen langen Mittagsschlaf gehalten.

»Du meinst, ich soll diese Exkursionen leiten?«

»Ich habe dich vorgeschlagen. Natürlich musst du die Aufgabe nicht übernehmen. Das ist keine richtige Stelle mit einem regelmäßigen Einkommen, und ich weiß auch noch nicht, wie viele Exkursionen überhaupt geplant sind. Aber es wäre eine gute Zwischenlösung.«

Das Zwischen ist so groß und dunkel wie der Grand Canyon bei Nacht. »Das ist eine schöne Idee. Eine wirklich schöne. Traust du mir das denn zu? Ich bin hier ja nicht die Expertin.«

»Ach, du weißt schon eine ganze Menge, und den Rest bringe ich dir rechtzeitig bei.«

Bisher habe ich auf keine einzige Bewerbung eine Antwort bekommen.

»Einen richtigen Job brauche ich trotzdem«, sage ich vorsichtig.

»Deshalb sage ich ja Zwischenlösung. Du weißt, dass ich dich zu nichts drängen möchte. Ich habe dir das nur angeboten, weil ich das Gefühl habe, dass es dir hier gut geht.«

»Das stimmt auch, Opa. Es geht mir gut hier.« Ich blicke aus dem Fenster in den Garten. Ich könnte lernen, wie man Bäume und Hecken richtig beschneidet, ich könnte versuchen, endlich einen Biber zu beobachten. Ihn vielleicht sogar mit der Kamera zu fotografieren, die ich aus Fabians Wohnung mitgenommen habe. Wir hätten noch viel mehr Zeit, Opa und ich. Für Gespräche. Für einen Friedhofsbesuch. Für einen Hund, der die Füchse fernhält.

»Ich bleibe nur unter einer Bedingung«, sage ich schließlich und fange meinen betont ernsten Tonfall mit einem Lächeln auf.

»Welche?«

»Ich darf ohne weitere Diskussion einen Teil der Sanierungskosten übernehmen, und wir entscheiden bei nächster Gelegenheit ganz rational darüber, was noch alles getan werden muss.«

»Das sind zwei Bedingungen.«

»In Mathe war ich immer schlecht.«

Er weiß genauso gut wie ich, dass das nicht stimmt.

»Na gut.«

Vielleicht bilde ich mir nur ein, dass er ein bisschen weniger blass aussieht als vorher. Ruhig isst er seinen Kuchen auf und nimmt sich noch ein zweites Stück. Für den Rückweg ins Wohnzimmer lässt er sich sogar den Rollator aufdrängen. »Das bleibt eine Ausnahme«, sagt er, und ich nicke und meine das sogar ernst. Es wird eine Ausnahme bleiben, weil es ihm bald schon wieder besser gehen wird. Alles andere wäre keine Option.

Opa schaltet den Fernseher an, um eine Sendung über Darwin zu schauen. Ich gehe hinaus, bringe die Hühner heute früher in den Stall als sonst, weil sie so unruhig sind. In ein paar Tagen wird alles wieder normal sein, sollte der Fuchs nicht wiederkommen. Zumindest habe ich die schwache Stelle im Zaun so verstärkt, dass sie erst mal fuchssicher ist, und auch alles andere gründlich inspiziert.

Ferdinand ist der Letzte, der den Stall betritt. Er achtet jedes Mal darauf, dass alle Hühner vor ihm gehen, damit ja keines zurückbleibt. Heute zögert er einen Moment, folgt aber schließlich den Hennen. Ich glaube, inzwischen mag er mich. Oder zumindest kommt er inzwischen mit meiner Anwesenheit zurecht und wirkt nicht mehr so, als würde er lieber den Chef sprechen wollen.

Als ich das Gehege verlasse, bemerke ich eine Bewegung am Gartenzaun, dann erkenne ich Elias, der zögernd das Tor aufschiebt, stehen bleibt und in meine Richtung schaut.

»Hey«, sagt er.

Es ist unsinnig, dass ein einziges Wort sich so anfühlt.

»Hey«, sage ich.

»Kann ich mit dir reden?«, fragt er.

»Jetzt?«

»Jetzt oder später. Was dir lieber ist.«

Noch ist es hell draußen.

»Dann jetzt.« Ein Später würde mich nur nervös machen.

»Wollen wir ein Stückchen gehen?«

Ich antworte mit einem Nicken. Gemeinsam verlassen wir das Grundstück und laufen in den Wald, wie von selbst, ohne uns abzusprechen. Schweigen ist leichter, wenn man sich dabei bewegt, wenn man sich nicht gegenübersteht und ansieht und unbedingt etwas sagen muss, obwohl es nichts zu sagen gibt.

»Das mit Martha tut mir leid.«

Wieder nicke ich nur.

»Ich habe dich vermisst.« Seine Stimme ist klar und offen, nicht leise, er versteckt sich nicht, und diese ungewohnte Offenheit ist wahrscheinlich das, was mich am meisten überrascht.

»Ich dich auch«, antworte ich daher genauso ehrlich. »Aber das ändert nichts. Oder?«

Er schiebt die Hände in seine Jeanstaschen, zieht sie jedoch sogleich wieder heraus. »Das ist nicht so leicht. Es gibt keine einfache Antwort auf diese Frage.«

»Wieso nicht?«

»Weil ... Das weißt du doch.«

Ich weiß es nicht, nicht wirklich. Statt das zu sagen, schaue ich nur kurz in seine Richtung. Jeder Blick ist eine Spur zu viel, jedes Denken und Wünschen und Sehnen ist zu viel. Nur bleibt mir gerade keine Alternative, es ist auch zu viel Denken und Wünschen und Sehnen, um es einfach auszuschalten.

»Ich habe in der letzten Woche über alles Mögliche nachgedacht.« Er räuspert sich. »Hauptsächlich über uns und über mich. Und darüber, was ich all die Jahre wollte und was davon ich jetzt noch will. Und warum ich manche Dinge wollte und andere nicht.«

»Bist du zu einem Ergebnis gekommen?«

»Vielleicht. Es ist so, Alina, dass ich nie wirklich darüber nachgedacht habe, ob ich Kinder haben will oder nicht. Ich habe dieses Bild von einer Familie im Kopf, weil man damit aufwächst. Kinder zu haben, ist wie ein eingebautes Lebensziel, man muss sich aktiv dagegen entscheiden, wenn man etwas anderes will. Weißt du, was ich meine?«

»Ja. Ich weiß, was du meinst.«

Vorne liegt der Zoo, nach rechts führt ein Weg zu dem Biberteich. Wir biegen automatisch ab.

Der Boden ist etwas aufgeweicht von dem Gewitter heute Morgen. Er führt hügelab bis zu der apokalyptischen Biberlandschaft, die langsam ihr Grün zu verlieren beginnt. Bald wird es dämmern. Vom Zoo dringt das Lachen von Kindern, die auf dem Spielplatz toben, hier aber sind keine anderen Menschen unterwegs. Wir laufen ein Stück, klettern über umgestürzte Bäume und finden schließlich einen breiten Baumstamm, auf den wir uns setzen können. Vor uns liegt der See in Spätsommerabendstimmung, gold glitzerndes Licht, das manchmal durch die Wolken taucht.

Es ist nicht wirklich still, das ist es selten im Wald. Die Stille ist etwas zwischen uns, aber sie passt uns nicht. »Was sind das für Dinge, die du wirklich willst?«

Er sitzt sehr aufrecht auf diesem Baumstamm, angespannt vielleicht, so wie ich. Seine Sommersprossen sind blass und hier und da über das Gesicht versprenkelt, als hätte es sich jemand anders überlegt und sie wieder weggewischt, nur dass manche dabei nicht ganz weggegangen sind. Ein bisschen zu lange betrachte ich sie, bevor ich den Blick wieder abwende.

»Ich habe sehr viele Lebensziele«, sagt Elias. »Der Foodtruck. Das Reisen. Vielleicht möchte ich irgendwann auch ein kleines Café oder so etwas haben. Vielleicht fahre ich dann ein Mischkonzept und verkaufe zusätzlich lokales Handwerkszeug. Ja, Isabel hatte die Idee, aber ich mag sie. Ich mag es, wenn etwas nicht nur eine Sache ist, sondern mehrere. Ich mag es auch, nicht nur ein Mensch zu sein, sondern mehrere, und genau das hat mir in der letzten Woche gefehlt. Wenn wir uns unterhalten haben, hatte ich so viele Wünsche und Lebensziele gleichzeitig, die sich immer wieder ein bisschen verändert haben. Es ist nicht so, dass ich keine Kinder haben will. Aber ich bin nicht sicher, ob ich wirklich welche haben muss. Mit all dem, was ich noch tun und erreichen will, wäre eine große Familie schwierig zu vereinbaren. Und im Moment reichen mir die Verantwortung und das Familiengefühl, das ich mit Mia habe, es ist nicht so, dass mir etwas fehlt. Und es ist auch nicht so, dass ich sehnsüchtig werde, wenn ich mir die Facebook-Profile von Schulfreunden anschaue und all die Familienfotos mit einem, zwei, drei Kindern sehe. Von Weitem sieht es aus, als würden sie alle dasselbe Leben leben, und so was will ich eigentlich nicht. Ich will lieber das, was ich habe. Und ich will lieber die Tage mit dir und in diesen Tagen das Gefühl, dass noch sehr viel möglich ist.«

Die ganze Zeit über habe ich geschwiegen. Der Knoten in meinem Bauch ist hart und schwer, er zieht an mir, er geht nicht weg. »Das sagst du jetzt. In ein paar Monaten denkst du ganz anders darüber. Solche Entscheidungen sind schwierig, die kann man nicht in ein paar Tagen fällen.«

»Du glaubst mir nicht.«

Wir sehen uns an. So viel Nähe und gleichzeitig so viel Fremdheit. »Ich glaube dir, dass du das jetzt so empfindest, aber ich glaube nicht, dass du immer so empfinden wirst. Mit der Zeit wirst du wieder stärker spüren, was du meinetwegen nicht hast. Das ist normal und auch nicht schlimm, wirklich. Aber das Gefühl wird immer dominanter werden.«

»Das weißt du nicht.«

»Nein, ich weiß es nicht, aber ich kann es mir denken. Und ich will nicht jemand sein, für den du etwas Großes aufgegeben hast, was du dann bereust.«

»Ich gebe nichts auf. Ich fange etwas an. Ohne dich hätte ich selbst mit den konkreten Foodtruck-Plänen noch ewig gewartet. Jetzt freue ich mich darauf. Durch dich habe ich schon sehr viel mehr als noch vor einem Monat.«

»Das glaube ich nicht. Du hattest schon so viel.«

Manchmal wünsche ich mir, naiver zu sein, so wie vor ein paar Jahren, als ich zu Fabian gezogen bin. Doch jetzt sehe ich deutlich vor mir, wie Elias kleiner und einsamer werden wird, während er versucht zu ignorieren, dass ich nicht diejenige bin, die zu ihm gehört. Egal, wie sehr es sich jetzt danach anfühlt, irgendwann wird das nicht mehr so sein. Es wird aufhören. So wie ich aufgehört habe, meine Großeltern zu vermissen, obwohl die Sommerferien bei ihnen immer die Ferien waren, auf die ich mich am meisten gefreut habe. So wie ich aufgehört habe, meinen Vater zu vermissen, weil er ohnehin nicht zurückkehren wird. Ein Immer gibt es nicht, alle Gefühle verändern sich.

»Ist das der Grund, wieso dein Ex-Freund und du euch getrennt habt?«, fragt Elias plötzlich.

»Auch, ja. Es gab mehrere Gründe, aber das war der Auslöser.«

Hinten auf dem See schwimmt etwas. Ich kann es kaum erkennen, deute nur schweigend hinüber. Elias beugt sich leicht nach vorn, dann nickt er.

»Ja, das ist einer«, flüstert er.

Wir schauen dem Biber dabei zu, wie er seine Runden dreht. Nur ein Stückchen vom Kopf ragt aus dem Wasser, mehr nicht. Sehr gemächlich zieht er seine Kreise, als wolle er nur mal nachsehen, ob in seinem Revier alles in Ordnung ist. Nach einer Weile klettert er am gegenüberliegenden Ufer aus dem Wasser, der braune Körper verschmilzt nahezu mit dem dunklen Boden und den Bäumen.

Ich bin nicht sicher, ob Elias nach meiner Hand greift oder ob ich meine unter seine schiebe. Sie ist warm, während meine Finger eiskalt sind.

Der Biber beginnt, an einem Stück Holz herumzuknabbern. Das Geräusch, das er dabei verursacht, dringt bis zu uns.

»Es gibt nie eine Garantie dafür, dass Dinge für immer oder auch nur für länger sind, aber ich mag es nicht, sie nicht wenigstens versucht zu haben«, sagt Elias.

Die Dämmerung senkt sich über den Wald. Sie kommt schneller als noch vor ein, zwei Wochen.

»Ich auch nicht. Aber ...«

»Kein Aber.«

Unwillkürlich lächele ich.

Er küsst mich nur kurz, umarmt mich dann. Aneinandergelehnt sitzen wir noch eine Weile am See, bis es zu dunkel wird, um länger zu bleiben. Langsam schlendern wir zum Hauptweg zurück.

»Du musst mir versprechen, dass wir weiter darüber reden werden«, sage ich. »Sobald du merkst, dass sich etwas ändert, sagst du es mir.«

»Ich verspreche es.«

Wir brauchen eine Weile, bis wir die kurze Strecke zurückgelegt haben. Vor dem Gartentor bleiben wir stehen.

»Im Übrigen gilt das auch für dich. Wenn du merkst, dass sich etwas ändert, sagst du es mir.«

»Okay.«

Er streicht mir den zu langen Pony aus der Stirn, und auf einmal sehe ich ihn. Den Jungen, der er mit zwölf Jahren war, und das Mädchen, das ich mit fast zwölf Jahren war. Dieser letzte Sommer hier, von dem ich noch nicht wusste, dass es mein letzter Sommer sein würde. Das Wasser, auf dem sich die Sonnenstrahlen brechen. Elias' Blick, der bis ins Jetzt reicht.

»Ich habe eins deiner Bücher gefunden und noch mal gelesen. Willst du es wiederhaben?«

»Nein.« Er lächelt.

»Sicher?«

»Sicher. Es gehört schon so lange dir. Nun kannst du es genauso gut behalten.«

# Weihnachten

Es ist die letzte Kugel, die Mia aus der Packung nimmt und zwischen einen Strohstern und ein Nougatei an die Blautanne hängt. Ich stecke die Lichterkette ein und trete ein Stück zurück, um den etwas krummen, aber bunt leuchtenden Baum zu betrachten.

»Ich finde ihn schön«, sagt Mia sichtlich zufrieden.

»Ich auch.« Elias, der gerade den Raum betreten haben muss, umarmt mich von hinten. Ich lehne mich gegen ihn und weiß nicht, ob ich glücklich bin oder traurig und ob nicht manchmal sowieso beides dasselbe ist.

»Ein Meisterwerk«, sage ich.

»Definitiv.«

»Ich hole Mama und Opa Siegfried.« Mia hüpft aus dem großen Wohnzimmer.

Im Kamin flackert Wärme. Für den Moment genieße ich die winterliche Gemütlichkeit und Elias' Nähe und den Geruch des eingetopften Baumes nach Wald und draußen.

»Nicht«, sagt Elias.

»Nicht was?«

»Du hast dich bewegt. Geh nicht weg.«

»Ich gehe nicht weg.« Mit diesen Worten drehe ich mich zu ihm um, ohne dass er mich loslässt. Unter seinen Augen liegen noch immer leichte Schatten, Nachwirkungen der langen Arbeitstage auf diversen Weihnachtsmärkten. Er hat den ganzen

Advent durchgearbeitet, aber es hat sich gelohnt. Zwei Firmen haben ihn für Veranstaltungen im kommenden Jahr angefragt und ein Privatkunde für die Belieferung seiner Silvesterparty.

»Nach Neujahr ist der Boden fertig«, sagt Elias. »Der Wasserschaden ist nicht mehr zu sehen. Wir könnten dann wieder in unser Haus ziehen.« Der letzte Satz klingt ein bisschen wie eine Frage.

»Oder auch nicht«, sage ich.

»Oder auch nicht.«

Wir haben mehrfach darüber gesprochen, Isabel, Elias, Opa und ich. Darüber, dass das Haus für uns alle groß genug ist, darüber, dass wir langfristig den Dachboden ausbauen könnten, wenn es doch zu eng wird, darüber, dass viele Dinge auf diese Weise einfacher werden. Und andere schwieriger. Zusammenleben ist nie nur einfach.

»Ich habe ein Geschenk für dich«, sagt Elias.

»Das hoffe ich doch mal, ich habe schließlich auch eins für dich.«

»Ist es eine Fritteuse?«

Ich lächele betont geheimnisvoll.

»Es ist bestimmt eine Fritteuse.«

»Was schenkst du mir?«

Aus seiner Gesäßtasche zieht er einen Umschlag.

»Einen Brief?«

»Fast.«

Ich lasse Elias los, um den Umschlag zu öffnen. *Panama* steht auf der Rückseite einer Schneewaldpostkarte, mehr nicht.

»Du hast mir ein Land gekauft?«

»Nein. Einen Traum. Also, noch habe ich ihn nicht gekauft, aber ich werde ihn kaufen, sobald ich das Geld dafür habe. Sagen wir, es ist ein Versprechen.«

»Ein Versprechen ist fast noch größer als ein Traum.«

»Ich weiß.« Mit einem Mal wirkt er ernst, sehr viel ernster als vorher.

Vorsichtig streiche ich über das Wort, als könnte es einfach verschwinden, sollte ich nicht darauf aufpassen. Dann schiebe ich die Karte wieder in den Umschlag zurück. »Danke«, sage ich und umarme ihn und bleibe ein bisschen in diesem Gefühl von Nähe und Geborgenheit.

Mia kommt mit Opa und Isabel im Schlepptau zurück. Isabel trägt ihre Weihnachtsschürze, die sie aus irgendeinem Grund besonders mag. Sterne und Herzen und Lebkuchenmännchen in Weiß auf rotem Stoff.

»Guckt mal!«, sagt Mia und deutet auf die großzügig geschmückte Tanne.

Ich löse mich von Elias und schiebe den Umschlag in die Hosentasche. Obwohl Mia weiß, dass es den Weihnachtsmann nicht gibt – jemand aus ihrer Klasse hat mit dieser Information grundlegende Kindheitsentzauberung betrieben –, wird sie langsam aufgeregt. Jetzt, da der Baum fertig geschmückt ist, holen wir alle unsere in alte Bettwäsche und Tischdecken gewickelten Geschenke und stapeln sie unter dem Baum. Isabel ist die Einzige, die ihre Stoffreste zu hübschen Verpackungen vernäht hat, Elias hat es gerade so geschafft, zwischen der Arbeit überhaupt etwas zu besorgen und einzupacken, ich kann nicht besonders gut nähen, und Großvaters Handarbeitsfähigkeiten beschränken sich auf Knöpfe und das eher grobe Flicken von Löchern.

Während Elias, Isabel und Mia Spekulatius und Orangenkuchen aus der Küche holen, gehen Opa und ich nach draußen, um die Hühner in den Stall zu schicken. Es wird langsam dunkel, die Füchse und Habichte sind hungriger als im Sommer.

»Ich vermisse ihn«, sage ich, nachdem wir den Stall geschlossen haben. Es ist leichter, so etwas in die winterliche Dämmerung zu sagen als in die warme Weihnachtsbehaglichkeit. Die farblose Kälte nimmt Dinge auf, die sonst nirgendwohin gehören.

»Ich weiß. Ich vermisse ihn auch. Sie beide.«

Ich lege einen Arm um Opas Schultern. Es gibt Fotos von uns, ich auf dem Sofa an ihn gekuschelt, er mit einem Buch auf dem Schoß. Er hat sie aus einem der Dachbodenkartons ausgepackt und in seinem Schlafzimmer verteilt, nachdem er es das erste Mal geschafft hatte, wieder die Treppe hinaufzusteigen. Fotos von Papa, von meiner Großmutter, von mir. Jetzt ist einer der Momente, an denen ich die Vergangenheit spüren kann, nicht nur diese alte kindliche, sondern alles, mein bisheriges Leben zusammengepresst in ein einziges Gefühl, das eigentlich mehrere ist.

Wir betreten wieder das Haus. In der Zwischenzeit haben die anderen den Kaffeetisch gedeckt und Kerzen angezündet, und Mia hat ihre Lieblingsweihnachtsmusik herausgesucht, die keiner von uns mehr hören kann. Natürlich hören wir sie trotzdem.

Ich gehe nach oben, um mir die Hände zu waschen, weil Großvater die Toilette unten besetzt, doch als ich das Bad verlasse, fällt mir etwas ein. In meinem – in Elias' und meinem – Zimmer schalte ich das Licht ein und betrachte die beiden Kisten, die ich noch nicht ausgepackt habe. Die letzten. Seit Elias, Isabel und Mia zeitweise bei uns eingezogen sind, ist unsere gerade so hergestellte Ordnung wieder durcheinandergeraten.

In dem oberen Karton befinden sich nur Bücher und Sommerröcke, in dem unteren ein Sammelsurium aus Kleinkram, das ich noch sortieren und ausmisten muss. Jetzt durchwühle ich es, bis ich finde, was ich suche. Ein flaches quadratisches Geschenk in knittrigem, an einer Ecke eingerissenem Geschenkpapier und ohne Schleife.

Ich laufe wieder nach unten. Ein letztes Mal zögere ich, bevor ich das Päckchen unter den Baum lege. »Frohe Weihnachten«, murmele ich.

Dann gehe ich zu den anderen.

# Danksagung

Mein Verlag und das gesamte Verlagsteam – es ist unglaublich bereichernd, dass so viele an dieses Buch glauben und so viel dafür leisten. Allen voran meine wundervollen Lektorinnen Nora und Antonia, deren Input und Auseinandersetzung mit der Geschichte einen erheblichen Beitrag dazu geleistet haben, sie stimmiger und besser zu machen.

Die wunderbarste Agentin der Welt – vielen Dank für deine Anstöße, dein Feedback, deine Unterstützung und ganz besonders dafür, dass du für meine Romane kämpfst.

Meine Inkys – das beste Büro, das man sich wünschen kann. Es tut so gut, jeden Tag mit euch reden, schweigen, prokrastinieren und die Hürden des Buchmarktes (und manchmal auch des Lebens) teilen zu können. Äh, und zu arbeiten. Wir arbeiten ja auch sehr viel.

Meine Freunde – für Gespräche und Spaziergänge und miteinander kochen und lachen und auch für all die Dinge, die in den letzten anderthalb Jahren nicht mehr so selbstverständlich möglich waren.

Meine Familie – alle, die da sind, und alle, die nicht mehr da sind.